i
imaginist

想象另一种可能

理
想
国
imaginist

道济群生录

万爸抗病演义 张万康 著

道济群生录

广西师范大学出版社
·桂林·

图书在版编目(CIP)数据

道济群生录 / 张万康著.
—桂林：广西师范大学出版社，2014.6
ISBN 978-7-5495-5314-3
Ⅰ.①道… Ⅱ.①张… Ⅲ.①长篇小说 – 中国 – 当代
Ⅳ.① I247.5
中国版本图书馆 CIP 数据核字 (2014) 第 074137 号

广西师范大学出版社出版发行

桂林市中华路22号　邮政编码：541001
网址：www.bbtpress.com

出 版 人：何林夏
全国新华书店经销
发行热线：010-64284815
中煤涿州制图印刷厂北京分厂

开本：880mm×1230mm　1/32
印张：11　字数：230千字
2014年6月第1版　2014年6月第1次印刷
定价：38.00元

如发现印装质量问题，影响阅读，请与印刷厂联系调换。

我要我爹活下去！

——小说二十五孝之《道济群生录》

王德威

　　《道济群生录》是一本奇书。话说公元二○一○年初夏，九十岁的老荣民张济跌伤送医，未料胃出血引发肺炎。医师不察，努力欢送出院，等到再度急诊时病象已经极度凶险。一波未平，一波又起，检查发现张济已经是胰脏癌末期。

　　这张济有子名万康，虽然哈拉［不正经的鬼扯，或轻松不羁的闲聊——本书作者注，下同］成性，却是个为孝不欲人知的奇葩。老父蒙难，小万康心急如焚，竟然惊动神魔世界，引发一场阴阳大战。不但佛道儒各派齐力发功，天主摩门基督也友情加盟。这边有保生大帝、药师如来、关云长，那边有炎魔大王、肿王、恶水娘娘，神鬼交锋，端的是无烟不乌，有气皆瘴。张氏父子联手抵抗病魔，鏖战连场，怎奈道高一尺，魔高一丈，终究功败垂成。

　　我们很久没有这样看小说的经验了。《道济群生录》是本悼亡之书，但写来如此不按牌理出牌，以致让你欲哭无泪，反倒咳笑连连。作者——好巧，也叫张万康——直面自己和亲人生命最不堪闻问的层面，却又同时拉开距离，放肆种种匪夷所思的奇观。张万康笔下有大悲伤也有大欢喜，临到生离死别还不忘嗑牙搞笑，不由得我们不好奇是怎样的一种小说伦理在支撑他的创作演出。

上个世纪末各种名目小说实验层出不穷，几乎要让我们怀疑还可能冒出什么新花样。像《道济群生录》这样的作品再次见证小说家的想象力永远领先任何史观和理论。谈张万康解构了写实主义"有始有终"的叙事宿命，或发出巴赫金（Bakhtin）嘉年华狂欢式笑声、颠覆身体和信仰的法则，都能言之成理。[1] 但这本小说同时也是本发愤疗伤之书。在极尽荒谬之能事的背后，它叙事的底线是一则有关病的隐喻。

张万康何许人也？他虽然名不见经传，却不是文坛新人，二〇〇六年甚至凭《大陶岛》得到《联合报》小说奖的首奖。这年头文学创作式微，文学奖项浮滥，得奖未必就能走红，何况张显然也不符合市场的主流路数。好在他自甘平淡，创作不辍，而且时出奇招。平心而论，张的作品风格参差，文字的驾驭易放难收，外加一股野气（看看他的部落格吧），正经八百的读者可能要侧目以对。但也许正因此，他蓄积了一股无所拘束的能量，仿佛就是为《道济群生录》作准备。

《道济群生录》的双卡司［cast］是九十岁的爸爸和四十二岁的儿子。张济一九四九年随军来台，娶了个罗东姑娘，生儿育女，官拜士官退伍。他乐天知命，老来以省水节电为能事，半杯水就能冲马桶，打牌作小弊，喂狗吃大肉，行有余力就看叩应［call-in］节目清凉影片。这是个平凡得不能再平凡的老兵故事，"最后的黄埔"

那样的好戏轮不到他。可有一点值得注意，张爸生命力特强，即使到了加护病房依然不甘就范："这万爸没啥了不起的生死观，你如果问他为什么要活？他可能反问你为什么要死？"

有其父必有其子，张万康号称大隐于市，说穿了宅男一名。他舞文弄墨为业，放言无忌、痞味十足，骨子里却不失天真，颇有滞留青春期过久的嫌疑。以老张小张父子的岁数差距来看，很难想象他们如此投缘。但万康对老爸的关心在在令人动容。眼看把拔在病房受苦，他日夜手缚《心经》以示感同身受；医院人情晓薄，诊断结果每下愈况，却不能摇撼他救父的决心。与此同时，他调动各种文学资源，以异想天开的形式救赎现实绝境于万一，故事也由这里起飞。

张济、万康父子抗病的故事以章回小说呈现，第一回《万康爸爸含冤蒙难　保生大帝道济群生》已经暗示叙事背景大有来头。原来万康孝心触动地府判官、药师如来，引发一场抢人大战。现实生命的后面竟有如此庞大（而且官僚）的神魔体系左右，陡然让故事的纵深加宽。第六回里万康以药师佛传授的"大力拍背掌"为父亲灌注真气，拍着拍着就进入老爸体内幻境，这幻境魔山恶水，妖气弥漫。父子两人联手出击，只杀得炎魔兵团、野战师、特战旅东倒西歪。张家养的猫狗外加一只野鸽子也来助阵，一时风云变色，鸽飞狗跳，鸡猫子喊叫，好不惊煞人也。万康大喊："我们要反攻！"万爸高呼："仗要打就要打赢！"到了第七回情节急转直下，单看回目《魔王雪窦山难发简讯　娘娘婊里山河会情郎》就可以思过半矣。

张万康的灵感包括民间宗教，以及神魔小说（像是《西游记》、《封神榜》）、鬼怪小说（像是《三遂平妖传》）等。这类小说演义另一个世界的神奇冒险，却不乏世俗人间情怀，更重要的，它从不避讳一种恧赖的喜剧精神。炎魔大王和恶水娘娘不就让我们想到牛魔王和铁扇公主？只是这对魔头浑身台味，坏得仿佛出身民视八点档。

张万康运用这些情节人物来探讨病的本质和医疗伦理。当父亲的病已经山穷水尽，人子要如何面对必然的死生关口？而当病人和家属在绝望中找希望的时候，医护单位、健保机构又如何提供诊治和安慰？这是小说的底线。张万康对张爸入住的医院不无微词，因为误诊在先，又继之以连串治疗瑕疵。其中部分描写也许出于张求全责备的心情，但死生事大，任何读者，尤其是从事医疗工作者，能不将心比心？

然而张万康是小说家，他写疾病和死亡不仅限于和医院斤斤计较。来回在冰冷的加护病房和十万八千里外的神魔世界间，他有意无意地投射出不同知识、信仰和社会体系的冲撞。诚如福柯（Foucault）所言，医院是现代社会里重要的异托邦（heterotopia），是收容和诊疗病人的专属空间，用以确保医院以外"健康"社会的"正常"运作。[2] 但就像任何异托邦一样，医院不能排除其中介、权宜的位置，它的进口和出口总开向其他形形色色的空间设置。在《道济群生录》里，它至少和三种空间相与为用。第一，如上所述，从万康个人和家人对宗教信仰、民俗疗法的管道来看，医院难以自命为处理身体和病厄的绝对权威，而总是吸纳和排斥种种人为的、偶然的甚至非理性的因素。换句话说，医院是个欲洁何曾洁的有机体，本身的体制——和体质——必须随时付诸辩证和检验。小说第十一回《花判官串戏三岔口　野山猪大闹 ICU》幻想冥府判官潜入病房色诱护士医生，让他们欲仙欲死（严重的还有了尸斑），正是对医院谑而且虐的攻击。

其次，住院治疗的万爸虽然病入膏肓，但是壮心未已，医院成了他最后的战场。比照万爸的荣民背景，小说俨然有了一层国族寓言色彩。病床上万爸一息尚存，随侍一旁的万康为他加油打气，一时神游天外，"我们要反攻！""仗要打就要打赢！"但反攻到哪里去？俱往矣，老兵不死，只是凋零。敌人不在别处，就在医院内，病床上，自己的身体里。我不认为张万康刻意安插任何政治隐喻，唯其如此，反而道尽父亲那一辈临死也挥之不去的政治潜意识。

更值得注意的是《道济群生录》的写成方式。张万康动笔时正是张爸病况胶着之际。我们可以想象小张在医院里无能为力，只能另辟蹊径，"写"出一条生路。前面提过，他糅合了报道文学、神魔小说、家族私密各色文类，形成独特的叙事风格。然而这只是起步。小说的进展与父亲的病况相辅相成，同时在部落格上开始连载，引起众多回响。张又据此添枝加叶，一方面与君同乐，一方面自我解忧。网上的虚空间形成一个与医院抗衡的地盘。在这里身体暂时架空，时间得以延伸，人我关系变得无比丰富多元。小说连载到第九回时张爸去世；万康日后完成二十回，却仍以第九回的时间点作结。如此，文本内外互动频仍，张爸出虚入实，不断起死回生。

《道济群生录》也是张万康第一部正式出版的小说。除此他虽然创作多年，却只有一部短篇小说集《W.C. Zhang：张万康小说》以自费方式印行。这本小说集收录张最近十年的作品，其中部分可以看出《道济群生录》的线索。大抵而言，这些作品的叙事主体是一个蛰伏在城市里的文艺中年，他或者观察无聊的生活律动，或者陷入某种荒谬的邂逅。他的小说往往这样开场："我开始幻想，在我发呆很久之后。"（《山脉》）"起先，我以为我走在蛇的肚子里，后来我发现是在鲸鱼的肚子里。"(《史尼逛》)"我被包围了，不知道他们什么时间会发起攻坚。"(《落跑者》)"我没睡好。买完车票，来到南方小广场抽烟。"(《半吊子》)这些字句很容易让我们联想起现代主义修辞，尽管张自称没看过几本世界名著。孤独、白日梦、晃荡，徒劳的突围表演，都是他荒谬剧场里的要素。但张无意经营高调，很快亮出自嘲或是赌烂〔不满〕的姿态。他的叙事充满不稳定性，故事多半不了了之。

这期间张万康又热衷写性，而且刻意夸大其辞。不论是萍水相逢(《电动》、《半吊子》)还是泡妞把妹(《天使2001》、《国剧与我》)，他跳过谈情说爱，下笔尽是抠揉搓舐、哈棒打枪。这够刺激了吧，却总给人虚张声势的感觉，因为缺乏任何情绪发展的自信和自觉。他的人物作老鸟状，其实都是孤鸟。

一直要到得奖的作品《大陶岛》，张万康才将他这些执念整合起来。小说的主人翁是个研究所辍学生，正港台湾人，因为患了"神经病"被送医治疗。二〇〇四年"总统大选"发生三一九枪击案，他走上街头，在抗议人群中与"大陈义胞"老陶结识。这一老一小在各种场子里冲锋陷阵，说不尽的壮怀激烈。不作战的时候他们以同样的热血精神消耗A片；老陶曰："管他枪击案，A光本来就是要看的啊！"一场神秘的大洪水掩至，两人坐在桌上漂出光棍宿舍，同时不忘盯着电视检验新到A片。当桌子航向大陈岛的方向，电视长出鱼鳍，老陶变成斑花海豚，泅泳了几遭后，朝电视一望："还没射啊！"

《大陶岛》写"神经病"的狂想、写漂泊，写没有名目的欲望、自渎式的痛／快，都是张万康小说常见的题材。而这一回他找到一个引爆点，也间接安顿了自己的创作意识。三一九枪击案将他狂乱的叙事线索政治化也合理化了。主义、运动、抗争高潮迭起，不就是春梦，不，春宫一场？老陶最后也是枪击案的牺牲者——某A片之夜他打完手枪，意外跌倒，就地成仁。

《大陶岛》出没性与政治符号间，读者不难作出历史隐喻的解读。但张万康真正令人瞩目的是他对文字的横征暴敛，对形式的一意孤行。这使他向当代的异质小说家从王文兴到舞鹤的谱系靠拢。这些作家为了完成自己孤绝的美学，往往不惜牺牲叙事的可读性，也因此必须付出曲高和寡的代价。张万康佳作尚少，也许难以和前辈相提并论，但他的发展值得注意。

这让我们再回到《道济群生录》。这本小说不妨看做《大陶岛》的温馨家庭版。张万康曾写过一篇《大小钢杯》讲述父亲的生活琐记，算是《道》书的热身准备。张济比老陶幸运，他结了婚，有了家，成了温驯的老芋仔；三一九枪击案他必定也义愤填膺，到底没有老陶疯狂。有一回淹大水，他也爬上书桌避难兼看电视，但看的不是A片，是港剧。

但张万康明白老陶和老张本是同根生，他们过早历经离散，都有不能言说的创伤，也都有不愿就此罢休的韧性。老陶看A片看到鞠躬尽瘁，老张大战炎魔死而后已。人生有多荒谬，他们就有多固执。他们是最令人意外的西西弗斯（Sisyphus）。

外省父亲之死——尤其是具有军职的父亲——是近年台湾小说界的主题之一。张大春的《聆听父亲》、朱天心的《漫游者》、骆以军的《远方》、郝誉翔的《温泉洗去我们的忧伤》等作，都曾处理这一主题。这些父亲少小离家，渡海来台，他们是一个时代政权裂变最直接的见证，也同时体现了生命中太多莫可奈何的境况。岁岁年年，反攻大陆的号角迎来了陆客自由行，他们的信仰和肉身已经垂垂老去，以至消亡。

张大春的《聆听父亲》未完，姑且不论。在朱天心的《漫游者》里，父亲所代表的血缘的、政教的、信仰的象征体系一旦不再，她陷入了忧伤的无物之阵。漫游者寻寻觅觅，无所依归，连语言也开始漫漶起来。骆以军的《远方》叙述返乡探亲的父亲突然罹病瘫痪，台湾出生的儿子匆匆赶来救难。庞大的病体、艰辛的旅程、荒谬的遭遇让作家理解人子与父亲的关系是怎样一种离弃与错过，一种无从说起的困境。郝誉翔的《温泉洗去我们的忧伤》则写出父亲自杀"以后"的故事。父亲终其一生不断逃避责任、离开现场，留给女儿太多创伤。父亲的死成为唯一解套方式，而且吊诡地重新开启父女间沟通的可能。

是在这样的谱系里，《道济群生录》更能显现自己的位置。张万康何其有幸，和父亲相亲相爱，但两人的关系又无须像《漫游者》那样无限上纲到一切意义体系的源头。回到书写层面，我要再次强调张万康的异质风格。他没有骆以军的颓废荒诞或朱天心的深沉郁愤；他有的是挪用民间信仰、神魔小说，创造"伪史诗"（mock epic）的勇气。满天神佛尽为我用，这是何等僭越？也正是在这个基础上，张万康和他的老爸几乎是理直气壮地走入神魔世界，和菩萨魔王讨价还价。

然而比起张万康以前的作品，《道济群生录》最大的突破不在于他如何杂糅神话鬼话，创造医院今古奇观，而在于他因此所流露的真情——人子的孺慕孝亲之情、伤逝惜生之情。张万康的戏谑和犬儒也许可以用各种后现代理论解释，但说到底他是有情之人；他所有花招后面是个简单的心愿——我要我爹活下去！这心愿力道之大，可能让张自己也吓了一跳。古老的伦理历久弥新，竟有了最酷的表述方式。卧冰求鲤、割股疗亲的二十四孝早过时了，新版第二十五孝是陪着老爸大战炎魔王，和保生大帝计算命盘，还有最重要的，把往生的故事写成庆生的故事。张万康的叙事当然是驳杂的，他信马由缰的话头也是纷乱的，但看他一路嬉笑怒骂到最后，我们不得不正襟危坐起来。可不是，连观世音菩萨也赞叹小张的"慈意与善情"。

《道济群生录》的最后四回写神魔大战。这场战事杀得天地变色，日月无光。药师如来手下头号大将宫毗罗壮烈牺牲，吕洞宾施展美男计，恶水娘娘临阵叛变，连关公也阵亡了。炎魔大王恶贯满盈，佛军落得惨胜。看官不禁要问，张济何德何能，居然能够引起这样鬼哭神嚎的风暴？饶是这般，张济还是不愿归天。最后劳驾阿弥陀佛、药师如来甚至观音菩萨出马温情喊话，软硬兼施，才好勉强上路。

张北杯走了，九十年浮生倥偬不过留下个臭皮囊。他肉身的消殒却助成张万康小说功力大进，写出《道济群生录》。入死出生皆是梦幻泡影，喝佛骂祖无非方便法门。有子如万康，张爸可以无憾。愿他老人家在极乐世界每天继续嗑活包蛋，外加一杯卡布喽啰。阿弥陀佛，有道是：

　　愿我来世得菩提时，身如琉璃，内外明澈，净无瑕秽，光明广大，功德巍巍，身善安住，焰网庄严，过于日月。

注　释

1　见朱嘉汉精辟的分析，《"狂轰烂人"嘉年华——读张万康〈道济群生录〉》，见本书页315-330。

2　Michel Foucault, "Heterotopias," *Of Other Spaces (1967)*, http://foucault.info/documents/heteroTopia/foucault.heteroTopia.en.html.

目 录

素人张裕喜

勇冠一雄鸡

觅果行深处

万友照果皮

第一回

万康爸爸含冤蒙难　保生大帝道济群生

看官好，作者在此将写的是关于凡间一张万康施主的父亲病难种种。有可能作者就这样连载下去，也有可能写完——何谓写完此乃业梦一场之大哉问也——之后将补上一些雪泥鸡爪的前传。

不得已，作者必须把万爸的生病过程大致交代一下，阅者如已知晓还请将就听作者一表。

话说二千零一十年台湾本岛端午节当晚，张万康那生肖属鸡、九十岁的父亲摔倒骨折，次日清晨送医，当天迅速手术，在医院一住十天。起先万爸（即张万康父亲的缩写）尚勇敢地下床练走，同时并接受院方安排的内分泌科会诊（调血糖）。然而会诊结束当夜，突而爆咳不休，起床后即陷入神志不清状，双睛无法打开，不断哀号喊痛，身子几无法动弹，此后便这样三昼夜直到出院日。

　　在此三昼夜骨科主任碍于健保制度使院方骨科所受之经济压力，不得不精打起手中的算盘，但凡查房时老想"轰"家属让万爸出院。事实上在内分泌科会诊期间他便开始以刻薄的口吻鼓动万爸尽速出院，主任每日前来必奉上他的经典名句："你们多住一天，我就多花一天钱。"俨然这已是他口头禅，其刻薄语录何其多，又如莫名其妙冒出一句："你们就是不想自己花钱就对了。"实则万父虽是荣民可免医药费，但住的并非俗称健保房的免费"大通铺"；万父所住的双人房每日横竖也添个一千五（显然对主任来说还不够就是了）。曾国藩有云："风俗之厚薄，系乎一二人心之所向。"上行下效，随之而来几位护士开始"锦上添花"，诸如对家属使白眼冷言带刺："你要化痰也是可以啦。"或高声叫嚣："先生！我们还有什么没教你的！"各种经典名句推陈出新，一下子写不完，暂略。总之，事后才晓得，原来万爸那三日是胃出血，从而并发肺炎。然彼时医护人员和家属均不知情，家属彷徨焦心，医护则未望闻问切，懒得看万爸一眼。（其实万爸年轻时多帅气啊，扯远了。）

　　话说回来，该病房如晓得是胃出血和肺炎即便不想救也不得不救，或许该病房对胸腔内科和肠胃科不熟，加上认为老人老死乃人间常态而轻忽（护理师对张万康以满心真诚的口吻开导说："你爸爸哪一天会走，只有老天爷知道，有的人一下子就走，有的人拖很久。"那万康丈二金刚摸不着脑袋，为何万爸爆咳后突然开始对吾人大谈人生哲学）。家属张万康等人因信赖医生护士之专业（他们在万爸住院初期很是亲切与用心），怀疑万爸如医护人员所言"这只是老人开刀后的惯性叫疼、老人开刀后会退化成小孩装痛和怕下床尝试、前三天练走练太多所以累坏、出院后在家就会好、医院细菌多这里不安全、（痛很）正常！"云云，可明摆在眼前的是叫声如此凄厉恐怖，万康六神无主，活活被万爸吓到三魂七魄快散。由于该病房视万爸为赘物，稍优一点的止痛药也吝啬给出（住院十日以来皆由普拿疼一以贯之），不得已万康终让万爸上担架出院抬回家，翌日早晨所雇请的看护赶达，主持救援、共商对策。

万爸续在家关闭眼皮呻吟近两日，前后共计五昼夜苦战，直到一一九救护车前来将万爸送急诊，这下当日住进加护病房。只因救护员惊呼生命迹象陡降，不得不送往离家最近、日前住过的原医院，业冤若此，一笑。万康思"冤"字乃兔子头上加冠，抑或兔子遭罩顶而不得兔脱，合搭万爸肖鸡，如今鸡兔同笼，又一笑，乱写。而此业冤所结对象之广，除医院及其所属之医疗工作者，却还包括各路神奇英豪、平凡义士，及其所示现之神能大悲、本能妙法；冤冤缘缘、愿愿渊渊，万康既思难以酬报于英豪义士，且自我深思谬省未能照护老父得法而抠妙，使其承受如此艰困局面，故而发愿成此一书，或感而谢之，或赎忏未竟，兼以此残镜一面昭天下茫苦人物拾映，再笑过，没乱写。

躺在急诊室的万爸，扣上氧气罩，迅速抽出满腔秽血后，眼睛立时睁开，神志清醒对医师挥手示意"救得好"。急诊室的医生遂告知家属这是胃出血和并发肺炎（真相大白）。进入加护病房后，万爸仍不时张开眼睛，自主呼吸能力遭节节败退，却难夺其生存战念之节烈。二日后万爸在万康等家属征询下，紧张而沛然地头如捣蒜，哮喘中嘱"要"，表达插管意愿，欲作保命之战，但说话声从氧气罩透出一字"怕"。简言之，插管是用一根老长的管子从口腔置入气管深处以供给有效呼吸，堪称人间重刑。一般而言年纪轻者颇能有康复拔管可能，反之……万爸略知虽将受此戳苦及其所附加之苦难但大前提既能暂时保命，仍握家属手将头坚决点过两下。事后护士讲"一下就下去了"。这"一下"指的是眉头皱了一下。

然，"暂时保命"一词，不意"暂时"竟如夏虫，难以语冰，论命。由于此一肺炎过于凶煞，医师告知万康令尊翁插管后呼吸能力仍难以快速提升，用大白话来说："几日内必挂。"急急如律令，看官，故事就从这当口说起……

话说一片浑然森严、低温空调之间，却有一人气定神清，哼着小曲儿（是的，鬼才听得懂他哼啥）。是的，一边漫随旋律怡情，一边批阅公文如常，此人是谁？——地府判官是也。只听得判官对办公室隔间的另一头叫喊，一名鬼师爷随即应声入内。判官一副动身下班的模样，将卷宗丢放桌上："喏，这几个人你吩咐下去，上去接来。"鬼师爷道："哑，您好生休息。"便携着卷宗步出办公室。判官继续哼吟小曲儿，拍拍衣服上的灰尘，放工。没灰尘也照拍，这不是官架子，只是生活需要种韵律。都说这种事他们是处理惯了，不过是平平常常的一天。

次日一早，那判官才进得办公室，茶刚泡好，屁股不及坐热，鬼师爷便呲牙咧嘴，着急入内："老板事情坏了，昨儿个那批有个死老百姓死拖活拖，接不回来。"那判官是历练过的，任啥场面没见过，端坐自在，油然噗哧一笑："难不成我亲自去接。"师爷道："犯人张济自称受屈负，抗意甚坚，黑白郎君拿他不动，反遭他以内力震碎手镣脚铐。"判官啐道："放肆，世间受冤屈者哪差他一个，白纸黑字，阳寿已尽，时辰已到，由不得他。"师爷道："我一听说，自派特遣队前往支援拿缉……"判官插话道："这不就结了。"师爷用力叹叫一声："咳！又给挡了回来！"判官这才惊觉此案非同小可，只听那师爷往下说："张济之子张万康，调集摩门教、基督教、天主教、佛道儒几派系人间信徒，齐力发功，自己还跑了保安宫，他姐则串行天宫，台湾洋教堂也发祈祷，远在法国的教堂亦有台湾留学生为张父求庇护……"判官一笑："想提升成国际事件？"师爷道："由于那个万爸早前在病房住院期间受到冷怠，众人替他叫屈念力，威力不小！"判官道："哪个人犯的家属不是老串各种宗教寻求一个奇迹，有用吗，嘿。"师爷道："可特遣队以轻重兵器攻打不下，已成事实。"判官嚷道："不可能！特遣队乃地府两栖部队、黑衣部队、苕拳队、霹雳小组之精英组成，还没吃过一个小败仗！给我'三打祝家庄'！"合着这判官是戏迷。

那师爷续道："明公不知，眼看就要拿下，谁知这张万康天外飞出一记，硬将我一干人马顶回。"那判官眼睛给睁圆，嘟起嘴，专注听下去。师爷道："这浑小子，平生头一回上保安宫祈求保生大帝，望见保生大帝顶上一匾额：'道济群生'，这可好，他便对保生大帝讲，注定我必走这一遭！"判官道："此话怎讲？"师爷道："他爹名济，而张万康其实名中有一'群'字，他是名群痔，字万康，身份证现在登记的还叫群痔。痔疮的痔。"判官道："这什么怪名，冷死我也。"师爷道："就说他小子便拿济、群二字作文章，讲说我父子与保生大帝有缘，家父能健康最好，如不能，或死或生，愿大帝垂怜他受的冤苦，一路保庇，终得福喜安平。"判官捻过胡子作思道："倒也识大体。然后？"师爷道："小子接着求得一签，签上保生大帝也没允他什么，只暗示你父劫难如此。"判官大笑："这是明智的。"师爷道："事情来了，朝圣一趟回来，三日后张济情况愈发危厄，管子这时候下去，仍如风中之烛，命在旦夕，眼看咱这边要收网了，张万康竟使出阴险之计！他想起上个月间曾于一场婚宴上巧遇二十年没见的儿时玩伴赵×生，这个赵×生当时没带名片，张万康替他从礼金桌上取来一张贺喜的红纸片儿让他写联络电话，因而赵×生的笔迹留下，真给它'生'出来了！外加张万康想起去年一香港名士，此港仔名中有一'道'字，递给他名片时涂改一行，亲自写下自己新的电邮住址给他。于是将红纸片和名片让病父张济握于手中，自己手又紧扣父亲瞎喊一气，于焉'道、济、群、生'金刚合体！锐气千条、霞光万丈，竟将特遣队炸翻，医师宣告万爸暂时生还，特遣队活活给逼退五百里！"判官大喝："干！五百里！"师爷道："只是个形容啦。"判官盛怒，将那师爷擂了一拳，大呼："这万小子太奸了！"转瞬清醒过来又道："听你说来，保生大帝破例放他父子一马？"师爷道："就是！"判官炸嚷："乱了！全乱了！二哥怎么可以违法！这下我们怎么做事！"

看官，原来三四百年前，福建人民从厦门带了三尊保生大帝神像渡海来台，大哥安奉在台南西港，二哥供祀于台北大龙峒，三弟后来下落不明超过百年，辗转于农地里发现，终落脚于高雄大寮享受信徒朝拜。张万康拜的这尊便是判官口中的二哥。

却说判官骂声不止，师爷焦急连连，忽听得一小鬼卒仓皇来报："一自称保生大帝者请见！说忘了带进门刷卡用的那张磁卡，我们搜身无法辨识身份，他气得吹胡子瞪眼在外闹场！"判官道："一群饭桶！快让他进来！这会儿不是他还会是谁！你们都是小官僚！"

那保生大帝入内后，师爷上去奉茶，保生大帝接过不喝，只放下茶碗道："把我挡下来受窝囊气就算了，茶我也没精神喝，判官大人，张济、张万康父子一案究竟如何处理！"判官道："哟，那我就直言了，二哥，人不是你放的吗？烂摊子我们收？"保生大帝道："没这回事！我素知法统，从没要越界帮他什么，只是他那'道济群生'全对上了，威力太大，害我拉肚子！"师爷一旁道："难怪您不喝，烙赛［拉稀］不能喝茶。"判官听了骂师爷道："没礼貌！这不但是烙赛，还是刣赛［吓到拉稀］。"保生大帝苦道："别把我误会就好。那小子先求我一签，隔两日他朋友大锅来保安宫图书馆读书，张万康又派大锅顺便来求签，我虽感动，但没坏了纲纪，只把该是万爸的大方给出。这张济乃天界一只雄鸡，犯了天条，下凡历苦，如今修业届满，佛祖、太上老君和我等众神明对他于病房哀号三昼夜见危不救，只因要他多吃一分苦，多练一层功，方能功德圆满，起驾升天，你们接到地府过门后，我们自会派人下来度他，让他重回天界享福，重司仙鸡鸣报天时之职。"

　　说到此间，保生大帝出示两张签诗。这神秘的签诗如何记载，如何诠释，下回分解。

第二回

天命难违签诗惊真幻　慷慨赴义关公爱废柴

　　话说保生大帝为证明自己没对万爸放水，出示两首签诗让判官二人过目。他二人细细品过，狐疑中却又频频点头。保生大帝道："那大家都是明眼人。"意即我已自清。判官为能鉴识切中，请示道："我根器还差些，我觑见的未必然就是您给出的隐喻，您还得点一点我的拙眼。"保生大帝一笑："我给的是明喻了这是。"

　　且看第一张是万爸送急诊进加护病房前一日所求：

　　二零一零年六月廿八日
　　欲来时早起风云　官职宣迁意不勤
　　正好行程偏宿住　炉香今日尽烧焚

　　大帝解说道，近两三个月间，万爸健康忽然下滑，浑身酸软，背部发疼，甚无胃口，嗜睡至日夜颠倒。万康不断带父到医院多科门诊，终于在端午节前一天开出最佳处方，眼看即可重振雄风，却在端午节晚上摔跤。这是注定他过不了端午重煞、过不了此一节气。你说这叫人惋惜，可反过来说，他把他该活的节气安活到最后一天，老天对他宽大了。

第二张，是万康的朋友大锅在万爸插管当日代万康所求：

二零一零年七月一日
浴出龙池妙色身　老君抱送玉麒麟
鲜花玉蕊呈祥瑞　顶上摩尼珠一新

判官同师爷仍围着看，保生大帝解道，这是好诗，虽说往生意味浓厚，但赐万爸吉祥如意，历苦遭劫，于焉正果。喝，一般人走了还求不到哩。而前后两诗皆用同韵，分明是给家属当做一组来看，更暗示出这两首极其灵验。

"嘿哟，原来如此，误会二哥这般，容愚致歉。"判官脸上堆着笑恭敬拱手。话才说完，不禁纳闷起："那么会是谁帮他们的？这'道济群生'硬是牵强附会，竟能如此发功？"判官和保生大帝相视无语，眼神闪烁，这师爷瞧出科，怕二位尊者不方便讲，乃开言道出："自是行天宫关圣帝君的主意。"判官因道："关公手机几号，替我拨个电话给他。"

话说电话接通，寒暄两句后判官带到正题。关公听了，忙一边说着一边以电脑查询多笔资料，只因每天来求签者甚多，他哪记得住每一笔业务内容，有时甚至忙到叫周仓、关平帮他代理一下才能去上个厕所，不免错过苦主自无印象。这时关公忽而讶道："有了，是有个女子来啼泣求签，阳间户政司档案显示对方确实是张万康的同胞姐姐，上面有我的御批。同情归同情，签我许她，可心愿，没允。"判官质疑道："那么张氏一家何来如此巨大法力？光靠自力救济？您赐她何签，方便说吗？"关公道："这么吧，听说保二哥也在，不如我关二哥也上你那儿三人会商。"说的是刘关张桃园三结义，关公行二。判官喜道："那太好了，关公义气！"

一阵腾云驾雾，关公翩然来到。三人相见欢寒暄过场自不待言。谈及正事，万姐在行天宫求的签诗，关公展开来几个人一起看过，属下下签，确实没作万爸健康的允诺。签诗内容暂且略下，或许以后作者补上。

且说三大佬连同师爷，四人讨论半天，判官焦头烂额，二神明跟着咒骂万康父子。腾闹半天，保生大帝方说："事到如今，我也他妈被逼出赛了，缓缓吧。"关公这个大武将讲得更明白："制度和法律都是人订的，墨守成规，不智。"判官一时无语，忽而高声笑开，仰天长啸："我就知道还是您二位的帮衬！"续道："这个先例开不得，要嘛至多让张万康唱一出《目连救母》。"这则典故，乃佛教民间故事，并搬上传统戏演开，看官们可先咕狗查询，日后作者或作详述。

这时，两位神明齐作脸红涎笑间，保生大帝用一句闽南话叹笑起头："阿真正系我衰尾［还真是算我倒霉］。"如此这般劝进道：

"俗云'躺在地上也中枪'，那张济是'躺在床上也开枪'，把我弄得居然给自己'道济群生'的招牌震到，五内快快不快，心情真正未爽。可寻思后，此案与健保制度之弊端相关，事涉天下苍生苦，倒也不只他张济的私人生死案件了……"关公跟进道："我都查过了，这张万康小厮，是个小作家，如日后能持笔写出这些制度和人性的黑暗面，岂非我一介武夫所办不到的。"判官为难道："可这是何等大事，生死簿不能乱改的，要改也得早改。人我们接不回来，整个地府的威风扫地，开了这个头，后患如何？请愿声四起，每个死人都赖着不走，不是二位能承担的。"师爷闻言，立马对二神明抢白道："我说二位爷是佛心来的，要说佛心我也有啊，可这是个大原则的问题嘛。健保有问题那要找'立委'，作家个屁，我压根没听过这个人，横竖我从政以前也算文艺青年呐。"

这四位争执不下，却说门外议论纷纷，牛头马面、油流鬼、长舌鬼等一干鬼卒鬼民鬼花脸们拥挤于判官办公室门口亦热烈讨论起来。整个地府喧喧嚷嚷，各种意见甚嚣尘上，衙门里外舌战来回，外头鬼灵们因此还有人在争执中大打出手。一时之间师爷出来维持秩序，鬼群朝他握拳高喊："保！保！保！"说的是请保万爸一命，同时又闻一帮鬼众将双手圈成喇叭筒大叫："抓！抓！抓！"或"不保、不保、保你妈！"师爷摆动双手示意少安勿躁："我是发言人，你们听我说还是听你们说？"众小鬼安静下。师爷道："事情比诸位想象的复杂，特遣队刚刚进来回报，战死二十二员，都是被张济以顽强鸡掰的精气神咬死的，要说冤死他们也算冤，这批鬼死了又成什么鬼？"鬼群中之油流鬼喊道："特遣队本就是打仗的，死了也是死于职责，何来之冤？"师爷按捺脾气温温道：

"死的如果是你的亲人你怎么说呢？"对曰："那我以他为荣！死在万爸手里我们很光荣！"师爷道："油流鬼你这是抬杠。判官说了，神鬼也要休息，明儿个判官同保生大帝、关圣帝君正式来个'三堂会审'，保不保万爸，明天就会有答案，各位辛苦，先散了吧我说。"油流鬼两手舞蹈，用手背猛击手心哭道："我这晚怎么睡得着哟！"长舌鬼过来对油流鬼扮鬼脸，吐出变色龙蜥蜴般的长舌："啦啦啦！活不了、活不了，活得了下期乐透给你中！"两派鬼众顿时纠缠扭打，师爷趁机掩门。

欲知后事，下回分解。

第三回

三堂会审小万康舌战群雄
四大皆空鬼师爷马后放炮

话说三堂会审展开，审的是谁？那张万康于加护病房探视返家的这晚，疲惫睡眠中，忽而耳际有人喊他："莫惊，劳你跟我们走一趟，过后送你回返。"

这张万康被带到阴间，面对三名法官，多少胆颤心惊，可与其说他怕，不如说他万分严肃。一阵交叉审问，问出来龙去脉，判官屈指一算："令尊高寿九秩，自属'喜丧'，何苦相争几年至多？"只见万康深沉道："老人容易死，不表示老人该死。老人该死，不表示喊痛可以不闻不问。丧不见得非喜，可喜是丧在谁手里？"一旁保生大帝听了颔首。判官道："我没说你那万爸没蒙冤。可你要想想，纳粹杀犹太人六百万，日本杀南京三十万，其中活该该死的又有几人？"万康道："总该有一个人活下来作见证吧。"判官生气道："我没法叫谁人不活、谁人不死，我只负责把名单上的人带走。"

此时保生大帝抖动感性的嘴唇，朝来人殷殷道："人世不无常就不叫人世了，你爹爹可以上天界当一只仙鸡，这是殊荣，万康，你该惜福。"万康道："合着他晚走就不给当仙鸡？"保生大帝窘笑道："倒也不是这么说。"万康道："小的以为，生死有命，注定了就只有认命，小的当时也作思不让家父插管，以免没完没了，受苦这几天还不够吗？可家父重听近五十年，没戴助听器根本是聋子，便也没听见释迦牟尼和太上老君的呼唤，他的眼神告诉我：'这几天怎么回事！医生来了没！护士来了没！谢谢现在医生护士救我了！可如果要走请给我一个理由。为什么当时不救我，请告诉我一个理由。五天五夜体内被摧毁的剧痛，我竟然可以挺住，现在又为什么要我走。'"关公叹气，敬曰："想当年我中一毒箭，不上麻醉药就进行刮骨疗伤，一边还下棋说笑，蔚为美谈。可要我受你老太爷这种五个黑天的灾难，只怕我也没把握。令尊是勇者，蜀国当年就还差令尊这员骁将。"说着用手将胡子顺过，号称美髯公，那动作之漂亮。

　　话到此间，判官对关公道："你们都太感情用事，究竟我这里管理的不是冤屈或忍痛啊。"万康道："我们绝无耽搁冥府的公权力之意，只是一来大夫告诉我们，家父既非癌症，亦非中风，如喘死不值，何妨一拼？其次我和家姐眼见家父并未昏迷，意识清醒，想趁他昏迷时'下手'助他往生西行亦难。三来他以大无畏精神愿意迎战、抗战到底，还有四！家父含冤捱痛，自觉死得莫名其妙，只怕成脱队的……厉鬼，届时我们更难度他，你们更难收他。故而我们忍痛让父亲插管，保命后让肺炎慢慢好转，转不来也认栽，转得来，治疗胃出血不难。"判官哼道："我等你第五点说服我。"保生大帝却对万康道："你说下去。"万康道："七月一日清晨六时左右插管后，大夫当日见万爸仍无起色，一迳昏暗不醒，当晚我们就开始办理家父后事，其间大锅贤弟以简讯告知第二签之签诗内容，我们悲欣交集，便只感谢着祈祷释迦牟尼佛和太上老君好好照顾老爸以金光顺利接引，可见我们并未参不得生死命定，强加挽留。"判官无言，只好先道："往下说。"万康道："孰料次日上午十一时入内探视，家父竟睁开双睛，精神还算奕奕，当时我心振动，把准备好的两张朋友的签名纸片交过他手中与我相握，口云：'老赵的儿子赵×生问候你！香港的一个朋友也问候你！'不意家父将头点了两下。"判官没好气道："你他妈业畜，就毁在你这一招。"万康道："既然家父奇迹式暂时生还，那么我们就希望他就此好起来，这要求乃人情常理。真没往下好起来，那也是他的命，至少新的一批医生护士悉心关照了他，我们适时给予温暖抚慰和打气，他也走得安心踏实了。"判官想挑万康毛病，却挑不出，心中擂鼓。

就在这时，鬼师爷将双手跳开键盘，从打字记录中猛掉过头，对判官焦急道："大人千万明察！"旋朝张万康道："你他妈这是缓兵之计！"万康悲愤道："我缓你老母！你们要带他走得了，我能拦得了你们什么！你们有权有势，我们只是草民黎民、小老百姓一个。"鬼师爷斥道："含血喷人！这不是拿权势压你喔我说！咱们只是公事公办。"万康道："家父要跟你们抗争到底，你们有本事带走他！竟还来求我！无能！可耻！"判官不爽道："张万康，那我这可就把你老爸拉走啰？"张万康凛然道："判官大人，咱与你是各为其主，你做你的官，要抓来抓，死了我不怨你，可我当我爸的儿子，他想战，我奉陪到底。"判官听了痴愣住，乃作嘿嘿一笑化开："有话好说咩。"

一时关公抚须寻思片刻，朝万康问道："小兄弟，俗话讲，有人为活着，有人为生活。你是否帮令尊着想过，如果一个人好容易活下来，生活机能尽失，值否？"万康道："关将军，爱因斯坦驾崩，骨肉凋零，世人希望将他的大脑留下来，臭皮囊只留一小块，亦有一小块的乐趣。家父平凡，但对他而言，活着一小块，就是一小块生活，如此自足自 high，岂有不成全之理？"判官插入讥道："我看这根本是变态。"万康不愿看他，脸朝关公答复道："价值观因人而异，每个人的生死都是一桩个案，不宜将自己的观念加诸每一人身上作指挥。"关公道："既属个案，一桩个案惊动万教，大家伙儿全为你老豆一人疯狂，延误其他民生事务、公共事务，弄得判官大人积案如山，仙僮鬼民情绪浮荡。如此煽动，蕞尔个案岂该有如此规格？"万康好无礼，指着关公道："你是关公，不是公关。个人生死个人了，我爸赖我爸的病，你回你的行天宫。"保生大帝一旁拍案怒斥："不得无礼！"判官猛吓一跳，触电般身子给扭歪，大声跟进道："放肆！你小子狂，来人啊！"法警小鬼正要向前，关公大手一去："退下！"一时全场沉寂无声，那关公收放卧蚕眉，缓过来，对万康挤出宽谅一笑，平和道："究竟是你不冷静，还是我们太不冷静。"那关公大度，以自嘲化开尴尬。

那万康内心自顾激情，却没向关公还礼表示，只说："我可以回去睡了吗？明天我还得进 ICU 伺候我爹爹去，我娘亲心情灰暗也须我照应。"这 ICU 即是加护病房的洋文缩写。神明们眼见该审的也已审完，让当事人分辩下去只让公堂混乱，于是判官便将万康饬回，再与二神明作宣判前的最后讨论。

却说判官于三人会商中表面坚持己见，内心实矛盾不已。保生大帝好生劝说道："我看就先拖着吧。"判官道："拖多久？"这一问，关公心笑福音有谱，因顺道："不如贵军人马先撤回，作壁上观，让万爸跟病魔斗去，谁胜谁负，自不关你我事儿，省得舆论也对我们不利。"喝，说到舆论，此案沸沸扬扬，外头早有一批记者恭候宣判结果。保生大帝拍拍判官肩膀："大人辛苦了，别没事把事情揽身上，万爸战赢了是万爸的，战输了我们再派人接他得了。"判官怒道："别拍我肩，下回麻将输了我找你！"关公抢进道："错，万爸过关，你居功厥伟，人民爱戴，过不了关……"关公拿手肘轻顶判官："你推得一干二净。"判官苦道："我一生耿直，清清白白，老老实实，都快退休了还碰上这场鸟案。闲云野鹤，难！"

话说喧闹声中，众鬼记者、鬼卒、鬼民们听见开门声响，望见鬼师爷打开办公室大门，纷纷抢上询问究竟。那鬼师爷只对记者细声提醒道："慢慢来，小心头撞到。"是说摄影机，师爷好假，喔不，好贴心。接着记者都安静了，师爷却紧闭双唇老半天，还是某台资深记者率先发难问了："师爷，您老开个金口。"那师爷清清喉咙，宣道："一个字，保。"

一时间欢声雷动，万爸平安。鞭炮声四处放起，好似台湾少棒队当年在国外封王时刻。

师爷加了但书："保多久，不插手，时间到了领走。"记者问："时间点是？"师爷道："你问我我问谁，你问医生啊！只怕医生也不知道，此乃天机也。"记者又追问："天机说多久？"师爷道："地水火风，四大皆空。该走的不留，该留的不走。"记者追问："这不是废话吗？"师爷道："你问的这句就不废？"说完便转身入内。这时一名记者又挤上去："可以说说您的个人感想吗？"师爷道："受想行识，亦复如是。我个人是一直为万爸担忧的，我早就说过保万爸是对的。"说完关上门。

那保生大帝和关帝圣君便也打道回府，走密道甩开记者，驰云扬长而去。

万爸暂时保命，又将遭遇何等险峻关卡，且看后话。

第四回

天真胸怀万老爹彻底　琉璃光影药师佛如来

却说高龄九旬的万爸暂得保住老命，口中含管，静躺不动，却违反插管病人之常态，目光温柔而炯炯，精神济济且奕奕。插管头两日，护士怕他去拔管，不得已对他绑戴"约束"（一种布制的绳索或类似棒球手套的厚手套，或统称约束带），接下来就对他日日松绑，只因万爸忍功一流，配合度高。万爸是老士官退伍，俗称老兵，但面对生死关可不一定每个老兵都这么乖，有的老兵、老人会在重病或久病中厌世高喊"让我走！"。无论以宏观或微观来看待其境遇，虽不乖，亦不表示是个错，终究人本该可以为自己的生命存留作选择，活出真性情自为潇洒。真要命，万爸很想活，在面临喘死的存亡之秋他愿意选择插管的考验，这老人实实在在地履行了"欢喜做，甘愿受"，对他而言勇于对抗的本身就是潇洒。

何以万爸有如此深厚之内力连日抵挡这些苦刑。数十年来，万爸平日最爱的嗜好就是省水、省电，但凡看到电灯亮着就想关，一盆水可以拿来作多用途。这老小子连抽水马桶都不大舍得用，咱们拉尿拉完，按钮压下去，大水哗啦啦，不行！太浪费！要用漱口杯去接水龙头的水，半杯水倒入马桶去冲，所剩半杯留着，下次拉尿继续冲。万爸对生活质量要求之低度，已至如此登峰造极之变态化境，或许这种人在遭逢难关时也就不认为多苦。

又如万康在万爸七十七岁时，曾骑脚踏车搭载万爸一路不停骑了五公里，由于万爸当时约莫也有七十七公斤（身高一米六四），骑速快不起来，好容易到达目的地，万康才赫然发现，万爸的裤底全给黄泥溅湿，简直如烙赛。原来稍早刚下过一场大雨，沿途都是泥汤路。这万爸不忍打扰万康骑车的节奏感，便这样"享受"着奇妙液体触摸屁股之体验，这又是一桩殊胜变态了。

更加具体摧残的案例是，万爸在八十三岁那年曾不慎摔断髋骨，经手术于左腿肉内装置一大支人工髋关节，手术后虽可持杖行走以求稳，但这个左腿却开始有发疼现象，这一痛就痛了七年，日夜还是忍痛到公园散步。医生说他这是老化，他半信半疑，没办法。万康帮他拿止痛药，他怕药物有伤肾副作用，便也尽量不吃，宁捱痛。后几年就算吃止痛药也没用了，生活起居却仍照常。这万爸可以和诸多疼痛、不方便、不舒适感"相忍为国"，犹然面色不改，甚至忘记这些坏感觉而生活下去，其功力之醇厚，早非常人能及。

这万爸没啥了不起的生死观，你如果问他为什么要活？他可能反问你为什么要死？

活着，就是个好。

这儿子万康倒也想不出万爸有啥生活嗜好去支持他活。努力想半天，总结出万爸在生活中有三大嗜好，一个是买乐透，一个是看电视上的撞球赛，一个是喂狗吃大肉。

麻将，曾很爱打，但约莫八十岁过后可有可无，有人陪他玩，开心，没人陪他玩，手一点不痒。若说壮年以前，万爸曾经年累月是个赌徒，擅长桥牌、罗宋（十三支）、麻将、天九（会，但没机会玩，因为这种要去职业赌场），可说样样精通。八十岁之后赌的乐趣方只剩下买乐透此唯一嗜好。只要几期没开出大奖，他就兴致高昂。终于有人中大奖，他看着电视嘿嘿笑，乐不可支，"dó〔独〕得耶！"他笑不停。奇怪又不是他中奖是乐个春？万康始终不懂。一如牌桌上有人自摸大牌，不是他摸的，他亦大惊大笑不止，牌局散了仍津津有味："怎么会有这样的牌！哇哈哈哈！因为他打了五筒，对家碰了丢二条被我吃，我打出八条对家考虑碰，不碰，结果让他自摸了这么大的牌，哇哈哈你说妙不妙。"妙个屁，麻将不就是这回事，那人又没给你吃红。

再来就是"彻底"的精神。万爸和庸俗美国片中的父亲有个共同嗜好，修屋顶。八十三岁首度摔伤左髋骨（九十岁二摔同侧髋骨）之前，万爸年过八十依然如花蝴蝶高来低去，尤其爱爬到屋顶上敲敲补补，瞎整一气。下午日头酷热中以攀岩身手上去了，一修到天黑还不下来，手电筒伺候，继续修。吃晚饭时间叫不下来，终于下来了，邻居经过不敢走开，提心吊胆要他留神，只见他缓缓摸着下高，平安着陆。他总笑吟吟高声自夸老半天："一件事我一定要做得彻底。"或许这也和牌局不到底不能散的规矩相通，但赌鬼们大多没把牌桌的精神用在生活上。那么万爸第一次摔伤髋骨是因为从高处摔落的吗？错，却是在自家一楼大门小阶梯上没踩稳给蹭落了。命运跟万爸开了这玩笑。七年后，二千零一十年的农历年后，万爸这回真真老化了，突然怕冷、胃口差、四肢俱发酸软、背部严重闹疼，看过多科门诊后原以为情况得以控制，端午节当晚家庭聚餐归来，下车一个不稳，身边的人没扶实，万康不巧在家中接到一个迟迟不挂的电话来不及出去搀，这下又摔了一跤，打响了万爸人生的最后一场光荣战役。

话说万爸插管暂时保命越过险峰，然而，衰事来了。原本因万爸肺炎太喘无法做胃镜，插管之后来做，这一做，照见贲门异常肿起，窄到不行。三日后切片检查报告出来，不是坏东西。但是不是坏东西都麻烦，食物过不了贲门，尝试鼻胃管灌食几回皆逆流呕出，只好打营养针。万爸的肺炎十分严重，光倚赖精神战力一下难以具体好转，身子端靠营养针提供的营养有限，难以发淫威抗肺炎。紧接着，医师亟思追认贲门那个到底是啥阿物，二度胃镜，再等报告三日，出来的结果仍非坏东西，但按照经验法则老人那边八成不是好东西，十五个吊桶七上八下，医检单位和肠胃科医师便不敢拍板，于是再排电脑断层。隔日报告出来后，哇哩咧，胰脏有东西，乃至压迫贲门；杠上开花，肝硬化A到B期，所以腹部开始积水不退。医师表示，百分之八十的几率是胰脏癌，只差以报告形式见诸文字敲定。也就是说，即便肺炎过关，如持续着肝胰闹事、肠胃堵塞，万爸只能等日子已矣。插管是七月一日，肝胰的报告出来这天是七月九日，这天万爸口含巨型吸管仍精神抖擞，不知腹腔竟如此凶险，犹然跟家属点头、挥手、握手。只因含着口管，万爸无法开言，与家属用握手沟通来答复是非题，有、是或好则握紧；没有、不是或不好则握而不发（力）。

　　小刀康得知万爸前途茫茫，挫折感可想而知。早知肺炎这关的下一关原来是胰脏癌加肝硬化，应就不让万爸插管忍苦了，否则头一关刀山过了还有下一个闷锅。安慰的是，万爸看到家人前来探视，眼神中总露出一股期待，而万康姐弟二人输送出的手心温热，与抚慰或打气之耳语，使万爸总是陶陶然有幸福感。万爸像是在诉说："有家人的爱是多么美好啊！多活一天是多么爽啊！"万爸不计前嫌啊，嫌啥，只因今年万康虽不断勤劳带万爸看病，但难免露出不耐烦状，曾对万爸大骂："不要吵我看球赛！等广告再说不行吗！"又，万爸早前在医院嚎叫三昼夜期间疑惧医生护士为什么不来看他，万康脑子发昏，忘记向院外高人求助，手足失措，只能任由万爸风雨飘摇，然而在加护病房父子二人双手紧握间，显然万爸原谅了万康。

　　万康和万姐暂且不忍将肝胰真相告知父亲。这小作家张万康也算蛮会乱写东西，想必口才也他妈不赖，这下子却在表达上产生空前障碍。或许再好的作家和沟通大师也难以作出一个好说明、给出一个好说法……

　　话说人间万苦，生老病死，进不得，退不了，怎一个囧字了得。可"万爸事件"竟然仍在阴间不退烧。鬼师爷苦于传真机有换不完的卷筒纸，不但有阳间传来的，还混着阴间鬼民鬼卒匿名传来的。地府的官网，被塞爆，这是起先。后来更有黑客在官网上贴出斗大的一道文案："拎北 [你老子] 就是万爸!"判官的 E-mail 信箱竟也被泄漏出,阴阳两界,甚至天界都有仙子狂寄信件前来。判官对师爷叫苦道:"我眼睛都给花了!我第一次期待好歹给我一封色情网站的烂广告信!"

真惊喜,也不意外,这张万康广结善缘,其父受难若此,祈祷声、诵经声、啃蔬菜声嗡嗡回向鬼叫……是说万康有的朋友发愿茹素,有的朋友一早起来就为万爸念颂《金刚经》,有的朋友搭公车经过教堂如没时间进去必也胸前画个十字为万爸祝福。连陌生人也为万父子闹心忧心,自发性念力起来。连万康养的猫狗也睡在万爸的空床下或空床边高低处守候。连万康平日喂的四只流浪猫也对万康喵喵大叫:"我们要吃素饼干!"(停!太超过了)

话回这厢。那判官瘫软歪坐在办公桌前,续对师爷埋怨道:"这是病和病人之间的事儿,胰脏出事,肝脏不行,难不成是我造成的?真要说这也是医生和病患之间的事儿,我能有什么好介入?我他妈法外施恩,拖着让他们决斗,那些看八卦的家伙阿里不达 [不三不四,水平差] 不感谢我,我没派人去抓得了,怎么还反要我去救。"师爷道:"我就说这案子当初不能判'保'带'拖'啊!"判官道:"甭提了,你没事对外宣称什么保万爸是对的是怎样!惹得舆论抓着你这句不放!你不会说'维持中立'哇!我们偷偷把特遣队拉回来也就是了!有些事啊,只能做,不能说!"师爷搔耳,吞吐难言。判官想着又骂起道:"两位二哥太机车 [差劲] 了,落井下石,关公对记者说事情没一次做好是卡在我身上。又他妈补一句'我知道他也很为难'。"师爷道:"保生大帝也够贼啊,对外讲'我只保生,不管保死'，玩起文字游戏！"判官道："咳！说到底鬼衙门现在给卷进这档子事了，他们找错对象，咱们却脱不了身。"

那师爷听到此间，眼色一亮："有了！"判官苦笑："提早辞职吗？那我的退休金怎么办？我他妈成了郭冠英。"师爷道："主子您且稍安，我立马打一篇稿子。"判官道："你还想乱发新闻稿？省省呗。"师爷喜道："不，我帮您呈个文。"判官道："给谁人？"师爷道："药师佛。"判官顿时痴愣，喃喃恍然道："……不是人，是尊佛。"师爷道："小的这就去办。"判官起身道："不必了。"师爷闻言咋舌。判官精神道："备车，我得亲自走一趟。"

究竟万爸生涯如何振作起点，或终点如何，且看后话。

第五回

传秘法药师馈宝贝　吓破胆魔王点精兵

闲话略过，话说判官参见药师佛，表示生死簿上，万爸名字下给空出，到底该填上何年何月何日让走，药师佛曰："唵，哇日辣，达诃贺斛。"判官搔头，又问，如要随众生心愿，万爸何方何法得救。药师佛曰："唵，爷爷曩，三婆哇，伐日辣斛。"判官瞪眼道："你说国语好吗？"原来药师佛讲的是印度话。

既是无边法力之佛，语言又有何难，药师佛便用国语说了："世间凡夫，遇难总爱临时抱佛脚，我乃大度神佛，不予计较，只是人皆求我，人自己又做了什么？"判官道："是啊，那万小子舌灿莲花，脚下却不生莲花，双手又做出了什么？"药师佛纠正道："我只是在讲道，倒不是说苦主的儿子没做什么，这几日来我监控到他做了一件事。"判官道："何事？"药师佛道："他老爹躺了一周后，忽而暂失耐心，心想我怎还在躺，身子感到别扭，拔出两支针头，护士不得已将约束带绑回。小万康见爸爸又被绑了，内心悲苦，从而在家每次睡眠时就把一册《心经》绑在手腕上，一来祝祷，二来体会约束滋味分担父亲之苦。"判官大声嚷道："有个屁用！我 SM 玩更大。"

看官，那万爸是很能忍苦之人，之所以拔针头，那是万般不舒服到极点，他评估过宁拔起再重新插入较为舒服。经万康安抚后，那万爸点头，继续乖乖的，真是很乖的老小孩。但有的护士不放心，此后只好常常绑住他，万康只好请父亲体谅。直到又过了约莫四天，观察后才又安心，将万爸全全松绑。

另外先插播一件事，当万爸送急诊转加护当日，万康一时来到急诊室外的便利商店买茶叶蛋果腹，这时赫然发现，平日斜背的包包上，别了一块四五公分长度的翠玉（这是万康在文山社大的学生所赠，万康别了它一年多以表对学生相互感谢之意）——此玉，在万爸从家中出发送急诊时犹好端端，这下却尾部断掉，下落不明。断裂消失的部分约有一公分长度，像是被"谁"用特殊工具锯断似的，切口平整。看官如果看过张万康的日记就会晓得这是真实事件，本部《道济群生录》亦是作者参考张万康施主每天的日记所撰写而成。万康一直叫我不要乱写，本人说俱乃实情有据，何来乱写之有？万康只好引述《红楼梦》的一首诗作答："满纸荒唐言，一把辛酸泪，都云作者痴，谁解其中味。"

话回这厢，那药师佛将判官劝说两句，好比"做人不要太色"云云，判官道："我说大佛，您甭忙着开示我，张济、张万康父子一事究竟如何？"药师佛道："大人只顾自己利益盘算，并非真关心，又何须假晓得。"判官不悦："怎这么说话，五百年前那杜丽娘情窦初开，害了春病而死，我见她这般境遇堪怜，不也帮过她。"药师佛道："你帮她，那只因你见她生得有几分颜色。"判官羞惭语塞。看官，杜丽娘又是什么典故？请咕狗，或可找《牡丹亭》的书本或昆曲。

　　且说那判官对药师佛道："您就别涮我了，这会儿我已经火烧屁股。您大慈大悲我不如您，可您如大慈大悲怎不跳下去救人？"药师佛关闭双眼，悠悠道："大人日理万机，上班辛苦，我这里素酒招待不周，何妨另寻粉味。"那判官见这是送客之意，只好识趣拜别回府，心中暗想："我他妈衰，求你帮忙，有没有谱不知道，还遭你一顿说教，我呸。"心中度烂〔不爽〕不在话下。

　　夜半，寅时，张万康手系《心经》打鼾雷霆。忽而醒转，只见手腕上只剩一条手帕空空绕着，《心经》已然失踪。万康愕然忧思："这样怎么保佑爸爸！"同时背部不适，因而一个翻身，却发现册子就压在背底下，万康舒出一口气，取过册子正要绑回，发现不对劲儿，斗室光亮照明……记得自己分明将天花板的大灯开关切掉入眠，只留一盏小台灯的微光……

　　万康两足履地，坐于床沿，起初眩于光线异常明亮，随后即觉这光度柔和，丝毫不刺眼。定睛一望，只见一人于房内盘腿而"坐"，飘浮离地一公尺有余。此人全身透明（但有穿衣服！这不是春梦！），身如琉璃，通体明净。那万康平日饲养的一对猫狗此时亦正于房间内，皆安然眙望来者，不吠不喵，不作任何骚动。这狗是柴犬，名唤"哈噜"，一年半前因母亲友人的女儿怀孕，隐忧于柴犬一快乐就爱扑人的天性，便将这只四岁的柴犬让万康家中接手抚养至今，眼下这狗五岁半。此狗甚任性，爱跟别的狗叫嚣互殴不说，连万康全家人也被它溅血咬过，全家（当然包括万康和万爸）都曾为了它去打破伤风。后来万康摸清狗性后，调教得当，这狗乃成为一只忠狗。猫仔据兽医师估计现年约莫三岁半，菜市场名"喵喵"，本来为街猫，两年前收养后自是家猫，但仍野性忒大，没事跑出去胡闹，常叼回四脚蛇、螳螂、野鸽子于家中作战利品。此猫天生折尾，人们管这叫"麒麟尾"，相传这种猫只因天残必有某种天才，谁晓得。

万康吞了一大口口水，对猫狗道："你们两个都乖，这是……客人。"那来者微笑曰："放心，他俩很乖[1]，你父亲的事，我们都晓得。"万康倒没下拜，但不由得也将腿盘起，端然坐在床沿上，说道："家父一生老老实实，从没坑害过人，除了打麻将偶尔作个小弊，但自从家母和我劝戒一番也改了，如今遭此冤苦，我太替他抱不平啊。"来者微微点头，无语。万康说下去："亲朋好友如借钱没还、如屡屡倒会[2]，家父也认了，我没听过他骂过谁，这样好的一个人晚年遇上这遭病症摧残，您都看到了吗？"来者不点头，只无语。万康再

1　文中多处用"他"称呼动物，原因作者在十七回中有说明。——编者注，下同
2　倒会："标会"是浙闽台地区常见的一种民间互助集资行为，会员需按约定时缴纳会费，如拖欠甚至卷款逃走，即为"倒会"。

道："家父没捐钱做善事的习惯，但我们捐给九二一川震八八水灾、我们去参加照护迟缓儿的爱心活动，他也从不会浇冷水反对半句。家父爱狗爱猫，吃饭不自己先吃一口，第一口必拿一片大肉喂狗，狗快乐，他就快乐，这不也是个老天真情趣。有次感冒咱万妈带他看医生，万妈顺口问医生猫都跟他睡，是否惹病菌不卫生，医生也就顺口迁就万妈说那最好别跟猫睡。他听了就紧张了，回家后对我肃然嘟囔以后再也不让猫跟他窝一道，结果猫被隔离一夜，第二天猫逮着机会溜上他床铺，半推半就他将就下来此后照样天天厮睡一起打呼噜，这不也是老人家胸怀之大。至于我，我做的善行……没法跟您说嘴，但我夏天遇到街上发传单的人，我都接过一张，怕他们天热流汗辛苦发不完，冬天则怕他们在寒流中站太久，也接过一张，甚至再多要一张。为何我们父子遭上天如此回报？"来者这时方异动唇形，谆谆说话："小万康，你问的问题我无法回答，但如果你做的事，你觉得是善的，那就做下去。善有善报，只是未必在生老病死上头回报。"万康道："我知道生老病死归生老病死，做个大小善事如果求回报那似乎也不大叫善，可家父在医院痛苦三天三夜……"来者温温截语道："这些我知晓。现下经检查方知重症叩关，遭受漫长围城之役，我亦从旁观照知悉。我知你六神无主，恓惶忐忑，父子二人进退两难。"万康道："药石罔效，也须平安送回净土。"来者道："这不急，自有安排，回来就是仙鸡，该是他的位子就是他的。"万康道："这我谢过，但目前求生不能，求死不得，我该如何？"来者听了阖起双眼，不再搭腔，宾主端坐无语。

　　就这么好一阵，大概半小时有，一场寂灭沉淀后，万康忽打破沉寂道："我爸爸不但是仙鸡，还是斗鸡。"来者道："是。"万康续道："虽然我敬佩他这样斗……"来者突然厉声道："斗！"万康震惊，猫狗同时身子一缩。来者道："斗有斗魂，万康，战斗早已开始，是胜或败，打仗要有打仗的样子。"万康冥思半晌，方道："现在，我们等着爸爸进忠烈祠，但同时相信奇迹，两者看似违背，也不相抵触。"来者道："静中有动，不变中自有变。胜亦败，败亦胜，色是空，空是色，心托于身，心亦不受身所局限。万康，战不战，在你。"万康颔首道："战……"然迟疑起："可我是笨蛋一个，战念有了，战法为何？"

此时来者满意点头，悠悠说道："小万康，你殊不知攻克肺炎，唯有拍背。"万康扼腕道："拍背咳痰！呀！我这几天忘了这步！少拍多少下了啊现在！"来者道："现在？现在就是拍背，把人拍好起来。就算终告成仁，横竖拍出个精气神，你老太爷舒舒服服，享受你伺候一场。"万康喜道："活在当下。"那来者见他悟道，笑曰："万康，在急诊室外，你曾遭断玉之劫，曾有此事耶？"万康道："有。"来者道："当时你魂不守舍间，忽然接获好友母亲朱妈妈来电，问你要不要去听她参加的妇女声乐合唱团演唱，是不是？"万康想起道："喔有！我本来走路，停下掏出铃声作响的手机。"来者道："你这一停，殊不知身侧后方一部车子差点撞着你，于此之际有一抹天力将你拂开，你后退两步，此玉遭车身的保险杆铰断，嵌于车身给带走。"万康喃喃道："……原来如此。"

万康正要称谢，倏忽来者高声喝令："万康听令！"万康惊住。来者道："我授你一套功法，赐你一件宝贝，用以对抗肺炎魔山兵团。此功法乃'大力拍背掌'，待我走后你即刻专心入睡，睡醒后方练就圆成。你凭借此掌，进入你父之身心灵，与其潜意识相会师，父子二人协同作战。你要听好，此战乃战史上空前之惨战、恶战，与苦战，须有一番心理准备。"万康猛点头，内心既期待又怕怕。说到此间，来者掏出一物，递向万康。这万康瞧见惊惑："薄荷糖？"来者啐道："去！这正是那截断玉。"万康这才欠身接过。来者道："将手帕包好，放入衬衫左胸膛口袋，将之贴妥于心。千万记得，不到最危险之关头，不得取出。"万康道："取出之后怎么用。"来者道："吞下。"万康低头看着手心中的这枚残玉，晶莹剔透，瑕光温润，抬起头时，只见四面光线俱暗，来者杳然无踪，只剩一盏台灯光晕，猫狗安睡。

　　看官，万康接着便去拉尿睡回笼觉。镜头转过，一重重妖气弥漫，这妖气是喷着千万道的黄、绿两种浓稠色柱不断往上绕圈，绕出一座海拔一万公尺、森然恐怖的魔山。

　　山顶上，一座诡异丑陋的宫殿，宛若最恶烂的艺术家所造的前卫建筑。一个模样恶心巴拉的小兵往殿内伛仲奔入，叩见的动作还只做了半套，即朝眼前魔王慌张喊道："启禀大王！山下两个王八羔子，只看他二人好像在玩'老背少'的游戏，一股却杀得前卫师七荤八素，直直往山脚下阵地攻来！他父子竟向我军叫阵，投书邀战！"那魔王接过投书，看了两眼骇异道："……怎么还没死？"把战帖整个读完后，愤然道："通令大军，全面接战。"

　　锵锵锵锵锵！急急如律令，欲知后情，严正待续。

第六回

渡烽火野鸽报战情　越林海灵兽参烂战

　　话说加护病房每日家属探视仅两个时段，各四十分钟，一天也只八十分钟，万康把握时间用来加紧拍背，万姐则专攻穴道按摩。那万康以药师佛传授之"大力拍背掌"将"手气"灌注父亲体内，并借以进入其潜意识……

　　一片混沌妖气、瘴疠浓雾环伺间，那万爸、万康父子携手相见。万康道："拔！您老人家受累了！你还好吗！"万爸以肯定的态度将头一点。万康道："插管后没法讲话，实乃万不得已。"万爸道："你说啥！我没戴耳机呐！"万康忙将助听器替爸挂上，着急间还把圆形小电池给装反，万爸猛指着助听器翻动手掌，万康这才发现装反，然心中却又高兴："拔可以讲话了！不然怎会告诉我没戴耳机！"耳机安妥，万爸咳嗽两声测试，果然听见自己的咳嗽声，自是欢喜。万康附耳说道："听得见吗？我刚刚说啊，不好意思，紧急保命不得不插管，但插了管没法讲话，得忍忍。"万爸微笑拍拍万康的手："没关系，我本来就沉默寡言，何况我们现在不就可以讲话了耶嘿。"万康歉然道："拔，肠胃现在不通，没法进食和灌食，帮你静脉注射打营养针，你别怕没吃饭喝水没体力……只是少了吃东西的享受，拔你辛苦了。"万爸道："不吃不喝还可以活，不错啦，我这人有吃的就痛快吃，没吃的也就没吃，不碍事。"万康还以拍握住万爸的手，以眼神嘉许和安慰。

　　说来这万爸的生活方式向来平淡，两千零四年的盛夏，万康曾注意到父亲一事，当时写了日记记下。那天异常燥热带闷热，万康跑去买了罐冰镇的可乐，喝了一半，瞥见万爸坐在桌前看荣民刊物，便顺手将剩下的半罐可乐递给万爸。这万爸没搭腔，接过的刹那就咕噜噜喝起，卯起来作享受状。万康先去别处忙活一阵，回头来到万爸身后，无意中却发现万爸正手持可乐罐子，几乎是倒过来一百八十度垂直着，从上空往下倒，仰头将嘴张老大。原来万爸连仅剩的一小口可乐残滴也不放过，不断摇晃可乐罐！摇了半天没半滴了仍试着。万康这才讶异，许久（一两年？）不曾对万爸进贡可乐，可这么久以来他也没要求过喝点什么。眼下万爸的行为显示出他是多么爱这一味，如此饥渴于感官之欲望啊！然而此人平平淡淡，没有，没差；有，就给它陶醉——这需要多么长久的时光方能养成广钦老和尚所言"无来亦无去"之心状。有，他就来一下；没有，他便忘了。甚至可以说，没有，他不恨；有，他珍惜，他感激……

　　"拔！我们要做事！我们要反攻！"万康精神道。
　　"是时候了！我就知道你有办法！"万爸振奋道。

　　且说父子联手反击，肉身挺进，杀得炎魔兵团的前卫师人倒旗歪，攻至魔山山脚下，投递战书过去，魔王大骇，急调六路大军。万康二人哪待敌人布阵周整，趁敌人军心浮动、立足未稳，迅疾指山杀入。一个山头一个山头冲上来，见佛杀佛，见鬼杀鬼，敌兵尸横遍野，节节败退。万康对父亲喜道："拔，有起色了！"万爸道："还早，再打过。"

　　话音才落，四面狂风呼啸而起，如粉笔摩擦玻璃般刺耳，万爸抚耳喊痛，万康急忙将万爸耳机摘下收好。转眼间魔音分贝加重，万康亦以双手蒙耳，父子二人听不见对方讲话。没在怕的，这对父子长年来就常处于无声无息的沟通方式（因为这只助听器虽昂贵却老故障修不好）。然而可怕的是紧跟着黄、绿两色"痰雾"袭来，这雾气不但遮蔽视线，且有剧毒！一时间父子二人呼吸不上来，气喘兼窒息感压迫，就在这时，炎魔精锐野战师统统跳出来发起疯狂冲锋，一时间杀声震天，万康父子凭借下意识于浓雾中对近身者挥刀猛砍，或以手榴弹、霰弹枪狂轰痛炸，气喘齿颤间竟杀退五波冲锋。第六波来的是炎魔特战旅，这下万康父子二人被冲散，分头瞎砍一气，万康抢上一柱神木爬上，居高临下望见父亲背影正遭围攻，忙抄起树枝上的藤索以人猿泰山之姿荡去，高速下降之间，接近父亲背部连忙屈起双腿，用力将腿蹬出，这一蹬，重击在老爹背部，老爹一咳，浓痰喷出口腔，扫得特战旅士兵当下销镕惨死，正是以毒攻毒。

　　惜暂时解围后，敌军增援不断，不让万康二人喘歇，不得已万康准备转进，猛抱起父亲（这时才发现父亲体重从六月底以来在十来天内已增加六公斤，只怕其中两公斤是腹水），一个劲儿硬是无法帮他翻身，敌人乱枪射来，两人一起倒地翻滚下山。天旋地转间万爸大喊："五筒！"万康斥道："你还有心情打麻将！"万爸怒喊："我痛！"原来万康听错，只因万爸六月中旬左腿骨折开刀后尚未完全复原，这一滚自是痛楚难耐。

　　却说那张济、万康父子滚至一处山腰，狼狈爬起，万康急下背包，掏出器械操作一番，变出一支枪榴弹。万爸任装填手，万康任射击手，立刻发射数枚，轰隆隆下山追击者亡命山野，特战旅宣告瓦解。万爸的左腿逐渐也试着活动开来，惊喜道："可以动了！筋络蛮畅通的。"万康道："定是姐姐在咫尺天涯处隔空抓穴，帮你推拿理气见效。"此时天色渐暗，万康父子便在夜色掩护下另循一山谷小径登上。加紧赶路间一连捣碎七道垭口眼看冲上魔山半腰处，即海拔五千公尺处，万爸却因体虚得了高山症……就在这时，魔王笑了："就怕你不来！"他的主力师在父子二人上头展开序列，他的陆战队从下头追击到位，父子二人遭受前后夹击，不多久魔王下达围剿攻击令，两面同时开火，一整个夜空给打亮。

　　却说这厢，宝蓝色的夏夜中，一只灰色的野鸽子振翅飞过一片香气袭袭的莲花田，来至药师佛跟前，收翅停在药师指尖上："探子来报！万爸、万康父子腹背受敌，两人身中数枪，咬牙烂战。"药师安详道："再探。"那鸽子衔命飞去。

　　看官，这鸽子如何来历。那万康家所养的猫，曾从公园捉回一只野鸽回家，万爸忙叫万康："哇哈哈，你看我们家怎么有一只鸡，猫狗和它相处得好好哇。"这万康来到客厅，只见一只鸽子蹒跚走路，猫狗哼哈二将尾随在其身后一起跟着小步子走着。原来这鸽子被猫爪子拔了好些根羽毛，无法飞展，只好地面蠕动前进。万爸老花眼，以为家里来了一只鸡。万康见状猛吓一跳，忙把鸽子捧去公园放生。这万康对照护禽类毫无经验，不知如何处理，将它放在一株树下之草丛隐蔽间，回家后心放不下，十五分钟后再去树下察看，竟不见鸽子踪影。狐疑半天，只道这鸽子是休息一阵后飞走，或是被其他动物叼走，是桩悬案。殊不知这鸽子当时飞走了，内心对万康颇是感激，后来老去往生，对药师佛讲："那张济眼拙，污辱我是一只鸡，好加在［幸亏］那张万康将我度了。我知他父子日后有难，大佛您有事儿需要派遣我只管使唤。"

那鸽子便掉头再次飞往战场，好一阵子后飞返，这次还没降落就冲着药师佛大喊："咕噜噜，报！张济呼吸加快，氧气浓度降不下来，气压无法平衡住，万康将父扛在身上，以火焰喷射器扫山前进，照见处焦尸遍野，大破魔王主力师，但陆战队紧急行军追击，父子二人上山容易下山难！"药师佛镇定自若："再探。"

如一箭射去，鸽子神速前往，再次返回时只见身上的羽毛有几处焦黑。那鸽子炸嚷道："陆战队追上了，万康同敌军打起夜战肉搏，举起当年西北军的大刀猛磕，万爸在万康背上以手枪射击插花，父子二人身陷重围！"看官，西北军乃中国对日抗战中最剽悍的部队，其大刀队享誉全国。西北军并非蒋介石的黄埔嫡系中央军，而是冯玉祥训练出的，极抢蒋介石风头，让蒋十分妒羡。这西北军的一干名将好比宋哲元、张自忠、孙连仲、赵登禹、佟麟阁、吉鸿昌、孙良诚、冯治安、刘汝明、何基沣、池峰城、吉星文……一下子点将数不完。这且略下，只见药师佛微起蹙眉，不知是嫌吵还是担心，深深吐纳一口气，两个字："再探。"

野鸽子再度仓皇飞回，这次羽毛滚血摔降在药师佛掌心："报报报！拂晓突围，逃下山来一路跑过森林六七公里，走不动了，父子二人摔进草原上一个散兵坑，架起机枪答答答怒射，射到后来靠幺点放，子弹有限只怕打光！敌军以数支迫击炮轮番轰击，硝烟弥漫，呛！"药师闻言闭目良久不语，神色挣扎，忽而凤眼睁开："敌军样貌如何？"鸽子叫说："咕噜噜，貌似蜥蜴和螳螂交配后的杂种合体，身穿战士草绿服。"药师从容道："附耳过来。"那鸽子在掌心中蠕动挨近，活像一只鸡走路。

话说万康携父倒卧于散兵坑烂战，万爸一边扶送弹链，万康一边扫射开花，倥偬间万康似将崩溃，疯狂呐喊："拔！恕我冒昧，你为什么要活！"万爸喊道："小子！活着才有好戏看！"万康尖声又问："拔！战争片中，负伤走不动的人会叫另一个人先落跑！干！你怎么不叫我先走！"万爸骂道："阿我就是无赖，你怎样！"万康破涕大笑："服了你了，你他妈够鸡掰的！我认命也认得爽！"万爸喊道："现在很危急啦，我要送子弹，不然我会想握你的手。"万康喊："拔！成也千古！败也千古！"万爸道："去！仗要打就要打赢！后人怎么评说是他家的事！"说话间万康只觉手震，子弹送罄。万爸丢开弹链，猛握住万康双手凄惶道："这下要老命了……"万康放眼望去，满坑满谷，绿压压的敌军们狞笑抡腿狂奔，枪上都上了刺刀，那态势明白就等奔过来齐力将他父子活活扎死。就在这时，一道花影子剪过，横挡在散兵坑前，敌军愣怔收腿。一只浓茶底色身、白腹麒麟尾的大虎斑猫双睛犀利，呲牙发出气声，一瞬间撒野叫嚣开来，闪电般的运动力上下来回飞扑，敌军尽皆倒下，脸上身上俱是猫爪之血痕。万康大呼："是喵喵！"万爸泣道："我没白跟他睡！"

然而，敌军蜂拥朝散兵坑四面海灌而来，喵喵来不及每个人都赏以利爪伺喉，几个敌兵一边发出凄厉的嗷叫声，一边持枪刀就往散兵坑跃入！……忽而恐怖的吼声压过，一只栗黄色柴犬半空中将跃下的一名敌兵竟是拦腰咬断！其他敌兵匆忙使家伙就要朝狗下手，这狗儿动作之敏捷火爆，一口又咬断一人咽喉，一个大龙摆尾再咬住一人手臂，发现一时没咬断，便咬着猛甩，连环甩了几下，那敌人鲜血飞舞，筋肉扯碎也罢，只怕活活给甩晕死。万爸拭泪呐喊："是哈噜！"万康笑道："拔，你没白给他大肉吃。"原来，这只柴犬平日看家，最爱朝邮差鬼叫，万康料想这是尽看门狗之职责，然万康户外遛狗走在离家几百公尺远处，按说已非哈噜的势力范围，可这厮但凡望见邮差经过眼前仍怒吠一通，于是万康推论这只狗或许对绿色敏感。今来犯之敌穿的正是同邮差类似的草绿服。看官你说，狗不是色盲吗？那也许哈噜对制服敏感吧，就像色狼对制服美少女敏感那样，看到了就想扑。

看官，猫狗有灵，万爸没白疼这一对阿猫阿狗。看官懵懂，以为作者乱写，然万爸平时对动物之爱，两小对主人之忠，并非瞎说。这场血战发展如何，但请密切关注……

第七回

魔王雪窦山难发简讯　娘娘婊里山河会情郎

　　且说野鸽附耳授命，不作赶去侦探战场，火速飞钻万康家中。如此从天而降一莽撞生物，那猫见鸟就想捕捉，狗儿亦竖耳发出低鸣。野鸽呼喊："咕噜噜！我没时间同你们扮鸡瞎胡闹，你家老小主人身涉险境，你俩快快合作搭救！"狗对鸽子道："可我跟这猫不合，他老埋伏沙发等我经过，伸出猫爪挠我，我被他吓坏好多回。"猫抗议道："你就这么开不起玩笑，我没被你拱沙发剑死就不错啦好吗。"鸽子酷道："少废屁，我带路，走不走随你们。"话音未落一箭往屋外飞射。猫狗争夺冲出门口："我先！"

　　这猫狗便投入战场，凶性大发，抓咬胡闹几回合，敌军夹尾鼠窜后，现场忒是一片狼藉，残肢血水，肉块毛渣。战役暂时结束，这柴犬哈噜冲上来扑向好久不曾相见的万爸："爷爷，您回来啦！"万爸不是连战，但万爸是感动滴。嗷叫声中，哈噜对着万爸的脸吐舌猛舔，万爸笑了。然一时气虚，歪坐在战壕内的万爸，好想摸狗，手过去摸却没力气够着，这只手像是癫痫抖颤，太空中失去重力，只能稍微抬起小半英寸便垂落。这喵喵则钻入又钻出哈噜的胯下，头冒出来就往万爸怀里跳上。万康一旁叮咛叫道："喵喵你轻点！"喵喵细声叫道："猫都会轻功的啦。"说着在万爸身上蹭了两下，立刻睡着。

干脆父子二人和猫狗相拥而睡。不到四分之一个时辰，万康自先警醒，摇醒父亲。万爸蒙眬间问道："翻身吗？"万康道："不是。不是拍背，也不是透气，你的压疮快好了，是上路。"看官不知，医生替万爸做骨折手术当中，发现他屁股沟上缘生了一小粒压疮（又称褥疮），手术后万爸躺了两天，又长了两粒！某粗鲁的护士贴一小块人工皮上去，用纸胶带固定，用力撕起来又破出一粒，一共四粒伤口到位，这当时弄得万康好不忧心，日夜操万爸翻身，以使身体受压处空气流通。谁知道这压疮只是幌子，真正让万爸遭劫难的是后来的胃出血和肺炎……可肺炎也必须翻身，才能拍背，总归万爸永劫翻身。那父子二人说话间动身，猫狗早前看万康醒来就跟着一骨碌醒转（这是它俩平日习性），一个蓄势探出一步，一个喜孜孜摇起尾巴，登时尾随出发。人物动物一行四员既是朝魔山进击，亦避免酣睡中遭魔王兵团逆袭。

果然，魔王派兵半途伺候，来的是鬼鬼祟祟的心战特工队。这帮家伙神通广大搜集到情资，遂于路上放置十八碗吉野家的牛丼饭，及一打的起士蛋糕。天啊，这是哈噜最爱吃的两样食物。这哈噜一下冲昏头，失去控管就要抢上去舔吞，万康赶紧拿项圈和狗绳套住，这哈噜崩溃了！躺地上不断任性扭滚，鬼叫哀号。喵喵嘲笑哈噜道："狗就是狗，缺乏定性。"这猫咪望着眼前一桶一桶打开的猫饼干，丝毫不为所动……只因它挑嘴，看不上眼。万康与哈噜几乎搏斗起来，很怕被它咬到："哈噜！这是毒计啊！你这蠢物！"那猫噗哧一笑，脸转过去，却吓傻了。眼前出现打开的一排猫罐头，鲔鱼、鲣鱼、鲭鱼、各式鲜鱼的味道整个浪出。这猫动作太过灵活，万康哪来得及空出手去抓住，就算抓住只怕反被抓咬伤，只有任喵喵发大疯一路奔去。就在这时，哈噜竟将绳索扯断，亦冲锋前往，万爸惨叫："两个没出息的货！"这狗也绝，不去吃自己的牛丼饭和蛋糕，竟跑去拦阻喵喵就食，追得喵喵吃不到两个只好绕圈跑。哈噜怒吼："为什么你就可以！"喵喵边逃边骂："你吃这什么烂醋！你去吃你自己的啊你这笨狗！"就在这时，所有的食物统统引爆，震得人畜翻滚……万爸对猫狗训话道："就不听万康的话啊，差点挨了倒霉吧！"哈噜哭道："至少等我吃光了再引爆哇。"喵喵败坏："我不想跟这只狗为伍了！"说完纵身脱队。哈噜怒追道："我听得懂你在污辱我！"这猫一边仓皇闪躲一边纳闷喊出："我很直接好吗？"不一会儿猫狗消失在山岭间。

万康顿失左右护法，丧气道："魔王还是得逞了。"这时万爸对万康比着大拇指道："儿，有我在。"万康听了心中无限感怀："这场奋战，原是我为你打气，实则是你回向出什么给我。"这万爸的手势就像航空母舰上的飞行员，表示完成准备动作，请甲板机工放我潇洒起飞，将我辕门射戟一腔体飙出。

看官，第六回之后，应读者要求，为猫狗角色加戏，现在终于把这对宝贝送走。另外，本回原本没打算安排判官出场，但读者表示实在想看他出现，于是一会儿将为他插戏，少安勿躁。

话说业畜退散，张济、万康父子仍各持登山杖，协力往高海拔攀爬深入，不多久，天空中浓云朵朵逼近，豪特大雨，说来就来。万康发现忘记携带雨具，怕父亲受雨鞭抽击，只好将父亲的纸尿裤摘下，安装在他头上，两人奋力前行。

那判官为了解药师佛是否处理张济老人一案，赶来药师佛这儿追踪进度。问了半天，药师佛皆打坐无声，判官没好气，碎言碎语只能闪到一边埋怨。这时野鸽飞进，药师佛眼光翻起，只听得鸽子甩抖雨珠道："咕咕噜，好大的一场雨，打得我八素七荤。"药师佛等着鸽子往下说，判官上前道："咦？魔王改变战略战术？打起气象战？"鸽子喜道："就是！可万爸和万康度过雨线噜！"药师佛面无神色，心中暗道："险遇肺积水。是个开始。"鸽子见那药师佛不作表示，倒是通透灵犀，知我主性情若此，说道："小的再探。"便又飞去。

雨后，万康帮父亲把尿布穿回，两人续进。沉重的慢拍子大鼓声，从山谷遥远的一头隐约荡来，父子埋首登山间发现地面渐次出现白渣，万康蹲低一摸："拔，这是刨冰。"话音一落，大雪纷飞。

鸽子飞过莲池，急忙启禀："报！鼓声暧昧，下雪了下雪了！越上去越冷！会不会是座冰山！"判官噗哧一笑："鼓声？合着唱的是一出《六月雪》。"说着吊起嗓子，发出鬼音，准备来一段四大名旦的程派名剧。看官，这出戏讲一个叫窦娥的女子，蒙冤咒誓——前赴刑场间天空将在当下六月天里降雪。无独有偶，万爸在六月下旬曾受医院亏待。这戏又叫《窦娥冤》，乃程砚秋反串青衣的代表作，由于程老板的共鸣腔听起来别有一番飘浮迷幻、低沉凛冽，戏迷俗称之"鬼音"。药师佛不理会判官爱唱，只心中起了警讯："失温。"鸽子急道："这可怎生是好，我小鸟一只，哪叼得动棉被给他二人送去！"判官停下唱戏，说道："你可以叫他们当场把你羽毛拔光，做一件羽毛衣不就得了。"鸽子懒得鸟他，飞出再探。

待飞回现场，天啊，鸽子发现万康父子二人紧抱在一起坐睡不动，厚雪已经埋到万康半胸处，和万爸的咽喉处。鸽子站在万爸头上大喊万康道："不能睡！起来！"万康仍睡，鸽子便跃起啄他鼻头，万康惊痛醒："这是梦吗？"鸽子焦道："是也好，不是也好，可你要拿出办法！"万康叹道："我们缺热量，缺营养，爸光打营养针个是办法。鸽子见万康颓丧，这一答他心急，竟爆哭起来："不可以！不可以！我来当万爸的暖暖包！"万康道："谢谢，但你身子太小，热不起多少，何况你自己也到咧等［打哆嗦，等着遭殃］。"没错，不说还好，说了鸽子倍感寒冷，更加嚎哭道："我只剩大便是热的……"万康闻言，眼色一亮："快！"鸽子道："怎！"万康道："拉出来！"鸽子会意："拉哪！"万康道："拉……我爸嘴里。"鸽子道："你疯了！你要你爸吃大便！"万康放声咆哮道："他什么苦没吃过！还差你一坨鸟粪！拉！——"那鸽子只好遵办，火速拉出鸽子赛，万爸昏茫茫间遇到"食物"就嚼起，下咽，没多久突然呕出，这是连粪带胃液一齐口鼻喷出，一接触到雪上头，瞬间日丽中天，晴空万里。

看官，原来万父的贲门狭窄，食物过不去，只好任凭胃食道逆流。万康将弱点转化为强项，硬是闯关成功。

且说鸽子自是欢快回去报喜，抵达后，见那药师佛正在比对两张 X 光片，判官站他身后把脖子延伸过来看，问道："你也懂这种怪山水画？"药师佛相应不理，心道："墨分五色，肺部原先黑回去的地方又白回去了。可这新的一张，白又给退下，还退更多，层次越发漂亮。"鸽子之前不打扰药师佛观图，这时方开口："咕咕噜咕咕，是好消息呗？"药师佛对鸽子比出莲花指，不，那是 OK 的手势。

这厢，父子继续朝攻顶之路迈进。那魔王得悉万康破解雪阵，愕然不已，怒急攻心，决亲自披甲上阵会他父子一会。

说起这个妖怪，人称炎魔，可他山大王当久了遂自封为王，全名"炎叶火痰王"，合着就是个魔王。

兵器为何，那魔王手持一挺老长的五叉戟（一般是三叉戟，刃头如"丱"字形），这番对阵准备戳死他父子俩。万康双手运起一柄大刀，万爸则手持平时家居之金属四爪助行器，前者专责抢攻劈杀，后者帮衬防守铰挠。一时间敌我遭遇，大战三十八回合，翻来覆去，不分胜负。肉搏之凶，过程之险，作者交付读者自行瞎想。却说打到第三十九回合，魔王见久攻不下，心浮气躁，万康使出拖刀计，假装败走，魔王抢上追杀，不意脚下绊索，一声惊呼，整个人被一棵苍劲老松吊挂起，身子四面俱是钢丝铁网，紧张间一番扯动，努力把身子翻正后，自惊越是紧紧困住！原来万爸趁魔王没注意他，打开万康的背包，取出当年越共使用的丛林陷阱材料，合着他从前当驾驶兵兼学修车，又爱修屋顶、当木工、做裁缝，对各种料件的操作深具心得，凭着悟性就将越共的这套魔幻把戏三两下子拼装摆设完成，魔王一到就中了机关。

此时万康见机不可失，疯狂奔来，双掌合十，猛猛地往魔王的股沟，用力拜刺进去。魔王惨叫声中，万爸对万康喜呼："让我来！"亦是双掌合十发力一拜，魔王凄厉哭喊……然而，魔王不是混假的，叫归叫，他将手勉强插入军服的下口袋，学电影《无间道》的刘德华，暗藏于口袋中运指触击一番，手机简讯竟是送出。

机会难逢，不"拜"可惜。正当父子二人轮流大"拜"魔王各三下后，忽而天崩地裂，万康父子脚下的板块移动，天地间扯出好多道断层，四面八方洪水灌来，这是走山，这是土石流！父子二人不得不弃魔土自保，赶紧携手逃往高处，泄熙漫漶，嗨哄好一会儿，万爸气虚了，万康背起万爸奋力逃生，终于来至一处安全地带，脚下虽踩着泥浆，紧邻着就是笔直的断崖，至少一时安全无虞，此时却听见一个女性的声音作高嗓吟颂："散播邪恶散播婊！恶水娘娘婊破表！"父子二人找声音望去，只见一名穿着清凉、妖艳绝伦之大正熟女，说她正是正，却又一副心术不正、心机写在脸上的样貌。万康忙握住父亲的手："别过去！转过头去！我知道你被迷惑了！"万爸道："放心，我知道她是坏女人，我只是想看她脱。"万康怒道："不行！我看就好！"说时迟那时快，她已经脱了……错！她将手掌在空中平平推出，万爸与她相隔一段距离，却整个瘫倒在烂泥巴中，张大口难受着叫不出声，只见他肚子逐渐膨胀……是的，是腹水，万爸一肚子苦水。万康慌张，忙运起大刀呐喊上去冲杀，这时谁人一叉戟打来，万康给震退好几步。只见魔王高声笑道："张万康！想不到我有帮手吧！"

看官，魔山，恶水，火热，水深，万爸多么煎熬，这万爸和万康如何因应两大妖精联手，真实叫人骇异……

第八回

人间惨案人好可怜　般若波罗三八兄弟

原来，那恶水娘娘收到简讯："娘娘请原谅我当年变心，愿能尽释前嫌，救我糊涂一命！"俗话说"什么人玩什么鸟"，俗话又云"王八配绿豆"，恶水娘娘自认同魔王天造地设，不来搭救才怪。娘娘乃回简讯："讨厌，你就是吃定了我。"完了立刻就来助战，掀起土石流，冲击万康父子，趁隙将炎魔救出。

万康既退回来，赶快抱住父亲："拔！你怎么了！"老天，那肚子在不停膨胀中，万爸失去了知觉，用中指比着肚皮。万康回过脸来痛骂："你们这一对贱咖！"魔王浪笑："何止贱，是非常贱，我们俩恰生生是一对烂货。"娘娘脸色一变，对魔王嗔道："你才是烂货，你怎么可以骂女人烂货。"魔王道歉："是是是，我最烂，但谁叫俺就是有魅力咩。"娘娘拧他一记："死相！……我就喜欢你这自信。"万康呕吐一地："这比跟你们打架还折磨。"

　　这对男女眼睁睁看万康痛苦，更加洋洋得意勾肩搭背。那万康骂完，却听见万爸哭出声来："婆婆！抱抱！"万爸似乎置身梦魇，极度恐惧难捱，万康猛摇动他："拔！醒来！醒来！不醒来你更痛苦！"看官，六月下旬万爸因为胃出血哀号时，就曾如此叫过几句，护士告诉万康这是"老年人动大手术后会退化成小孩而装痛"的一种惊恐无助；因为昏迷，所以乱喊痛、什么都乱喊一通。谁知道万爸确实是乱喊一通，却是真痛不假。他不是昏迷所以喊痛，他是痛到昏迷啊。乱喊的源头是真痛啊，不是假的，不是装的。然而万康专业度不够，便也只能将信将疑。不过，老人跟小孩倒有一点相同，二者发痛时常说不出到底哪里痛，只能任凭自己沉痛。万康定过神来，爸爸一定是在昏梦中回到人生初起的记忆，有可能童年时期很在乎婆婆或很害怕怕婆婆，只是多少年来未曾听父或谁谈起有这么一位婆婆。这时恶水娘娘阴笑道："怎么，要不要娘娘抱抱啊。"

　　那万康闻言忿恨不睬，灵心一动，忙抱牢万爸，抚摸他额头，贴近他耳朵温柔道："裕喜！婆婆抱！"原来，万爸姓张名济（其实叫济民，但小说中作者为了对当事人和各方玄界之某种尊重，遂将万爸改叫张济）、字裕喜（这个倒原封不动没改）。万康猛想起小时候万爸的同族远亲偶来家中走动时有两三个万爸的兄嫂便如此昵称他。虽在万康看来算远亲（堂来堂去堂到哪一房的三合院阿哉，长大后愈少见到他们来串门子），但他们对万爸叫的是一起在乡下老家长大时族里的叫法；换言之，万爸的长辈给他起了这个表字，长辈肯定按世代乡习这么叫唤他。这一试验，万爸一瞬间神色安适，不再嚎哭。可万康自己却忍不住了，泪花花浑浑噩噩道："裕喜……裕喜……你怎么会遭此浩劫……仙鸡啊仙鸡，你在正果之前要历多少苦……"万康这一哭丧志了："拔，我们认了，一起自杀吧。"吃力抱起父亲，便往断崖走去。这时万爸晕晃晃中叫喊道："只要我顶住，医生护士会来救我的！万康，医生来了吧？"万康站在断崖上道："拔，我们完了，放弃吧。"万爸下意识扭抓万康道："都不能完！群子你要救我！"这说的是万康的小名。万康听了收住动作，停格。

是的，万康回神了。不但回神，并且回头，安妥放下父亲，朝那对男女冷冷地道："有种不要动我爸，一对一，还是一起上。"魔王和娘娘闻言互使眼色，一秒瞬间便一齐发力朝万康冲来。万康抢转大刀，迎上去，刀枪碰撞声中，那大刀下落，直插在烂泥上。万康发现身子左右两侧各被一人抬起，整个起飞了，高速中朝着之前那棵苍松接近……万康惨叫，阿鲁巴[1]！

就这样反复进行着此一人间酷刑，万康活活被阿鲁巴不下几十次，下体血肉模糊。万康睾丸漏痛中笑起："没差，我曾五年不沾女色照样活得潇洒。"魔王笑道："只怕你拉尿都难。"说完同娘娘再将他阿鲁巴重击一次，万康从尿道口通入内管整个灌破。魔王二人将他扔在烂泥上。万康笑道："谢谢，我的尿道结石全排出来了。"

魔王和娘娘这下真恼火了。两人眼神一使，齐飞到万爸身侧。

1　阿鲁巴：即"杠人"，一种流行于男性学生之间的恶作剧，多人抬起一人使其下体冲撞硬物。

万康厉声呐喊："不行！"魔王高举起五叉戟，偏过脸来对万康道："给我一个理由。"万康惴栗中力持稳定，正色道："人质在你们手里，做对做错，在你。我说对说错，既然你都可以挑错，不如你良心上自问对错。"魔王笑道："色即是空，空即是色，对就是错，错就是对。"娘娘对万康命令道："你哀求我们！你污辱和伤害你自己给我们看！"万康道："我一直在污辱我自己，因为我受的伤害还不够。"话说完，魔王先是迟疑了三五秒，忽然发力，将五个叉刃用力插入万爸胸腔。万爸痛彻惨嘶，声音还带牵丝呻吟。随后娘娘一个手掌下去，猛掴万爸两个耳光："裕喜，婆婆不爱你！"万爸已然成嚎哭的巨婴："婆婆！我乖……"魔王狰狞骂道："乖个屁！"猛力再刺，巨婴打滚。万康伏在地上直击望去，只怕晕厥过去。别过头，耳朵却更清楚听得凄厉喘吟。魔王续对万爸故作不解道："有什么好拼的呢？你拼命叫吧！"再下一记，深深插牢后，外带一拧，五刃齐转。万爸痛得手脚弹撞到空中。娘娘对万爸笑道："瞧你这么吃不了苦哟，你算个男人吗？"便对魔王道："再插。"魔王一声娘子遵命，举高，再一记，万爸抽搐："活不了了……"娘娘道："哎哟，'活不了'？这可不表示'不想活'，还真犯贱。"魔王道："看我的，看是谁害苦了他。"说着过来揸起万康，将万康身子托高于天空道："犯贱的不是我是你，因为我一以贯之压根就没少贱过，你老头在一般病房，是谁说不用请看护，是谁说没人了解你爸你自己来就好，你以为你行啊！娘娘出手瞧不出科，杠上开花非要把我引来！嘿！活该遭罪！不尊重我女人和我、三昼夜不搬救兵，哟吼！怨到我头上？你才是坑害你老太爷的共犯！甚至你是元凶！你早一天给他买轮椅他也不会摔了！为什么我故意挑在你跟他说要买轮椅的当晚找人推他摔一跤？因为——我要你永辈子记住我！"说着揪紧万康的肉躯，一股朝万爸胸口砸下。万爸吐血，那是深咖啡的污血。娘娘故作心疼状："可怜喔裕喜，NG出来好多哟。"看官，这在医学上是个术语，指的是鼻胃管所引流的胃液等混沌液体。万康整个人挣扎着离开万爸身子，你侬我依，两人身上尽是污血和烂泥搅混一团。万康再也没丝许力气骂或说什。魔王凑近道："万康兄，没去过地狱吧？这里，便是地狱。"娘娘拍拍万康脸道："喔，可是帅哥，终究你还不是主角。"说完念起一咒，掌心反过（她的手指头还真美）朝万爸圆滚腹肉的肚脐下方正中央，轻轻来回爱抚，那万爸旋旋迷迷中凄楚喊叫："痛到绝喽！"娘娘起哄笑道："出血！出血！大出血！"魔王噗哧笑出："制服大出血的A片我抓过。"娘娘真假打他一拳："是胃出血啦。"两人挤在一起笑得前仰后合，肢体摩擦间，相互揽起，恶魔亲嘴。

却说鸽子藏身于一株桧木枝叶间偷觑到这一切，惊吓得失禁，猛拉鸟大便，拉到肛门口松弛如同胃出血患者被手不断抠出黑便那样苦痛。它仰起头，发出咕噜噜的低喃声好难受，终于想起自己任务在身，怎能耽于一旁杵成傻鸟，振翅疾飞，越过万重山水大平原，终见眼前粉粉灿灿的一片莲田，来至药师佛指尖。鸽子哭诉道："报告药师佛，怎么会这样……"那判官忙问鸽子经过，只因他适才问药师佛老半天，佛皆闭目养神状不答。鸽子连续摇头哀鸣道："地狱……地狱……"判官按捺不住，问到底怎回事，鸽子凄惶道："给整惨了……"判官这时猜到大概，激起双拳："地狱二字也太廉价了，拿起咱们地狱打比方？犯讳这是，连我也看不下去了。"判官因对药师佛气汹汹道："您老别老打坐，我说这魔王也太嚣张了！"鸽子从佛的指尖跳入掌心，不断跳跃着亦等佛说话。药师佛先是低眉，终于眯眯眼那样微微放开眼睛，一滴液体垂落，接触到袈裟的瞬间便将它抹去。"唤他回来。"鸽子听药师佛开口，振翅飞去。

　　话说万康见两个妖精温存亲嘴，互相把对方掏摸"打架"起来。趁着他俩快活，这才想起什么，痛悔自己先前太不冷静，掏开胸前口袋，取出断玉，一口吞进肚腹，不一会儿慢慢运起内力（说白了也就是意志力）作恢复，逐渐舒动身子，把万爸架起，尽管那万爸阖眼昏迷，扶好让他坐实，是的，万康将双手侧面比出三角形杯口状，挥动手肘和手腕，用力中兼使巧劲儿，那对妖精正在欢洽出肉碰肉的澎澎声响，没注意万康帮万爸拍背的澎澎肉响，忽而万爸眼皮如慢动作般逐渐开启，目光如炬，神情坚毅，待万康连环拍到第两百下，妖精方瞥见万康动作，万康疯狂应和一声："**大力拍背掌！——**"一柱盛大的黄绿色火焰（或水柱？或水火混合的液体？），夺万爸口腔而出，一去就烧向魔王和娘娘身躯，两只妖怪惊惨嗷叫，扭滚间竟翻落山崖……

　　那野鸽子正巧回来魔山，在上空惊见这一幕。鸽子急速降至低空，对崖上的人呼道："万康大哥！药师佛说先回来！"万康不解道："我们才刚过半山腰，离攻顶还远着。"鸽子道："万爸也要休息，一会儿天黑让他睡吧，你自己也要顾身体，先回吧。"这小鸽子起初只当这次飞回来的目的是劝万康先作转进，回来才发现万康扳回一城，便心领神会药师佛早已料知，定是要万康返回休整。万康对鸽子为难道："可是爸身子没放好。"鸽子道："交给护士吧，她们专业来着，安放你爸的身子舒服过你来。"万康笑道："这倒是，ICU 的护士乃悲智双运。"鸽子道："她们是仙女下凡，不像那个婆娘啊。"万康道："那个娘娘，真叫我吐。"说话间着实恶心，身体起反应，拦不住自己百感交集，当下一大口唾沫混着胃液一起翻涌呕出。万康慌张，只因把那枚断玉亦一起呕出体外，落入泥浆。看官，这片泥浆悬崖上有些个区域地势稍低，分布着泥泉和小泥河奔泄流动，这小玉石不巧就给这小泉流带走，万康来不及捞中，见那玉石坠入崖谷之下……万康惊慌："这可怎么是好！"鸽子笑道："已经用过了，同一颗子弹哪有打第二次的。"万康一笑："鸟语倒也禅义。"话一说完，人便遭掀至空中，只见小鸽子一瞬间幻化为巨型鸽子，万康已在它背上飞翔。

　　且说一场血战后，万康飞回我佛尊前。时判官只料万爸已挂点，先行打道回府准备速批生死簿，药师佛忍笑，没拦他，心想你回去后看到 LIVE 新闻自有分晓。万康向药师佛请安致谢，药师佛道："呼，可叫我担心死了。万康，我对你有信心，可又没把握，这会儿一仗打完，果尔证道。"万康好生惭愧道："愚昧了我是，太不冷静，看着爸爸受残虐，竟忘记取出宝贝发功。佛啊，我还是辜负了你……"佛点点头，又摇摇头笑着。鸽子这时早已缩小回原形，一旁蹦跳咕噜道："打赢了！打赢了！"药师佛悲欣莞尔："路还长。"万康道："我父子休息够了，回头还往山顶打。"药师佛柔声道："平常心。"万康却不安道："佛，您给我的秘密武器，我搞丢了。"佛莞尔道："那不值什么，只是粒薄荷糖。"万康瞠目结舌。佛说："小万康，世间无佛力可言，佛本在于人本，力常在于无常。"万康一头雾水，一时无法接受，忧道："问题是我现在还有什么？如要识见本心，心太抽象，我需要一个东西抓牢它，那是一种感觉！"佛道："果然驽钝。"说着手摸过腰际："万康，这个你带着。"万康接过，只见是一小粒指甲大小的透明白玉。万康喜道："多谢药师佛加持，这玉是何来历？难不成这会儿是喉糖？"佛道："你认为是什么就是什么，别看了，收好便是，这次不希望你掉了。"万康心想过后再看不迟，赶紧装入口袋。看官，这块玉，确实是玉，乃药师佛的泪玉。这药师佛倒也装酷，或爱面子，可不能让小万康知道他有过俗气心绪。

　　胸前置玉的口袋尚有一粒小扣子，万康接着将扣子把口袋关牢，隔着布料又摸稳它一下。这时药师佛肃然叫道："万康！"万康回神应答："嗯？"药师佛道："万康，我给你的不是宝贝，只是礼物，如今的你与往昔的你多少有了不同，我希望你有了它……"万康听下去。佛说："知道爱自己父亲、懂自己父亲、能欣赏自己父亲，亦能随喜顺纳人间所遇之每一位父母亲，做点小事情有做的没做的安心的不想安心的，不辜负你在人间一遭。"万康痴痴点头，朗声说道："我佛为证，万康在此立下一愿，我……"药师佛推出手掌："不必许愿，我怕你做不到。"万康知道药师佛不想听，然自己莽撞，不知如何是好，只有顶礼一拜，这便要作跪姿，那药师佛忙趋前将他一搀："三八兄弟［对有一定交情的人表示不用客气之意］，人佛平等。"那野鸽子一旁道："咕噜咕噜，动物也是喔。"

　　看官，本回说到这里，这张万康经此一役，是否接着打第二役？打起来将虎虎生风，或遭遇挫折？万爸重病如此，配合情势演变，万子是否又有新的想法？在此露出个线头，看官偷听就好，那后来张万康见情势胶着，久征不下，再战无益，心生厌战情绪，他决定同医师和父亲分头商量，将父亲的呼吸器提早拔掉，让父亲提早安离人间。这究竟张万康会怎么做？又有何新演员登场？下回分解。

第九回

黑山猪阳明山糜废　李道长北海岸驰援

　　上回最后泄漏一事，讲到张万康意图主动帮父亲拔掉呼吸器，作个提早了结。这件事看官先不急，别骂人也别叫好。那绝非卖关子，下一回再谈这桩事不迟。

　　话说万爸自七月一日清晨插管，奋战到七月十四日整整两周以来，父子俩火并炎魔同恶水娘娘，将肺叶失土逐渐收回，肺叶好了将近一半。问题是，这种进展速度是缓慢的，且康复一半在医师眼中仍属极其严重。好比八年抗战期间，国民政府被逼到迁都武汉又迁都重庆，半壁江山遭日军席卷，正常人不会告诉你："一点都不严重，我看到头来鬼子必败。"就算你有信心高喊鬼子必败，也不敢说局势不严重。但万康的看法是，老爹一来九十高龄啰，二来他是在无法有效汲取营养的劣势下作战，能好一半，硬是暂时打成个平手也不容易，值得嘉奖！

　　何以老爹无法有效汲取营养？老爹胃底的贲门疑似受胰脏肿瘤压迫而窄成一线天，食物过不去，肠口堵塞，连鼻胃管的灌食也无法，流质食物进去又给逆流出来，便只能打营养针。这营养针将营养液从静脉注射进去，等于用自己的血吃饭。它能提供的养分有限，无法比得上自行摄食使肠胃蠕动吸收，因而老爹并无那么充足的弹药去打仗，更隐忧的是，一旦营养针打太久，容易造成感染，或可能出现黄疸。插管和打营养针几日后，医师宣布了，万爸的血液中发现到霉菌，这是免疫系统变差所致，证明老爹不但无法痛击魔王，体能却在疯狂的拉锯战中衰竭了，这状况一下去恐将成自由落体！……老爹既无大批械弹提供，且弹药箱还受潮，打来打去靠的只有两个字——肉搏。没错，是肉搏，没弹药就拿大刀砍，没大刀就拿菜刀剁，刀子打掉了、钝掉了，老夫还有一双拳头！谁怕谁。套句黑山猪步出 ICU 说的一句话：“老伯完全用意志力在战。”

　　看官，这黑山猪何许人也？是的，他是人，不是猪。

　　此人有何神通，何以能在《道济群生录》卡位一席之地，这得从他大一时期说起。这万康大学读的是台北阳明山上一所烂大学的废美术系。为何这个系号称烂中之废，黑山猪就是个活生生的铁证。黑山猪从苗栗县苑里镇北上就读，与台北长大的万康作了同学。在修炼得道以“山猪道长”之名行天下以前，他俗姓李，名字必须在此隐晦，只因黑山猪生长于书香门第，家中二老稍严谨保守，如看到本书述及黑山猪大学以来的一些事迹，恐怕会咋舌，会伤心。看官切莫误会，这说的并非黑山猪搞过什么三 P。虽然他想，什么鬼！

　　闲话不扯，且说甫入大学，新生训练的头一天，黑山猪上台自我介绍。看得出来此人憨厚温吞，声音又低，又小声。可这家伙有病！忽然说："我来表演模仿李恕权给大家看。"完全不等台下说 NO，他就载歌载舞大力拍掌起来："有一些声音，在我的胸怀！（拍）……峰回路转，如此纠缠！喔！（自己尖叫）"大家惊吓，还真像。可是掌声稀疏，或许因为大家还没回神过来。紧接着他还没完："再献给大家一首 Air Supply 的 *Even The Nights Are Better*。"于是大家被迫听了两首，而且是完完整整的两首。全场毫无掌声。忽然黑山猪在台上爆哭失声："艺术是孤独的！"这一哭，哭得有够疯狂，还是学长姐把他抬下来的。

　　经过这次打击之后，日子一久，和同学们逐渐混熟，黑山猪倒也没产生什么阴霾。问题是，他把阴霾带给了大家。黑山猪体型偏肥，兼以从头到蹄一身皮肤黝黑，连膝盖头都是黑的。他老穿一条宽松的大破洞浅蓝色牛仔裤，正破在双膝上，露出两团黑石头，那石头上还冒出好多根又长又粗硬的钢毛。其实他也是有洗澡，但不晓得为何老叫人看他是脏兮兮。事实上这是一种豪迈啦。（咳嗽）

　　再来，后来头发长了（大一新生刚下成功岭皆是大光头），这一留就留成长发，整个人超像日本一个邪教，真理教，的首领，麻原彰晃。更吓人的具体作为是，他很爱跟女同学装熟，讲话哈啦之间，半真半假或不由自主会触摸女生的小手，问题女生才不想和他当姐妹。女生私下彼此会抱怨："妈啊！今天超可怕，黑山猪讲话的时候摸了我一下！"、"哇靠！什么感觉！"、"超油的！"这真的是个谜，他的手心并无手汗症，而是手油症。那股触感十分之油腻黏稠，非常要命！

黑山猪性喜僻静，不但大学四年住在阳明山的深山，毕业后仍住山上好多年，他在练什么功？首先讲到画工（功），他专攻油画超写实，把静物画得超细腻、超逼真，且带有一种天知道的哲理。另一个功就玄了。是这样，一毕业，黑山猪便得了一种已然在台湾灭绝多年的病症——伤寒。有人说这其来有自，曾有同学去他深山住处拜访他，亲见一桩奇闻。当时大家聊天到一半，他大喝："等一下！"同学愣住。接着他立刻操起手边的矿泉水灌了一口，冷静说："没事了。"大家忙问怎么，他平淡地说："喔是这样，刚刚一只蚊子飞到我嘴里，我喝水吞下去了。"

那么伤寒是怎么治好的呢？黑山猪平时有在修。

除了画画，黑山猪精研穴道按摩，人体各处有什么鸟穴，他是一清二楚。负病期间，他骑着他的野狼一二五机车，晃过山林偶闻得风中藏有一阵奇异的幽香。情不自禁停下，从山路循香线摸进林子里。异香成阵，无意识地穿梭晃荡一阵，发现一片蕨叶间躺着半截原木。上头的年轮好几道，像是一株大体的某一截，与他的身高相仿，高上一点。香精，正是来自这树精的体魄。他找不到母干位于何处，先将残干用机车载回。租屋所在处是一座三合院老房子，他把树干搬进厢房中，立起。树干上许多粗糙的小颗粒，另有几根枝桠，倒有点几分像练咏春拳的木人桩。那几日，他便品着树木的香气，用背部摩擦树干，把那颗粒、枝桠往穴位戳蹭。这伤寒，竟也好了。

说起黑山猪的按摩功力，看官，他的外型不容易迷惑红尘女子，可他那双手，不简单。据说毕业后的几年，他的手艺更巧了，曾有一妙龄妙色的女孩与他毫不相识，他只是去一男性友人的办公室找人，朋友不在，坐下等待间，第一次见到朋友隔壁桌的该女，聊了两句话过场，得知该女加班过于疲惫，便表示我可以帮你按摩。这一按，怪怪，那女的竟被他轻解罗衫……虽然没造次到什么最后来的地步，女方后来猛醒过来推开他，他也分寸着离去，然隔天再访朋友，非但这女的木着脸不瞄他半眼，朋友还把他带到会议室（没人开会的会议室），甩了他两个巴掌。黑山猪捂着油黑红肿的脸庞哭泣说："我爱上她了。"朋友甩甩手："够了，我们不再是朋友了，你的脸好油。"

坎坷，黑山猪的倒霉事可不少。大学毕业约莫两年，有次下山打电动。当时台湾街头算是电玩店林立，黑山猪喜欢进去拉霸、赌钱。可他才刚迷上，便遇到警察临检，蹲了一夜的看守所。可说到赌喔，若说麻将，他打得人人夸赞和艳羡。他是大学毕业那年才开始学习麻将，这在麻将练家子里头出道极晚，却有过人的悟性。这里咱们自是要提到万爸了。毕业三四年后，他曾受万康之邀，来万康家与万爸过招一次。万爸对他评语两个字："会打。"那晚，黑山猪惨败，扭着猪蹄膀退回山林，受了刺激好一阵子没下山过。毕竟，万爸是打十三张麻将起家的，十六张算起来小菜一碟，吃两口山猪肉尝个山鲜就放他一马，算待客之道啰。

重点来了。伤寒一役的十八年后，恰逢四十岁的黑山猪依然肥胖，却遇上了真正的大难。二零零八年，黑山猪过年前后，忽发现口腔破损小洞，老久没好。忐忑不已，他前去医院检查，隔周报告出来，医生头一句便是："有家人陪你来吗？"向来温温柔柔的黑山猪道："是癌症吧？"就这么，山猪得了舌癌。

说起山猪这个胖大叔，凭借着长年在山林间打下的坚实修炼基础（尽管近几年搬到台北盆地的盆底住了），使他在不告诉任何朋友和同学的孤境中完成了这场对抗。直到手术后，快出院的前一两天方告诉他人，包括万康。当时万康收到山猪简讯，除大略交代病情，兼提及现住在中国医药学院。万康错愕，急忙冲去医院，苦寻多栋大楼病房都找不到人，搞半天才晓得自己看花了，跑来台北医学院。

在术后住院期间，山猪的嘴里暂时被医生塞进一物，大概是用来把伤口隔开，整得他躺床上几度差点窒息，生死一线间那样紧张，护士只以为他好乖。腿则挖了一块肉，用来补舌面切除的部分。山猪昏昏沉沉，只因打了最强的止痛针，吗啡。这是鸦片类最强的一种，打下去几乎是保证不痛，但一定昏。这让山猪处于一种不知自己是安全状态的浑浑噩噩中，闭目沉沉睡去，眼睛倏然看见六个荧幕，五个彩色的，一个黑白的，恨的是只有黑白的那台"电视"放 A 片，存心捣他的蛋。恍惚间感觉疑似护士的声音："大叔，还痛吗？"他诡计一起，硬是点头说："痛死了。"一针吗啡又打下去！酷！这下六台"电视"全部彩色了，可是放 A 片的那台打上了马赛克。黑山猪很不知足，又大喊痛，再一针，电视全部当机，六台全都马赛克，是说荧幕上除了马赛克大特写布满，没有任何人形。这时医生拍醒他："你这算奇迹了，康复得很顺利。"山猪大哭："我还要……"

捡回一命，山猪不得不戒烟，生理反应上也不想吸烟，没半点瘾头或好奇。生活饮食上，虽有点不方便，只能饮食温水温食，太热太冷、太硬太油对口腔均不行，但没差，活着真好。万康与这个老同学，在校期间算熟，但毕业后人猪殊途，许久联络一下而已，说真的也就君子之交呗，若说换帖那绝非。万康当时在某社区大学教油画，教了两三学期，自忖我会的都教完了，不知还有啥好教，总认为学生自己会了就得自己来，用不着康师傅啰。于是万康想把教职转给他人，让学生学点新东西，头一个就想起黑山猪。当时山猪甫疗愈，但或许好一阵子封闭于对外联系，不免孤单冷清，万康便邀他来接棒，学生欢喜，山猪亦重食人间烟火，万康乐得干净，跑去混别的。

隔年，山猪才快教完一学期（半年），脖子和腮帮子却一体变形了，貌似雄性的红毛猩猩脸颊两侧鼓着大肉囊。山猪觉苗头不对，一检查，怪怪，癌症再起，这次是拎北（淋巴）。二度交手，战得更苦。除了一名看护和他母亲轮班照顾，还是自己招呼一切，不让同学来看，大家也不知这大叔躲哪（其实是万康和大家没认真想查啦）。山猪手术切除一些腮囊后，另做了种叫做"气切"的手术，也就是在脖子底下凿一小孔，接上一小截管子，方便抽痰。出院当日，主治医师原本要帮他拆掉气切管，实习医师却不照办，只拔了鼻胃管，要山猪就挂着气切管回家。山猪向来温柔温吞，疯狂大怒："有没有搞错，这是'人电强身功'七大穴道的一个重要穴道，编号 C5！古人叫它……算了！总之你不给我拆掉，我干破窗户立刻跳楼给你看！"那实习医师剉出尿来，赶紧奔去打电话问主治，方知自己搞错，乖乖拆掉。山猪嘟囔："不像话，好歹我是李恕权和

Air Supply，尊重一下吧我说，给我放这截小管子我出去怎么见人，我是明星耶！"

出院后，山猪内力惊人，他发功了。那气切洞口，经他以道气自行愈合，生出肉来填满，留下一个钢头子弹的弹痕那样，庄严着生命的印记。同时山猪家中休养几天，开始下一波苦刑，住院化疗，与电疗。这头野山猪，在疗程期间丧失了全身蛮力，勉强扶着床沿，几度人就要瘫下或仰倒。这化疗的苦，山猪说："须用尽全身的力气，可怕。连魂髓都被大卸八十块。"当时苦难中、晕茫中他突然闻见一股香气，是的，当年那株树干的气味回来了。说起这块原木，多年前早已莫名其妙于搬家中遗失，原以为是忘了带走，回去拿，新房客却说没有这鬼东西，可山猪却分明闻到柴烟味（是的，那是一个寒流天，阳明山的冬天是吓人的冻彻）。病房化疗中，当山猪鼻凭借着仅剩唯一一丝许的气觉——嗅觉，辨识出昔日的"它"，他告诉自己："这个时候只剩下原始的力量，我来自原始，那么我定然还有原始的力量。"他熬过来了。

最好是。这山猪遭罪没完，后续因做电疗无法进食，护士帮他插入鼻胃管，此时的山猪连鼻胃管都受不了，一插入鼻腔进入食道，整张脸都扭曲了。护士转去一旁摸忙，山猪的母亲则愁坐在山猪身侧，山猪惨思这一插上何时才取下，倒数五四三二一，大喝一声："抽！"痛极，手中将那老长的细蛇管子抽出腔体，丢进垃圾桶。山猪的母亲吓到，山猪道："不碍事儿，我知道我可以。"妙的是，护士和医生也没发现，山猪就这样溜出院了。山猪终于完成所有的疗程，再次抗击癌魔……过关。看官莫再怀疑，本书完全真人实事有所本，他老兄成功自拔鼻胃管绝非臭弹〔吹牛〕。

又转过一年，也就是二零一零年。电疗的副作用来了……山猪的獠牙，见天彻夜叫疼，必须一天吃四次院方开出的止痛药。这牙暂时无法拔除和做假牙，除了吃药，另使用抗敏感牙膏，搞得牙齿敏感得要死。两个月的牙痛，简直把他的整个头颅从根深蒂固中去拧碎、切烂、撞墙。这期间，他悟道了："忍，是一门艺术。最孤独的艺术。"他告诉自己："转移。"不是听音乐、做别的事来忘记痛和不适，而是好比当食材下锅后，我要怎么去"翻"它们、"挪"它们。他笑得很甜："我——我黑山猪不再当艺术家了。现在，我是山猪道长。"合着他功力升级，已然到了可以把"痛"当心闺知己的定境，跟痛"借位"亲嘴，挪来腾去相配合。

就在他打倒牙痛，强渡关山后的闲散期间，端午节的三天前，他得知万爸过完年后身子就不好，前来万康家探视万爸，吃饭。山猪大概来吃饭的次数不到三次，第一次是十多年意图麻将踢馆那次，第二次约略是第一次罹癌复出曾来串门子谈接棒教画，第三次正是这次端午，算算一年多没来过。尽管山猪二次手术至今样子也没怎变，胖子瘦了十公斤终究还是个胖子，可万爸早已忘记此一多年前雀战饮恨的后生，上次来谈接棒一事他也没印象，两人等于第一次相见。就连万康自己也觉得和山猪不算多熟，介绍教职也没什么，十七年前万康另外一位同学也曾介绍万康去基隆某高职接他的位子，两人也很不熟，十七年来压根没联络过，反正这个废系的亲疏同学或陌生学长姐招呼这些事正常不过，毋庸在心上。餐桌上，黑山猪吃力地对万爸喊说（万爸虽戴助听器，讲话小声亦听不见，而山猪因做过气切，声音大不起来）："老伯，你气色很好，不像九十岁，像七十岁啊。"万爸皱眉头穷闹心："我人不舒服，浑身酸软。"接着就是端午节，六月十六日的晚上八点多，万爸在家门口摔倒骨折，演变成七月一日在加护病房插管。七月三日，山猪驾着一部二手的法国房车独游北海岸，黄昏时分在石门沙滩上，假作浪漫听海之间，方接获万康来电告知其父蒙难。山猪愕然惨叫一声，猛拍猪腿一记："难怪你 msn 消失这么久……"

山猪坐在一片浪淘沙中寻思，这个老人官拜……上士退伍，老兵一个，然一脸"气质厚重沉毅"（战史家评张自忠将军之语），或许有过人之处？或是气质厚重沉毅只是长好看的？那万康与道长我有缘，端午前我与万爸又"补花"挂上一缘……山猪打开车门……这事儿，我是管定了。

看官，山猪于是撩落去［奋不顾身地卷进来］，后事如何，再报。

第十回

山猪道长挑战当局者　马尔济斯魂断午夜时

却说张万康打电话给黑山猪李道长的地点，在哪？——那台北盆地南缘的木栅山岭间，有一道教庙宇，供奉的是仙公吕洞宾，名曰指南宫，俗称仙公庙，张万康就是在这儿用手机打到北海岸。想当然尔，万康前来拜拜，顺求一签，那签纸片儿上写着四句：

美人带杀暗知防　尔往西方我往东
纵遇倾国倾城态　心头抱定莫相戕

不明究竟，连韵脚都瞎，万康前去问解签人，然柜台空荡，人已下班。只见旁边放着一册斑驳破旧的本宫解签参考书，翻开查到这首，原来是用春秋时期吴王夫差，中了西施的美人计而误国来作比喻。将这页读下去，玄机变得清晰，"注解：问病，老危。"忍着再读，"评：讼病占成一切空。"万康心头冷撞一记，良久不语。这时听见旁边一年轻女孩声音："呃……可以借我了吗？"万康回神，原来有其他人等着查阅本册。万康一笑："很想跟你换诗。"便把书册放下，撇下这位姿色不俗的女孩，径自来到宫外。没错，美人计立刻就来了！不会上当的！

　　如要进庙，必先拾漂亮巍峨的圆弧状阶梯而上，下来亦然。这万康茫茫然走下来时，眼前的每一级阶梯变得好窄，窄到好像走在金字塔的斜坡，随时就一步打滑滚落。终平安走完，来至庙埕，景观上，极目俯望，日入黄昏时分的台北盆底尽收眼帘，包括那根丑老二——幺洞幺大楼。万康一叹："不想看到都不行，楼可以造这么高，隐蔽那庶民所受的苦一般高，爸因医师的恶劣冷漠、护士的粗鲁轻率，染上不是他分内该得到的肺炎，这就是现代化台湾的质量。"又思："吕洞宾这老仙公讲话也太白了，有必要这样讲话？没礼貌嘛！这签诗就是必须有隐约的空间才叫签诗，叫我多烧香祈福不就是了，打我一棒是怎样。"可埋怨归埋怨，"话说白了也好，谢了！吕大仙！"万康抱拳作揖。

　　一时仍作展望眼前景观，颓然间猛地想起老同学。于是电话拨过去，黑山猪接起。那山猪坐在北海岸沙滩上，正在摄影。云空海景，朵浪锦缀，他要拍！……比基尼辣妹，这个他绝对不拍！……他冲上去摸！喂，这像话吗！

　　且说山猪得知万爸受难，当即放下眼前之美景美女，猛踩油门，逆行狂飙，杀回台北，这叫气概。沿途他云起风生："论生病，我是大师！抢救万爸，舍我其谁！"等红绿灯时东摸西摸，才发现将相机遗失在沙滩上。今天拍的美女，全没了！最近在捷运女厕的写真，全外流了！——去，没这回事，万康没这种同学。

虽说当日山猪未赶上 ICU 的晚场会客时段（六点半至七点十分），然抛下玩乐提早回来，就是他一份心。隔天的日场会客时段（十一点到十一点四十分），山猪出现在 ICU 门口，与万康会合后入内观探万爸。

看官，在这里必须扫个兴。山猪道长虽有点儿特异功能，但那只能针对自己使用。何况他那套人体穴位研究和乱戳，万姐也不是不懂。还有，这特异功能，粗浅来讲，也只是"意志力"。盖知山猪的角色，不是个生理治疗师，而是个旁观者，是个万康的心理辅导员，是个猪头军师，喔不狗头军师。那山猪讲话小声，生性含蓄，但不表示讲起话来不存一份坚定的认知。步出 ICU 后，山猪即对万康道："老伯意志力强，跟我有拼。"万康且听下去，"甚至我不晓得我能不能到他这种定力，这样的火候。你看他的气色，还真不像插管病人。目光炯炯，好遒健的一个，强人。"万康道："昨天上午医生来看，万爸还对医生挥手打招呼呢！手举很高耶！"山猪道："老伯吃亏的是条件上，年龄，和胰脏癌太难对付，如果真的是胰脏癌。"万康忧叹："他是想对医生说，谢谢你们救我，我还在，我会加油，大家都一起加油。"

那万康心下不忍，浮想联翩，续对山猪道："六月中旬骨折手术后的第一夜，他在睡眠时直嚷梦话，大多我听不懂。倒不是因为他的湖北老嗓乡音太浊，任谁的梦话咕噜呼噜都很难听懂。可其中有句我听得清楚分明了，他高声喊着：'我谢谢大家！谢谢医生护士对我的帮忙！'我让他多喊两句，让他能抒发，但喊下去，我还是得在一个点上赶紧摇醒他。"山猪道："你做得很对。梦呓其实是难受的，不能任他这样梦喊下去，就算老伯这趟是个好梦，未免也太激动。"万康道："就说，他被摇醒后，双眼发直望着天花板好久，分不出哪个才是梦。你知道吗，他最热爱医生护士，最听医生护士的话，骨折前陆续带他看神经内科和内分泌科，回家笑吟吟吊嗓子三天哇哇猛讲这两个大夫对人多好多亲切，谁知道却被骨科主任给这样阴了……"万康痛惜道："可我不能对他讲那三天三夜究竟怎么回事，我不能跟他讲那批医生护士是这样回报他。插管了，我只跟他说，最黑暗的时候过去了，对不对？他头如捣蒜。我问，现在有比较好对不对？他仍肯定地点头。我说，当时检查不出来原因所以让你受苦了。我让你出院是帮你想办法，后来我们请的看护来家里，看出你是胃出血，赶快叫救护车来，两个救难英雄一起救了你，还有急诊室那批女医生、女护士表现真好，她们把你抢救回来了。现在有最好的医生和最好的护士来帮你，放心！"山猪道："这样说，蛮好。"万康道："你陪我到医院外头抽支烟，我抽就好。"山猪欣允。

　　两人移动，万康即一边说道："……可是，我哪知道现在加护病房的医生护士到底到哪个等级？我必须那样说，算是弥补他也必须那样说。医生们的表现我们确实蛮信任的，可我难免又觉得总有那么点怪怪的，似乎只能给我绝望的答案让他这样躺下去走着瞧。至于护士虽然比一般病房护士那三个坏护士优质许多，可是还是不够平均，优的太优，优到我想娶回家还必须纳妾好几房。"山猪咋舌道："这……还只能睡大通铺得了。"万康续言："可阿里不达的，还是有。不是说心眼坏，而是能力让人很不放心。"山猪道：

"曾经沧海难为水，难为你了。"万康道："可有一个，我还真怀疑她是怎么回事，只要轮她，就总以某种嫌恶的眼神说我爸的痰难抽，那天周日主治医师不在，她攒来一个当班的年轻住院医生找我们递同意书说要重新插管。她讲得好像雨刷断了就换一支那么轻松。还好我和我姐陷入挣扎讨论间医生又来说不用再插了，我们到底该不该谢谢他们啊。"山猪道："其实护士是最底层的劳动者，压力大，赚得又少，作风难免粗硬。如果真的有痰块卡住管子，也真不得不重插，这种事极少发生，但确实有。"说话间两人已步出院门口，阳光盛大，满身金辉。万康道："那也不能坏事的几率都往同一个人身上来吧？那么为什么好事的几率就偏不往他身上找？搞不好他就真没胰脏癌啊。"山猪道："同学你要冷静点。"万康掏烟中轻笑道："你放心，我这也是喊梦话，必须抒发或纾解。说了也就算了，该摇醒我的时候你就摇。"

就这么，为了提供观察意见，山猪道长前后竟探访万爸高达十七次之多。从七月一日万爸插管，万爸父子俩协力招架魔王至七月十四日期间，山猪一切看在眼底。在 ICU 除了对万爸简单打招呼、道加油，他不发一语，静立一旁观看万康帮万爸拍背，并巡览 ICU 的每一床。ICU 规定一次一床只能有两名家属探视，看了看山猪也就出去，换万姐进来，除非无其他探视者，才得以多待一阵。但这位生病大王有着异乎常人的灵敏，看个两眼也就清楚一切。在这里他万分感慨，只因他是死过两次的人。他来到生命的核心，看那每个病人像看到了真理在淡入淡出间的动魄。波兰裔英国作家康拉德有一名作《黑暗之心》，山猪来自黑暗，但他浮上人间点灯。

　　对了，那万妈很少来，万康和万姐不让她来，只因她胆子小、人脆弱，来了见万爸情状叫她怵目惊心。这家属眉头深锁、愁云惨雾，对病患的士气就无大帮助，只让家属连带也病了。

　　却说一次万康拍背到一半，医生请万康去商讨病情，讲解和研究 X 光片甚久（片子中如果肺叶正常，画面就呈现黑色，如果有痰，黑处就变为白雾。万爸刚插管时，两片肺叶全白！如今有些起色，白雾散去些，然进度却慢，两周期间的后几天呈现黑白僵局，没黑回来，也没白下去），这时只剩山猪一人在病榻。之后万康同山猪结束探视和照顾，山猪讲："你不在的时候我很紧张。"万康奇怪以山猪功底竟会紧张，山猪道："你一离开，老伯很不安，我不知道该怎么办。我和他都希望你赶快回来。"山猪意思是，我毕竟是外人，"他需要的是你"。万康神气道："不然药师佛钦点我干嘛。"山猪道："瞧你乐的，你当药师佛邀你去轰趴〔home party〕来着。"万康这下突然叹道："我是收心了，现在有人找我去性派对，我也不想再去了。"山猪睁大眼睛，张大嘴巴淌出猪口水，扯起万康的胳臂摇晃："你有去过性派对哟！"万康耸肩道："也没有。"山猪骂道："干，那你还说。"

　　话说上上一回收尾时预报，与魔王战完第一回合后，万康原本情绪很 high，但，过了两天，心沉下来，万康理智了。进而，厌战，怯战。不，他不认为他怯战，他认为久战对爸爸不好，奇迹不会来的，爸即便好不容易杀退肺炎，还须面对更无药方的胰脏癌末期。说来肝、胰之病变，毫无征兆，一旦发现常为末期，只能等日子走。爸都要走了，我还让他花费好大力气去战，这是折磨爸啊。一晚，午夜十二点前后，就在万康经过内心交战反复思量，决定拔掉万爸呼吸器的一两个小时后，山猪敲来 msn 问候。说到这个，万康在父亲骨折住院隔日便脱离 msn 二十三天，其间脱离的第十三天，万爸插管，十天后他上线询问两位医界的朋友（他竟然这时候方想起认识一位医师、一位医师娘），从而因顺解禁 msn。万康向山猪回答自己的最新处断方案之后，透过小视窗层层移上的行句，万康发现向来温吞沉定的山猪在这些方块字的背后显得异常激动，"你这样做不行！"山猪霹雳啪啦送来一堆字迹，也是心迹。是的，讲话温吞不表示思想温吞。然而万康认为这档子事终究没人比我更清楚，山猪毕竟只是加油团的领队，除了心理支援，该怎么进退帷幄，战略战术得我来执行，无论执行何种方案，加油团的本职总在于力挺，就像球场上教练派谁上阵，啦啦队都只好、也应该替谁好好加油。万康当即表示，我将对万爸不加隐瞒，报告详细病情，暗示他，甚至明示他何妨忍痛先走一步，我来帮你完成。"他的状态怎么可能去评估这些，他想三天也不见得能作出决定！你要帮他决定！"山猪在荧幕前激动着。

"是的，我已决定了，不是吗？"

（一般网络交谈是没在上标点的，然为阅读之便利性，转呈此间加入标点符号。）

"你不必告诉他得癌症，这对老人家是个打击。"山猪道，"老伯是会拼到最后一丝气力那种人，你要陪他战。他的医生不是那些医生，而是你！那些医生也没死过，他们不懂我们的'世界'。每天二十四小时躺床上他躺过吗？他们不会懂。"

"有的医生护士确实让我意外。上午我和我姐探病延迟五分钟没走，我对护士，就是嫌我爸卡痰的那个说，你帮我再把他换一个方向翻身，我赶快帮他拍过这边就走。"万康键入，"护士说没关系我来拍就好，你们先回去。于是翻身，顺手拍了十几下，嗯，不到二十下或十五下，没了。我们傻眼出来，我希望是我们多虑了，没看到的时候其实她拍了很多下，有按照 ICU 每隔两小时替病人翻身拍背的指令去做。我对我姐说想对护理长反映一下，这样就算拍背让我们家属很忧心。我姐说，不好吧，那个护士得知后如果去偷拧爸一下怎办。这件事我很困扰，到底该不该对护理长讲，会不会起反效果。"

"呵！"山猪狞笑："你都要你爸死了，还管人家拍背哩。"

"我不懂你的意思……"万康道。

"我说过，你才是他的医生。"山猪当万康是装不懂，自顾发表他的谠论："当他不行的时候，他自己会意识到，你不必催他走。如果你要拔掉他的呼吸器，也要等他昏迷的时候，这时候才是拉他一把。"

"如果他以为击败魔王就赢了，却发现仍出不了院，这种伤害更大，要他怎么承受！这岂不是成了我欺骗他可以好起来。胰脏癌的报告，医生们开会内次仍不敢敲定，不敢乱发重大伤病卡，但经验上那就是。只有百分之二十的几率不是胰脏癌，似乎五分之一的几率还算不小，但就算不是胰脏癌，贲门卡住食物过不去，这也是大问题，除非只是单纯发炎，迟早会消肿……"

"同学，"山猪语重心长，"无论如何都必须去承受。老伯已经在承受了，你得陪他承受。我看得出，他是能忍之异人。他可以忍，他感觉到自己很幸福。"

"你看得出他很幸福？"万康哑然失笑。

"是的。少数人所会的'乾坤挪移痛苦法'，他会！他是我们这一派的！你帮他拍背的时候，我看到他的表情很幸福。"山猪键落至此，突而泪眼汪汪。"他最期待的就是你去，你能摸他，能对他拍背。那天你去跟医生讲话，我独自面对他，我很惶恐，他也很惶恐，我没法帮到忙，一切还得靠你，同学。"山猪这时急忙将泪水抹去，好像怕万康躲在身边发现。喔不，可别忘了山猪是画家、是艺术家，一般来说这种人至情至性，哭了可就不拦自己喷泪花。而药师佛我们可以归类在哲学家，一滴珠泪已经太多，要求和表现上自有不同。只见黑山猪溅出黑泪，如同台湾诗人管管那样一发不可收拾，一边抽面纸大声擤鼻涕一边继续要打字。

"你真的能看到他感到幸福？"万康仍怀疑山猪太过情滥。

"你自己去加护病房看看，有哪一个插管的人像他这么有元气。他可以忍，你又有什么不能忍？"山猪咆哮。这是打字，更是咆哮有声咚咚咚。

"他可以忍所以我们就要让他受更多的苦吗？那我们无疑在虐待他了。而这种虐待可以被称作幸福？"万康劝道，"这次你不用摇醒我了，我没睡着过。"

"如果可以忍，苦也就不是苦。存下的是幸福。"山猪道，"或许，你睡得太少。"

"这也没错啦，医生可没告诉过我他很幸福、很伟大，你有你的看法。"

"正因为他们自认见过太多病人，反而不见得能懂病人了。"山猪道，"所以我才说你是他的医生。"

"嗯，身为他的医生，我会问他愿不愿意提早结束灾难，这是我仅能帮助他的。"

"你要他怎么回答这种问题！"

"那么，我就不问他了。我知道该怎么做。"

"你这是什么意思！"山猪几乎要一拳击碎荧幕。"……人呢？"

"你还在吗？"山猪发现对方迟迟不作声。

"断线吗？颗颗[1]。没事吧？"

"你还在吗？生气了吗？"

"干拎娘！"万康道，"跟你说过几次，msn一直敲对方，对方就不会让你把上！要教你几次你才能学会把妹，干！"

"……"山猪委屈。

"等一等会死！这里有事！"万康送出，"有人在门口哭吠超久！就聊到这里！晚安。"

看官，就在他俩对话之时，万康依稀听见门外暗巷里传来疑音，后来逐渐可以分辨是一种失控的哭喊。万康放下键盘往外奔出，只见黑巷空无一人，举头看天，夏夜星光灿烂。顺着声音走了十多公尺，发现一个陌生女孩正抱着一只马尔济斯失声嚎哭。这时一个妇人也走过来。

倒是见过这妇人，偶尔相互点头笑笑。万康在门口喂食几只小街猫时，此妇人经过曾笑说这些猫很可爱，但晚上很吵，而且身体有跳蚤。万康并不认为这些猫有吵过啥，也没发现有跳蚤，微微一笑答曰："还好吧。"就没往下说。

那万康上前问妇人究竟，方知原来此一素昧平生的女孩便是妇人的女儿。据妇人说，女孩带狗去动手术，骑车载狗回家，车停好，

---

1 颗颗：台湾网络用语，表示小声窃笑，或作无意义的打发。

笼子打开却发现狗儿不对劲，恐怕上了过量麻药而……任凭女孩怎么哭喊狗名，怎么摇动狗身都无法将之唤醒。那妇人对万康讲："她就是爱养狗，每次都这样。"听来女孩送过病终的狗。话说着妇人将空笼子提进一幢公寓大门，没再出来过。

如今现场只剩两个人类，一只弱犬。万康道："我来帮你扶住它的头。"这狗被女孩抱着猛烈扯晃，头那样甩动实在不堪了。女孩痛骂万康："不用！"万康挨骂没走，杵了一阵，改说："按摩它的心脏。我朋友养过一只老狗，有两回突然看起来死过去了，他们帮它按摩心脏竟然苏醒。"那女孩依万康之言动作，却也不是……按摩。她情绪败坏，厉声狂喊狗名，用拳头捶打狗的心脏部位。万康道："姑娘你粗鲁了。"那女的没睬，继续重击狗儿胸膛。万康讷讷道："……也是，用力点可能……复活。"万康曾亲听母亲的朋友说院方替她婆婆做 CPR 急救，甚至压断婆婆的肋骨，病人真的醒过来，只是身子也残了，成植物人。万康见狗儿双眼睁开着，口吐舌头。万康道："不要太难过。我也养过狗。让它好走。"

午夜时分，多么凄凉惊悚的画面。四周住户皆无人来援，只曾传来某栋公寓高楼住户拉动窗棂的声响。女孩终于放弃，把狗捧抱着走到一旁（不希望有人打扰，希望大叔你也甭管了），身子直直往不知道干净不干净的地面坐下去（很像摔下去），让狗儿在她怀中，专心哭下去，哀恸欲绝。

万康怕得罪她，缓缓趋近着，偀蹲下来，见女孩没轰她走。万康小心翼翼以慢动作般伸出手（就像万爸曾想抚摸柴犬哈噜却咫尺天涯那样），终于触到了，缓缓摩挲狗儿的绒绒白毛头皮。那女孩哭泣甚久。狗儿依然睁眼吐舌，惟面容似撒娇。万康道："它还是很可爱的，让它好走吧。"夜深了，深了。终于她起身将狗抱进某公寓去，大门打开，又关上。万康以前没见过此人，想来现代化社会不认识家附近住了谁也算常态。万康始终没告诉她："女孩啊，俺爹爹也受生死别离苦。"

话到此间，作者又要提醒了。本部作品可不是胡诌的，张万康与李道长那场对话的午夜，确实发生"马尔济斯暴毙事件"。道长在沙滩上因一通电话遗失相机，亦所言不虚。

且说次日上午十一时，加护病房会客时间的轻音乐声响起。山猪不请自来。他忧心忡忡万康将对万爸采不利举措。他同万康入内，见万康仍精神拍背，感到放心。这时万康手机响起，接起来说两秒就挂断。万康对山猪道："我姐在门口，你去换她进来。"自是，万姐晚到，见 ICU 门口的七号床橱柜里两件防护衣都被穿走，打电话进来请万康叫人出来替换。那山猪出来后，坐于门口以作精神支援。四十分钟过后，万姐出来，山猪迎上，万姐噘嘴道："万康说他有悄悄话要跟我爸讲，哼，了不起咧，我就不能听吗？"山猪听了脸色闪过一丝不祥。万姐续道："他叫你不用等他，一会儿他还要下楼找主治医生和买尿片。"山猪道："尿片？"万姐不耐烦道："给我爸用的。"山猪未吱声，低过头表歉意，心里盘算："既然还费心用得着它，就表示不会对万爸下毒手吧？"这万姐便告退先返家去。

ICU 门口人影渐疏。宽敞的过道，除了不远处一名青年为病母喃喃祷告耶稣基督，只剩山猪坐着不走。他想确定究竟。

半小时过去，眼看又往一小时去，山猪焦心了，怎么迟迟不出来……

话说果然有鬼！万康支走万姐后，趁护士一个不注意，一溜烟就贼头贼脑往床底下钻进。万康当自己是只猫，只因家中豢养的那只喵喵，每到冬天就想往棉被里钻；这棉被给折成豆腐干儿，这喵喵神通广大，仍能把自己身子似一尾比目鱼那样摊扁置入，豆腐干依然豆腐干，外观上丝毫没给捣乱出一弯皱纹。万康的心计乃是，待护士一个闪身不注意，好比哪里忙活儿或跑去吃午饭间，我就趁机爬出来，将呼吸器的插头拔掉，不，甚至我身子在床下就可以扯掉插头，只消我猫爪从床下伸出去就够得着。

那万康藏身床底下，眼前的视线只拉长成一隙狭窄的长方形，望见护士的鞋子和小腿。那护士低头写着例行报告，脚没动作着。万康又多看了两眼，这才发现这护士的小腿和脚踝还蛮好看的，但凡线条，肤泽，嫩感，观瞻上皆有一定品相。这护士不是昨天轮值的那个敷衍拍背又嫌痰难抽的女孩，而是新轮值的，工作能力、细心度、专业度、态度、慈悲度，都还挺好。万康回过神来："不能分心！"

一阵子过去，另一双小脚过来，同时夹着话音，是昨天那个："学妹你去吃饭啦，我来帮你顾一下。"另一个声音说："学姐没关系，北杯［伯伯］刚刚血压有点高，我先观察一下。"那学姐说："哟？高什么高啊，死不了的，这老头儿挺能撑。"学妹道："他儿子走之前在他耳根子畔讲了一段话，不知道讲了什么，北杯情绪有点躁动，突然好像要爬起来，我赶快帮他把'约束'绑好。"学姐一笑：

"我就说嘛，七号床这么行喔，老多天下来都不用绑'约束'是怎样，迟早还是得躁。他儿子还当七号是神呢，老跟我们炫耀七号多有能耐、老说七号都不必绑。哟，我们是吃饱了闲着爱绑人是吗？要绑不绑，由不得你。"那学妹小小声讲："会听到啦。"学姐道："你顾他还不晓得他重听哟。"学妹猛想起道："对对对，他儿子有教我怎么帮北杯装助听器，等等来装看看。"学姐用闽南语道："架工夫〔这么麻烦，真费劲〕！"接续讲："他那个儿子不是我说，老一副就不放心咱们的德行，昨天请他走还不走，非要我帮七号拍背。"学妹道："是唷，这么刁，我还以为他人不错。"学姐道："你以为？啐，'不错'也还有个错。"学妹忽然呼道："学姐！北杯又在动了！他好像想讲话！"学姐笑道："最好他含着口管还能讲话。"一双脚往床头走动过去，只听得将身体按落下去的嘎吱声和人声："大神！您就行行好呗！下来了您能跑吗？"

那万康在床底下看着双脚，听着对话。

与此同时，万康心头一撞。撞的倒不是那对话内容，而是惊见床底下另一端蟠踞着一只超巨型癞蛤蟆。万康定睛一看，忍着压低音量："你他妈吓死人啦！"对方将食指放在鼻头："嘘，小声点，我来帮忙的。"

趴在床下的另一者是谁，原来是判官大人。

看官，这回就先说到这。一厢是山猪道长门外干着急，一厢是张万康力行智摘插头取父命，下回分解！

第十一回

花判官串戏三岔口　　野山猪大闹 ICU

跟各位看官报告一事。连载期间作者的母亲对作者提出严重纠正，说你怎么写人家叫黑山猪呢，非常不礼貌，人家看了心里会不会好受？……据此，作者听了思省确实不妥，接下来谨以李道长相称。

却说万康、判官床下相遇。那判官压低嗓门道："我想你下不了手，三心二意，这就来帮你结果万爸，我也早日结案！"

看官，《水浒传》里头的"结果"常当动词使用，意思就是……卡兹，做掉。又，《水浒传》中有一回目其中一句叫"鲁智深大闹野猪林"，咱们这里就偏偏来个"野山猪大闹 ICU"。取舍下这里不用"李道长"，图的是个气势。

判官说完，那万康挤出苦涩一笑悄声叹曰："想不到我们也有结盟的一天。"判官轻笑劝道："世事难料，不管是谁利用谁，咱俩目的一致，甭爱面子就轰我走。"万康正欲搭腔，这时听见床外

边的动作声和人声（闽南语）："你是'抖猴［中邪，或发神经，有时
指要宝过头］'否？"接着国语说下去："病入膏肓了，这七号还凶
的咧，学妹你那边再绑紧一点！"那学妹的小脚快速往床头移动，
一边动作一边甜音怜惜道："北杯！你不可以动喔！要忍耐！不然
你儿子会担心！"学姐笑道："他又没戴助听器，你是演给鬼看喏？"
那判官听了朝万康指着自己："哟，说的是我？小妮子不怕犯讳？"
只听得学妹又问："北杯，你哪里不舒服？我拿图画本问你好不好？"
看官，是这样的，有些护士虽知病人无法听见，还是习惯对病人讲
话，让对方可以感受到己方输送的关怀之情。而那图画本则专供不
能开口或不能听见的病人使用，由护士翻动一页一页的图案和图说，
譬如"伤口痛？"、"要翻身？"、"身体痒？"来让病人做点头或摇
头回应。这学妹的小脚便又移动着，站定后，传来卡纸翻动的声音。
另一个声音道："不用问了啦！他全身上下没一处不痛快，伊系呷饱
闲闲到咧等［他是吃饱没事早晚间等死］。"听到这里，那万康再也按捺
不住，一整个就要往床外冲去找那护士算账！判官急忙在床下抱住
他，两个人在床下滚动。

　　判官忍着压低嗓音呼道："小不忍则乱大谋！事到如今你就
甭计较啦！"万康纠缠着判官的蛤蟆手："不是计较不计较，她这
是……"这时床外又传来一句笑音："我看你是不见阎王你不到赛。"
一瞬间判官变脸了："踏奶奶的！她是见过阎王爷吗！"说着撩起
水袖，便要冲出床下开干！那万康赶紧擒抱住他，两人翻滚。"你
他妈是来乱的！"万康制止道，"你这是帮倒忙！"判官道："……
我……我他妈……我就说我这样是不对的，你可别学我。"那判官
感到吃窘，因顺端起架子开始训话："万康，我是见多了，这世间
有善，就有恶，善恶共生。你看这是什么？"说着推出一只手掌。

万康道："手。"判官道："手指头。你看，我就说嘛，人的手伸出来，五个指头各有长短，不是吗？"万康道："干，你超老套！"判官气结："那难道我要跟你说，这世间有鸡巴，就有鸡巴毛吗！))))[1]"万康道："这就对了。"判官道："你他妈不像话。"万康道："可我跟你讲正经的，一码归一码，把我爸结果之后，我还会找这个护士清算！"判官挤着眉毛摇头道："你说不听。我同你讲，坏的，就一边去，人要拣好的看。"说着看往某个方向："喏，你看此一良善的小护士，那脚踝是这么嫩白着，美好着。你要学我，我只消看见一寸，就得以窥出她全身净裸之美。"万康觉得这人有病，忽而加深意识到此人果然是来帮倒忙的，紧张起来。那判官说着便将手伸到床外，摸了那小护士足踝一把。那万康来不及阻挡，只见判官手缩回来喜不自胜："嘿嘿！摸到了！猴虚否！"万康道："什么？"判官道："广东话，好舒服。"这下换万康摇头了。

话说那护士遭此一记，却因动作间（把画图本放回原位）没能感觉到。判官上瘾了，那手臂突然自动拉长，像长蛇一样蜿蜒而去，合着鬼是有法术的。万康惊问："你要干嘛！"判官道："绕到后面，袭胸，跟她一起唱《第六感生死恋》主题曲。"万康心想这是胡闹！连忙一指头往他腋下戳去，判官尖叫一声，手臂瞬间缩回原样。万康抢白道："怎么当官的人这么色是怎样！"判官不满，气概十足地拍胸脯道："我色归我色！不要扯到我的职务作人身攻击！"说着一手挡住万康，一手再又动作往床外伸出。万康急了，双手掐住判官脖子，自己身子朝他身子整个压住，判官挣扎间只好将手缩回

1　))))：台湾网络用语，表示音量加大的程度。

与万康打斗："你这样就不色吗！你这样压我，我也会有感觉呐！"万康道："不准你动她！"判官愤怒道："她是你的人吗！"万康道："不是！但也不是你的！"判官道："那就是大家的！你也可以三P哇！"万康道："你还知不知羞耻！"判官近距离将口水啐在万康脸上道："承认吧！你吃醋了！因为你爱上我了！"万康感到一切乱了套，回过神来斥责道："好人家的女孩儿，你不能动！"万康痛苦地紧闭双眼："要动……你就动她学姐。"谁知道判官眼睛一亮："咦，这个好。你松手。我喜欢爱呛声的娘子，俺就是喜欢她这个泼辣劲儿。"万康没好气道："我们可以干正事吗？"判官道："你手放开！我跟你讲！我去咸猪手，好支开她让你下手！"万康这下心思和手劲同时松动。判官挣脱后道："要不然你就这样大摇大摆出去拔了呼吸器插头，你还得吃上阳间的律法。"万康反问道："你不是来帮我的？你帮我把你的长蛇手臂伸过去，将插头一挑，不就完了。"判官忽正色道："生死之战，你才是角儿，我们打个上下手。"

　　看官莫忘了这判官是个戏迷，这武戏两人对打，通常负责主秀的叫"上手"，做配合表演的称为"下手"，合起来叫"上下手"。

　　那判官把话说白："我只是个帮衬的小咖咖，这种事儿，你得自己来，否则阴间的司法不饶我，我只管把你老太爷领走得了。"万康笑道："您忒谦了，我当您是刘利华。"判官眼神飞亮："嘿？您老懂这一味。敢情不打不相识，我这可遇上了任堂惠？"

　　看官，对判官来说，刘利华比刘德华重要呐。这刘利华是经典武戏《三岔口》的武丑所扮演的角色，而任堂惠便由那武生所饰演。故事简单讲，任堂惠投宿一家黑店，店小二刘利华半夜摸黑去杀他，两人便摸黑使出真功夫，绕着桌椅玩出绝活，拿刀真劈，拳脚争相，腾闹半天才晓得是自己人。戏中这两个角色同样重要，就没分啥上下手了，真真是棋逢对手。

这万康笑答道："我哪懂什么戏。想当年'国军文艺活动中心'的京戏演出正夯，小时候咱万爸带我们姐弟俩进过一趟大观园，凑个热闹看着台上听叫好，记得的也就这一出。"判官精神道："吧！我就跟你演这出。"万康定定神，道："好，我们合作。"判官欢喜娇柔道："好，那你要跟人家打勾勾喔。"万康道："饶了我吧。"

且说那判官便要离开床下，万康扯住他问："你就这样出去？"判官笑道："他们看不到我，除非我想让他们看到。"于是窜出，毫不用培养情绪，立刻就朝那学姐屁股用手戳捞一记，试验弹性。学姐护士下意识只当发痒，腿子抽动一下，便又回复原姿势。判官续将手来回摩挲她腰肢曰："你的腰就像你的性子那么蛮。"学姐一霎时腰身朝前用力一顶，小腹一收又往旁一扭，只当疑心自己幻听。判官在她耳际柔声道："亲爱的，你跳肚皮舞一定超杀〔征服意，指魅力〕。"说着判官来了一个背面双手环抱，只差喊她"萝丝"，合着演起《铁达尼号》。突然学姐急转过身，瞋视床铺上的万爸，高举手就要把万爸"猫"下去一掌，手落下间，临时改为用指头用力戳万爸太阳穴："你这个死老不修！要不是看你是病人我给你八百个耳光！"万爸状极痛楚。学妹讷讷不解，学姐告诉道："七号刚刚吃我豆腐！"学妹道："他不是被绑起来了？"学姐道："……这……这就是他厉害的地方！"这学妹倒也是个迷糊蛋，只当学姐说笑，因而朝学姐笑将开来："学姐我跟你讲，北杯真的很厉害喔，医生每次来他都跟医生挥手，还比大拇指，而且还……学姐……学姐你没事吧？……"只见学姐蹙眉，闭眼，嘴唇微开，脖子仰起，呼吸急促，面色潮红。那判官正在学姐耳盼轻声细语："你，寂寞吗？你，好辛苦，好辛苦。而我，懂你。"学姐那眼角缝隙忽然泌出泪水滑落。判官上下其手，对着她的耳朵吹气，送出呢喃低语："你，需要爱。"学姐头如捣蒜："嗯哼……"学妹这时候察觉不对劲了，忙过去扣住学姐的手摇晃，略扬起嗓门问道："学姐你怎么了！"这一摇动，学姐清醒片刻："……我好像……做梦……不晓得……头好晕喔……有点难受……可是又……"

"猴虚否。"判官在她耳际说。

"对！猴虚否！"学姐激动喊出。

"……没事吧学姐？"

"……我……我……"学姐再又堕入昏厥，却是娇喘呻吟，"我不行了！"

"学姐！"学妹惊惶失措，"我送你去急诊！"

"不用！"学姐失控呐喊，"好爽！)))))))))))"

　　这下子整个 ICU 都给惊动。护士医生们都朝这儿过来，学妹惶然喊道："阿长！"这叫的便是护理长，在医院都习惯这么亲昵地叫。

　　眼下这群护士皆二十郎当岁，独阿长年过三十，却是个风姿绰约美娇娘。判官发现这么多小正妹簇拥着自己，早已身陷狂喜，眼下过来的领头羊又让人眼睛一亮，恰是喜上加喜。

　　护理长好样的！当机立断，忙唤人把那个出状况的护士扶上 ICU 一张空床躺好，测量各种生命征象的监视器推过来，血压、脉搏、呼吸次数一整组瞬间就套在那护士身上。为了将数枚检测用的贴片去粘贴在学姐胸前一带，一名护士将学姐衣服解开一部分，忽然发出尖叫："这是什么？"众护士纷纷望去，看不出其皮肤究竟，议论纷纷只道是过敏，医生们面面相觑。阿长道："会不会是一种花粉过敏？"一个护士道："可是春天过了啊，现在是七月天。"另一个护士冷静道："夏天也有夏天开的花。"阿长嘉许道："我也是这么想。"这时 ICU 主任，是的，他也上来了，此人是位年近六十岁的老资格医师，他讲话了："不是花粉。"众人收声望着他。

主任宣布答案："是尸斑。"

这下众人傻眼。那学姐躺平间闻言大骇，一整个涕泪喷出："但是我还没死怎么会有尸斑！我只是……欲死欲仙。"

离奇的是，尸斑瞬间褪去了，皮肤回复成健康原貌。几名医师正好奇讨论着，却听见四周越发嘈杂，大家停下来，只见前后左右每名女护士（包括阿长），连同女医师们，统统都支撑不住自己的形廓似的，尽皆闭起双眼发出古怪的音浪。

这真是一件很夭寿的事。判官对着四面八方豪迈朗声道："既然都到齐了！就别说我大小眼！统统有赏！"由是撇下那个学姐，竟对在场其他每一名女性医护人员进行骚扰。说来这判官倒也懂情调、赋雅兴，对着某护士一边搔触秀发，一边柔声问道："你爸爸是小偷吗？"那护士不解："老爷为何这样问奴家？"判官道："不然他怎么把天上的星星都偷来，装进你的眼睛里。"天啊，那护士听了腿软，呻吟一声，就由着他了。那判官捣乱一通，又跑去拾起一个护士的小手把玩，悠悠诉说："不瞒你说，从小到大都是女生倒追我，只有你，让我，心动了。"那护士陶醉呻吟道："喔！宝贝！她们都不懂你！可是我没有那么好！你为什么会选我呢？"那判官"呃……"接下来不知该怎么接腔，只好赶快把蛤蟆嘴唇吻上去，欧耶。闹完这厢，又飘去搔了一记护理长的下巴："游小姐我来迟了。"阿长愠色道："喔先生我不姓游。"判官猛摇头道："不，你姓游，单名勿。"阿长恍然领会："尤物？"判官道："干嘛说自己的姓名。"
阿长"啊"娇吟一声，身子整个松倒，还好判官托住，简直在跳探戈。
最后还剩一名落单的女孩，判官的咸猪手才要过去，那女孩便一
个纵身闪躲："你不要在那边铺梗[1]了！我最讨厌人家说什么美女我
想认识你，我不吃甜言蜜语那一套。"判官道："呼！那我就放心
了。"女孩停下问："为什么？"判官说："因为你不吃甜言蜜语这
一套，所以我可以放心地说，美女，我想认识你。"女孩皱眉道："你
是在说什么鬼？"判官自言自语："……好像没中，她悟性差了点。"
随即恼羞成怒："不管了啦！美眉！给不给亏〔占便宜〕啊！"说着
就扑倒对方。

　　真是够了。男医生们，以及自顾爬下床的那个学姐，一同放
眼望去，实在是看傻了，不知该从谁急救起。一盘狼藉，女士们虽
身着衣物，然发鬓蓬松，女体甚至有斜倚床栏或赖倒于地面作怪姿
者。学姐对医师们道："我怎么有点似曾相识的感觉，甚至……喔
我吃醋了吗？……"她生气到发抖，浑身难受，无法呼吸，把身旁
一个病患的氧气罩夺过来用。未几，几名男医师也中了！他们情不
自禁对着空气舔舌，沦陷在爱的力量中无法自拔。注意，他们并非
跟护士一起乱，而是自己在搞自己。主任尚未受害（不，好像是判
官看不上他），迅雷向另一幸存的医师喊道："我们必须请求支援！"
学姐拉开呼吸罩高呼："喔不！你们不懂这份意外的感觉。"

　　话说张万康顾不得远边发生的怪闹声，当务之急唯有趁机对万
爸作处断。他爬滚出到床外，立起身子的同时，发现万爸正注视他，

1　铺梗：台湾用语，即为了达到特定目的所做的铺陈；若失败或目的暴露，即为"破梗"。

像是注视他良久而非仅止于爬起的瞬间。爸没戴助听器，他用唇语告诉他："拔，对不起。"万爸抽着眉心猛摇头，这是抗拒。万康欠身，以高跪姿单膝下跪，握起万爸的一只手，亦回以猛摇头。那意思是说："拔，真的不行了，这样下去是不行的。"万爸的眼神很凶，父子连心，万康知道他说："我要活下去！"万康是可以进入万爸神识与其相通之人，他们默然"交谈"着。万康道："拔，与其死在别人手里，不如死在我手里。你的病很艰难，我也怕他们糟蹋你。"万爸道："万康，我这里先撑下来！我可以的。你那头去张罗医生，我们要拿出办法来。我都不怕！你怕什么！"万康听到这里，想起适才护士学妹讲的那番话，爸总对医生挥手比大拇指。万康震慑父亲的生命力既是这般强大，自己下的决定是否失之鲁莽轻率。可是父亲这样的手势又只让自己加倍心疼他受苦下去啊。万康道："拔，你别孩子气。现在走，你还可以走得有尊严！"万爸雄起起道："我要活一百岁！"万康劝道："拔，话不是这么说的。我们没有实力存这个念想。"万爸道："那九十八岁！"万康苦道："拔！"万爸道："九十二！可以吗！让我回家嘛！让我多看两年'安丽杯'。"这说的是台湾办的撞球大赛。万康苦笑："拔，够本了。今年我们看的男子组冠军赛啊，足足打满二十一盘，打到最末一盘才分出高下，十一比十，精彩呐！都没浪费啊！"万爸用一种替人讲情，又像是撒娇的语调道："万康，我们先把炎魔大王打退嘛！如果肚子里另有名堂，我们慢慢对付他嘛！"万康道："拔，腹腔里，有可能是比那个魔王和娘娘还恐怖的盖世魔王。"万爸道："比赛不到最后，说胜负都还早，你看那么多球赛看假的？"万康道："但有些比赛，难以追分，剩下的是垃圾时间。"万爸道："真正的垃圾是你！篮球比赛四十八分钟，第四节输三十分也要把时间走完，不然你对不起观众！对不起教练！"万康沧浪笑道："合着你是我的教练啊？李道长怎么又说我是你的医生啊。"万爸倔强道："我不管！我想活！我负责活！你负责天天来！每次会客你都来！你只要做到这样就好！好不好？"说到最后末两句万爸是央求了，语气上十分之哀怜的央求。万康听了不忍，因将另一个膝盖也软下一跪，这下是《四郎探母》那句唱词"双膝跪在地平川"。万康下头是膝盖撞地，上头是将万爸的手更给抓紧，紧到两人的骨头一起发痛道："我很无能啊，我只能拍背。"万爸道："拍背很舒服哇！我就要你多拍！再好的护士也没法帮我直拍个千百下。万康，你就拍背就好，你姐就按摩就好，其他的你们都甭想，你俩就好好照顾妈妈就好，剩下的都交给我！我相信我可以活过一天，明天就有希望。"万康道："拔，我前几天转到'大爱台'，证严法师讲：'是明天会先来，还是无常会先来？'"万爸用力扯着"约束"的松紧索，整张床只怕被掀动，怒道："总不该是你先来！"

　　这万康啼哭甚久，迟迟不能就下手。俗话说"酒过三巡"，他这儿"泪洒三巡"也够久了，因恐被人看到，行迹败漏，便先松开父手，滚到床底下自己再哭上一瓮。哭至地暗天昏处，恍惚听见一种女性的魔音穿脑，心想坏了，难不成判官把加护病房来了一个"打通关"，这可如何是好。哭泣和欢嬲的巨大音浪中，整座 ICU 眼看就要给摇晃崩塌，这是……世纪之初逢末日，世界运转到末日。

　　僻静的走廊上，李道长内心可不平宁，虽然他猜不到和走廊相隔的这扇安全门之内正上演着杂交派对，可他愈发直觉到万康正藏于病房内搞鬼。打了几次手机，万康似都关机。事情不容再拖，心焚间就朝那对讲机的门铃拍去。护士们唯一有空应门的正巧是那个学姐。对讲机传来女性"喂"的声音。李道长胡乱谎称："……我来……送尿布！"对曰："第几床？"李道长并不记得床号（他都是跟着万康进去，防护衣和口罩亦由万康去号码柜拿给他，甚至他记不得万爸的名字），这下急了，便瞎喊："每一床！"护士怕没听错："什么？"道长这时才发现对讲机旁就悬着一张病患姓名号码表，看了两眼找到，赶紧回答："七号。"这学姐便将电动门按下开启钮，一边心道："吼个春啊，这人吃错药了，怎么今天门里门外一团乱！"这门板横向移开间，李道长便大步冲入，学姐拦阻呼道："你干嘛！里面很乱！尿布呢？"李道长急道："张万康人呢？"学姐道："谁？"道长道："张万康爸爸的儿子！"学姐道："几号？"道长整个炸火，冲着她的脸咆哮道："七号！)))))))))))"学姐吓哭退开。

　　正当学姐回身跟主任哭诉："他吼我。"李道长已快步进入ICU。一个年轻的男住院医师冲上前阻挡："先生你要干嘛！我们这里有状况，可不可以等一下进来。"道长不便道出万康欲谋害父亲一事，只好说："让我看一眼就好。"讲完话，却撞见护士们统统在群魔乱舞，外带几名医生有如中邪状扭摆，只怕没看错。另一头主任正在骂护士："这个时候你放人进来干嘛！"场面乱到不行。一个迟疑间，又来一名医生合作挡住道长去路，道长火大："出事你们负责吗！"将眼前两个医生凶猛推开，便要前冲，这时主任和另一医师抢上，四个医生联合将他扯抱住，同时主任高呼学姐："叫保全！"学姐赶紧拿起电话。道长一听见"保全"，生怕惹出事端，推挤中释出善意："好，我不动作，我们有话好说。"主任讲："我知道身为家属的心情，我们到休息室谈，这里很不方便讲话。"

就在双方卢来卢去［纠缠来纠缠去］之间，效率之高，一队保全冲进ICU，主任看援军一到，逃至一旁大声呼喊："拿下他！"

　　只见那保全带队官，虽然是个五十多岁的欧里桑，然脸上皱纹如甲骨文或钟鼎文那般凿过或铸成，身形剽悍，体魄非凡，个头少说有一米八五。道长约莫是一米七六，当下就矮半个头。此人当即朝李道长呼道："来者自报家门！"这时候黑山猪——没错，这时候要称黑山猪才有气势——朗声回道："陆军野战步兵三三三师一六一五梯上兵退伍！敢问长官名号？"那人一声哼笑："海军陆战队，莒拳队，上校大队长！"看官，莒拳队是恐怖的特种部队，他们的训练科目包括一公尺内如何徒手杀人，口号是"一击必杀"。黑山猪惊闻此一欧里桑退伍前的履历，心下一凛，说时迟那时快，那人一步抢上，双手就欲将黑山猪牢牢揪住，黑山猪卖个破绽，一个回身将他双手反扣，厉声大喝："回你的博爱座[1]！"一个过肩摔就将他砸向一个医疗品钢铁架。一声轰然巨响，棉花棒洒满地。黑山猪补上一句："上药去呗！棉花棒随你拿。"判官一旁剟一跳，咸猪手从护士们身上缩回来："哪来的一个暴力狂？毁了你大爷的雅兴是怎样？"

　　这时四面八方齐发锐声嘶吼，所有的保全小鬼包围朝黑山猪冲过来，竟似一群台湾土狗围攻野山猪。黑山猪抓一个就扁一个，踩过一个再K一个，人抓过来就往空中扔，四周围物品摆设全被他捣成稀烂。护士学姐一旁凄厉尖叫："出人命啦！抓住这个坏人！"黑山猪杀红了眼，听见她这一声喊，冲上去就一个大脚踹下。学姐整个人瘫在地上，按着肚皮嚎哭。主任在山猪身后高呼："不

1　博爱座：台湾用语，即公交地铁中的"老幼病残孕"专座。

可以打女人！"山猪回身望向他。主任吓得双手捂住口："请慢用。"
说完往一边逃窜。那带队官和几个保全小鬼鼻青眼肿爬起来还想
打，山猪下手仍不收敛，格斗间突然山猪两侧腋下一紧，被人穿出
双臂从后架高，山猪刹时不得动弹，只听得身后人喊："同学，够了！"

　　这张万康将李道长连推带拉往门口方向去，一边劝道："你在这
里做什么！"道长反问："你又在这里做什么！"万康道："……我没
做什么，没事了。"说着正好经过判官，万康猛踢他屁股一脚："你也
玩太大了！"判官喊出声疼，抚摸屁股道："你同学就玩得不大？"
万康一时未搭腔，将道长架至门口，方朝病房内回眸望去，只见现场
一片废墟，各路人员似甫从泥浆和烟尘中爬出正作自我恢复，唯独各
张病床上的病人始终如一的昏厥，或说正因始终如一的昏厥反是一种
清醒。判官追上来道："万爸人呢？我得带他走。"万康冷冷地道："我
说过你不能动他。"判官道："嘻嘻，就甫心疼学妹啦，当做一场鬼压
床得了。"万康一记右钩拳挥去："是说万爸。"那判官呈大字形躺平。

　　看官，这场"ICU大失控"就在这儿打住。这万爸的生存意
志如此坚持，加上黑山猪的忠贞辅弼，非但让万康更加确立这场
酷战之延续意义，并还感动了一位从旁观察的医师。这位医师将
在下一回登场，他接替正好前去休年假一周的一位主治医师，履
职头一天就对万康拉开嗓门直率道（这可不是设计对白喔）："我
知道你天天都来！家属积极，我们也积极。你爸爸不能这样放着！
我建议给他做积极性治疗！"

　　本回结束。下回分解。

第十二回

造瘘口土大夫起风云　套连环俏医师展豪迈

　　话说经过一场毁灭性的闹剧后，套句电影《乱世佳人》女主角郝思嘉在结尾时的那句"无论怎样，明天都是另一片天"（After all, tomorrow is another day）——张万康重新回到战斗位置。

　　七月十五日上午，万康探视万爸，发现呼吸器的氧气浓度数字，从三十五降到三十，真不错！气压数字仍在三十，如能一起下降更好。日昨的夜场探视，万康在社区大学的学生信纬，前来床边对万爸耳际喊话："北杯！你好起来，教我们打十三张！"这句尚不见具体反应。接着又喊："我跟老师学到很多！"万爸突然精神昂扬起来，痴痴点头一记。信纬说下去："老师好棒，因为有一个好棒的父亲！"万爸做了一个顿点式的轻轻点头。看官，正常的氧气浓度是占空气的五分之一，也就是百分之二十，肺炎患者如果在这个数字降到二十五，那么脱离呼吸器、靠自己呼吸，就有望！再跑过

"五码线"（美式足球每隔五码画一道白线），一旦降到二十，那么跨年关的烟火将可提早施放。然而，万爸从插管之初氧气近乎开到满档一百，一路恶战拼降到三十，虽然他的表现"好棒"，医学上这个二十五的关卡向来不容易达阵。此外，对照 X 光片肺部黑回去的效率，以及综合更多种数据所显示对呼吸器的倚赖程度来看，万爸还有得拼。（以上医学相关部分，如不够专业或出现讹误但请包涵。）

万爸由两位主治医师协力诊治。一员是肠胃内科，男的，代号 X。一员是胸腔内科，女的，代号 Z。此一 Z 医师在七月十五号这天开始休一周的年假，由一位男医师代班主治任务，代号 H。看官，咱们在此不用他们的姓氏当代号，而用名字最末一字的罗马拼音头一个字母。这位 H 大夫，年约四十五岁，额头微秃，眼睛细小，个头不高，活力充沛，嗓门情不自禁的大，走路不由自主总快步又大步走。曾见他换便服下班，穿着老气，模样朴拙，甚至略带邋遢，说像是疲劳过度一脸苦命相一生坎坷的业务员，像！……说是老年代开杂货铺、柑仔店的，或说卖菜卖水果的，也像！……说是大冷天大热天站在大楼地下停车场口子上指挥车辆进出的管理员，也像！

万康和万姐正开始帮万爸拍背和按摩，听到急促的脚步声，因顺回头一望，H 医师现身！万康才打过招呼，那 H 一个扬手作邀，往远处一比："我们到旁边谈。"万康见来者神情举止隐含要事共商，当即随他前往，万爸留给万姐一人伺候。那 H 停住后，顺手从旁捞来一张滚轮的活动桌，厚厚的一本病历放上，摆开架式，略带歉意地微笑说道："让病患听到不好。"万康会意："嗯，虽然我爸有重听。"H点头讲："有时候还是会听到，尽量不要。"紧接着这位H医师，那真是毫不啰嗦，开门见山，拦不住满腔激情，豪气而急切地朗声道："我知道你天天都来！加护病房很多病人的家属是不来的！你朋友在这里的冲突事件，我放一边，那我不管。家属积极，我们积极！Z休假以前跟我讨论过你爸爸的状况，你爸爸的问题……我想你知道，很严重！很复杂！病人不能这样放着！我建议给他做积极性治疗！"

这番话让万康听了士气狂振。很特别的是，H快人快语，一般医师对家属讲到别的医师，好比会称陈医师、刘医师，可他直接讲对方的全名，连名带姓喊。对万康来说，这透露两个讯息，一是H蛮资深（自也比Z资深），且对自己颇具自信；二来是他作风上不来啥世故俗套，自然率真。那H医师续激动道：

"这个营养针不能再打！会感染的！你爸爸七月一日插管，已经十五天了！胰脏疑似有肿瘤你知道吗？"

"我知道。很不利。"万康道。

"我要叫X来给他照胃镜！不能不'造瘘'。"看官，"瘘"音同"楼"，字义约略是通道。于是H对万康解释什么叫造瘘。也就是动手术，从肚子开个口隙（这叫瘘口），放入一条瘘管连接小肠，以后就从肚子外头把营养直接灌入小肠，等于绕经胃部和贲门。合着此路不通，就改条路走，如此万爸就能摄取更多营养转换成更多体力去对抗肺炎和延续生命。既然要造瘘，那么该有的步骤必须再走一趟，重新照胃镜、超音波，确认万爸的贲门口是否仍肿胀和堵塞，如果消肿了，很好，可以从鼻胃管灌食，造瘘免了；反之确认还是没消肿迹象，立刻造瘘。"Z有跟你讲过可能必须气切吗？"H问。

"有。我们有心理准备，但还是希望他靠自己力量脱离呼吸器，所以就先缓着。"

"我建议，气切和造瘘一起做。这样少麻醉一次，病人减轻负担，尤其老先生上了年纪。做气切不表示就不能脱离呼吸器，还是要朝脱离呼吸器去训练。我本身是呼吸加护病房的主任，到时候你们和Z讲好，把你爸爸送过来也可以。"

万康感到曙光整个射来，清晰无比。他相信以万爸的毅力，只消得到"子弹"的支援，即便做了气切亦有颇高的把握去拔除气切管和呼吸器，一如李道长顺利脱离气切，只在脖子底下愈合出一块胜利的疤痕。可是，万康忧虑到一个问题："这样听起来，我觉得一起做很好。可是我爸也检查出有肝硬化 A 到 B 期，现在有腹水。有腹水可以造瘘吗？"

"这不是理由！"H 加重语气说道。"腹水也有消的时候！我要找 X 来照胃镜和超音波。"H 又说了一次找 X 照胃镜，外加超音波。"肉眼看，和用超音波看不完全一样。"这说的是腹水。

万康对 H 的方案表达谢意，H 表示你再跟病患或家属商议看看（这是手术前必须有的流程，尽管原则上两人是说定了）。H 的热情与自信，让万康在十五天以来首度感到好放心，那句"病人不能这样放着"叫人动容，那种积极度尚见出他对医学的狂热，十足的一个工作狂（其实不光医生护士这行，大多人任何行业职务干久了看见事情或 case 来了难免只嫌麻烦，凑合应付着交差便是）。这场讨论，战略战术的最高指导原则给明快地确立出——作战抢的是时间，这事拖不得！必须迅雷作攻守转换！双管齐下！上拼气切攻山头，下造瘘口开腹地，交相掩护，两面反扑，重创魔王和娘娘这一对"咸"伉俪，及那个隐身幕后散播胰脏末法的老魔头。

　　是的，即使真的是胰脏癌的话，此病症之患者向来生命只有几个月到半年，但万爸想活，延续生命就等于战胜。况，这世间藏有一种东西叫做"奇迹"，以万爸的生命力，在奇迹式打退肺炎后，一旦局势暂时稳定下来，兴许光凭瘘口灌食却活了不止半年，甚至超过一年，上演更大的奇迹。如此万爸就可以下床坐轮椅让万康推着散步（做气切的人无法坐轮椅，因为呼吸器很大一台没法一起移动），还可以开口讲讲话（做气切的人无法发声），这就算享到福了。

　　即使没法脱离气切，至少不必含着口管，气切虽苦比起插管之苦还是有小巫大巫之别。总之气切管和口管都没法脱离的话，万爸的精神和体力仍会更好（至少可以好上一段时日），这时候万爸可以清醒地、好好地去面对死亡，得以整理自己的心情或交托遗言。这万爸是老小孩，老想活一百岁，也自信可以活一百岁，死亡的威胁来得太突然，如让他有时间缓一缓去调整、去面对，得到更深广绵延的心灵静谧后，这样他可以走得更心安，甚至得以悟道（成佛？）。

　　当晚，一如往常，万康喂食前来家门口讨猫饼干的两只街猫。这两只小母猫是姐妹俩，乍看是同一个鸡蛋糕模子生出的一双灰狸虎斑，吃饱后在门口鬼混趴地上吹夏夜凉风。之后万康把柴犬牵出门遛，两只小猫跟上来一起遛，俨然左右护法，一路上乐得飞跃草丛间。那万康家中的大公猫，最早是它尾随万康遛狗，自从两只小母猫喜欢跟着人狗一路公园玩耍后，它小子便发懒，老窝家里，好像把散步的工作交接给朋友来着，不，是指派给部下。

　　那万康遛着狗猫三只，还真招摇，社区和公园民众见了总啧啧惊笑。这晚遛到一半，经过两株合抱的大榕树，忽而口袋的手机发出声响。万康见是封简讯，窄小的视窗上却没人名代号，亦无号码显示，却有几个字："莫过喜。莫过忧。"万康狐疑间这便停下，三猫狗亦停下望他。左思右想一阵，好！决定了！回看看！……于是送出："你是谁"。

　　然后扯动狗绳想走，发现两只猫小心翼翼，又贼头贼脑地正用爪子去挠绳子玩。合着猫的好奇心向来不小。万康也曾见这两小屡次用爪子去试挠哈噜（看官没忘记呗，万康这狗名叫哈噜），只是哈噜浑然不鸟，等被挠烦了，猝然汪一声作势扑咬，两小猛地飞闪到好远。猫儿就是爱玩这套，狗儿不领情，猫儿穷开心。"走了啦，别玩了。"这时万康甩了一下狗绳，两小跳开，这才迈开步子，对方就送来鸣响。万康按出，对方回复："莫问我系宾狗，只问你自己系宾狗，来自边度，去往边度。"万康把手机朝哈噜的狗鼻子放过去，问道："狗不狗的，你看懂没？"哈噜将头掉过，跳入草丛东闻西闻，只想拉狗屎。万康心生一念，猫最好奇，于是将手机按到回复状态，放在地上。果不其然，两小凑过来，以神秘兮兮的动作探出猫爪。万康一笑："继续，你们帮我回他呗。"两小瞎挠胡搔一通，这时哈噜大完便，跳回路面，两小电毛般逃走。万康拾起手机，上头竟有三个猫字，不，那是猫按出的人字："孟加拉"。

　　这可奇了。一奇猫会打字，二奇猫打这是什意。

　　不对。应该说，猫只是恰巧搔出一字"孟"，又拍到造词自动选择，于是刚好选到"孟加拉"。万康检视手机，果然这个词就在很前面，乱按就会选到呗。

　　没错。粤语。适才对方传来的这封便是。万康高中时代和万爸、万姐三人一起迷过港剧,识得一些香港口语。那时是港剧初登陆台湾的一九八零年代,坊间很多录像带店出租好比《射雕英雄传》、《神雕侠侣》、《笑傲江湖》等香港连续剧,万康总抱回一叠"黑盒子",父子三人上瘾狂看。其间一次台风天做大水,他们住处的××路淹成一条黄河的水道那样奔腾怒吼,家里头则只差五公分就淹及桌面。水不可能一下子退掉,万康发现好极了,有个插座并不在墙下,而是设置在高处,只比万姐的身高一米五八矮一点。于是将电视和录像机的电源线接过去,开始播放港剧,父子三人坐在桌上欣赏。万妈看了吐血。那真没办法哇,不是他们爱看,而是《射雕英雄传》分成三部,他们拼了几天几夜已经看到第三部"华山论剑",有始有终嘛,不赶着看完说不过去。

　　话回这厢,万康保留猫的杰作,接着触击一阵,送出:"孟加拉。我并不认识代号叫孟什么的网友,加什么也加不出来,狗倒是刚拉过大便。我没心情跟你闹,请勿骚扰我,一夜夫妻百日恩,我不同你计较,可我他妈不搞一夜情了,我成长了。"

　　这才送出,剟了一跳,对方这次的回复速度简直不到零点一秒。万康素知少女触键极快,可对方简直是"超少女"。

　　字体荧光闪烁。对曰:"莫大神通,全在忠孝。纯阳。无具。"

　　万康沉思之间将狗牵回家,半小时后回复:"merci"。

　　这是法文的"谢谢"。万康故意测验对方的能耐。

　　不意对方零点零一秒回传:"穷马内忧"。

　　他看得懂,这是韩语"不客气"的音译。

懒得再回。万康没法管这么多古怪事。之后在平时所待的工作间，写日记，把有关父亲每天的变化详细记载下来。然后来到房间就寝，照常将一本《心经》绑手腕处，安然入睡。确实安然，H医师给了万康希望。

不意，次日傍晚万康前往 ICU，一切却荒诞起来。

日场探视时情况还 OK。向来负责任、每次主动来为万康解说万爸病况的住院医师 L 告诉万康，H 和 X 现在不巧都在门诊没法过来，但两人晚上会客时间会到，以及下周 X 医师会来帮万爸照胃镜。这天是星期五，下周马上到，这样看效率还行。

附带一提。L 来自台东，今年而立，年轻却内敛。其父亦是老芋仔［外省老兵］，当到伙夫班的士官长（比万爸"上士七级"退伍的官衔大些耶，不过都很底层啦，嘿，这到底是比大还是比小）。L 小了万康十三岁，但两人都是外省和本省的混血儿，只是 L 的爸爸在他高中时就脑中风过世，这些是两人谈话时所得知。L 过来看万爸时，万康注意到他曾用手摸抚万爸的腿表示招呼，对他印象不错（不是每个医生皆不吝于摸病人的）。万康把助听器帮万爸安装上，附耳告诉："他爸爸也是老士官，对你很照顾啊！"万康与L 比较熟了之后，把相同血缘背景的大作家朋友骆以军的名作《月球姓氏》短篇小说集送给 L。本书讲述骆氏父系、母系的家族错综故事，及这款混血儿如何与台湾社会相处之心境。当时骆氏特地搭计程车来万康家，亲自帮万康把这本书签上名，好让他带到加护病房。不过 L 是否重视这本书的心意，就不得而知了。总之书难看的话就骂骆以军啦干。

再又插播。此一日场，对万康关怀有加的唐校长第二度（或第三度？）前来探视。这位教育家是万康在某社区大学任教的前校长，四年前在万康落拓时期邀他去社大教油画（竟还用心细腻，似唯恐万康以为他在可怜万康而推却，一对一特邀万康上西餐厅吃饭以表求才之慎重），后又敦促他开设文学和电影课程，合着是把杂烩汤当成八宝饭，把杂牌当全才用。探视后，两人便下到医院地下楼的食堂吃自助餐。那唐校长朴实，随便吃吃就觉得很 OK。两人畅谈，不在话下。

晚场，H 来了，一来就问考虑得怎样。万康答道："我和我姐姐对您非常信赖！"H 听了害羞而得意地绽放笑容。是的，日昨万康和 H 进行重要谈话时，万姐虽在远边病榻帮万爸按摩，但约略听见他们交谈的梗概，事后和老弟齐声对 H 歌颂良久。随后 H 告知下周一照胃镜和超音波，并重申把气切、造瘘一起做的必要性，下周会有进一步行动展开。结束谈话之际，万康道："我看，Z 医师回来后，我爸还是让你接手可以吗？"H 低下头却掩不住一种"我就知道会这样"的羞赧笑意。H 表示这还是等 Z 回来再说，三言两语含蓄带过，万康知道必须顾及 Z 的面光，当即说："Z 医师也是很好的医师。"H 走后，护士将"上消化道内视镜检查／治疗同意书"（即胃镜同意书）携来让万康签名。这晚，万姐、前危险人物李道长都在。之所以说"前"，他那次的暴走纯属意外，过后就恢复其一本温吞内向样。

会客时间到点，正当万康和万姐正要步出 ICU 同李道长会合，一个人走进 ICU，正是 X 医师。来者神色严峻，将万康姐弟邀到门外廊道间的会客座椅坐下，那是紧靠墙壁的一排压克力质材的座椅。李道长本就在门外坐着，万康招他一起来听。于是一直线上，最左边坐的是万姐，然后依序是 X、万康、李道长。虽然无法围炉，但不妨碍大家聚精会神听 X 讲话和交谈。但与其说交谈，多半是听 X 发挥专业。

X 一坐定，万康便感觉到一股奇异的气氛笼罩，好像这是一场密谋，而这场密谋将要粉碎另一场密谋。不，还像密审。X 阴沉着脸，斜瞟正坐下的万康，待万康坐好，用平柔的音调问道："H 医师怎么跟你说？"万康感觉不对劲儿，支支吾吾又语无伦次起来："呃……就说……一起……气切和造瘘要一起做……最好是这样……腹水……一直打营养针的话……呃……"X 大概听不下去了，干脆自己宣布"答案"，气冲冲地打断万康："居然叫我下楼来做胃镜！"

看官，这 X 医师是何模样造型，且听作者介绍，看官您脑海中自己写真。年纪在三十七岁上下，头皮上贴覆着一层短鬈毛似自然卷，皮肤从面容到所露出的手背皆白皙多肉，两撇淡淡的小胡须，脸身一体福态，不显痴肥而呈圆润可爱，鼻上架着一副时尚感无框小眼镜，脚下一双深棕色尖头皮鞋（鞋头很尖，尖中又带圆，像是特制一圈锐利的盾甲；这鞋款像是老派绅士又像是过气痞子，时尚与否很难说，流气与否也不一定，但传递出一种用心选购的自我认同）。

X 到底跟万康发作了什么，姑且略下，倒是他同万康之间的"历史"不得不先叙述。此人，一向亲切体贴，活泼风趣，万康在五月时曾莫名其妙腹痛十小时，挂急诊后次日转门诊，那时是 X 与他第一次照面。万康本来心里嘀咕："怎么急诊室把我排到'教学门诊'？主治医师会不会只让学生料理我得了，或在我身上比来比去像是验一台泡过水的废车，或是烟毒犯进勒戒所那样叫我裤子脱掉、转过身去，然后查看我屁穴内是否塞藏毒品，叫学生过来把脸凑上，你看，就是要这样扒开……"不意入内后，简直如 VIP 级的享受，看诊时间极长且细腻，与一般医院"等三小时看三十秒"的待遇天差地远。X 和一名医学院男生双人问诊，伺候得无微不至。那万康天性三八，X 奉陪间也见谈笑风生，一旁的学子在笑音中学习知识经验，好一幅齐白石的三墨虾戏水如意图。

　　后来又去看了两次 X 的一般门诊作追踪，这可不是教学门诊了，分配上人多时间短在所难免，X 依然那么可亲可掬，诊断中或看完病万康瞎聊到无关医学的话题也不阻止或催促他起身。看官留意，作者又要跳出来提醒大家《道济群生录》是有所本的，以下 X 医师和张万康的对话并非作者捏造或经夸大设计处理。大家看了宁可骂万康这人很无聊也莫骂 X 不像话，毕竟他是被动的，把病人当客人招呼招待而已。好比他们突然在门诊室内来了这么一段，万康说："哦，做超音波检查的，有一个女的好正噢。"X 立刻讲："我大概知道你说谁。"万康怕他不晓得，大致形容一下："极灵秀，鼻子挺。"X 道："她结婚了。"万康道："……唔……你结婚没。"X 微笑："我结婚了。"万康道："有小孩吗？"X 道："两女一男。"万康心想你也太会生，这年头谁生这么多小猪仔。万康见他一表人材，因道："你太太一定很正。"X 道："嘿嘿，还好啦。"万康觉得一直什么正不正的，"正"这个字显得轻浮了，可话头还没断，他们的闲聊好自然，简直不像在门诊。

　　万康接着聊回自己身上："我做了显影 X 光和超音波两种检查，还是找不出腹痛的原因，这样有没有关系。" X 道："目前看起来都很正常吧，如果你担心的话就做胃镜。"万康听到胃镜二字就怕，口腔遭异物侵入至底层，怪怪！简直一听到这两个字病就好了。不过仍喃喃落了句："会不会是癌症。" X 笑说："不会啦。"万康问："我很难想象我得癌症的话会怎么面对……或不面对。" X 道："我外公前几年胃癌过世，到最后那真是瘦到不堪，我当医生看了都痛，还是要面对啊。"这般露出感慨的微笑来对万康开示。"对了！"万康想起一件重要的事，"我想请教您，我爸过年后就嗜睡、胃口差、四肢酸软，非常不舒服，最近又背痛，痛到半夜会呻吟惨叫。我带他看骨科，只说老化。想说是不是血糖高到三百多引起的，带他看内分泌科，刘医师人很亲切仔细，但开的止痛药也没用。" X 二话不说："看神内。"万康道谢，怎么其他医师都没想到神经内科哇！对 X 颇为感佩，话到此间这才告辞。X 一旁的那位护士从头到尾面无表情，对万康的正女、癌症、背痛的三个话题都抱持着"完全没听见"的高纯度理性。万康心中暗自笑："护士踏妈的一定认为我很北烂〔不像话〕。"

　　看官留意，万康不谈医学也罢，还离题谈起女色，X 没撵他出去，这是一点。万康谈了医学，却不谈自己的症头，而谈到别人身上去，这是第二点。说来尤其在医院，许多医生权威或说威权得很，除了看你的病是不让病人啰哩叭嗦任何事的，就算是你老子的病也唔关我事，我看病的对象是你又不是你老豆（至少在我们台湾约略是这样，有的医生由你扯个一小段，但也两句带过就帮你收掉，不可能形成"聊天"的氛围，而你想问亲戚朋友的病症也得看我的心情或只想到这是不是吾人本科分内之事，况门外尚有一队候诊的病患）。然而 X 却可以耐心让对方说下去，丝毫不让人感到你在耽误我时间，并且有问必答，还帮你解决难题。这样的医生，一个字，少！……不够，还得添个字，太少！

　　至此，万康自己少了看肠胃内科这桩事，但赶紧把万爸多挂一科。那真的是太屌了，神内的陈医师开的药，一服见效！仙丹！让万爸的背痛给止住。万爸那次一个晚上连赶两个门诊，先内分泌、后神内，两个医师人超好的，耐心听万爸扯嗓门说话（聋子讲话特大声），且与万康专注讨论良久（万爸听不清楚但眼神好殷切地望着他们）。尤其万康将万爸的轮椅从神内的门诊室推出来时，只因这轮椅是在医院门口借用的（万爸平时在家未使用轮椅），万康推轮椅的技术生嫩，一时后退和转弯的动作卡卡的，陈医师似料护士将有催促之意，赶紧跟万康二人讲："没关系，慢慢来。"万爸回家后乐不可支，笑歪了，把两个医师夸奖到地久天长；"怎么两个大夫这么好哇！"讲了一两个小时，感激到爽翻。万康耳膜虽然炸破了，思维仍然清楚，这可得饮水思源，心中感激 X 医师的精准指引。

　　嗟。好景不常，约莫两周后，六月十六日端午之夜万爸骨折。住院十天受到骨科主任和三名护士的苛毒冷漠对待后，万康将万爸撤出医院，隔日一早在家请来一名看护（万康喊她崔姐，并叫她直接叫他万康即可），万康便趁中午出发帮万爸修理助听器（竟然在住院第七天清晨发现助听器的上缘弯曲处被压碎，那也不巧是万爸开始神志不清呻吟的开始），顺赴保安宫求助和请示保生大帝。傍晚回家，听崔姐和万妈讲爸爸下午熟睡四小时间竟未有呻吟，颇为欣然。崔姐喂万爸吃晚饭后，万康帮父亲装上新助听器，太好了，万爸恰巧竟能清醒对话。万康说你安心，我们给你请了一个看护，东北人，她很有办法。万爸主动朝崔姐由衷道："谢谢。"这崔姐来自雪国东北，请看护是这样，一个萝卜一个坑，他们谁轮到空当就调来支援"贴咖"[顶上，凑数，贴一脚，在台湾打麻将三缺一时常用此字眼]；来报到时万康方晓得她是大陆来的，这位大姐做事麻利兼不失细腻。万康并对万爸叮嘱我们要怎么照顾你，明天将你送去另一家医院，交代讲解一阵，万爸像乖小孩频频点头逐一说"好"。其间万康提及如果想大便要讲，我们会帮你把病人专用的便盆椅搬过来。之后万爸休息，深夜时突然难受，说想大便。扶上便盆椅，糟了，呻吟间用尽气力只拉出一小坨。万康慌张，会不会提醒爸爸大便是错的，太急了这是，一两天不拉还没关系嘛，给爸爸出难题叫爸爸受罪了这是。看护见万爸排便痛苦，急遣万康外出买凡士林。万康冒雨骑车买回，看护接过，戴上手套，用凡士林将万爸的肛门抠出黑便。一抠、二抠、再抠，万爸痛嚎，整个腔体大销毁那样的痛嚎。万康心道："停！不能再抠了！"终于请示看护住手。看护冷静道："还有。"意思是不得不然，于是再抠，抠过了凌晨跨过了换日线。有首歌剧名曲叫《公主彻夜未眠》，万爸、看护、万康一家子彻夜未眠却无一首歌来表达，或许这正是《道济群生录》必须诞生的主因之一。这之后万爸躺下来却睡得难受，脖子侧边的血管不断抽动。是的，惶惶然中万康终仍去睡，将万爸交给看护。一早，如同昨天一早万康在万爸的呻吟声中醒过，内心感到恐惧，但比起昨天看护尚未来报到时这恐惧比较不趋向绝望。万妈把早餐（稀饭和清淡菜肴）交给看护让她喂万爸吃，这下一股呕吐逆流出。"万康，我们现在就走。"看护指派万康必须立刻叫救护车。原本，中午过后万康将按照计划动身前往拜访她介绍并知会过的一位医师，以讨论万爸的病况和做当天住院安排——看护本研判万爸的不断呻吟可能是脑神经方面需要"调一下"，但黑便代表胃出血，同时一夜守护未眠中发现万爸脖筋涌涨未止是个警讯，且向来自诩病人在她照顾中至少能暂时安然睡去，然而整夜帮万爸摆的任何睡姿都不见效，现在又发生胃食道逆流现象——遂而看护说取消！直接、现在就把万爸送过去！

　　讲到黑便，万康十分惭愧，万爸前天下午出院，但中午在病房拉的就是黑便，那是万康照顾时亲见的。当时护士不许他从便盆椅起身，希望他能靠自己的力量排便才对健康有帮助，于是万康执行护士的指示。万爸好痛苦地逼迫自己拉，几度恳求万康放过他。万爸可以说是边哭、边嚎、边拉了至少快一小时吧。其间万康去问护士是不是必须麻烦你们帮他抠便，护士说让他再试试（可以说是"再锻炼"，虽然护士未用这般字眼）。万康必须扶住万爸，也没法一直去护理站。万爸如此坚强地拉出算不少，万康赶紧将腥臭物拿去厕所倒掉，护士后来不巧也没问大便的颜色。这万康是个天杀的蠢物，他竟欠缺常识到不知这就叫"黑便"，以及这属胃出血症状。他只料人有时的大便颜色深乃正常，依稀自己偶尔也拉出带点深色或绿色的粪便吧（？），过了不也没事。午夜看护告诉他："这就是黑便。"万康仍狐疑半天，是吗？定睛研究好久，好像有点绿，这是深绿色吧？不是黑吧？但好像又真的是黑的……万爸房间灯光不够清楚，他拿到客厅"研究"仍看不确定，因为客厅的灯光也不够清楚，天花板的吊灯五个灯泡有两个灯泡破了，另一个没破但也熄了老久懒得换，合着万爸向来不爱大家常开好多灯（——天气再冷半夜起来尿尿也要来关家人的电灯，夏天外带爱关电扇，如果万康在房间开冷气他会坐立难安老来鬼祟探头）。

那是上午九点多，赶达的两位——一九救难英雄背着大救护包冲入万爸卧房（跑步声猛实而大力），一见万爸的刹那均作高呼："北杯！北杯吔！——"他们把北杯当成自己的亲人，扑上前抚抱住北杯，并四手八脚千手观音般打开各种侦测器材慌忙操作着，这是连续许多天以来在医疗和救治方面，最让人感到心头温热的两位陌生人（此时看护崔姐已是雇请来的"家人"）。万康表示须送××医院，救护员用篮球赛最后一击"绝杀"的读秒情绪失声喊叫："北杯十分危急！不能不送最近的医院！"万康在两位气魄英雄到达前仍懵懂着，因为爸爸五天以来状况都看起来糟，现在的"糟"似无特别而具体的分别。于是救护车送回上次住过的这间恐怖的病院的急诊室。万爸被抬出家门时忽然天空骤起不小的雨阵，宛若连续剧洒狗血的氛围，然而万爸急着洒出的是胃出血。万爸在家未住满两天，在救护车上血氧一路掉的状况下又回到这里。虽抢救脱险，急诊室表示必须转加护病房。那关 X 医师什么事呢？看官且往下听。

在急诊室从体内抽出保守估计一千毫升的 NG 秽血后（亦可说抽出体内超过一千克的秽血），万爸整个大清醒，暂时得到稳定。一名干练的护士（万康见她抢救的动作十分利落有能力）询问万爸生病的过程，万康略讲述后，护士问："上次是在哪一个病房？"万康回答："八 B。"那护士听了翻白眼，露出"又是八 B，我就猜到"的表情。

中午，万康步出急诊室到外头的便利商店买茶叶蛋，遂发生"断玉事件"而不自知（当时亦不晓得是药师佛所为），回去急诊室将茶叶蛋递给崔姐果腹后，方惊见玉坠子给切断尾部，崔姐顿了半晌讪讪地说："这叫断尾求生，好事。"于是万康内心百感乱集，又旋出去抽一支烟。万康离便利商店好一段距离吞云吐雾，忽见一熟悉人影闪出店门口，正是 X 医师！

万康用力招手，X 远远望见就笑开，真是好记性，有的医生帮你看病当天就忘了你的脸咧。万康奔上前告知父亲正陷危厄，X 听了当场摔倒，去！又不是综艺节目，惟傻眼想当然尔。万康急道："你接我爸好不好！"说的是在 ICU 接万爸这床、你当我爸的主治医生。那 X 当即慨然道："如果真的胃出血，我接！"万康道："是胃出血没错。"X 提醒道："但你别说是我要求的噢。"万康是明白人："这我晓得，本来就是我要求的，我会跟急诊室讲。"紧跟着万康又讲一句："我要我爸死也死在好人手里！"这时手机响起，看护来电寻找，万康仓皇回奔。看官注意，这不是小说，但凡小说有虚构成分与安排设计，或作夸大化（或夸小化）之处理，作者却是照实写。如果要作处理，就会写万康接起电话回奔之间，一边跑一边掉头落下那句"我要我爸死也死在好人手里"作这一段收尾。

回急诊室后，万康正想朝一位女医师（暂时负责万爸的急诊室医师）讲 X 医师可接万爸一事，然此女医师正讲电话，万康听对话内容像是请到一个医师来接万爸这床。万康犹豫是否必须打断她，之后鼓起勇气上前表达想打个岔，女医师对万康讲"等一等"，意思是她在讲重要的事。女医师电话一挂，不久就来了一位肠胃内科医师，万康对崔姐悄声道："怎么办，来不及了。"崔姐道："嗯……就这样呗。"此医师声音沙哑而小声，来到万爸身边讲："北杯你还好吗？"万爸正闭目沉睡，且未戴助听器，竟睁开双眼，举手摆晃两下，作出大老粗（老兵）不死的仪态回应。研究病情后，此医师先离开一阵。万康心想他应亦有一定专业素养，问题是已

然心有所属，终于硬着头皮对那女医师和那干练的护士表明已和 X
讲好一事。她二人仅商议一会儿，又打了个电话说了两句，便允了！
同时护士还对万康讲："X 医师是个很好的医师。"万康听了放下心，
你这么优的护士，你的话肯定算数。是的，X 是万康找来的，是命
运的大神用一串连环套的微妙缘分所钦点的。万姐十分坚信，"你
不明原因的腹痛，就是在跟阿爸感应。"

　　然而，ICU 的幽廊间，"居然找我来做胃镜！"眼下这位满腔
愠怒的医生让万康感到变得陌生而恐慌。接着 X 忿忿然来了一段
滔滔然的"竹板快书"，万康、万姐、李道长专心"聆赏"。话讲
到一个份上，又来了一句："居然叫我马上下楼来做胃镜！"看来
他万康，讲错了，万分介意这件事。（冷）

　　究竟，这其间出了什么岔子，造瘘是造或不造，手机的神秘
简讯又是怎么一回事，且听下回喇赛［轻浮闲扯，程度上比"哈拉"欠
分寸］。

第十三回

真情真相见缝插真　戏言戏梦戏说从头

话说温柔儒雅的 X 医师，像是隐忍许久，这下一发不可收拾，怂然道："居然叫我下楼来做胃镜！"万康一头雾水，小心翼翼说话："不是吧……"万康直觉其中定有误会，一旦说错什么势必误会加深。X 万分疑惑道："怎么会找我来做胃镜呢？"万康发现，X 似乎不单在抱怨或泄愤，有可能怀疑家属对 H 提出什么"无理的要求"，便赶紧作好声劝解："不是啦，我都才刚收到胃镜检查书，怎么会找你来做胃镜。"X 意图节制（但又拦不住）激动的情绪："我真的很生气！！！"这下万康也真的被惊到了。

作者在此必须先作个声明。万康有他的主观研判，他的感觉侦测和理性辨析，不一定完全符合真相，至少不一定等同于作者看法，作者只是将万康的看法转呈于本部书。由是，看官们在阅读某些叙述中，是可以对万康的看法抱持或多或少的怀疑的。可以这么说，前前后后我们看到的只是万康的片面之词。

　　且说万康注意到，X医师像陷入自己的思维世界中醒不过来。夸张的说法是，他像是个具有高等智商的精神病患者。特质如下：一，对自己的想法和意见坚持到底。换言之他不听你的意见或解释，他听不进去，或者是他根本听不见（他不是故意的，只因声音急着出来，而没法让声音进来）。二，对自己的想法和意见，表达得非常清楚和完整，条理分明，逻辑漂亮。

　　同时，万康察觉到，X医师极重视"老子也有尊严"。似乎，他格外在意H医师对他"喊细汉仔"。翻译成国语，意思是辈分高者对辈分低者颐指气使，好比黑道老大对小弟喊来喊去那样。从年纪来看，H大概大上X七八岁，虽然年资上可以摆架子，可X自忖离不惑之年也不远了呗，我又不是刚升主治医生的嫩咖。何况，就算我是实习医师，哟响，你就能这样把人欺压是怎样！什么时代了，你懂不懂尊重！

　　不，不能这么说。当下万康处于颅脑中一片曝光过度般的寒碜之际，他提醒自己，X医师所表露的正是一种坦荡率真的性情与风格！不，不能说他粗鲁，不能说他浮躁。真的，万康真真这么告诉自己，因为他跟我之间没有架子、没有距离，是能彼此当朋友敞开来说话的人，所以他不隐瞒自己的情绪和看法反而对我是一种尊重吧，或许这是他风格上的一种"好汉剖腹来相见"（台语老歌《杯底唔倘饲金鱼》是这么唱的没错）。确实，人性复杂而多面，看你用什么角度来观测。医生也是人，发个情绪没什么，我可别小鼻子小眼睛去计较，我好好听他说他的专业分析才至关紧要。只听得那

X医师说自己很生气后，进而导入正题，娓娓讲解万爸的状况何以不适宜造瘘。关键在腹水不利于手术操作。

"现在他的肠子整个泡在水里，"X医师道，"好比今天我把一个塑料袋里面装着猪大肠，也装满水……"万康听见猪大肠三字有点不舒服，但这样解说也不是恶意，且听X比划着往下说："你要从袋子外面拿针去刺水里面的猪大肠，你想是不是很难？"左手仿佛提着一袋水，右手仿佛持着一根针，戳动着空茫幽冥一片。万康黯然心道："干你娘的恶水娘娘。"万康想起恶水娘娘假好心的奸笑声。X把话点明："这很难定位。抓不到靶心，也对不准瞄准器。"霹雳啪啦借此言说甚久，"猪大肠"此一词汇三番两次不断从他口中袭来，看来X颇满意这个具象的说明方式，套句俗话"很有画面"。X医师的口才总能提供精准的形容，好比插管的病人，含着口管的感受，他曾说"不然你可以试着含一支原子笔看看，含一小时不动，正常人也受不了"。万康总觉得他如果不当医生可以当诗人，这不是讽刺他，别忘了万康对充满人情味的他十分欣赏和钦慕，否则不会主动将万爸交给他。不可否认，万康等人很容易就被这一袋"水中肠"说服。瞬息间万康脑海中想起波兰有个导演叫罗曼·波兰斯基，其成名作，片名《水中刀》。又想到台湾有条歌叫做《雪中红》。又想唱一曲《袋底唔倘放大肠》。回过神来，X正讲到："腹腔打开来一看，没法做。白挨一刀，缝回去，因为有腹水，伤口还不容易愈合。"万康听下去："而且，万一腹水跑进肠子里，很容易腹膜炎，那很严重，人一下就走了。"

X继续解说肝硬化与腹水相关种种，"我这边很多肝硬化的病人来门诊，顶着一个肚子要来抽腹水，抽完了就回家。"意思说有腹水是见怪不怪的，生病的人可怜，但可怜亦是人间常态。无非是告诉万康要能面对。"顶着腹水其实不会多不舒服。严格讲起来当然不好受，但你父亲现在不会去顾到这里的感受。胸腔的问题要先处理，诊治有先后，一步一步来。我们不要急，不要慌。"万康听到胸腔，凶狠的炎魔，下手一点不手软的景象浮现眼前。万康回神，问道："腹水会把肚子胀破吗？"X忍俊不禁："哈，不会啦。肚子大到一个极限就停住了。你今天去抽它，虽然他暂时感到轻松了，但腹水很快又去填满空隙。更必须考虑的是，腹水抽出来，同时也会把蛋白质等养分抽出来，对病人并不有利。所以说腹水不能常抽，隔一阵子抽一次比较适合。"

接着，万康请益："如果不是胰脏肿瘤压迫贲门，而只是单纯的贲门发炎，就有消肿的可能，就可以灌食……"也就是说，经过X医师的充分解说，如今万康对造瘘感到幻灭。X医师耸肩，无奈道："我也希望啊，但是很难。"是的，切片虽然抓不到癌细胞，但以X等医师的经验判断，那无疑就是胰脏癌了，就好似破门而入，抓奸未遂，虽然找不到证物，可眼前赤条条的这一双活宝不可能开房间只为了纯聊天。万康问："那这样礼拜一还要不要照胃镜？"X道："我看周一还是太快，还是肿。上次胃镜到那边完全过不去。"意即如果运气好，贲门只是单纯发炎肿胀，消退的时间也不会这么快，只因肿到胃镜来到贲门就被挡住。"周三来做。我再抓一次切片，看能不能抓得到。"X敲定时程。看来他不认为有消肿机会，可是把癌细胞切片抓到的"确认"步骤，这个该做。

"那超音波呢？"

"超音波我现在就可以做啊，随时可以做，要我做几次都可以……我真的很奇怪怎么会打电话叫我马上下来做胃镜。"

万康安抚道："那是找你商量的意思，当然是要征询你啊。胃镜检查书我也才刚刚签的啊。"

　　X仍是脸色上愤懑受辱，万康的话对他来说或许不是重点吧，也可能就像喝醉酒的人只能自顾讲话，无法听人说话。

　　"那我胃镜同意书要还给护士吗？"

　　"留着没关系。"

　　是的，周一不照，周三照。这份同意书还是留着，看是下次取出改个日期，或重签一份，再说了。他们在这桩小事上结束对话。（也只能解决这么小的事。）

　　当晚返家途中，万康骑机车载万姐，两人头半段路程没什么话，心中寥落，没劲儿。快到家门时，万康坑坑巴巴、支支吾吾地开始说了（因为他找不到字句去支撑他的想法）："我还是觉得怪怪的……你说什么叫名医？……胆大心细，创意出击，这才能起死回生或做出一定的挽回……听起来好像是……卡在技术上的问题……有腹水就抓不准那个定位吗？……X医师这么年轻优秀就放弃当名医的机会吗？……是不是太消极了。"这时车刚好停在门口，万姐下车，忽对万康爆骂道："你知不知道阿爸已经很老了！)))))))))))))))"

　　没错，万姐认为万康该清醒。没错，老人的体能状态充满不可测的危机，X把一道道题目像赌场的筹码那样推到万康眼前，定位、伤口愈合、腹膜炎……即使X的情绪控管出现问题，生了没必要的气，他的专业分析终究让人信服。万康心想，H主治胸腔，这些题目定不若专攻腹腔的X来得懂吧。

　　普天下任谁都嘛会情绪失控。万姐不也情绪失控了吗？想必

X 的一席话让她产生挫折感，之后还要听万康执念过深的碎碎念，不失控一下反而不正常呗我说。合着大家都失控了？判官失控、黑山猪失控，这失控竟是没完没了，真真叫人哑然失笑，喔不，这叫真性情。这回在 ICU 道别时，李道长当然没失控的啦。万康对道长苦笑道："这是犯兵家大忌，还是话挑明了说，痛快？两大主将，阵前失和，一队成了两队，合着我爸现在是一国两制（治）？"道长平和道："稳着点。你才是主帅。"

　　却说姐弟二人进家门一阵子，万康收到崔姐的关怀简讯。是这样，当初万爸送入 ICU 后，按医院规定，ICU 不让民间看护公司的看护随侍病患，一切只交给院方护士。由是崔姐才来万康家报到一天半即可"功成身退"。但万康多留雇她四天，请她做三样事。一，陪万康于会客时段进 ICU，担任医疗顾问，并示范教导万康如何照护万爸，譬如怎么用棉花棒帮病人清洁口腔内常积存的痰液、翻身和垫置被褥的技巧、婴儿油涂抹按摩等（她曾做过一两次拍背的动作，但时间有限只能稍微拍一下就去和医生护士讲话或换人进来探视，因而万康忘记拍背的重要性，那拍背的画面不深刻，直到崔姐离职几天后经由接触药师佛才猛然想起）。二，住万康家期间帮忙大扫除（光是杂物就清出好几趟车次运走）。三，陪万妈聊天，缓解万妈的心情（大陆人的口才大多蛮好，超会聊天；而且她和万康还抽同一个牌子的香烟，叫做"长寿七号"，属新一代的长寿烟，在烟品中稍嫌冷门）。不夸张，一个礼拜以来的相处，让崔姐和万康一家人凝聚成生命共同体，最后一次陪同进 ICU 时，她用东北调门对万爸喊话："北杯，你好起来，出加护病房，我再来顾你。"道别万康一家人后，崔姐去当别的病人的菩萨，工作间仍不时发简讯或来电追踪万爸状况（后来亦曾拨空前来探视万爸和万康一家子）。这晚，万康收到简讯后，回传曰："两个医生看法有出入，都是性情率真的人。"是的，一言难尽。

两天后，即七月十九日周一上午，X再次现身ICU（周六、周日基本上不来上班或查房算正常，暂时委交值班的住院医师）。站定后约略讲了讲话（内容和上周五差不多），终了时又一次喃喃丢下一句："我说怎么会叫我来做胃镜。"万康心想："你可能需要看精神科。"

王不见王？X前脚出，H后脚进。像是台湾选举常见的两个候选人不同台。万康发现H的"气势"好像没前几天那么显出……活力。H医师头犁犁［头低低］，笑容有些尴尬："我想X医师都跟你说了。"他道出X的全名，但后头加上"医师"二字。

H医师的"全方位攻略计划"幻灭后，万爸回归到脱离呼吸器的单一努力方向。

看官，解说一下什么叫呼吸器。简单来说，便是一大台用来打氧气的机器，上头列出各种呼吸数据。氧气从橡皮管输出后，该怎么接入体内呢？这橡皮管还必须接上一条管子，两条管子扣住了，氧气才作一口气送进去。好，该接什么管子，方式两种。一种是经由口管（即所谓插管，对病人从口腔插入一条长管直达气管，此招忒狠，但为保命不得不然）。一种是做气切（从脖子底下，约略在两边锁骨的交会处，凿一个小口子，放入一条短管）。有的病患（通常是年轻点的）插管后一阵子，可顺利拔管一并脱离呼吸器，靠自己呼吸成功！欧耶。有的病患（通常是老人家）插管后仍无法脱离呼吸器，必须改做气切（相对上这不像含口管那么难受，可也还是个苦，而且通常改做气切后，仍只是在……等死。除非！嗯，除非病人有其能耐，那么还是可以做整组脱离气切管和呼吸器）。视情况的不同，有的病患，没做啥插管，只必须做气切，好比李道长罹癌期间就这么治理。此外必须要晓得，呼吸器负责打氧气，兼可帮你抽痰。怎么抽呢？这就是为什么要设计两种管子接一起，既方便两端扣住，亦方便拆成两端。当暂时拆除之际，抽痰的一条细蛇状管子遂而趁隙从口管或气切管的口子塞下去，这一路往深处里塞，同时气压装置一运作，病人瞬间很难受，护士会请病人忍一忍！代价是把痰抽出来。抽完了，橡皮管接回去扣好，大量的氧气再度灌入。

日头毒艳，光线浮动。似乎略有海市蜃楼的视觉感，景框中所见物体皆被放大且模糊，又恍若金毛绽晃，搔人撩人。却说当天的日场探视完毕，万康回家吃了饭，写了点日记，外出遛狗猫。事情来了，就在这七月十九日的午后，也就是张济老先生卧床插管的第十九天，缔结出《道济群生录》这部鸟书之缘起。

猫狗遛回来，快离开小公园的时候，两只小街猫在草坡间飞跃，并一起玩爬树，又像猴子又像松鼠。万康心想你姐妹俩就自个儿玩耍去呗，咱不等你们了，独自牵着柴犬哈噜先走一步。人狗逐渐接近家门口，只见眼前两个老头子在小巷弄内东张西望，像是在找地址。万康过去，正要喊他们提供咨询，两人转过来先开了口："小哥哥，这儿的巷弄还真像鱼骨头啊。"说话的那人面色白皙，像是个有在做脸的老头（"做脸"是一种女人常去做的面肤保养）。另一人面色黧黑，说道："那还真是沟谷纵横，盘根错节，台北好复杂。"万康便问："你们南部来的喔？"白面老者啐道："你才南部来的！"万康一笑："你反应过度啦，我也住过南部啊。"是啊，一九九六年初到九七年夏天，万康曾住去高雄县大社乡成天打麻将糜烂度日，还常把万爸从台北接来他的赌窝一起厮混，这万爸的牌技杀得南部众牌咖人仰马翻，每次散局后父子俩讨论某一副牌该怎么打，分析局中各种状况，有够认真。借用侯孝贤导演的片名，万爸去年还仍笑忆起这段"最好的时光"："年轻的时候不算，要说打牌，在高雄的时候最快乐喽！哇哈哈！"他老人家对雀战十分慎重，打牌前一定洗澡净身，胡子一定刮干净，可说是一名圣战士登场的仪式。

　　呿，话回这厢，白面老者道："我他妈还南半球来的哩！"黑脸老头倒是笑眯眯恍若自言自语："要说我们从宇宙的南边而来也没错。可这宇宙何其无边无际，地转天旋，浑圆一体，又有何南北阴阳、起点终端。"白面老者对他道："咂？阴阳是一定有的，有道是……"

　　且说黑脸老头摆手止住同伴，似暂不想多作讨论，因顺向万康问道："请问这里是三弄？"万康道："是三弄，你们找几号？"对曰："我们找一楼。"万康道："几号的一楼。"对曰："有在门口喂猫的人家。"万康一时不吱声，心想难不成环保局来找麻烦的，有人看不顺眼他喂食小动物故而检举，叫环保局来把街猫抓走处死？……那哈噜跟主人心意相通，冲着来人喉咙滚着低吟声，蓄势待发，随时要捍卫主子。

　　这时白面老者指着万康，锐声大笑道："哇哈！就是你了。"

"我什么我？"

"就瞅你这副贼木瓜二楞子阉驴相，不是你还会是谁。哈噜不也帮你自首了。"

"好的，"万康道，"二位有何贵干……咦，你怎么知道他叫哈噜？"

说话间，那万康养的那只名唤"喵喵"的大公猫从门口溜出来，哈噜立时掉换方向，猛地腾冲去扑斗喵喵。万康差点儿一个踉跄，忙把绳子掣紧。黑脸老头拊掌笑曰："这只柴犬果然是个愤青，这你家的喵喵又没要招惹它，只是突然现个身它就神经质起来。"

"你还晓得他叫喵喵？"万康心下不安。只觉今天日头是不是太火，高温只怕逼近摄氏四十度，尤其这小巷弄内四面俱是熊熊金光……对，是比日光还"超过"的金光，整个人给烤晕似的。他定下神来，这才发现来者二人也太有型了，俱穿古装。

万康清清喉咙道："如果二位是找变装秀的轰趴，或寻什么主题派对来着，那么二位型男可走错了地方，"说着有点不客气了，"请回你们的南部。"

那白面斥道："你他妈才有型哩！你还把头发染成灰白色！装神弄鬼，你以为你的造型很时尚吗？"

万康听了心中低回，沧浪笑起。只因万爸蒙难以来，万康本是个小胖子，如今整个消瘦下来，自动减肥！兼以这几年头发本有挑白趋势，这下更迅速自动扩大染白，乍看就像特意染发过。万康笑着，却听见黑脸也笑了，便问："你笑什么？"黑脸道："打从冬天以来你是不是常和这对猫狗窝一起睡觉，床铺太小，手臂给压成五十肩，老举不直？"万康叹嚷道："是呀，这两个兔崽子……我都被迫翻左侧睡，左手臂没法举高，完全没法垂直贴到耳际，着实酸痛！去给拳头师按摩了还是不见效。"说着万康示范，却惊见手臂不但轻易举过耳际，更可以往肩膀后头越过。万康呼道："怎么可以了！"黑脸道："缺乏运动啵。你帮你老太爷拍背，一兼二顾，他那厢元气调动，你这厢气血畅通。老太爷这是把健康过给你，任自己凋零了。今年的枫红一片落地上带走了，却把颜色留给了明年的枫红。"万康注意到，黑脸老头的国语十分标准，说起闽南话亦很溜，只是腔口怪怪的，像在唱戏。这"一兼二顾"是台语俗谚，还得合下一句"摸蜊仔兼洗裤"。心中尚闪过一念，这人看起来似乎面善，声音似乎耳熟。

这个距离应该还看得清楚，万康推了推眼镜，却没啥头绪，因顺摘下眼镜，问道："可我这半年来犯起老花眼，怎么却好不了。"白面岔进来说道："你他妈还真贪心，天下好处尽往你一人身上找？"说着露出诡异猥琐的笑容："眼睛要好，需要找幼齿补目睭啦。"万康心想这老头还真轻浮，回道："你是补过很多吗？"突然对方上来紧扯住他的手臂摇晃，严肃且急切道·"不要乱讲，价何仙姑听到怎么办！"一旁黑脸老头听了面露莞尔偷笑状，并欠身蹲下，抚摸哈噜的额头。万康本要他小心被咬，怎见哈噜乖乖让他摸头。万康道："你倒有狗缘，我这只狗很挑人。"身旁白面见状道："这狗儿和女人一样，都爱被摸头。"说着打量喵喵："这女人啊，也像猫一样迷人哩。"因顺去抱喵喵，展现他那温柔的身段，却是一声惨叫，那喵喵一爪子往他脸上挠过，瞬间逃开。黑脸老头和万康见状大笑。白面痛得往脸上一摸，手亮出来，只见手上红血，怒道："我他妈热脸贴谁的冷屁股！这可把我当成魔王大军了！"

话音闪过，那万康心中惊惑："他还晓得魔王？"这黑脸老头似乎蛮体贴，掏出一包香烟打出一根，万康接过，见烟盒上的图案，一个持杖的仙翁，一只仙鹤。万康表谢意道："黄长寿真复古。"黑脸道："我就爱老味道。"亦打一根给白面，三人哈管喷烟。也奇，向来毒烈的日头下吸烟只让人发燥，万康要抽会捡阴凉处抽，这时候却感到神清气逸。万康深深又吸一口，送出烟雾。黑脸道："老太爷辛苦了。"万康指夹着香烟的手向虚空中摇晃一记，无言中答礼示意。黑脸道："那对狗男女就罢了，这还是个暖场。"狗男女指的是魔王和娘娘？万康聆听下去，那黑脸续道："要说后来那个花冠子大魔头，那才够呛。"万康心下颇是寒栗，鼻孔喷出两柱烟来："敢问老先生有何主张？"那黑脸没搭腔，却是白面上前一步讲："小哥哥我同你讲，想当年国民党同共产党在东北交手，国军有支部队番号叫'新一军'，强悍得很，孙立人带起来的。共产党讲'只要不打新一军，不怕中央百万军'。后来你们那蒋公调度失利，让新一军身陷重重包围。这下新一军只好玩完了。这新一军在败阵之际，士兵们移动间保持队形，仍然是整整齐齐一个口令一个动作把动作精实完成。解放军的士兵看了不爽，架起机枪从制高点扫射下来，那新一军的士兵一个一个倒下，队伍是严整不乱，人填上去，货拉上来，全不当身边有子弹。那解放军的机枪手吓得一梭子弹打光了还手抖：'踏奶奶的名不虚传，新一军，硬气。'嘿，人家新一军在缅甸打日本鬼子可是打胜仗的咧，今儿个走到窄门，招牌还在。"万康一笑："怎么你一身古装，还懂民国的事。"黑脸笑骂道："我去你的孟加拉。"万康道："这又跟孟加拉有什么关联？"黑脸支吾道："这……缅甸过去就是印度和孟加拉了嘛！"万康道："合着我就跟你抽烟喇赛，我还去你的阿拉杯哩！"

看官，阿拉杯就是阿拉伯，万康是故意乱作发音。那黑脸老头听他二人鬼扯懒蛋，倒也没啥不满，只是不知何时已将喵喵抱在怀中抚摸。黑脸道："呓，小兄弟，人家讲麒麟尾的猫，特有灵性。"说的是怀中这只猫。万康道："野性，灵性，傻傻分不清楚。"黑脸轻笑："说得好。呓，我说小兄弟啊……"万康道："怎么？"黑脸道："别忘了你会的。"万康道："我会的？"那白面凑趣道："他就会耍嘴皮子。"黑脸精神道："呓！就要他耍嘴皮子。"万康闻之谬笑，不解。黑脸道："小兄弟，何妨把老太爷和那帮妖魔的斗争史，耍个嘴皮子写春秋。记得啊，不如把这对猫狗活宝也写进去，一家子嘛可不是。"万康道："他俩确实有贡献。"白面则喜道："这主意好，写好了，印成册子，记得送俺俩一本，帮俺俩签个名。"万康失笑："讲得可真远，书名还劳您老二位落款咧。"白面推辞道："我书法不行呐。"遂对黑脸道："你来，你的主意。赐小哥哥一个书名先，待他完稿了回头帮他题上。"

那黑脸老头很认真耶，听了就开始思索起来。

说到签名，万康想起一事，问道："敢问二老尊名宝号。"白面道："我姓吕，名岩。岩石的岩。道号纯阳子。有道是：'莫大神通，全在忠孝。'"忽而黑脸斥责同伴："大哥！你说多了！"喵喵吓一跳，纵身飞出黑脸的怀抱。白面似乎面子搁不住，忍着心头不爽，故意哆声道："也不要吓到小动物咩，叫你生个书名生不出来，拿我开涮这是。"回过头来向万康道："拍谢［抱歉］，干我们这一行，规矩不少，很少在自报家门的。可我这人就是直，嘻嘻，我得道之前很爱'直'。"万康感到不伦不类，只好给个面子道："No comment。"纯阳子道："喂！我可是语言专家哟。"万康道："晚生失敬。"话才说完，一旁黑脸道："有劳小兄弟取过笔砚。"

却说那万康屋里来回，把那一罐墨汁和一支毛笔携出，报告道："只有这个，没棉纸、宣纸可使。"纯阳子噗哧一笑："那写背上，学岳武穆。"黑脸接过笔墨道："让让。"万康便和纯阳子往两边退开。几乎是同时之间，喵喵却跳回黑脸跟前，好奇地上下瞅着。万康心想："咦？难不成要学韩国电影《春去春又回》的老和尚抱起猫，用猫尾巴在地上写书法？还是等等会叫我过去，按着我的白头去沾墨汁？把我整个人倒栽葱抓起来噜地板？"

那黑脸老头，人站在巷弄内，用笔沾了墨汁，便在空中挥动。直行，一口气运动了五个大字。从约莫齐眉的高度每写出一个字后，墨迹就自动往上升起，像是有一把巧劲儿暗地里帮他把纸拉高，让他顺势好写下一个字。直至第五个字收笔，再一个上升，只见艳阳下一阵风猎猎吹过，"道济群生录"五字悬浮于空气中犹如在一面隐形旗幡上飘绽。

这时，两只小街猫一齐翘高尾巴小跑步越过巷弄的小马路，来到万康家门口。万康对二小道："姐妹们错过啰。"讲完话，左右张望，却不见二老踪影，倒是二小去搔玩搁在地上的毛笔和墨汁罐。万康忙问喵喵："有看到两个阿伯吗！"喵喵道："莫耶。"万康吞咽一大口唾液，喃喃道："两个换两个……是猫仙现出原形……还是神仙化身猫形……"脑子发热起来，一时间无所适从，冲着喵喵叫嚣一个字："追！"喵喵道："莫耶。我结扎了。"万康怒道："这跟结扎有什么关系！"忙又喝令："哈噜，你去！"哈噜神气八百地说："阮不要，阮也有结扎的哟。"喵喵听了整个摔倒。万康旋问两只小街猫："你们发现什么吗？"小姐妹俩对万康答以猫语，眼神像是聪明又像呆滞。喵喵见状，用猫爪掩口轻笑："主人，它们两个还不会讲人话。"

收拾笔墨，万康进屋，摩托车的声音从背后过来，哈噜猝然狂吠一通，吵死人。果然是邮差。这哈噜每见邮差必吠，弄得万康对邮差不好意思。才向邮差讲了声"拍谢"，一封邮件甩进门口。万康从地上拾起，一件台北保安宫寄来的刊物，印刷精美。刊头上印着收件人张济——万爸的姓名。万康看了欣慰。方知，原来上个月底前往保安宫参拜保生大帝并做"解祭"驱邪仪式，在宫里顺填地址资料，即能收到此份刊物。这会儿人也累乏了，便要去绑《心经》睡午觉，经过工作间入口的木板墙，瞥见悬吊两条红线所系的金坠子。那是月初在指南宫跟一位阿婆买的，两个坠子皆是椭圆形叶片儿状，上了金漆真真假假亦作金，金来假去只上心，上头的一个图像是玉皇大帝，一个图像是吕洞宾真人。万康将坠子抚于指间，心头一撞。来至电脑桌前，输入"吕岩"，搜出"吕岩字洞宾，号纯阳子"，唐朝山西永乐人，后得道升天。再键入"保生大帝"，得知乃宋代福建泉州人，修炼成仙。查下去，民间有传言吕洞宾乃风流神仙，曾是化成鸟雀偷看女子洗澡的"雅士"，追求何仙姑的故事更是脍炙人口。

败人败笔星夜写败事。隔天晚上，即七月二十日的夏夜时光，万康开始着手打出《道济群生录》。竟夜完成头三回，又转一个暗暝〔暗夜〕写好第四回。本书滩头堡建立。这万康从此便一边协同万爸作持久战，一边用小说当航海日志那样记录下万爸抗病事迹。七月二十二日正式开始连载，发表于万妈的部落格"罗东番婆婆"。

可别小看万妈上了年纪，平时蛮能写些散文，使用部落格已有几年光。之所以不张贴在万康自己的部落格，而选在万妈那厢，只因万妈的读者向来比万康多耶（踏奶奶的，这该喜还是该忧啊）。

那么万爸后来战事如何？看官，万康喜见父亲的呼吸数据一日日有微幅起色。但离合格数据……尚远。那 H 医师对万康说道，历史显示，偶有病患虽诸多数据不优，然在"期末考"——也就是决定要不要做气切前的最后一次测试中，却能奇迹式飞越火山！一并摆脱呼吸器和口管！从而自主呼吸自由自如自在自得自摸自助旅行自力救济自己打手枪，停！冷静！

万爸如何以大无畏之壮魄迎接挑战，且看下去。

第十四回

意难忘双 J 恋饮恨　鬼打墙三僧侣挟持

不啰嗦！万爸开始拼了。

　　护士携来两个"水杯"（圆柱体小容器，注入水后，用盖子旋上加以密闭，严格说来该叫水罐），让万爸用手握住，练习上下举动。另外将一条许多个橡皮筋所串成的绳索（加长的话，小朋友会用它玩跳橡皮筋）套在万爸左右手指间，让他做扩胸运动。沉默的万爸，不，应该叫他"沉默的王牌"，与护士的指令相配合，做得十分起劲，因为他晓得运动的意义代表康复的机会。

　　家属和医护人员不告诉万爸过几天后必须接受"期末考"，以免万爸患得患失，打算让万爸偷偷应试。也就是，让呼吸治疗师在一旁像 DJ 调配音乐和音响，手控呼吸器上的各个按钮，在呼吸训练中逐渐让万爸试着自主呼吸，从而整个关掉看看。如果呼吸状况正常且能延续很久，万爸就过关。如果呼吸急促，状况差，呼吸器只好打开，万爸败阵。

所要做的，除了继续拍背加持、当啦啦队喊加油，即是告诉万爸有可能必须做气切。一旦期末考失败，他不晓得受过测试，自无从难过起，这时气切就上。万康一次不缺席，每日两场的会客时间报到，指着呼吸器上的数字，喜悦报告万爸："拔，又进步了耶。"如果万爸没戴助听器，万康就将拇指和食指捏成一隙，表示又前进了一咪咪，用力比个大拇指，可喜可贺。万爸还以点头示意："那好，老黄忠且战下去。"黄忠是谁，《三国演义》的一员疯狂大将，一把年纪了杀得敌军是哇哇叫。这万爸的氧气浓度三十，气压从二十八逐日下降到二十六、二十四。万爸没办法起床看到数字，有人得当他的眼睛。

万康买了红、黑、蓝三色麦克笔，写在 A4 纸上，黏在厚纸板，举给万爸看。厚纸板是让万爸的手好扶稳慢慢读；他把床板调整翘高些，替万爸戴上老花眼镜，手拿纸板一端，另一端让万爸拿；万爸阅读良久。内容承诺我们一定会帮你把嘴里的管子拿掉，含着很不舒服。现在和医生商量要换一个小管子，可能要帮你做一种叫"气切"的手术，从脖子底下进去，会比较舒服，这在外科是小手术。另外也用打字列印，字体粗黑放大，报告病情及为他打气（但疑似有胰脏肿瘤的事情还没告诉他）。H 医师严正奉劝万康："我看了你写给他的板子，很不妥！你不能讲会帮他脱离呼吸器。"是的，妄加承诺徒添病人挫折，心灵重创。万康表示不不不，我是指口管一定会摘下，有讲气切还是要接呼吸器。这样讲起来，这些说明文字连医师都误会了，万爸看了肯定愈加茫然。万康重写，把事情作更简洁清楚来沟通，并强调"信任"。咭，万康发现这些大字报比写《道济群生录》还难写。好加在，万爸极度信任万康，就像以前在台北和一些老外省打十三张麻将，或在南部和一群小青年打十六张，万康都把场子打点得仔细周到，举凡添茶、打光（麻将灯）、上烟（万爸戒烟二十来年，但别的牌咖抽烟，尤其一帮小青年）、找零、夜宵，无一不机动到位（想讨赏吃红或收"东仔钱"场地费就要专业咩）。"你办事，我放心。"套用毛泽东的这句，万爸用温柔期许的眼神，和点头、眨眼、握手作回复。握手是这样，好比万康握着万爸的手说话，"听得见吗？"、"好不好？好的话握我手一下"，于是万爸将手稍微一紧，那就是听到。这比眨眼示意还清楚，眨眼搞不好只是刚好眨眼，越问越花。

一名护士很贴心，主动把一个未拆封的新气切管取来，由万康拿给万爸看，让爸知道将可能发生什么。万爸点头示意（并同意安排可能来到的气切手术）。此外这名护士在会客时间过后，领万康和万姐前去"探勘"一名做气切的病患，让他们清楚知道插在脖子上的景况，看了心里有谱安实些。到了那位病患、一个老先生的床边，看起来没想象中可怖，管子和伤口（洞口）部位会有纱布和护理布盖着。看完后，万康怕自己像看珍奇异兽般不礼貌，对此一面无表情的老先生鞠躬致意，并说"伯父，加油"，又思对方可能操闽南语，补一句："阿北，嘎油。"这时老者脸色溶开，微笑颔首。万康旋而转身退出，却瞥见床边一两公尺远的窗棂上停着一只野鸽。它的头颈似分割画面那样一格一格转动。万康心想我都做退出动作了，唯恐在别人的病床边勾留打扰下去，不方便过去打招呼，便朝鸽子比了一个 OK 的手势，用唇语问道："你们最近好吧？"自是连药师佛一并问候。鸽子低下头来，脸红？振翅一飞，消失。

　　在此同时，李道长提醒，患者长期处于无法动弹的生死密闭空间，为纾解患者这种心理压力，可以让万爸多能了解外界情事。于是万康禀告，拔！西班牙夺得世界杯足球赛冠军，第一次得到耶。好说万爸虽最爱看撞球，向来对别的球类亦有点儿兴趣（原本还爱看 NBA，但看到一九九零年代前期的巴克利、奥拉朱旺前后，突然便不再看，遥控器一转到停不到两秒就跳开，老笑说："不都是这一套～"）。嗯，万爸对西班牙夺冠这则没显出什么反应。于是万康报告另一则，这下万爸老花镜片下的眼睛放光，起了点兴奋感。万康秀出剪报，图文报道——"前太子爷"召妓疑云。所感兴奋的，自不在于对色欲的渴慕，而是怎么会有这档子事儿！万爸身受震动，血脉为之活络。

　　送进加护病房者，没一个不严重。万爸七号床的隔壁，躺着一位亦受插管的老太太，比万爸在加护病房还住得久，万康见父亲甫入住就有她。这老太太面色暗沉，永恒沉睡，躯体和四肢未曾有过任何动作。这片空间放了四张病床，其他两张则常换人，或许观察一两日后就转一般病房，也或许挂了。老太太有个老儿子常来探视，是她儿子没错吧。他年约六十上下，秃发，高大，肚子也大，衬衫扎进西装裤，一副邻家女孩，喔不，一副邻家阿北的模样。嗯，平平凡凡老老实实的寻常百姓形象，像我们身边任何一人或像我们自己。他常携着老母亲的手，对母亲以闽南母语诉说，并倾身小小声吟唱《奇异恩典》给母亲听。万康听不清楚歌词（包括不清楚或是忘了是不是唱闽南语版），但旋律没错。

　　比起其他病床的受难者，万爸的精神体魄相对好上许多，战力勃勃。然而就在万爸操练运动，向魔山热烈挺进的这个当口，却是程先生出现的时候。程先生又是谁呢？他的全名叫程咬金。（太冷了）

　　七月二十日上午，住院医师 L 前来对万康作报告，照过超音波后，腹部积水没到肺部，可喜；但 H 医师非常仔细，帮北杯做其他部位的检查，发现一个新问题，左肾水肿，略有血尿，似有结石，肾脏科已来会诊过，建议说再找泌尿科会诊，以上详情必须由 H 医师来为你解说。说时迟，那时快，H 迈开大步子进到加护病房。H 对万康表示，万一发生肝肾同时衰竭的病变，怕你父亲就必须洗肾。万康心想要命，原本肺、肝胰、肠胃闹事，这下子肾也现出警讯，五脏只剩心脏无虞。可万爸长年吃血压药，心脏本有点大，也不是多么健壮的一个发动机。万康愁虑，这肾中的小石子，会不会成为当年"阿扁总统"口中的"大石头"。

　　H、L 和万康讨论后各自忙去，万康回到万爸的病榻。早班的护士告诉万康，北杯今天做运动，举杯子我说举十下，看他举五下就蛮吃力，我说可以了，他摇头表示不行，一定要做完。万康听了心头肉给拧紧一记，爸爸这么拼，万一还是拼不过？……万康对爸爸能奇迹式脱离呼吸器既充满信念，却又有蛮黑暗的预感——过不了关。爸爸这样甘愿受苦练习，做儿子的不忍心。

　　隔天，七月二十一日。H 大夫说，泌尿科建议万爸做一种简称"双 J 管"（Double J）的小手术，不必担心，半身麻醉，不必动刀，用膀胱内视镜进去，把双 J 管装好，这样尿路就畅通，顺便把泌尿道的那些小石头取出。万康表示，既要麻醉，是否一并做气切？H 表示先做这个就好，这个手术很小。万康说，你曾讲插管三周已经很久了，该做气切，这样岂不是期末考和气切又拖下去。H露出一个些许尴尬的笑容，建议还是先做 Double J 比较好，突然他眼神一亮，好像找到话语，打起自信笑着说，你想想看，一次做两个手术，时间是不是被拖长，这样对病人的负荷反而增加。万康总觉这种说法似乎是"角度随人怎么看"，呃，有点不礼貌的怀疑，无异于"话随人怎么说"，似是找个理由挡回来。但万康对H很尊敬和信赖，这种怀疑实在不好讲出口。H离去后，L也对万康表达相同的"负荷论"。总归信任医生是对的，身为家属不免神经质呗。可是L不是老经验的医生，他可能只好顺着长官说话啊，或是其实他也不清楚怎样决定才最妥适。不不不，我不该乱猜。

　　但，这里又有个复杂的点是，H这两天才告诉万康一件事，Z（原先主治万爸的那位女医师）明日将销假回院上班，改为H去休五六天年假，于是医治万爸的责任将转回给Z，就算万康希望H主持接手，也要等H销假归营再议。万康不禁胡思乱想起来，是不是怕负责任，怕惹麻烦，所以决定最简单的方案就好，你如果想来"套餐"再跟Z商量，老夫先闪为妙，哟嘿！

　　这样来怀疑也没错（反正"怀疑"这种东西可以无限上纲才叫怀疑咩）。H怎好意思讲我不想决定，你找明天那位。这样自己太被看出推诿并也太无能了。反观我帮你决定一件小事，对接手的Z也是个交代，让Z知道至少我有在做事的哟。万康之所以会这样吃不下定心丸，主要是因为自从X大发雷霆后，H一上任的三把火至少就给烧光两把（私下遭到X狠呛？或至少碰了软钉子），整个人矮缩下去，热情不若头一两天那般"春风得意马蹄疾"。

　　还是很残忍的事实是，万康啊，你老爹爹，到如今怎么个做，怎么个不做，都行！反正他迟早不行。

　　万康就此事询问别家医院的一位医师朋友，对方也说先做Double J 没错。哟！万康怎么会有医界朋友直到现在才出动？咳，这位兄台三十一岁，是万康两年前结识的网友，绰号西马，见过一面，之后竟把这人儿给忘了，亏他还曾借万康十一片艺术电影DVD 一直放在万康家中至今（啊，也是透过他万康才晓得韩国有个名导演叫金基德啊）。直到万爸插管约莫一周后，万康才猛然想起此君。倒也热心，网友医师曾于七月初进入 ICU 探视过万爸一回，那次是万康与他的第二次照面。

　　翌日，七月二十二日，Z 医师归建。她像是一个从小被家人和长辈说"这孩子好乖、好静"的人。带着几许从小吃苦的气质，像是家境不优渥的条件下身为长姐必须承担家计，照顾拉拔弟妹长大而长期作自我隐忍或退让。当然这只是作者这样形容描写，实际上对其背景一无所知。或者也可说 Z 带有一种学者气质，城市器音中悄然藏于修道院或"中研院"的女院士大概就是这般自抑的面容。当然作者似也没看过"中研院"女院士就是。当初劝万康让万爸插管时，她静静地用大概五句话的额度解说插管的必要性，只因她知晓先前万爸躺在急诊室时万康签下的是"放弃急救"（万康不愿让五昼夜抗战的父亲再遭罪；包括十多天前骨折手术前亦签无须急救，思父年事已高，如手术中无法承受就莫勉强他）。万康礼貌婉谢她的意见。又一次会客探视万爸时遇见，她低着脸没看着万康，仅小声淡淡说了句："所以你们不做？"目的是再次含蓄建议和确认。万康表示不能做。另一位 X 医师的分析和说话量则多："不是中风和癌症，值得一拼。"虽然拼的结果不一定好，但当下的决断上 X 认为该拼。X 并表示万爸这般喘着移向死亡是最残忍的死法，如同鱼在岸上不停翻面腾滚。万康看着万爸睁眼对他祈求生存的眼神，每一秒发出大口哮喘一百次（当然是形容，但却精准），再行多方请教和考虑后，拼了。"可见插管是对的。"当万爸暂脱生死关，呼吸状况安全后，Z朝万康露出告白或说告解的一个微笑。是的，她是个很少表现心迹的人。万康诚挚道谢。

　　话回这厢，七月二十二日，这天上午万康的朋友，一个叫阿蕾的女孩前来探视万爸，意外地发现提供万爸呼吸的橡皮管漏气。哇哩咧，这难道是给万爸，也给甫归来的Z医师漏气。这管子裂出肉眼难察、仅像是皱纹般的一小道缝隙，鲜活的、活命的空气从这里窜出……一咪咪，但万康的手放在缝隙上方时，心里的感觉（不，是感官上的感觉）好似被镇暴警察的喷水车给扫到。只有换条新的。Z用一句话解释带过这对万爸不会影响。嗯，那干嘛还换呢？……万康这样去想实在是找麻烦、跟自己过不去吧。万康暗自嘀咕："这管子到底破了多久哇？我爸到底少呼了多少气啊？"万康告诉自己，还是要信任医生。只是在作者来看，万康还真乱了方寸，也不能说得了"被迫害妄想症"，或许这就是身为家属、小老百姓的正常担忧。而小老百姓通常到头来也仍选择信任医生，并保持一份礼貌与感激。只不过，万康可以谅解和感激任何医师，独独对骨科主任怀有深仇痛恨。这点作者也不知该说什么，鼓励人去恨不好，恨不能解决过去的问题也不能解决现在的问题。可是恨，大可跟解决不解决是无关的。搞不好真的只有靠恨，才能弭平伤恸。

　　在这场探视中，护士正巧也换了人，这名护士告诉万康，北杯今天自己要求做橡皮筋哟。万康感到四面俱黯淡下来，光线会被黑暗吃掉那样，可是光线自己不晓得。万康帮爸爸的手指套上橡皮筋引导他，知道他没办法做出正常人做体操的那种极富延展收缩性的扩胸动作，只能两手吃力地微微打开和靠近，像一条幽泓深海中（不想用幽冥这样的字眼）打着灯笼的大安康鱼缓缓摇摆鱼鳍（虽然安康鱼的说法蛮老套，不过安康鱼的孤独画面就是那么有代表性；它，或他，嗯是可怜的，即便我们帮它操心过多，即便它可以悬在海水中不动仿佛一个在水声水感寂灭中坐化的和尚）。万康注意到，这名护士讲完话，依稀眼眶泛润着一层薄薄泪光。欣幸病房中有这样素昧平生的女孩能对爸爸好。万康感慨两位护士分别不约而同向万爸致上小小的敬意（另一位前天讲北杯努力举水杯）。父亲住进 ICU 以来，医生护士们始终不大愿意去相信万爸是万康所口述的宁静强人，如今你们，嗯，相信了，可万康知道不能怨这个，他们不认识你们父子，话是你在讲，各种家属的各种陈述他们听多了，相信与否都只会影响专业判断（我们看数据和图片比较实际和精准），且是自找麻烦（万一回答"对，我也觉得你爸超强"，隔天你爸却走了，你来纠缠要我给个交代怎办）。

　　到底要不要让万爸做双 J 管此一手术，万康陷入考虑。只因二十二日当晚签下护士递来的手术同意书后，一位白发苍苍娃娃脸、年约四十五岁的泌尿科大夫向他解说，做这个手术不见得保证让你父亲消除肾水肿，有可能仅达成帮他取出结石的任务，而且事实上我估计你父亲的结石本就可能自行排出体外；我们只能从结果上来看，假若这个手术做下去，水肿指数消下去了，那么水肿就是因为石头所引起；但 H 医师很关心病患，怕产生感染或病变，所以他建议我们泌尿科做。

　　说来这位医师也有意思，同万康照面，开场白带过后，不禁打量万康道："我是不是认识你？"万康微笑："是，我们两个年纪差不多，头发都很白。两个月前你帮我看过腹痛。"还真没错，当时候万康先看 X 的肠胃科，后转泌尿科，两科一起帮他找腹痛原因。这大夫人很亲切，亦微笑起。

　　话回这厢，这位鹤发童颜的医师用十分温和的语气进而表示："这个手术是可以考虑不做的。"看官留神！医生这行，话是不能讲太白的，听的人要会听。娃娃脸医师在委婉含蓄中算是讲得很直白了，明明白白要万康作个选择。我很实在、很真诚地为你细心解说这一切，做与不做都不是错，拍板在你；只差讲出这句："同意书签了不表示不能反悔。"娃娃脸说下去，明天不是我的手术日，手术房现在是满了，如果要做，我会去调，明天上午就做。

　　如此一路听下来，万康脑筋在黑暗中打结。这两天真给黑星冒来冒去。怎么会一个小手术就足够让人迟疑与矛盾。难道 H 过于精密的检查反成求好心切徒生事端，还是说纵若这只是个小问题，不解决的话早晚也酿祸端？不知为何万康有不祥之兆，又觉什么兆不兆是多虑了吧。这会儿想问药师佛、保生大帝、关老爷、吕祖一干神明也来不及了哇……既然是小手术，就做哇！……可小手术也还是手术哇！……好端端的遭麻醉、又好端端老老二遭异物入侵是何苦。（老人的老二称之为老老二）……心一横，做了。万康和万姐一致决议。

　　接着立刻换场地和麻醉科医师作咨询，基本上是个形式走过一趟。麻醉科医师提出警语，一般人做这个小手术在手术进行中发生致命危险的几率是百万分之一，但以老伯的状况就上升到千分之一。万康听完便有心理准备。手术仍做定了。

　　姐弟俩告诉万爸，只是个小手术，不要担心。沉默的万爸内心千言万语，显出惶恐。万康拿麦克笔写在纸上，并再替他把助听器装好，用文字和语言解释只是取出小结石，刀也不必动。万爸仔细读听，逐渐感到放心。万康发现万爸的气色真好，平时他若患感冒，肯定就是个重感冒，元气不济，色身哀惨，可这几日的气色说是满面红光如嫌夸张，那至少也绝对比他重感冒的状态来得殊胜。

七月二十三日上午，因病患手术属特殊状况，家属不必等到一般会客时段，万康提前来到加护病房，见万爸睡醒就绪。L医师过来主动贴心讲："手术后会疼痛，我会给北杯打吗啡。"万康道谢。

千分之一的几率没发生，手术平安完成。吗啡打了，术后的痛楚感过去后，万爸的总体状况却差了。当晚呼吸器上显示氧气浓度从三十退到四十五，双眼浑浊，显出逼视的凶光，那像是望着死神。万康振作，帮万爸把背拍过，眼神方趋安柔。过后一连数日万爸很不舒服，眼中凶光虽退，但时而紧闭双目，眉头深锁。糟！道长说过，皱眉是一个重要的观察依据，身体行不行看这里。那紧闭双目自也并非睡得好，而是不由得不睡却又没法好睡。战情急转直下。那万爸眼睛睁开时，却是黄疸蹿上！万爸的眼白给黄色汤液淹满，脸色也不漂亮了，肩膀处亦泛出一层绿黄色。黄疸指数从大约四点几的位置蹿成七点几。医师表示黄疸指数一高上来不容易止住，每隔几天一翻就是双倍，再下去极可能十四，破二十就准备再见。李道长进入ICU以其火眼金睛探视过后，叹息作结道："手术虽小，病人太老。这个小手术让我们发现到，老伯不再是七十岁的身体。或者说，从来就不是七十岁的身体……原来他之前完全靠意志力在撑。"

　　且作闲散奔放，万爸术后隔晚，万康从二十四号暗夜，到二十五日凌晨一时许，把《道济群生录》第五回写出。这一回写的是一片琉璃光中，药师佛来度万康。

　　二十五日白天，不但各项呼吸数据调高，距离脱离呼吸器愈发不可得，且万姐抚压万爸的肚囊，污血便从鼻胃管涌现，问是否不舒服，万爸握手示意是的。看来这血得止住，还必须抽腹水解除腹胀的压力。同一日的夜探，万爸一见万康就苦着脸直摇头，这不是以前那个万爸！还真拉警报了！当下万康赶紧祭出一份苹果报纸，再次搬请大神陈致中。万爸倒是专心读了过去，神色舒缓些。万康太感谢陈致中了！万康附耳对万爸讲(声音还是很大)：“他这下麻烦大了。”护士小姐好奇参与这桩事：“(嫖妓)是真的还假的啊？”万康用台语答道：“横竖这样较趣味。”护士道：“呃，对了，我看要不要你找点音乐给北杯听。音乐（比色情）对病人有帮助。”万康心想这真是良心的建言，返家后张罗 CD 片、手提音响和连结音响的耳机。阿蕾得知，帮忙从网络抓弄 MP3，灌入 CD 片给万康带去。万康点歌，邓丽君、凤飞飞、杨烈、余天等人齐声献唱。万姐提议再抓支《心经》的在线吟诵。信纬主动提供小野丽莎、西洋圣歌。这信纬是天主教徒，家中有些天籁美声的宗教音乐，万康叹叫圣歌好听，快快备妥！

　　吩咐完毕后，万康的休闲活动又开始了。跨夜写出《道济群生录》第六回。内容是万爸父子开始登魔山大战魔王兵团，猫狗二厮前来混战。投笔睡醒后，二十六日白昼，前往 ICU 探视，发现万爸虽然两三天来排尿量蛮多，肾脏指数还是不优，看来结石并非肾功能转弱的缘故。从结果论来看，双J恋，喔不，双J管的小手术非但白做一场，还让万爸元气大伤。当然，亦可能与双J无关，合着不做双J这几日黄疸等衰退现象也将赶来报到（？）。

是晚，Z医师表示如今期末考可省了，明日将请做气切的外科医师来跟你做气切的讨论和敲定。X医师在万康请谏下同意抽腹水，表示上次胃镜的病理报告还没出来，趁着这次把腹水送验，看究竟能否验出癌症。此话怎讲？只因X陷入疑惑，认为三番两次验来验去千呼万唤验不出个鸟毛癌细胞，且万爸不像癌症患者日见消瘦，兴许还真不是癌魔头作祟。

也是在二十六日这晚归来途中，万康接获来电，机车先靠路边放停。电话一头是朋友大锅的声音，问候万爸状况，并说不如万哥你同我今晚到夜店散散心，焦点全给医院锁住对你反不好。万康道："夜店不适合现在的我啦，锅子。"是的，大锅又名锅子。那大锅道："万哥恕我直言，那试问又有什么地方适合你现在呢？重点是我在，你是跟我聚聚。"说来七月上旬大锅前来探视过万爸一次，虽不算太久没见，但万康身处逆境，倒也让他牵肠挂肚。

那大锅更在六月下旬贡献卓著，万爸当时曾从一般病房撤回家，那天大锅自发性前来驰援，滂沱烂雨中推着万爸上救护车、跟车、随侍万爸身侧、将万爸扛送入屋、帮抱下床。只因万康必须去骑车（这部车龄老旧的二手机车别人发不动），故委以大锅担任万爸随扈之如此重任。眼见大锅接手，同救护员一起将万爸的担架滚轮床推出病房后，兵分两路，万康先一步骑车到家，在雨中伫立等候救护车的那个当口，心中对万爸的挂记、对大锅的感激，可想而知。四天后，保生大帝赐给万康的第二张签诗，那不是万康派人去求的吗？对的，那也是咱们大锅。

　　话说大锅是位男同志。万康不是。两人之间纯友谊，屌大义。碰头后，万康随他进到一间 Gay Bar。说真格的，倒与同志与否无关，而是无论哪一种夜店总有股解放感，或说糜烂味儿。音浪袭来，激光鞭打，人五人六，卡噌［屁股］摆扭，眼下各款人种都有，除了大宗的男同志，亦不乏酷 T、怪 T、美婆、鸟婆、男女异性恋斑斓禽兽，外加雌雄莫辨的人妖观音。

　　两人从吧台兑换饮料后，倚着吧台巡礼现场，那大锅点头打拍子，眼神发野浪，不停张望。万康心中惨谬："来错了。完全格格不入。"一整个疏离。大锅发现到，劝了句："万哥，闭上眼听音乐好了，一概不加入，就完全抽离，让音乐分解你，不必感受自己存在的一种存在。"万康翻白眼道："你在说什么死人骨头，抽离？我还抽送哩。"大锅一笑："你还能讲笑话我就放心了，我就喜欢你这个鸡掰劲儿。"万康道："你再说，我抽你的嘴！"大锅道："喔！宝贝，是用大肉棒吗！"万康掉过头去，不再搭理。大锅续作搜猎。突然，看到了什么！喔喔喔耶别误会，是万康看到了什么。

　　那万康发现有人在望着他。那视线来自对面吧台，像网球场上的一记穿越球，穿越舞池中的人五人六，一直线无法躲过地射落在万康的眸子里。"压线！"这球正好落在线上，得分！——去你妈的，是强迫中奖好吗？那简直是被强暴。万康对大锅附耳道："锅子，有个死老外在看我。"万康不敢再看，大锅帮他望去，怪怪，一个脸廓如雕刻，鹰隼子鼻梁，碧眼深邃谜样，蓄着络腮胡（不是烙赛胡喔），栗黄色长发垂肩的洋人，那简直是帅死人不偿命。大锅对万康道："你错了，他是在看我。"万康忍笑："喔对对对！是在看你，太好了。"万康因顺不小心朝对面看一眼，只见那洋人朝万康举杯致意，然后咬起杯子上的樱桃，将梗子咬掉，收入口内，一会儿取出，梗子已然打出一个结。大锅呐喊："酷啦！"万康道："超老派的好吗？"

且说万康没对该人作回应，大锅却很积极，拉着万康嚷着一起下海跳舞。万康晓得他想趁在舞池蠕动间，徐徐不经意地挪到洋人附近。由不得万康不同意，人已经给大锅拽下舞池。人要发春，力大无穷哇。这会儿大锅开始跳起印度麦可，喝，那还真是练家子，全场高声尖叫。大锅可没给冲昏头，没失掉该去的方向。万康倒是没特别的心情，就一般走路的模样，在人群中频频讲"借过"、"拍谢"，只想慢慢走回原位，由大锅独自耍去便是。可这时突然陷入迷魂阵似的，转过来、绕过去，怎么走都走不出去，不！这是鬼打墙！？……等他意图更加清楚地查看环境时，发现三个俱穿鲜红比基尼的高大人妖，舞动躯体时展出三堵墙，同时围堵着他，同时疏导他行进，将他如流水般引流过崇山峻岭却圈在原地。

好家伙，跟我玩这个。万康登时心生一计，假意往前快走三步，那三个沽观首见状立刻退开布阵，说时迟，那时快，万康大龙摆尾，往回跑！大步跑！推开人群跑！三人妖败坏，顾不得章法，大动作赶上来，联手将万康粗暴架起，群众惊呼声中，一股发力之大，将他押出舞池，拐个小弯，踹开一扇门，用力将他扔进去。门砰然反踢关上。

里面有 CD 柜、电脑液晶荧幕，这里似乎是个小办公室，一些隔板却分出一些望之不尽的空间。"你们是怎样！"万康咆哮。

"你还敢凶？"人妖 A 甩甩手说话。似乎适才动作中扭伤一只手腕来着。果然他说下去："我要验伤告你。"

"你们是不是搞错人了？"万康觉来者不善，这句话倒不那么敢凶怒。

人妖B笑道："你心里想没告我们就不错了是呗？"说话间一边把比基尼的罩杯安整妥实。"不过是跟你开个小玩笑，瞧你就先不开心噜。"

万康道："对不起，我想好好说话。我如果有哪里犯错，请告诉我。"

人妖C说话："也不用这么卑微咩。"说着他用那漂亮的水晶指甲优雅地反手拂搔过脸庞，故作写意性感状。"喏，张万康，你的正气到哪去了？"

这万康愣怔，你们知道我是谁……紧张中一股冲动脱口道："好一个正气！我一世人端端正正，"这句实在夸张了。"你们到底是谁！"

人妖A浪笑起，花枝乱颤说道："就等你问这句话呢！"

B和C凑近，三人齐声道："不告诉你！"说完三人相视狂笑，兼扭腰摆臀，乐不可支。万康这时想起万爸："我怎么困在这里！拔！我可能没法救你了！……"

就在这时，隔板的背面，传来沉稳而悬疑的脚步声。一人步出，正是那名老外。人妖三人忙收敛笑容，垂手站好。万康心中惨嘶："我一定会被轮奸……"

"怎么不给客人捎一张椅子。"

这老外国语很标准。语气威严。

一名人妖推了一把滚轮的座椅过来，万康慑于恶势力，只好坐下。

老外却坐上一张桌子。并且，深情无比地凝视万康。

对方是不是基佬倒不是重点，只是这眼神好肉麻，万康想吐，又不敢吐出来。只好把脸掉开，避免和他四目相交。况且，不知为何，肉麻归肉麻，对方的眼神却有一股涡漩般的吸力，让他十分忐忑。

"这是礼貌，"洋人对三人妖发号施令，"告诉他你们是谁"。

那三人朝洋人恭敬点头，旋即齐以芭蕾的动作凌空跃起，做出一个三百六十度的疾速旋转。整齐落地后，三人妖顿时成为三名喇嘛。万康愕然，只见这三人不但发型换成光头，且已然身无比基尼，改披藏传佛教的袈裟，俱朝万康合掌作礼。

这三人是淫邪的妖僧，或是有修为的和尚，如雷心跳中万康没个谱。不如先把我方实力秀出一二，以作试探。因道："实不相瞒，不知您三位跟药师佛熟不熟，那药师佛是我的……麻吉〔哥们，台湾民间草莽味的黑话或俏皮话〕！"这话太浮夸，但没办法啊，江湖上呛堵对方不能嘴皮子打结。

完了，逊掉了。话音一落，三喇嘛闻言厉声哄笑，刻意以难听又难看的夸张德行，笑得浑身颠浪、前仰后合……而那洋人却做出罗丹的雕像作品《沉思者》的表情和动作。

这批人定非善类，听人说台湾有的喇嘛在敛财骗色。可眼前这帮人还真的会妖术啊。万康将手伸进上衣胸前口袋，随时要取出药师佛赠他的泪玉，心中念力默祷，药师佛你发功吧！让我离开这个鬼地方！

"你知道吗？"那洋人的思绪像从遥远的地方飘回，若有所思地说，"药师佛，其实是个狠心的人。"

药师佛显灵！药师佛你发神威吧！

那洋人丝毫未理会万康想干嘛，拿他一双碧眼凝望万康。万康整张脸的五官揪在一起做抵挡。"当初，好高好高哟……"洋人自顾往下诉说，语调像是那件事与他自己毫不相干。"……挂在那柱高高的木头上，天空好希腊，云朵好罗马，还可以看见山峦下的地中海……好美……美极了。"他回过神来露出绅士的笑容，"喔他没救我。当然，我也没要他救。"那是苦涩又像洒脱的笑容？

看官听好！呼之欲出了这是！看官您聪明得紧！看官您火眼金睛！万康看不出是谁！可您觑出了啥端倪！此一洋人究竟有何来头！难不成他是相传降生在……的那个……奇的婴孩，后来千秋万世必须以他降生之日为初始作算数的……

第十五回

困秘境麻将捻造化　追魔踪匪类现原形

　　话说眼前那洋鬼子本就一副神秘兮兮又阴鸷邪气的德行，这会儿朝万康闲淡言说药师佛"喔他没救我。当然，我也没要他救"，完了便掏出一具精巧的小型家私，以及草、薄纸。看起来手工艺不俗，折卷成一挺牟烟。吞云吐雾，脸上十分空幻而恍神，说话却又清清楚楚："嗯，蛮好，蛮好底。"抽了几口，递给三喇嘛轮流接过去抽。三喇嘛如获至宝状，眯眼涎着口水一一用过。喇嘛C递给万康："一起痛快。"万康防卫心重，不希罕这种友善，倔而摇头。三人妖笑他不识相也要识货。洋人不睬他们，未发一语，低头又卷过一挺，独自享用。

　　之后这四个家伙旁若无人似的自我沉浸于吐纳烟雾，完全不招呼、也不为难万康。那怎么办呢？阿哉。敌不动，我不动，万康只能耗着，趁便用眼睛扫描一下这间办公室，看朝什么地方好脱身。时间一分钟一分钟过去。

"在比赛定力吗？"洋鬼子终于微笑启尊口："让你赢吧，我不在意。"

万康给激起对抗心，哼一声说道："反正我被你扣住了，是吧。"

这洋鬼子讲话始终挂着一种冷静又滋掰的笑容："哦？……就像张老先生被医院扣成人质那样，你说是吧。"

怒！万康听了十分之愤怒，他猛地站起身来。然而，他的诧异和凛然恐怕比愤怒多上几分。也因此，他杵着不知如何是好，直视这名洋人。

"请坐，你站起来不会改变什么。"

万康仍不坐下，听见自己心如擂鼓，不，心如铝棒击出棒球的碰撞声，连续不断从腔内往外击打……

"你的服从性并不高，坦白说我蛮欣赏你这点。"洋人说着指向三喇嘛："你看他们趴在地上，一路攀山越岭趴向一间破喇嘛庙，费那么大工夫只为了拜佛。"这三喇嘛听了嘻嘻窘笑，仍忙着过烟抽。

"天杀的，药师佛。"洋人摇头轻笑，抽过最后一口，把小烟屁股在指间捏熄。

奇怪，万康突然发现洋人的国语不如先前标准，带着浓重的洋人口音。那个"佛"字发音成四声。

"我同你作个解释，"洋人道，"有的时候我故意国语不标准，是为了让你对我产生亲切感。作为一个国语不标准的洋人，对你来说比较正常是吧。"

"不，"万康破解他的笑容。"你和药师佛有什么过节？你在对他表现你的……轻蔑！"万康壮胆说完，"这是妒忌的笑容！我怀疑药师佛击败过你！"

　　洋人止住笑容。望着万康。他原本的一双碧眼变成漫漶惫懒的红眼，同时他变得比较严肃，或说他其实仍十分轻松，只是有意对万康示出严肃。他用食指横放在鼻子下方擤了擤，说道："我必须承认你还蛮能激怒我的。不过，我对你的失望远胜过愤懑。"

　　"你会说'愤懑'？"

　　"你要说我是个汉学家也可以。"洋人耸肩摊掌。一时之间笑容重现，他用那洋腔国语说下去："我好桑心，想不到你的认知这么贫乏。我和那个药师佛，没有谁击败谁的问题。嗯哼，容我遗憾地说，要说交手我也不屑。我和他是不同挂的，用你们中国谚语来说，'桥归桥，路归路'。"

　　万康道："这个……我大概猜得出你的意思，不过'桥归桥，路归路'好像不是这样用的。这句意思应该是说两个人本来在一块，后来才呛声我们之间没有瓜葛。'瓜葛'，你懂吗？"

　　洋人仍微笑道："那我说'你走你的阳关道，我走我的独木桥'可以吗？"从而摆手笑出声道："嘿！不用教我中文，我吃的盐比你吃的饭还多。"

　　万康道："你吃这么咸干嘛？"

　　洋人听了发愣，望向三喇嘛，那三人也发傻了。忽而他四人抱起来齐声叫嚣大笑！不停跳跃庆贺许久！这下万康傻眼。

　　终于停下来，洋人兴奋朝万康道："我终于找到一个人可以击败我了！你懂这种感觉吗！"说着朝万康击掌，万康只好回礼拍回去。"天杀的，你是个可敬的对手。"洋人啧声称奇，十分诚恳状。

　　"你知道吗，"洋人欢喜道，"曾经只有一次我差点被击败。那次我跟观世音菩萨说，听人讲你号称千手千眼观世音菩萨，可是我想当千屌观音耶。"三喇嘛一旁听了捧腹大笑，好像听过这个笑话却仍是忍不住笑,忍不住期待着往下听。洋人续道:"结果他跟我说:'千屌又如何,你要真管用的话,一根就够了。'"三喇嘛再又高声笑闹,手拉手跳舞旋转。洋人道:"天杀的,这句话眼看要击败我,我迟疑一秒就输了你知道吗!还好我赶紧说了!"洋人上前搂住万康,快乐地说:"我告诉菩萨,是没错,可是我想同时干一千个女人啊!哇哈哈哈哈!"说完拉起万康跳舞,万康可能吓到而无法充分配合,洋人抛下他,转去和三喇嘛彼此拍打,庆祝拥抱一阵。

万康低声嗫嚅道:"你觉得你这样算赢……"

洋人闻言猛转头瞋视。

万康只好接着说:"……那就赢了!"

洋人指着他道:"酷。"

说完话万康自己不自觉地顺着坐下。反倒是洋人从桌上跳下来,兴冲冲对万康道:"我不服气!我要扳回来!我出一道题目给你答!"万康觉得这人真的有病,心里再度害怕起,只好用礼貌的口吻答复:"先生您不必不服气,我没有赢过您一次。"洋人大怒咆哮:"花可!"万康听得懂这是台湾国语的"fuck",这不难猜,因为对方着实很愤怒。这洋人也奇,生完气,突然向万康哀求起来:"拜托,陪我玩嘛。"万康怀疑笑里藏刀,噤声不语。这下洋人变脸,红通通的一双火眼逼视着万康,威胁道:"你玩不玩?"万康试探道:"玩或不玩,分别在哪?"洋人道:"你不能故意输给我,这样反而很没运动精神,我不需要这种虚妄的胜利来告慰自己。话说了就算,如果你赢了,你就过关,我放你走。"万康道:"如果我过不了关,我输了,也该放我走。先生,您没有权利把谁扣住。"洋人闻言失声仰笑,说道:"你好诈!你居然反过来跟我谈条件。"三喇嘛附和:

"太诈了！不能上当！"万康道："对不起，那我不陪你玩。"洋人笑道："由不得你。"转而吩咐左右："带上来！"

那三喇嘛闻令，进去隔板的后面，将一人押出。只见那人几近裸身且遭绳索五花大绑，身上只存一条三角豹纹内裤，脚下却又保留着一双球鞋，可脚上的袜子却又移到脸上。是的，这双袜子打卷成一颗球体，塞进嘴巴内。万康惊叫："大锅！"洋人一笑，将袜子从那人嘴里拔出，那人放声大哭："万哥！"

却说万康欲朝大锅走近，三喇嘛马上用他们灵巧的舞步阻挡住。万康只好说道："有话好说，不要伤害我朋友就好。"洋人道："神爱世人，我们怕他鸡鸡小，不忍让他裸体。"说着将大锅的裤头拉开一隙，把袜球塞进大锅的下阴部位。"喏，这样够大吧。"喇嘛们一旁用手遮鼻道："哟，大是大了，可是鸡鸡有臭袜子味道，臭臭！臭臭！"大锅受嘲弄，委屈间更加嚎哭。洋人对万康道："这名人犯要求很多，说怕地板太凉，坚持穿球鞋。神是万能的，神没有不知道的，其实他是怕自己的脚趾头太性感，害羞露出来。"万康见弟兄挨整，好不揪心，但恐不住责备人锅："这些年来许多人穿球鞋不穿袜子，可你偏偏要穿，这下坑害了自己。"大锅哭诉道："万哥，还好我穿了袜子，不然塞进我嘴里的东西恐怕更臭哇。"洋人对万康道："你看他心里比你明镜儿来着，我们没把他鞋子塞他的嘴巴就不错了咧。"说完掏出一柄手枪，铿锵一响，拉动枪机滑盖："火药的味道臭不臭？"不由分说指进大锅的嘴里，脸掉过来冲着万康，"你不答我出的题目，我就轰烂他。你答输了……"洋人送出飞吻，"我也轰烂他。"

话说喇嘛把桌面清空，端来一副麻将，把牌倒出来。是的，

赶鸭子上架，万康被迫应考，而考题却是麻将。喇嘛将牌反面，开
始洗牌。洋人暂时把枪放桌上，用牌尺将其中十个张子点出，扫
到空旷处，续而亲手将牌张理好，再用牌尺整个将之整齐列队完成。
洋人道："我就不同你耍嘴皮子了。素闻张济、张万康父子乃麻将
世家，扫荡北部，威震南国。你听好，我这道题目可是对你放水了。
这十张牌，全部捻对了，过关。一张都错不得。限定十秒内完成。"
看官，您若不懂麻将且听分明，原来这张子上头刻着纹路，洋人要
万康不准用眼睛看，得用手指去摸捻，这对此道中人来说还算容易，
可难的是限时十秒，不让人有充分时间去触摸和分辨。

　　这道考题真的那么具有挑战性吗？对张万康这种曾长期泡过
麻将场的人来说，不敢说牌技精湛如其父堪称练家子，所谓"无
他，熟也"，把张子正确捻出来却只是个基本的俏头。那张万康听
了后，心中颇有把握，预计自己七秒就可以捻完无误。不啰嗦，一
员喇嘛按下马表呼道："开始！"万康将头一张捻过，发现分很开，
报出："八条！"答对了。第二张是干净的宽斜杠，毫不考虑："三
筒！"第三张分外满实匀贴："八筒！"再来是"青发、六万、二
筒、五万、北风、九条"，那万康身手非凡，一触即发，一捻就报，
连续报中九个张子，只用了六秒。

　　最末一张，这一捻过，糟糕！万康面色剧变。"七秒！"喇嘛
报出。

　　万康惊视洋人，莫名其妙。"你在耍我？"

　　洋人道："呱。"这正巧是法文"quoi"的发音，意即"什么"。
一旁传来："八秒！"万康急了，大锅眼看也崩溃了。万康仍怒道：
"耍我！"一旁颂出："九秒！"洋人伸手去拿枪，万康赶忙追加确认，

再次捻过，仍不对劲，耳听得"十秒！"到点，慌张大喊："造！"大锅听他报出闽南语的"跑"，心想怎么可能逃得掉，放声巨哭。万康将牌在桌上亮出，果然是个"造"字。

一时全场无语。

子弹退膛，洋人吹出一声轻快而短促的口哨声，这是奖励万康吧？也是大大方方索性认输吧？洋人道："看来我应该考你摸得出摸不出这个字是什么颜色。"大锅一旁吼道："正红色！"没错，这个字是同"红中"一样的正红色。洋人对大锅不爽道："废话，你都看到了。"

愿赌服输。说着洋人叫喇嘛把门打开，并将大锅松绑。那扇门是万康被扔进来的入口。瞬间刺眼的银白色皎洁光束射进。

"是入口也是出口。不同的是，当你走出去，愿你能温驯如鸽，灵巧如蛇。"洋人略顿片晌，若有所思说，"只是很多人示出了温驯，化出了灵巧，却非心地淳良。"万康问："我可以问您尊姓大名吗？"洋人道："曾有人在鸡鸣以前三次说不认识我。你莫以为别人认识你就把你放在心上。"万康意识到对方不让追问，且脱离要紧，牵起大锅的手一起步出。那大锅走了两步却觉得尴尬，回头问那洋人："可以把我的衣服还我吗？"洋人火大，拉起枪机："你再废话我毙了你！"万康赶紧将大锅推出门去。

于是万康二人回到夜店，却见空无一人，整片早已打烊的黯淡死寂。两人往大门方向过去，幸好门没上锁，推开后顺循"店哨"廊道，来至大街，昼光从天顶漂洒到地面，行人熙熙攘攘，搞不清楚现在几点。忙一看表，时间将近上午十一点，大锅喃喃道："我们在那里面有待这么久吗？"两人叫来计程车，万康先让裸男大锅进入，以免有碍观瞻，且方便自己将提早下车。进入后万康告诉司机前往医院，然后掏出一张五百块塞至大锅手中："收下，你现在光溜溜的只能掏出个阴毛。会客时间快到了，我到医院后你坐这部车回家。"大锅淌泪握住万康的手："万哥！你我共患难这般，我只想对你说声，北杯加油！"

　　且说万康与大锅道别后，进入加护病房探视，万姐前来会合，两人见万爸于疲惫沉睡状态。听护士讲万爸一夜没睡，心律不整，直喘着。L医师表示用药后已经控制，这是小问题，现在已经能好好睡着。十一点四十分会客时间到点，姐弟二人脱掉隔离衣，步出ICU大门间，一人上气不接下气，快步怔忡而入，来者正是X医师。X虽眼神闪烁不安，但二话不说，以略微颤抖的声音直接道出："喔！正好你在，外科说可以造瘘。"万康讶异，心想你当初不是说绝对不可能造瘘，但省略问他来龙去脉，当下毫不考虑回道："好！造！"话音送出，自己心头一惊，怎是这个字。X续道："今天下午我会帮你父亲抽腹水，晚上我安排外科医师跟你谈，顺便你把手术同意书签了，明天就做手术。"万康喜见X如此积极，提议道："那把气切一起做。"X道："好，我跟Z医师讲，一起做应该没问题。晚上让外科把两个手术一并跟你谈。"姐弟二人感到振奋。
　　谈完散去后，万康在走廊对万姐说："我不好意思问他那你为什么当初说不行。我只是求知恐怕他也认为我吐嘈［唱反调让人没面子］他。"这是指，七月十五号造瘘的方案提出，十六号经X极力否决，今天二十七号怎么忽然自己跑来讲可以造，且中间还拖了十一二天。万姐附议，往者已矣，给他一点余地呗，既已决定做就好，你这样的修养表现是对的。

下午是一场糜沌大雨。待雨势渐歇,万康把一份文件也打好了,存成文字档,骑车前往某大学附近的影印店,请老板用厚纸板把电子档打印出。那上头字型较大,自是让万爸好读,简述明天上午将一次做两个小手术,请他放心云云。回程,熊熊［突然］想到猫狗的除蚤药水用完,前往动物医院购买。神奇的事来了。

这间动物医院,除了兽医师,偶见一名女子,万康向来猜她是医师娘,但没问过,两人亦不曾交谈。买完药水出来,在机车旁穿上雨衣,突然医师娘打开玻璃门跑过来,递给万康一份刊物:"送你。"万康接过,道:"太好了!"医师娘本闪身欲离,这下停住。只因万康见此《蒲公英希望月刊》虽是他未曾听闻的刊物,顺手翻开几页,发现整本是八八父亲节特辑,均为写给父亲的小品文,正好可以用来念给万爸听。万康乃对医师娘解说和道谢,我爸正在住院,你这本来得正是时候。那医师娘亦感巧合,事前并没听谁说过万康爸爸生病,她的医师丈夫亦不知悉此事。此外,万康发现这原来是基督教刊物,素来不知医师夫妇为基督徒。而之所以确认她是医师娘,乃后来求证于作家朋友朱天心。这位作家一家人关怀街猫和流浪狗,常与这位兽医师合作,万康这两年会来这间动物医院亦由天心介绍。早前七月十五日朱天心也曾进入 ICU 夜场探视万爸。(顺带补述,七月二十三日友人黄文甫及其胞弟北上探视。文甫二十九岁,家住高雄,工作于台中,当日下午特从台中开车北上顺载于新竹工作的胞弟一同来探,夜场探完了星夜南下,把弟弟于新竹放下杀回台中。万康并未见过其弟,然黄小弟过去曾听哥哥讲述台北求学期间受过万康一些小关照,嚷着一起来助阵便是。说起台中,一摇滚乐团绰号小土之鼓手,在万爸骨折初期和插管初期亦曾两度北上,一次去到一般病房、一次到万康家过夜陪伴万康。)

是晚。万康在加护病房对爸爸指着窗户讲："拔，下午下大雨。"
万爸轻轻点头。似乎豪雨冲刷窗户的绮丽景象，给了万爸凄美的抚
慰。万康自己亦盯着窗户上的氤氲水气，只可惜或许是这场大雨让
鸽子无法现身。万康告诉万爸今天是七月二十七日，父亲节快到了，
蹲在床边念了几篇月刊上的文章给他听。万爸凝神听着，听到八股
老套"爸爸你真伟大"这种句子时略起表情。之后把朋友信纬日前
带来的 CD 播给他聆赏安神。说真的，信纬带的圣歌 CD 不巧都不
是坊间耳熟能详最动听的那几首（万康本盼望能播放《圣母颂》、《奇
异恩典》、《我是主羊》），于是将这些 CD 盒放置一旁仅作备用，另
选亦是信纬带来的小野丽莎 Bossa Nova 音乐。想不到万爸点头表
示喜欢此一他从前没啥听过的乐风。事实上，万爸根本不曾喜欢过
什么音乐哇，可倒是曾十分热衷一九八零年代的一项歌唱比赛"歌
唱名人排行榜"。合着比赛总带有刺激性，万爸喜欢竞技、喜欢赌、
喜欢等待揭晓、着迷刺激较量的过程。也所以万康为何选择录制杨
烈的《如果能够》这首歌给万爸听，正因杨烈乃此项比赛脱颖而出
的一员大将，万爸知道这个人的声音、知道他后来出片的这首歌。

此外，除了拍背、按摩、清理口腔，万康拿出厚纸板，对万
爸做手术简报。那万爸十分忧愁状，万康晓得爸爸生怕手术中死去。
一如早前面临插管，万爸曾透过氧气面罩说"怕"。犹记插管的前
一晚，万康在医生护士等人再三询问和剖析下终于松口让万爸做插
管急救，但表示必须征询万爸。遂而万康将插管代价作禀告，言明
会"很苦"，但可"保命"，只见蒸气腾腾从面罩缝隙喷泻出，成语"气
冲斗牛"约莫如此，老人家处于超高速哮喘中仍头如捣蒜，以求助
的眼神和变频的话音指示万康"好"、"要"。万康再问一次，强调

"苦"，万爸仍表拼念。于是万康签字，但在同意书上外加书写几行，表示非必要时才得行之，且做的时候必须让家属到场作最后确认。是的，万康必须再问父亲一次、伴着他（如果他仍求战，遂做"行刑"前的打气，插管后因顺可立刻探视；若他变卦弃战，则就地陪他最后一程，让他能在我眼前死去）。万康当晚回家后仍幻图一念，如果这段时间内情况能转好，呼吸次数降下来，或许爸可免去插管。惊蛰的手机声在隔日清晨五时十七分响起，ICU 来电表示必须"行动"了，是的，兵法中向来"拂晓奇袭"极具打击性，敌人在露水饱和降温中正睡至酣浓，天色未明间雾气悄然涌现形成一道掩护。万康把万姐叫醒，飙机车赶达入内后，万爸在艰困之际仍表延续意愿，但透过面罩说了一句，像三个字，最末一字嘴形是"怕"。万康问是不是怕，万爸猛点头。万康懂，怕痛、怕苦，即便是超人也怕，但爸更怕的是，死。万康对着他的助听器告以安抚言语，"一定可以保命"。万爸握姐弟的手稍安下心来点头，百分百的满档氧气声响和烟雾灌在四周……

　　话回这厢，父子相处一阵后，一位外科医师来到。两人敲定明日下午同时做两个手术，签下同意书。这医师离去五分钟后，眼看会客时间到点，一位肿瘤科医师出现。是的，早前没跟看官报告，日前 Z 医师曾表示将请肿瘤科来会诊。这位医师来到后，请万康到一张电脑桌前，并坐着一起讨论许久（两个人挨很近，乍看好像忙着一起点击正妹相簿欣赏）。他边问、边听、边讲，一边用鼠标点击连日来的检查报告，包括电脑断层的肿瘤照片（他叫万康靠近看这肿瘤实在庞大，万康仿佛刑警终于直击一名高智商连续犯的脸孔），以及几次的病理化验内容，进而表示目前伤脑筋的是万爸的切片报告一直出不来，所点击的多笔资料皆无法从中取得证据。一时之间鼠标又往回点，突然说：“出来了……今天晚上出来的最新资料……”万康问：“刚刚才出来的？”医师用游标指着：“没错，你看时间，五分钟前。”喔时间不重要了，因为喔天杀的，果然是癌。跟一般胃癌现象不同，推测起来应属胰脏癌，但无论是哪个部位，如今都确认出它，将发出“重大伤病卡”。

这位医师十分仔细，发现证实癌症后，仍亟思把万爸生病的前因后果种种问清楚（尤其胰脏癌属充满谜团、征兆不好抓的一种癌症）。万康便将万爸今年农历过年后身体状况下滑、骨科检查、内分泌科检查、神经内科检查的过程一一报告，当说到“我爸背会痛到厉声喊叫”，这位医师受到震动：“胰脏肿瘤到后来就是会这样……背部神经会受压迫……”接着医师不解为何骨折会弄成感染肺炎送来 ICU 插管之复杂局面，万康乃将骨折住院后胃出血遭延误、在一般病房受到的非人性摧残据实以告，自不外乎骨科主任和几名护士的恶意对待、麻木不仁那些有的没的。万康并未夸大或煽情或没完没了，他晓得不是每个医师爱听这种“悲情老段子”，一来你讲的可能是家属一面之词；二来那不关我的事嘛，病人又不是我看的；三来往者已矣，接下来该怎么办才重要呗；四来就算我相信你，我直肠子开骂同僚会不会无端给我惹起麻烦；五来医院的事务和内幕太过复杂，如果我告诉你医院有其营运上的苦衷，导致不小心疏忽了病患，以你现在的心情恐怕不会体谅，让你到处点火放炮总不大好。于是，万康颇为自制，只是稍微讲几个点给他听。可这医师的脸色却起了变化，摇头道：“……怎么会这样？”他听到一个段落，以理性（但不失温柔）的口吻道：“……很曲折。”说完突然站起身来，离开电脑桌，直直走到万爸病榻，触摸万爸的胳臂（台语）："阿北！卡掐乓会痛莫？"万爸似正处在浑噩苦眠中，眉宇深锁。吃力醒过半秒不到，无法回应，再又阖上双眼。万康道："他说国语。"医师便问："北杯！背会不会痛？"这次万爸没睁开眼。

　　医师告退前，两人讨论是否转安宁病房事宜。医师表示插管病人不送进安宁病房，这是肯定的；至于做气切的病患在安宁病房只是比较少见，换言之"还是可以接"，于是将安排安宁会诊。并问万康是否尚有兄弟姐妹（这晚万姐出差没到），只因此病症甚为凶险，可能至多两三个月寿命，决明早再来一次 ICU，与你姐弟二人一同详谈为妥。此医师建议万康必须告诉万爸罹患胰脏癌，听取万爸意见，或能把身后事交代好。万康显得迟疑，认为还是先不用说为妥吧，以免父亲遭受剧烈冲击。那李道长曾说对你爸这种只盼多一天也好的老人家讲这个过于残忍，他会拼到最后一丝气力，直到不行的时候自己会感觉到，才走。至于身后事，万爸没啥神秘遗产那些，只有长裤口袋内的台币两万五，这个万妈清楚。房子的名字是万爸的，过给第一顺位万妈便是。对万爸最熟悉的就属万康和万妈，十年来万姐住外租屋，成立营销工作室，逢假日方回家睡。家中向来万爸、万妈、万康在住（外加因故从小在他们家长大的表弟妹一双；这几年表弟上大学后远住异乡，但约莫两年前家里多添一对猫狗）。

　　与这位负责的医师谈过后，接着万康再赴麻醉科那厢，把麻醉同意书也签过，以让万爸明日中午过后上阵。麻醉科医师报告，如今手术风险提高到百分之一的几率。

　　返家后万康电告万姐最新情报。万姐表示明日上午会先返家，方一起前往 ICU，为爸齐作打气。

　　彻夜，万康难眠。爸爸状态很差，手术中的死亡率究竟不大，可手术后有可能吃不消。四五天前不见刀口的小手术 Double J 都让他丧失泰半元气了，这下两道刀口子下去，是否加添他生前最后一段时程之摧残。说到刀口，他那髋关节的骨折损伤如今早已表里一并复原，帮他做抬腿伸展时不致让他感到痛楚，臀部上方的压疮亦由新生之皮肉击退，望去那真是婴儿般的肌肤，想不到却有个癌症老魔头潜伏犯祟。何以十二天才翻案造瘘？这让爸失去了"黄金机会"？现在才推爸爸上火线，是不是推爸爸当炮灰？是不是枪毙前还要他遭凌迟？……忽然间晚上跟爸报告明天就来两个手术，对爸来说亦感突然，他没时间作心理备战，他没听过自己必须造瘘。他的意识不再如以往清晰，定听不懂我所言，只恐惧着身体会被切开。我是不是该让爸想一想。啊，不用想了，爸把自己全权委托给我了，我如果一乱他反而更乱。造！洋人跟我说要造！造下去就对了！……可是洋人晓得爸爸今天的状况又下去了吗？这一造能把他的身子骨造就起来吗？这洋神仙疯疯癫癫，我该信他多少？他是神是妖？他好像跟药师佛是死对头，他的话可以信吗？药师佛啊你在哪？小鸽子啊你在哪？你帮我跟药师佛说了我的难处吗？……还是洋鬼子只是跟我预言会发生造瘘一事，不一定表示他赞成造瘘？……天啊是不是有人鸡鸣前出卖我三次？……

　　看官，造下去，究竟会不会造出奇迹，且看后话。

第十六回

狂人大夫封刀封喉　书信两封荒漠冰泉

　　且说七月二十八日下午万爸手术在即，上午万姐返家，进过门来，肩上一个偌大的包包还没放下便朝万康道："我看阿爸的身体，动这两个手术可能负担太大，是不是考虑停下来。"万康道："我正有这个打算。这样，我们等等去 ICU，阿爸状况不好，就喊停。"看官，他们对爸爸讲话喊"拔"，因万爸是外省老兵、老芋仔；私下论及父亲则惯用闽南话的"阿爸"，因万妈是罗东闽南人氏，这也算一种文化混合。

　　来到 ICU 一看，果然万爸虚弱，竟摇不醒，黄疸仍严重。原本万康按算［考虑］假使万爸状态还行，还可就下午的手术跟万爸耳提面命作打气。姐弟二人忙对在场的 Z 医师和护理长请示是否踩刹车为宜。这两名女性医疗工作者，见兹事体大，毕竟万爸先前做过双 J 管后状况急转直下明摆在眼前。姐弟的意见是，万爸如今很难出现康复或延续生命的奇迹，权宜之下不得不放弃造瘘，只能做气切减轻含口管之苦。Z 的神色紧绷，像是棋手举起一子悬在空中停格。护理长本是个从容干练的美娇娘熟女，这时活像火烧屁股的老大妈急得在床边转来转去。Z 没思索太久便表示停下来为妥，护理长大声附议："对！对！"于是手术撤掉，先让安宁病房的人来会诊，把气切病患和安宁照护之间作详细说明后，另排时间做气切。随后肿瘤科医师来到，亦同意这个方案。这时万康望见窗外的鸽子。对方杵着不动，望着窗内，像万康小时候去碧潭夜市玩掷圈圈去套住的小陶坯雕像。万康看不出鸽子椭圆形的小眼睛释出如何涵义。

晚间会客时，万爸是醒的。通常白天会客时姐弟二人均到，晚上则万康独自来，万姐得挣钱上工。万康侍奉万爸拍背等动作后，帮万爸戴上老花眼镜和助听器，取出三张字板，和万爸一起扶着板子阅读。

爸：

手术先取消，因为怕你身体吃不消。

爸，我跟你作个详细的报告。你的生病过程是这样的。骨折之前，带你做了四种检查。我想帮你做更精密的检查，但检查有一定的步骤，必须一步一步来。接着很倒霉，爸你摔倒，手术后，起初蛮顺利，当晚睡觉时你说梦话："我感谢大家对我的帮忙。"你练习走路，很感人，医生护士都夸奖。有次晚上我去教课之前，说要帮你买很贵的药，你对我们说你有存钱，可以拿出来，我们听了很感动，姐姐身上有钱，不会让你来花钱的，我们要你放心。

就在我教完课时，你的身体有其他衰弱状况出现，半夜一点你一直咳嗽，我赶去医院。你身体开始差了，一直检查不出原因，我很急，只好先让你出院回家，并且一边帮你想办法。隔天早上我们赶紧请来一位特别护士来照顾你，你对她说我们帮你翻身的技术没有她好。狗和猫一直在房间门口乖乖守护着你，我们都不敢阖眼，我、妈、姐姐很替你心疼。紧接着又隔一天的早上，我们发现你的病因了，赶快用救护车送你急诊，当天转进加护病房。医生来急诊室看你时，你举起手对他打招呼。你奋斗的精神我们很感佩。

医生说你是胃出血和肺炎，你拼了两天后，我们决定让你插管。最好的医生、最好的护士，一起努力救治你，给你最好的治疗和照顾，并且为你一步步进行精密的检查。他们说你配合度很高，认为你的毅力过人，情绪沉稳。你历经大风大浪，所表现出的勇气叫人竖起大拇指。经过多天来的治疗，你的肺炎好了一半，这很不容易，很多人过不了这一关。

因为大家很佩服和尊敬你，所以很多人来探视你，我也把你英勇的故事写成一本书，以后会出版，书名叫《道济群生录》，"济"就是你，"群"就是我，"道济群生"是保生大帝头上的匾额，保生大帝保佑着你。目前我先发表在网络，读者热烈地祝福你。因为你杰出的表现，你的名字将会留在历史上，张济民是一个伟大的人物。

出版社过几个月将会出版我一本小说集，全世界华人都可以读到，在新书的记者会上，我一定会提起你。你现在是个名人了！台湾最杰出的女作家朱天心，曾经来看过你。台湾最杰出的男作家骆以军，包给我们一个很大的红包（笔者按：金额有让万爸晓得，但在此隐晦），抢着要帮你出医药费。世界有名的导演侯孝贤，因为拍片出国无法前来，不断对我问候你的状况，他对你十分佩服。下周还有一个学者要从法国赶回台湾看你。

爸，你的腹腔问题很复杂，如果动手术，可能不利于你。原本我想帮你在胸腔和腹腔，分进合击，同时做两个小手术。但仔细评估之后，因为这两天你的身体比较衰弱，暂时不做。以后可能只帮你做胸腔的小手术，帮你把嘴巴的管子取出，改用一支很短的小管子放在脖子底下，来帮你呼吸、抽痰。医生说大管子放太久，你会不舒服，小管子绝对比较舒服。这是少输为赢的道理。要信任医生护士和我们。

爸，虽然必须长期住院，但我们一直会陪伴你，给你最大的温暖，最好的呵护，我们会好好陪你到最后一天。无论如何你打了一场漂亮的胜仗，心要放下。牌技很好的人不见得必可和牌，还必须看运气。人生就如麻将，你的牌技最高，斗志最高，头脑最冷静清楚，已经让你博得世人的尊敬，无怨无悔，你是真正的强者。你延续的每一天都太有价值，你付出的代价带给世人启发，虽然辛苦，但因为你的伟大，所以你内心平静，在辛苦中感受幸福的滋味。

你一生老老实实，品行端正，菩萨托梦给我说，无论你能不能好起来，他都会保佑你，让你身体减少痛苦，菩萨说无论如何要安心，也接受上苍的安排。

保生大帝说你的表现比高僧还伟大。我同意。我以你为荣。

儿

万康

二〇一〇年七月二十八日

看官，这封信有些地方踏奶奶的纯属夸大，好比"读者热烈地祝福你"、"全世界华人都可以读到"等处，自是为讨父亲欣受。说来读的人是有，读的人也确实热烈而叫作者心窝子烘焙，但语意上"热烈"二字营造出几千几万人次浏览的华丽假象。此外菩萨并未来托梦。是的，没有，但万姐曾叫万爸合掌内心说"菩萨保佑"、"阿弥陀佛保佑"，万爸有照做的。尤其万康曾跟万爸说每天要念百来次"南无大悲观世音菩萨"方获神助，这是万康的学生如琬所建议，万爸也表示会做。万康对万爸附耳喊话："次数混乱了没关系啊，多一次少一次没关系，心放平静就有力量。"

待万爸读毕，会客时间也过了。万康将万爸的眼镜和助听器取下收进大小两个盒子，该走了。握起万爸的手，发现万爸发力还握。万爸暂时松开，万康停顿片晌，亦稍稍发力示意，万爸再又发力。两人反复多次，互相在夜晚的海洋上打信号灯。后来万康发现爸爸手不肯彻底松开让他走，并且凝望着他。

终于他愿意松开手，只是仍望着万康。万康比一个简洁的敬礼手势（如果敬礼不放掉就好像万爸已经走了可不是）。万爸微徐点头。万康一边后退，一边回头朝他深深将头点过。万康点头，他亦点头。反复几次，万康终于退出，离开万爸视线。

翌日，二十九号中午，两位安宁病房的护士和万康姐弟二人辟室详谈一小时半（这里可能没记清楚，其中一人应是护理师，位阶比护士高）。两人殷殷解说甚久，谈完已经一点半，万康表示耽误你们吃饭时间。万康想起有个认识几年的网友，是个三十岁出头的医师娘，其夫君在另一间医院的肿瘤科任职，她曾对万康讲，无论哪一家医院，肿瘤科和安宁病房的医生护士都是最温柔周到的。看来确实如此。

两名护士表示，安宁病房不做任何侵入式治疗，故而插管者未曾收过，但偶尔会收气切者，只是不会提供呼吸器，只供给一般氧气输出及氧气罩。哇，要命，真的要命，那万爸不接呼吸器，岂不是没两天就噎气了，而且"会一直喘到死，像鱼在岸上垂死翻滚挣扎，这是最痛苦的死法之一"（X 医师曾这么告诉万康，当时万爸面临插管的抉择，氧气开到最大，烟气从氧气罩的缝隙喷出，像是漫画家笔下的人物冒烟那样，却仍望着万康不停急速哮喘）。护士表示没错很快会走，但会提供大量吗啡使他不那么苦喘。护士的完整建议方案是，让万爸做过气切，观察两天稳定后移出 ICU 转往"呼吸照护中心"（这是专门做呼吸治疗的另一种 ICU），仍先朝脱离呼吸器的目标前进（理论上这是该部门所职司的一个步骤，尽管万爸很难脱离呼吸器），大约两周后确认万爸在气切后仍无法摆脱呼吸器，就送来安宁病房，这里可以让家属雇请看护，院方安排各种宗教慰藉配合，并提供病患浴缸泡澡的享受，贴心服侍他走完人生最后一程。只不过泡澡是这样，院方每周固定某一天才安排。万康心思，如此一来，好比每周二洗澡，万爸如周三才送安宁，来不及入浴就先入殓。

"也就是说，无论他还可以活多久，两周一到，都从呼吸照护中心送到安宁病房，让他两三天内走？"万康问。

"是。"护士答复。

初步上万康同意这个建议。一送安宁无异于立即让万爸接受另类的"安乐死"，不会拖上超过两三天；让这位老荣民提早"光荣退伍"。

问题是，呼吸照护中心的护士，能力上不如 ICU 的护士（这是一名优秀的 ICU 护士日前私下告诉万康的）。安宁护士答复，这没错，因为 ICU 一名护士照顾两床，呼吸照护中心的护士一人则管四五床，效率自有差别。而一般病房更差，一人得招呼七八床在所难免。且呼吸照护中心的会客时间比照 ICU，一日仅开放两次，家属不得另请看护在床边随侍二十四小时。一般病房的好处是，可提供呼吸器，对家属亦无时间限制，万康等人可以拥有更多时间陪伴父亲最后这程，并还准许雇请看护以补院方护士照护之不足。然而一般病房麻烦的是，用药必须报上去、等批示，好比吗啡、止痛针这些，有可能病人在等药时多捱灾苦。

话到此间，万康面临两个选择，一是安宁护士提出的议案。另一选择是，做完气切，观察个两三天稳定后就转一般病房，待发现万爸迫近临终，方速转安宁。那么为何不能选择长留 ICU？只因健保规定病人住加护病房最多可住四十二天，除非特殊状况才能"续杯"。截至目前万爸已住三十一日，到时候要住下去可能不好"桥"［调解，调度，调整］。换言之，做完气切，照规矩一定得换地方住。至于气切，是做定了，Z 医师、X 医师、安宁护士皆认为这个必须做，对万爸是减轻负担。同一天与安宁护士作咨询之前，Z 医师便对万康表示已通知外科尽速安排。

会谈后，万康回到家中，写了写日记，用手机接起医院公关部门的来电。原来月初公关部得知万爸受难一事，多少忧心万康对该院骨科主任进行反击或报仇。如今与万康二十来天没联系过，打来作电访问候。万康客气答曰目前尚无需要帮忙的，电话讲完，万康倒头睡午觉。下午三四点钟，酣睡中忽然手机鸣声大作。比起前一通，这通电话的内容让人错愕。

来电者劈头就大发怒气，霹雳啪啦扯起嗓门一串串鞭炮炸来，万康几度讲"你听我说"，对方丝毫不让，说好听是激动，说难听是摆明了没礼貌。那人自称胸腔外科的 M 医师，万康不识此君。他表示接到气切手术的通知，狂烈叫嚣道："我跟你说，这个手术不值得做！如果只气切、不造瘘，病人两周内就会挂掉！"他特别在"挂掉"一词加重语气。万康丈二金刚摸不着头脑，心想难不成我正睡入一场白日梦，这是吕洞宾或洋神仙打电话来恶闹？除了"你听我说"四个字，万康屡次无法讲完下一句话，只听得对方不断抢白咆哮"不值得"、"会挂掉"。这万康实在不懂，你一个医生跟我用这么粗鲁的大白话"挂掉"来讲我爸是怎样，但万康按捺脾气，把事情讨论清楚更加要紧，终于等 M 医师好像骂累了，钻到一个空子抢话道："上次做完 Double J 他的身体就无法负荷了……"M 医师截断道："这个手术没意义！不值得做！现在营养针停掉了，不造瘘没办法帮助病人延长生命，两周内会挂掉！"是的还是这几句。万康问："所以都不做的话，要让他一直插管吗？"M 答非所问（对他而言这不是答非所问吧），仍激切讲这个手术"不值得"、"我无法做"，是的，一再重申。万康道："医生说过插管最多只能插三周啊！"M 发火道："谁说的！"万康道：

"安宁病房中午刚跟我谈过,必须做气切他们才收。"M道:"你叫安宁病房打电话给我!"话音一落,嘟——他老兄切断电话。

这是怎么一回事。万康情绪败坏,只因亟欲把事情原委弄清,忘记骂他一顿回去。正巧先前公关部打来,这会儿万康打回去,反映疯子医生经过。公关部表示赶快会去探听处理。

是晚,万康前往会客看万爸。Z和X医师均有事没到。万爸又摇不醒了,那是一种痛楚的睡眠情状,与邻床听秃头老儿吟唱《奇异恩典》的那位老妇的景况一样耗弱。这晚好友信纬一起进入ICU探视,一旁哀矜无言。

返家后,万康想起,他不是认识一位网友医师吗!赶紧抄起手机打去。对方接起,语调平和但十分急促:"不好意思我现在在忙。"万康晓得他正在值班,很有默契,赶快切掉电话。之后改发简讯请教,问的自是为什么医生大发雷霆打那通,这其中有何端倪。把问题送出后,抽根烟缓过心情,暂时挥开现实,用《道济群生录》重新进入万爸,隔天凌晨写出第七、八两回。述及父子二人抗击魔王和恶水娘娘,野鸽来回传呼战情,魔王二人加诸行为暴力与语言暴力,父子暂时扳平,野鸽展开双翼搭载万康归返,领见药师佛。

七月三十日,万康写完进度去睡了四小时,前往ICU。那Z医师匆匆入内,代M医师向万康致歉,说M不明状况,故而鲁莽行事。万康道:"他一直讲我爸会挂,什么叫挂?那我可以跟他讲你家人也迟早会挂,人不都迟早会死,没错吧。"Z讪讪无言,只好笑笑。这万康并非小器量之人,两句不满也就带过,自己倒能换个角度去谅解，很可能 M 误认我方是把生病的家人扔医院就算了的不负责任家属，方那般狂烈泼骂。Z 医师表示，以她和 X 医师，以及 ICU 主任对万爸的长期观察，万爸生命力之强，不造瘘也不大可能两周内会走。向来在表达上讳莫高深的她，调出片子比对给万康看时，露出一种成就感的欣慰笑容，指出万爸的肺叶从图像全白竟能黑回去一半。这是她首次"敢"对万爸表达肯定之意。另外肾功能指数，原本做完 Double J 头几天下滑，新的报告出来却显示好转。至于营养方面，可以换另一种比较不会加重黄疸反应的营养液来注射。也就是说，气切还是做。万康表示，那须换个医生做。Z 医师为难道："……可是我的病人都给他做耶。"万康只好认了。Z 说我会对他好好说明。万康道："手术同意书我这里签过就好，你叫他不用来跟我谈了。"Z 说好。万康道："省得吵架。"Z 堆笑说："不会啦。"其他方面，Z 表示做完气切，伤口会疼痛两三日，将会帮万爸打吗啡止痛。之后 X 来到，与 Z 的看法相同，并说万爸抽出的腹水化验后"很干净"，不见毒素，整个迹象来看存活几个月都有可能，不过这种事瞬息万变也是说不准的。

　　也妙。这天的日场探视，万爸的状况忽见起色。一瞬之间万康不禁思叹，是否还真该让爸爸造瘘，或说前天喊刹车应属合理无误，然今天这样看起来又现造瘘契机？……但这也仅止于一瞬之间，万康已然选择听从 X、Z，以及 ICU 主任的建议。在这次会客后，写下简短日记：

　　爸昨晚状况很差 黄疸颇严重 很难摇醒 直到信纬带的音乐 CD
奏效
　　今午精神和体能却蛮好 脸色也消失黄疸 !!

　　他真是"幽默"大师

　　这两天发生很多倥偬的事　故而……不如省去

　　晚场探视返家后，网友医师来电，说昨晚我正好在帮病人做CPR，情况危急，无法与你讲话。天杀的，万康心想医生这行真不是人干的。这名医师聆听万康仔细再把问题讲过一遍，当即说道："我想我懂那个医生的想法。"此话怎讲，他解说道，M担心的是被控医疗疏失，怕你父亲撑不久，家属兴师问罪，怎么手术做了没几天人就走了。他建议："现在干医生的，最怕的就是这个，你要跟他讲，叫他放心做。"万康恍然大悟。

　　结束谈话后，万康思绪明朗起来（亦可说是一种纯属推测），是啊，一住进来头几天，Z就对我说过，加护病房号称细菌最毒最多元，这里一直住下去极有可能感染而力竭。原来，他们认为我爸早将撑不下去，自无必要做积极性治疗，以免做出来效果不彰遭家属刁问，多一事不如省一事，X乃将彼时由H提出的造瘘意见搁置，将病患放着（放烂？）让他自己早点上路就好。不意爸硬是将"破舟已过万重山"，且谙察家属亦非无理取闹之人，信任度有了，于是方翻案行积极一途。这倒也不能说是纯属放烂，只是保守与积极两种观念与作风的一种选择。也所以后来家属临时说不造了，那好，顺着家属呗，总归这事没有对与错，合着医院也是种服务业，客人满意就好。随即万康把自己的思辨，透过msn求教医师娘网友，对曰："内科和外科常闹意见。内科怪外科爱动刀，不顾病人生活质量。外科怪内科谨小慎微，欠缺开创作为。"看官，万康不怪X医师当初持保守考量，但全力封杀积极一案，且扯入意气相争之嫌，这让万康内心深处遂不下这口气。万康认为你这个小滑头哇，你不该对家属封锁信息，告诉我绝对不可能造瘘；你应该两案并陈，剖析两者利弊得失，让我来选，堪为负责。看官，极可能插管之初，X 和 Z 咸认万爸过不了肺炎这关，所以不必与万康谈"以后"。Z 和 X 的分别在于，前者根本不提造瘘（或是她压根没想到可以有这步棋），后者则是更进一步打压造瘘。医生这行好阴沉啊。万康叹息，或许近年人权至上，许多病人和家属敢于挑战医护人员的"医疗疏失"，让他们压力太大，接了案子第一个念头就是少惹麻烦，而不是作出诚恳的专业提供。错，就错在万爸太能活啊。

万康不禁也检讨起自己：

——是我让 X 对我起不信任之感？（我让他感觉到我是会闹事找麻烦的人？不会吧，我对医师是那么谦畏的啊。还是我再三强调万爸能战反而让他皮皮剉〔哆嗦〕，心恐那么治疗失败岂不是我的错？）

——还是 X 自己性格养成上习于对人设防和猜忌？（如果我说我爸战力差，他岂不是更不敢放手做？）

——还是两者都是？还是都不是，只是个业。（共同背负和承担政府"解严"以来"台湾民主化／人权化"二十多年来，每个医生和家属——包括他们自身——的敏感纠葛？）

——另一种可能是万康自己太过猜忌。从骨科主任所得到的负面经验，原本使他认为最恶质的医生我已遭遇过了，不会有更鸟的医生了，何况 X 医生这么亲切和善啊，度过了黑暗我即见到了阳光。然而 X 医师暴怒"为什么叫我下来做胃镜"之后，从骨科主任所得到的负面经验让他开始对 X 过于不放心，度过黑暗之后我见什么都黑暗了。不，这是两回事，我对 X 的怀疑与其他经验无关，是他确实让人感到有点不实在。不，是我真的太过误会他，腹水确实是造瘘的重大阻碍。我真该问他为何翻案，却又怕他面子挂不住而爱生气就不好意思问。我还是该问的，只因没问就卡成我的一个心结，一个不入灭的疑惑啊。或许，是外科那帮神经病太过坚持要做，他不想拿万爸当实验品来糟蹋，捍卫良心与真理十一二天后才松动（那么他又为什么不继续坚持呢）。或许，他是真的不晓得腹水抽出来就可以做，也不晓得腹水中没藏细菌就可以做，以及不晓得一旦腹水外渗自有救水灾的办法（这些均是欠缺医学知识的万康瞎想的理由）。事情何妨这样看，如果将医师比作一名球员，在整场比赛中难免一时不用心、精神不集中、久战而倦怠、情绪起毛躁，或本身球技不够全面、球运差了点，但总的来说他打得还可以，也没不想打赢或故意要输到底，那么他就不至于对不起球迷，是可以被谅解的，不该受苛责的，何况对手太强。比起小胡子 X 先生，那名骨科主任的嘴脸才是该被记恨的对象啊。

　　日头升起，又见　　天。七月三十一日，礼拜六。中午探视完，姐弟二人在 ICU 走廊上谈话，分派谁去帮万爸添购护理垫和湿纸巾、谁去做什么，这时万康接起手机，真是冤家，来电者乃 M 医师。对方客气表示想跟万康作讨论，万康说我就在医院。不一会儿，ICU 的门横移开启，M 邀姐弟二人入内。此人看起来年约四十五至五十，长相酷似美国卡通人物 Beavis and Butthead（是的，他同时长得像这两位）。护理长周末休假，M 借用护理长的办公室进行对话。看来 Z 虽转达家属不想与你谈，但 M 仍很执著，Z 只好叮嘱他好生和气点儿；更有可能 Z 不好意思，或觉没必要跟 M 讲家属不想见你，故而 Z 不知 M 自作主张前来邀会。是的，这些都不重要了，一坐下来，M 医师开门见山道："我是基督徒，我知道你们也是。"万康心想这是哪门子跟哪门子，我们不是基督徒啊（万康自己什么徒都不是。家中最接近基督的是万妈，这一两年每周常跑教会听传道、唱歌、哈啦、吃点心，可说到底是去交际玩玩的，没受洗）。M 往下说："我去你父亲病床看过。"万康心想，恐怕是看到一旁柜子上放着信纬借我的圣歌 CD 片而误会（信纬虽是信奉天主教，但统筹录制的那个机构做天主教会也做基督教会委托的 CD，故乍看可能以为万爸一家信基督教）。想告诉他说我们不是，但 M 继续说话，一时不好打岔，扫他这个兴只让双方给冷到呗。

"基督徒必须诚实。"M 医师说着拿起纸笔一边画图，一边温良恭俭地讲解。他画出人体的脖子气管图形，仔细论述关于气切手术的一切。然而双方都晓得，这不是本次会谈的重点，这个"单元"只是一个暖场，让他摩西一般的脾性先作缓和，亦博取万康的信任度。接着，谈到万爸的胰脏肿瘤，表示万爸的身体欠缺动大手术的条件，如果采取化疗或电疗，对老人家亦过摧残。重点来了，他徐徐绘出腹腔造瘘的图解。他认为造瘘手术的意义，在于达到延续万爸寿命的目的。是的，他是为推动造瘘这个理念而来。说来万康还蛮小有感动的，此行证明他对他的理念有多么在意，否则大不了不来 ICU 走这一遭。他进一步揭示，如果只做气切，万爸既已活不长久，又何苦多此一举。不然，宁可都不做。内容上其实与前天电话中的言谈大同小异，不同的只是此次尽输诚意。

万康让他娓娓说明许久，方答复道，据其他医师们的说明，如今药石罔效，唯气切后定能使万爸减轻痛苦，这根口管实在含太久，"帮他把口管摘除是我对他的承诺，我爸等很久了"，我不能让他认为我们对他什么都没做。

由于双方皆抱持鸡同鸭讲的心理准备，便也心平气顺地沟通下去。M 医师再度祭出"我是个基督徒"的引言，不断试图说服万康。万康很想告诉他我们只是"临时抱基督脚"，但这个乱改谚语的游戏实在不大庄重。万康说："我想我爸没办法负荷两个开刀的伤口，只能忍痛折衷。"M 劝进道："身为医师，身为基督徒，我不能放弃延续他生命的可能，除非你们希望你爸爸提早走。更何况他不是植物人，他是有意识的，他缺的只是营养，我们造给他。"万康道："可是你知道他受了多少苦？你晓得他的故事吗？"M 有点诧异万康冒出这句，摇摇头："我不知道。"

于是，万康概略将万爸六月中旬骨折送医以来的过程道出。说话间，万康同时忆起六月二十六日礼拜六的下午遇见摩门教徒的情景（他没对 M 说出这段，那只是他自己心版上的影像）。当时照顾哀号的万爸十几个小时后，万妈前来接替，万康暂时回家洗澡，喂了门口两只小街猫和家猫，便带狗出门一遛。这时遇见两个摩门教徒推着脚踏车迎面朝他打招呼，万康板着脸摇头不语，表示我不愿接受攀谈。错身后，直行遛了百来公尺，万康心想我这样的态度颇失礼，于是折回，正巧两名洋教士走到路底后亦掉头朝他方向推进。万康远远招手。双方接近后，万康用中文表示很抱歉适才我态度不优，只因我爸状况险恶。交谈后其中一人（记得名字蛮奇怪，自称是日、美混血）交给他一张折叠起来的彩图小单子，上有祈祷词，教他怎么祷告，并表示我俩亦会帮你父亲祷告（几日后这位传教士亦曾来电问候万爸病况）。

这些"老段子"盘旋不去。如果说是阴霾，万康曾对亦师亦友的唐校长说道："我为什么要走出来？他不是正常的生老病死，他受了冤屈啊……"善解人意的唐校长道："不必走出来。诚如你说的，把这些经验写下来、跟朋友讲出来、口传心授给更多人，让普天下人莫于病苦间添受额外的灾冤。"

　　话说告别传教士，万康回家，黄昏时分速骑机车前往医院。逐渐接近万爸的房号，逐渐听见万爸的声音。一进去望见万妈和后来赶达的万姐正一起拍抚万爸。紧闭双眼的阿爸勉强被扶坐在床沿，嘴巴却关不上，脸埋入万妈怀中不停凄厉呻吟。整个病房走廊回荡着这声音。病房的护士一概不理会。万康来至走廊，一个阿婆（看来是某个房间内的家属）像是终于等到他而拦下："你有没有叫护士啊，这样下去怎么得了。"万康莫可奈何。后来万爸一时入睡不鸣，他们想可能是万康从家中带来治疗背痛的药物见效。看官此话怎讲，记得万爸喋喋不休最热爱的"仙丹"吗？这是骨折前由神经内科所开的药片，住院后万康把各种药物都交给病房以统一用药。但医护人员把这个药移除，万康曾询问查房的骨科主任，对方说这个先别吃，跟我们骨科的药有互斥作用。可如今万爸如此痛楚不堪，除了最头先讲过一次"肚子痛"、"疮痛"，连日来总神志不清答不出自己哪里痛，素来老人和小孩生病最难、最惨的就是他们难以具体说出自己的病痛，甚至连模糊讲都没法，甚至失去（或尚未具备）语言能力和一切体力。既然病房迟迟不来帮万爸诊断，只好自力救济、病急乱投医，那万康返家遛狗、与摩门教徒相谈后想起会不会爸是背痛！又想起曾把仙丹留一部分没交给病房、仍放在家中，便取药后飘至医院。从而万爸服用仙丹似乎见效而深眠，万妈和万姐乃放心将万爸先交给万康，她二人返家一阵打算午夜过后再行来会。万康预防爸将重起呻吟，取出祷告图文，赶紧祈祷主……

　　家人走后半小时，万爸再度嚎叫。万康再加紧祷告。一度祈祷似乎见效，万爸收声。后复叫，这时隔壁房一个陪病家属进来表示一起帮你想办法。来人大万康三岁，是个热情汉子，气质看起来像做工的人，双手粗粝像遭水泥日久打磨而成的硬石头。他母亲因做大肠镜检查之医疗疏失而长期住院（院方不慎将她肠子刺破，她回家后肚子隆涨成气球，赶紧送回急诊，院方大骇，表明疏失，愿负全责包括赔偿，请他们莫对外声张）。汉子定睛研究半天，提议我们一起帮你爸"桥"〔弄〕到一个舒服的睡姿试看看。于是把床摇下摇上、一起喊一二三抬起万爸、重新将被褥和抱枕垫入万爸身侧，忙碌半天，无效。干脆万康把床板摇平，将万爸正面平放成大字形，暂时的奇迹出现，万爸不出声，安睡。万康傻乎乎自以为聪明道，我懂了，骨折手术后的病人，还是要平躺最舒服，而我老怕我爸屁股有压疮，左翻右翻都是侧睡、被垫又没能每次塞到位，却苦了他。等等他开始痛，我再来帮他翻挪。随后与汉子倾谈一阵，汉子开导他，医院就是这样，好的、糟的医生护士，都有，就像五个手指头打开各有长短。遇到状况有时候只能靠自己想办法。我妈那个医生虽然有疏失，但他事后很用心负责，我们不怪他。汉子告退，万康祷告。

　　随后手机响起，二十八岁的小兄弟，好友俞司令来电。此人之所以有此称号，只因着迷于韩国女子天团"少女时代"，万康促狭他一次校阅十八条腿子，俨然如司令官威风八面。俞司令则称呼万康为大烧饼，这是万康在网络上瞎扯篮球文章的化名。那俞司令表示将前来探视陪伴万康。人到后，万爸犹安睡，弟兄俩小声讨论万爸的病情、前阵子比完的 NBA 总冠军赛，并打开电视欣赏正进行的世足赛（韩国晋级十六强后于本场遭乌拉圭淘汰）。这些比赛的意义对万康而言仅是时间的记号。这间双人房，万爸隔壁床无病患进驻，本来有，但恐惧万爸的呻吟声而换到隔壁房，并把门关上（这个四十岁的男病患是来动鼻息肉手术，前两天住进来时万康说我爸会一直呻吟，对方说："没关系！我睡超熟，我不怕吵。"终于还是吓跑）。俞司令陪至午夜前后，护士进行交班，司令问万康："这个大夜班的护士怎么态度这么差。"是的，每当她入内巡那么一下时，有意在走路动作上夸张摆扭，举止粗鲁，眼神总对万康和万爸流露十分不屑，临走之际斜视一眼，只差配个"哼！"。万康对司令讲，昨天我请她是不是给我爸做化痰比较好，因为前几天都有做，有一天没做就开始半夜爆咳，于是开始神志不清到现在。她用八点档连续剧出现的刻薄脸，拉起调门跟我说："你要化也是可以啦。"把化痰的溶剂一整瓶塞给我，意思是都给你可以了吧，少来烦我。司令问，这……不会吧？大烧饼你得罪他们？

　　万康表示，头几天相处上还好端端，只有一个护士让我看了不好受，其他都还行，有的甚至特优秀。可这几天我爸状况转趋恐怖，我总客气地请负责我爸这床的护士来帮忙，她们常爱来不来，有的是忙不过来，有的说我爸不讲哪里痛也没办法，有的开始给我脸色看了，好比这位。我没抗议什么，但她显然不耐烦。基本上她们是从骨科主任这几天开始轰我们出院才变质的。我问主任，为什么骨折手术后的头两三天康复状况不错，突然这三天会变成这样。主任说："正常！——我帮他把骨折手术做好了，其他原先的病我没办法，我已经帮你很多了，内分泌科的会诊也是我主动帮你叫的。挂尿袋也是可以出院！我早就说了，他在这边多住一天，我就多花一天钱。"那天是周六，我问主任："我们周一办出院可以吗？我姐替我爸布置一个新房间，装上冷气机，工人礼拜天休息没法来安装，我们周一上午叫工人马上装好，中午就办好出院。"洒狗血的连续剧无所不在，主任一边走开一边听，在走廊上回头丢下一句："你觉得这是我该体谅的理由吗？喏，你自己想想吧。"我不该愣柱在原地，我该抗议的，对护士我也该抗议的，但我头昏了，我没法反射，没法分辨，走出密闭的医院看到的街景，像海市蜃楼那样漂浮，我不认识这些街道景物了似的。那个主任不亲自救治万爸也罢，亦无指点迷津家属该怎么转科或转院才对万爸有利，他只不断讲万爸的痛是"正常！"、不断用那句"你们多住一天，我就多花一天钱"嫌恶家属。是的，这个老江湖精于算计，懂得怎么欺负人，不明讲"请你们出院"这种法律上的关键词但逼使我们自己提出院，为的是卸责。原来啊，他打心底觑出万爸状况很糟了。司令道，大烧饼，这是欺善怕恶。万康道，我真该请看护，都要出院了我才懂这个，我以为看护大多是很混的、请看护的人就是不孝的。如果请了看护，就可以让看护去应对那些护士。这次万爸住院，我有时候去这层楼的小花园抽烟，因为有的病患爱抽烟，看护推着他们的轮椅过来，昨天我注意到几个看护的动作，照顾得很专业。司令答曰，我奶奶跟她的印尼看护就十分要好，奶奶简直离不开她，叫她像叫女儿那样。

　　不一会儿万妈和万姐来到，万康送司令下楼分道扬镳，自己也暂行返家。两个半小时后万康再赴医院，同家人谈及天亮后的计划，由万康帮爸办周日出院手续，朋友大锅将来驰援，万妈来会，万姐把家里清出一条动线，让爸在担架车上推进去。任务交派后万妈和万姐体力不支，告辞归返。一时间剩下万康一人陪病，十分愁虑最后一夜是否还起变化。果然不幸，床头的方位传出呻吟声，万康不断祷告并帮爸调整睡姿不见具体成效。大约凌晨四时许，万康心想我让爸吃一粒背痛的药看看。他先把床摇高些，扯住万爸稍作起身，但，当一个人的身子沉重到完全无法自己发出一丝气力，重量顿时就会加倍到无法想象的境界，他勉强撑住万爸的刹那，空出一只手去拿药和汤匙，这时万爸身子又滑下去些，天杀的重力加速度。万康急了！但他不敢叫那名恶脸的护士，决定靠自己。挣扎中将药和水喂入万爸口中，万爸呛到了！一咳不止，苍天打雷。万康想帮爸拍背但拉不起他身子，这才冲出去请护士，那护士一来就破口怒骂你不把床摇高怎么喂药！两人协力将万爸托高，她稍微拍背两下便扭臀离去。万康继续拍背，万爸又咳上好一阵，终于止住。回头想想，万爸极可能就是在这次给呛坏，这叫"吸入性肺炎"。

但算算这次呛到的三天前万爸就曾夜半爆咳一次，天亮后即开始呻吟至今，事后才晓得这极可能是连续胃出血五昼夜之始（其中前三昼夜在医院）。那夜是表妹陪侍，她说万爸并未呛到（万康不愿质问她"你确定吗"、"你到底怎么顾的"、"咳嗽前的详细经过到底是怎样"这些话语，她来支援也是辛苦的）。当时候万康在电话中听见重咳声立刻赶到医院，随后检验师于夜半仍来帮万爸照片子。同一天中午一位女护理师（骨科主任的助理）在护理站拿着这张片子对万康讲，有关检验师建议必须做万爸痰液的细菌培养相关检验，她认为不必了，同时她开始万分殷切地对万康上了一堂"人生哲学"。她怀以"感触好深"的声音和表情告诉万康老人家什么时候会走很难说，我是过来人，我家曾有老人拖很久。万康心想我倒没看不开生死离别，但她这是一番好意就必须认真聆听，毕竟她是"过来人"且受过医疗专业训练。话锋一转，护理师指着片子说，你爸爸肺中有痰，要多拍背咳出，不然有可能会转肺炎。没错，她是有提出警讯，也示范将手握成杯口状来拍才扎实有效，但她对万爸的呻吟仍无动于衷。话题接着又回到生死哲学作凄美的收尾，"爸爸老了，机器用了几十年了，所以……"事后回想，原来她早也看出万爸处在一个万分危险的边缘状态，甚至根本已经进入险境了！只是她不愿那么明明白白强调"这是一个危险关头"，以免必须做更多的工作（这样万爸就必须住下来）。为了能确保免于医疗疏失，她必须聊表寸心跟万康进行这场"对话"，目的是万一出事的话"我有警告过哟"，是家属自己不注意啦。好家伙，难怪"上课"后她立刻叫万康在单子上签字，表示有对家属"早就说过"。当万爸入住 ICU 后，这位女士曾打电话来，说要做出院回诊追踪，万康回答："我爸已经在加护病房了。"对方诧异："呃……怎么会这样……那，就让加护病房追踪，再见。"万康来不及责怪，也无意与这种"江湖人士"多说。后来"疑似医疗疏失"的风声从公关部门传到万爸住过的此八 B 病房护理长耳里，这位阿长急得跑来 ICU 抱走万爸的病历回去研究（她来回都作奔跑）。这位护理长在万爸于病房呻吟三昼夜期间曾经过万爸的房间，当时她去万爸房间对面的护理站用品室指挥搬运东西，站在走廊时听到呻吟声，进来后只黯然神伤地讲了三个字"好可怜"，便出去了。万康听人讲她在护理长里面是很资深有为的一位，万康愿意这样相信，但她是不是被手底下年轻小护士蒙蔽了？还是新一代护士真的让她教不动？还是她生老病死看久了也就失去感觉而疏忽？还是向来这名骨科主任的事儿少管为妙？

　　而表妹陪侍的前一天半夜是万康顾的，那次万爸曾说肚子"痛到绝了"，会不会就已经开始胃出血？当时隔壁床病人的家属，一位老妇人，说房间空调太冷，建议万康帮万爸加盖被子，终使叫痛一小时止息，天亮后状况就还正常。是不是盖被子的功劳不晓得，至少这么实行了，尤其这次没法在夜半请到医生协助只好自力救济，工人汉子说夜半叫不动很正常。说到空调，万康和邻床家属都喊冷，但那名护士不许他们调高，说是因为医院细菌多必须低温杀菌，但凡发现家属调高了就立刻以"老娘火大了"的姿态，将控制器上的旋转柄像扭人耳朵那样扭上去。

　　张万康将自己从语无伦次的回忆潮汐中拉回。他未对 M 医师说明得这么细琐。然 M 保持竖耳聆听状态，未作打断，一路听下去，面色惨然（这句有些夸张，医师这行不是那么容易将情绪写在脸上的）。这时万康将话头跳到 ICU 一段，他插管后状况本来还行，他很拼，他不断做运动，但是七月中旬 X 医师讲没法造瘘，拖到二十七号才又来讲可以造，我爸的战力却消耗掉了，"他这段时间内有没有去问过你们（外科）？"M 医师回答："他有来问。"万康本想追问什么时候问你们的，但心想算了。M 仍欲进言造瘘，然这时比起先前相对略显支吾或说企图心退却，万康打断痛切道："当初早点遇到你就好了哇！早就造瘘了！已经错过了黄金时机，我不要让他再受苦，六月中旬吃苦到现在。"M 医师默然无语。一时间万康想起网友医师对他说过的话，神来一笔，劝道："你就放心做，不要有后顾之忧。"不料 M 医师触电一般，高分贝喊道："喔！我不怕人告的！"万姐几乎没什么说话，这时发问："在一般病房，病患出现别科的症状，是不是要让病患转别的科继续住院有困难？"M 磨蹭一下坐姿，低声道："……是有点困难……有的医生不大愿意这样。"万康拉回来，收兵道："你来为我们解说，我们很感激，但我们愿意承担。"M 忍着叹出半口气，说："那就这样吧。"从而起身。这，不过是他从医生涯遇见的一桩小故事，或许微不足道，或许习以为常，他尽责了，不必太作感想。阿门。

八月一日，礼拜天。开刀房放工。李道长发来简短电邮，内云："同学，保持坚实的心情"、"自己与伯母的身体要顾好"、"气切后伤口会痛要打吗啡，另外要一直抽痰，须多抽"。是的，别忘记道长做过气切。夜探，某位优秀的护士已连续三四晚负责七号床，照院内常规估计即将"转台"，换其他护士接手。因而万康问："这是你这几天最后一次顾我爸？"对曰是。万康便说："真舍不得。"她听得出万康表达致意，菩萨低眉，眼神暗下半秒。

八月二日，周一上午，万爸准备进开刀房。因为将提早去 ICU 跟爸爸讲话，万康醒来了，却发现过早起床，遛狗回来不知道是不是太闲，忽陷入思索良久。直至出发前，猛想起一事，忙按手机给大锅，想派他担任分身，前赴夜店寻找喇嘛和洋人叩问。天杀的，大锅关机，不知睡在何处温柔乡。切掉后，不到半分钟手机却响起，那是他前一晚设定的起床闹钟。

"准备出发啰。"前去姐姐的房间叫醒万姐，待她坐起，万康因顺就说，"我跟你做个重要的讨论。我看，还是要造瘘。你认为怎么样。"

那万姐直起身子，钉在床铺上不动，睁大瞳铃眼望着床脚，未发一语，仿佛赛车手进入光速异变的静态时空。她陷入空前的挣扎。难道，万康帮她道出了心声？

事实上万姐在这件事上头倾向于保守派，亦不似万康对 X 暗怀轻怨薄怒。但万康这道"大哉问"仍射中她眉心。

让姐姐思考很久后，万康见她无法开言一字，说道："爸爸只有一个，如果有两个，可以一个不造一个造，比对两种命运。两种方案各有它的道理，各有各的承担。不过，M 医师这么坚定，如果必须选择，我宁愿信任尤其坚持、坚定的一方。你觉得呢？"

"……嗯。"万姐出声。

"这样好了，"万康提议，"我们等一下到了医院，如果又碰到 M 医师一次，如果他还是坚持，我们就听他的。拼不拼，不嫌麻烦，也不过改签一张手术同意书。"

万姐颔首。那万康的想法是，临阵变卦，犯兵家大忌，如今就看机缘。

进入 ICU 后，万康对万爸精神喊话，口管要帮你拿掉了，比大拇指后，双手在空中往下按，示意要放心。万姐摩挲万爸额头附耳道，心里讲阿弥陀佛会保佑我哟。想当然尔万爸高兴儿女的到来，然感受上仿佛球场上最后一击定胜负，任谁不紧张也紧绷。安抚后，万爸稍见放松，毕竟教练员能来到，好说如吃半粒定心丸。护士对万康说，对了等等 M 医师可能会找你。听护士的语气似乎 M 交代过。这倒是提醒了万康（其实不必护士说，他也不会忘记，作者这种写法算是一种戏剧性操作），便从口袋掏出一个小信封，放在万爸的被子和胸口间，露出一角。他对万爸说是给医生的信。是的，里面是他前一晚打好、印出、折起的两张 A4 纸张。万爸黄眼昏浊，人蛮虚弱，似无法分辨这句，下意识抖着手吃力想握住这封信。万康转对护士叮嘱这是给 M 医师的，麻烦转达，请他先看，只是信（怕他们误会是红包不敢拆）。此外，正巧上午的最新检查报告出来，万康观看数据，黄疸攀升到十四点几。看来并非营养针引起的副作用，只因营养针已暂停，这几天是吊葡萄糖点滴。几名护士忙着将万爸手术前的准备工作就绪，之后床铺的滚轮启动。

病人推进手术室后，等麻醉的阶段仍有一番准备时间。姐弟二人在手术室门口等待。M没出现，倒是发现ICU主任正在一旁候着电梯。万康过去和他打招呼，他晓得万爸手术在即，交谈中对万康说，只做气切还是对的。万康问，如果造瘘是不是可以让黄疸消失，对曰，不会，从你说的最新的检查报告来看，他的黄疸是因为胰脏肿瘤扩大，让胆管阻塞。换言之造瘘负责提供营养，管不到肝胆胰藏。万康心想，那么造瘘也将做白工。

家属等待室的电视机荧幕，显示万爸已经开始手术。万康祈祷M医师能看见这封给他的信。

M医师您好：

虽然您可能觉事到如今夫复何言，还是容我耽误您几分钟读这封信。

首先不好意思，让您误会，我们家不是基督徒。家母这两年来每周上教会数次，但也还没受洗。我们家习惯把各种宗教书籍当做哲理书籍来品味，我听到圣歌时尤其陶醉，所以别人看我们可能成了横看成岭侧成峰，什么都是，也都不是。

尽管如此，我们欣赏您以基督徒自居所散发出的一种光度。铭感五内。（……尽管我爸的五内俱损了）

何以七月三十一日（上周末）我对您说："早点遇到你就好了！"只因从七月十五日"气切＋造瘘"计划第一次被提出后，隔日就被内科医师否决。我们家属得到的唯一信息是不能造、风险太高，我们只好颓然放弃，尤其我爸很想战，他不怕生活机能变差，只想多活一日多看一场撞球赛亦雀跃，他是这样的人。直到七月二十七日，忽然内科医师又说，外科讲可以造瘘了！……我们很兴奋，于是我自行提出那气切一起来，医师们说好，明天就来！于是当晚外科医师立刻前来和我谈定，然而同一晚外科医师一走，肿瘤科医师随即来到，说爸的切片终于确定是癌了。隔日（即二十八日），我们见父亲状况很差（二十三日动 Double J 手术后急转直下，起伏不定），从而急喊刹车。医师们均附议，见爸真的好弱，不是上周五做Double J 之前那个主动要练举杯罐、练橡皮筋的那个强者了，从而医师们建议，还是只做气切比较稳，比起口管相对舒服，就好……**（p.s. 因两者都做的计划失败后，只须针对气切一项，故我便没急着让他气切，盼望有既拔管且不必做气切之奇迹出现；后演变成医师建议 Double J 须先做）**

恕我老王卖瓜说家父是强者、是斗士，自七月一日插管以来他很少绑约束带，始终静定对抗病魔，我了解他的性子，他求生信念高昂，他信赖医师和护士的一切指令（六月十七日上午骨折手术后，**当晚他在睡梦中激动喊着："我感谢医生护士对我的帮忙！"**），甚至我暗示他可能无法过关、我们多陪你一天也好时，他平顺接受这个现实，但仍希望多一天亦好。

二十九日下午您激动来电。我傻眼，原来造瘘根本是非做不可的。三十一日很感谢您主动与我们详谈，但爸的状况今非昔比，我们实在不敢让他好可怜地拼下去，且他的意识不如二十三日以前清楚了，他不大可能决定出什么，或只会让他陷于困惑挣扎……请谅解我，也请容我马后炮——两日以来我仍反复于做或不做的矛盾中。就像徐蚌会战（淮海战役）的检讨至今在战史界历久不歇，为何输归输却搞到全盘皆输？

谨慎派，与积极派之间，孰为对，或说孰为宜，这是专业的问题，或只是角度的问题，没法用结果论来看，只叹无法有两个爸爸来让两组人马试验。我们家属不懂医术，殊不知有这么多门派意见的不同。每种角度我都予以尊重，甚至尊敬。唯七月十五日第一次有"气切＋造瘘"计划的提出，到七月二十七日才翻案，这种延宕，我感可惜。这也让我深感自己只会帮家父拍背，到头来形同个窝囊废（……放心我情绪稳定，我只是想押韵），如果爸有两个儿子不难想见另一个表现必远胜于我（譬如在八B病房时的"另一个儿子"必会赶紧向院外高人求助，不似我只被吓傻，竟无作为；又譬如……）。

我不会怪哪一方，毕竟爸的处境太艰难。

如果我说，等爸做了气切假使有奇迹出现，希望您来帮爸张罗做瘘口，听起来我自己也感荒诞。但我还是必须这样讲，也算自我安慰……请莫笑话我。

爸尽力了，他走过魔山恶水，孤军对抗肺炎和胃出血的凌虐。

之后插管，他表现出坚毅的气概，与漫长的围城之役"和平共存"，这是需要定力的。七月二十三日的那周，两个不同班别的护士不约而同对我表示爸主动要做运动时，她们的神情依稀被爸感动到了。爸得到了尊敬。是的，也或许我把自己父亲神化了，但我想他可以入围强者竞赛不为过。

对 M 医师有一请求（铺了半天我要说的就是这个），愿您以基督之名，以您"基督是唯一的神"之信仰，在动刀前帮我握一下爸的手，对他说上两句嘉勉或祝福的话语，即便他上了麻药而无感，即便他重听且已摘除助听器。让他晓得，"我感谢医生护士的帮忙"这句话，是可以成立的。相信我，他会把您放在心上，该听到时他会听到（送加护前，在急诊室 NG 抽出超过一千毫升后，他闭目沉睡，当时没挂助听器，一位喉咙沙哑、灰白头发的肠胃内科医师小声来喊他，他竟睁开眼睛对那位医师挥手）。

在网络上看到学生说您是好老师，也希望您一定要告诉学生，摸摸病患的手是多么重要的一件事。抱歉我啰嗦了，打住。

感激　平安

张万康　二〇一〇年八月一日　夜

看官，这一回很长，俺晓得。紧接着，下几回将连番进入本书的最高潮。那小鸽子必须干点儿活了。

第十七回

老芋仔风中举烛　小荣民兵推逼宫

（急促音效）锵锵锵锵锵……

话说手术后万爸推回来，万康和万姐亦从手术室门口跟入。万康见口管移除，万爸嘴部外观恢复正常，应是放松不少，而术后一时未醒自属常态。这天本床换了护士小姐，万康对她叙述Z医师讲过这个手术完了会痛两三天故须打吗啡，对曰好，等他麻醉退了会准备。时间接近中午，会客时间到点，姐弟二人交代后告辞归返，野鸽子翩然落至窗棂。

那小鸽子见万爸昏茫中睁开眼睛，护士一时没察觉，兀自东摸西摸，终于看到了，过来问他痛不痛，万爸未戴助听器，但分辨出这是问候状况，便锁眉摇头，护士即放下他去别床，在该床亦是东摸西摸一阵。小鸽子见状心想，这万爸意思是痛，表示我吃不消、难受着吧。护士主要在埋首填资料写报告，这厢写完换那厢抄，对两床均很少将头抬起。

　　除了两名主治医师一下午没进来，又一个不巧的是，今天是八月二号，年轻秀异的住院医师 L 从八月开始就给调走，换上另一名更年轻的小医生（此处讲"小医生"并非意在戏谑，只是加上字母代号恐读者更将混乱，没法记住太多人，既然他样子十分男孩状，便简称小医生为便）。这小医生像是书呆子还是读书狂，只顾翻阅每一床资料，却也没来万爸病榻。插管和气切，都使人无法发声，万爸心中惨然。

　　下午护士再又过来床边，这次倒想起万康曾讲万爸重听，替他把助听器安上，喊了一声痛不痛，万爸龇牙咧嘴，眉毛打结，感到脖子如刀割（本来就是挨了刀割没错），费了好大气力才将脸庞摆动一记，合着脖子顶着东西，点头的动作恐怕更难，只好摇头。这护士年轻，倒非坏心，可白目也要命。心想怎么还是不痛，北杯还真能忍，旋又离开。小鸽子忙用头去撞玻璃，但护士没听见。

　　待万爸痛入昏迷状态，这会儿护理长过来视察。小护士报告阿长，患者不痛。护理长道："是哟，奇怪。不过这个北杯本来就很强。对了他儿子有跟你说他重听吗？"护士道："有！我帮他戴上了。"护理长道："喔那个很难用。他儿子说如果没塞好，杂音会溢出。"护士道："也还好啦，他有讲有杂音时就用手去顶一下，就塞紧了。"护理长满意道："你能力真好。"小护士谦虚地笑了笑。一旁鸽子看了又开始砰砰作响拿头颅撞玻璃，合着就算不关心，听了也受不了哇，不撞一下难受。

　　"你看那只鸽子是怎样？"护理长问。

　　"不知道耶。它这样撞不痛吗？"小护士道。

　　"会吧。"

"我想也是。"

"你有没有听过二零一二？"

"世界末日吗？"护士噗哧一笑。

"我先生最爱看这种讨论世界末日、外星人啊、灵异什么的节目，"护理长道，"回到家累死了还要被他强迫一起看。"

"宁愿不抱阿长就是了？"小护士掩口轻笑。

"去！他别来烦我最好。"护理长笑骂起，便又狐疑道，"你看它还在撞耶，是在自杀哟？所以说这是世界末日的异象吗？"

一阵笑语间，护理长便要告辞，忽提醒道："对了等等翻本子问看看。"说的是翻图画卡片问万爸，让他看图作答痛不痛。护理长走后，小护士来回摸了一阵，猛想起护理长的吩咐，取卡片本子过来，摇了摇万爸，叫他看。万爸吃力微睁半眼，影像迷糊一片。翻了好几页，护士心想："都没反应来着，我简直在玩综艺节目的比手划脚。"

那鸽子看不下去，转过身去双脚腾空，身子已然起飞，一路往莲花田方向杀去。

却说一座寺院，其中一个厢房的接待厅内，药师佛及其左右护法日光菩萨、月光菩萨，正与来访的判官谈话。看官，那日月光菩萨先前没出现，只因两人出差洽访阿弥陀佛。在佛界中，药师佛、释迦牟尼佛、阿弥陀佛三者分列东方、中央、西方，共同享誉为"三宝佛"。这时判官喝完了一碗莲子汤，又点了一盅莲花酒，配着一盘炒花生，边吃边扯："这案子拖下去，我别的案都甭审了。"月光菩萨笑曰："案子上来大人不也是高抬贵手签个字而已，怎么会有受牵绊之理由。"判官道："咳，一堆鬼民、鬼记者老缠着我问张济的事，我招呼他们也就够了，哪还来抓笔的时间。"日光菩萨道："当官的不就该对百姓的问题提出解答吗？更何况大人的招呼之说，我看只是敷衍呗。"那判官倒也厚脸皮，脸上堆着笑，将花生米送入口中，朝药师佛道："大佛你说说，你的人可吐嘈了我这是。"说着拍腿一记："吔！这我可不就是来跟药师佛讨解答的吗？"药师佛的手不断捻动念珠，答曰："此事，自有其时，各方，均不得勉强。"判官故意附议道："那我怎么能勉强，小的岂敢勉强。"接着说："只是想请教大佛，什么时候会有个……眉目？"药师佛道："这是天机。我不知道。"判官道："您法力无边，怎不知道，好歹赐我一字。"药师佛本想赐他一字"滚"，但我佛圆融，终究怀有修养，便答曰："我只能再送你一盘花生。"两个菩萨闻言笑出，判官虽问不出，却也惹不起他们，跟着就泱泱笑开，朝两菩萨道："你们家主人是冷面笑匠来着。来来来！吃酒吃酒！"说着四人饮过一杯。这杯子尚未放下，只听得一声"报！"野鸽子忽地飞入厅内。

那药师佛举起手指，鸽子降落指尖，忙将下午所见速报药师佛。判官一旁听见，心喜有二，一是果见药师佛一直在查这桩事，没白来；二且听说万爸术后状况不优，这不就是个眉目。"主人！这可怎生是好！"鸽子报完就朝药师佛问道。那佛神情庄重，抚捻珠儿，肃然曰："怎么你也跟我讨答案来了。"月光菩萨抬起袖子稍挡住脸，朝鸽子使眼色、努努嘴，道："你把事情看完整了回头说。"鸽子本欲说我怎还看不完整，可他也懂察言观色，心想药师佛心情不大爽快来着，大声答曰："遵命！"一箭飞射出去。判官打圆场道："吃酒吃酒。"四人又饮。

　　插播。看官，鸽子以第三人称出现时，从人间的角度，作者用"它"。但在佛界的角度，这小鸽子已非一般禽兽或动物，所以作者用"他"。看官如果觉得这样很乱，合着鸽子本来就是来乱的。

　　须臾，鸽子回抵。还没落下就大喊："咕咕咕，还是不给吗啡！痛死我了！"判官噗哧一笑，差点把酒喷出："怎么还痛到你身上？传染喽！"鸽子站好，说话："药师佛！"只这一喊就不往下说，意思是我等你说！可那药师佛还真是省话一族，不搭腔。一时场面持续寂静。判官打个酒嗝，清清嗓子，说话："鸽子我同你说，哪个人临死之前没个大小疼痛。"鸽子痛斥："这儿有你说话的份！"判官道："哟，人小志气高？"因朝药师佛道："你的小厮这样朝客人讲话？好说我也是阎罗王的人咧。"药师佛淡漠道："小厮说的没错，没你说话的——份。"那判官道："嘿！药师佛，你这样说话可是要罚三杯啰。"日光菩萨不让他二人有失和机会，忙对眼前鸟类训道："小鸽哥，你把你分内之事办好得了。你就是个侦察兵，其他的莫相问。"鸽子道："我急啊。"日光菩萨道："你有你的近忧，佛有佛的远虑。"鸽子道："远虑为何？"日光菩萨这下支吾其词，略感恼羞，怒令："快去！"那鸽子却不动。

　　一旁月光菩萨见状忙道："鸽子你找错人了，你怎不找那张万康去？"鸽子道："还没到会客时间，他怎么能够进去？"月光道："就说有要事，院方没个拦阻道理。"鸽子道："他能说鸽子通报的吗？说了鬼才会信呐！"月光被迫胡乱搭腔（却又装很正经）："你不让他去试，怎会晓得？"鸽子道："你们这是开玩笑了！何况……"判官将一粒花生米以一记漂亮的抛物线丢入口中，边嚼边问："何况什么？"鸽子对大家道："除非紧急，我少去他家为妙！他家有猫！我生前差点给他家那只大贱猫的爪子给挠死，死活都给挠成秃毛鸽噜！"日光插进说："可见还不够紧急嘛。"鸽子盗汗锐声大喊："你们为难我可以，不能为难万爸！"日光菩萨拍案怒斥："大胆！！！"判官吓一跳，差点哽死。日光责骂："鸽子！你知你犯了什错！"鸽子发出咕噜咕噜声，不正面答话。日光道："药师琉璃光如来通信兵守则，第一条！你大声背诵出来！"鸽子低声道："信鸽守则第一条……不可以跟苦主发生感情。"判官点首道："这条好。"日光道："苦主名叫张济，你竟然跟着他们喊起万爸！"续而逼问："第二条？"鸽子道："……不可以替苦主求情。"判官拍腿道："这条对。"药师关闭双目，眉头纠结，压着性子说道："大人可否不要废屁。"判官赔笑道："罚酒罚酒。"自顾斟酒。药师道："我这可是收手了。"这句是对鸽子说，意思是你还不起飞的话，我手心一收，因顺就把你给掐死。

那药师佛说到做到，手指一拨，鸽子落至掌心。可那鸽子好倔，竟也紧闭双眼，等候处决。药师佛将他握住，只剩颈部以上露出，只怕透不过气，满脸涨红又转紫黑。月光忙去扯佛手："世尊从轻发落！"日光却道："从重量刑，以为判例。"忽然判官冲过去对药师佛的腋下搔痒，那佛身子一歪，脸一笑，手一松，鸽子起飞。判官朝日月光得意笑道："学着点。"药师佛一时难为情，然鸽子已离手，人扭也扭了，不好再作计较，凝望着手心中翻飘的粗细羽毛，只好摇头一笑。判官忙朝鸽子道："你就快去刺探呗！兴许你这一回去，万爸……不，我呸！张济！踏马的你害死我！……兴许你这一回去，张济就转危为安啰！不就是个痛吗？痛不死的啦。"鸽子道："痛到一个份上，整个人抵抗力就差了，怎么说痛不重要。"判官道："你也太卢了！我还没要你跟我道谢咧！"鸽子道："对了你为什么救我？"判官笑道："我接的是张济，生死簿上还没轮到你，你插队送死是给我添乱，我他妈已经堆案如山啦！"鸽子道："我他妈欠你一次！"说完飞走。

判官这时便替他三人斟酒，讲着："家和万事兴，他那边还没死透，你这里先出了人命，不，鸟命，那又何必。"四人喝酒，那判官话匣子一开没完没了，只怕是醉了："我说啊药师佛，我帮你把他浑小子支开，俺不求你报答我什么，这不能够哇！小事一桩。你就告诉我张济何时殒命就好。"药师道："我手写我口，我口喝我酒。我酒可漏口，求救我求不漏口。"判官听了脑晕眼花道："我他妈漏尿了。"判官猛力甩头，却仍甩不醒酒醉："药师佛，说穿了咱们不都自己人？鬼民们说我见死不救，干，没错！就算我能救，我也不想救！你不也是吗？没事找事！烂鸽子一只！我干！你杀他还把血腥脏了手！"日月光菩萨忙齐声叫他别再瞎说。判官道："我把话说完！药师佛啊！咱俩五十步可甭笑百步，分别只在，恶名留给了我，可慈悲都让你赚走！我狠！你奸！"药师佛脸上闪过一记阴影，深深叹了口气，吩咐日月光："人人醉了。送客。"

且说当晚会客时间，万康二人入内探视。护理长先下班了，护士则已交班，可这小夜班护士萧规曹随。此话怎讲，万康一进去，看万爸似乎是醒的，人却百般痛楚，忙问护士："下午有打吗啡吗？"护士道："喔！阿长说，麻烦你来了之后问一下北杯痛不痛。"万康大感不解："Z医师讲伤口一定会痛三天啊。"说着附耳问万爸："拔！痛不痛？痛就点头。"万爸沉重地将头一点。万康悲火交加，压抑情绪，回望护士。那护士张着嘴，说不出话，一副被万爸摆一道的模样。万康不愿发怒，只盼赶快吗啡打了便是，他用冷静的说法促请她行动："Z医师说过要打，我中午走的时候也提醒过了啊。"那护士便去找住院小医师。

这时Z医师进场，听说没打吗啡，状极错愕，便也赶紧去找小医师商议，以免多留一秒还得道歉。合着这医生这行是不能乱道歉的，否则落人口实。折腾约莫十分钟，小医师带着器具来到。万康趋前相问（语气仍温和，但可能整个空间的气氛是凝紧的）："今天有打过吗？"句中他把"到底"二字省略去问，免得大家搞更僵。小医师不敢（或不情愿）正眼看万康，拿着针筒和药剂专心盯着比划道："有。"万康问："下午有？"小医师道："有。"动作一阵，打过后，小医师不说一句便闪。万康对万姐小声道："这个人是傻子还是怎样，如此轻慢，而且还说谎啊。"万姐不语，忧心地摩挲万爸。

六点四十分，会客到点，窗外刚过黄昏时分，这是北纬二十三度夏天太阳的轨迹。万康来至窗边，只因望见小鸽子伫立于此。这天色尚不致使视线不清，隔着具有厚度的安全玻璃，万康瞧见鸽子的头部肿起一个大瘀包，肉包内里还游润着血丝。那鸽子一副雄赳赳的样子，像仪队动也不动，这般接受万康的校阅。之前当它飞回，见万爸仍遭罪着，但忍着不回奔药师佛处，心思多等个一两阵子会不会出现转机，直到站至万康来到。万康过去窗边这一站，已然多留七八分钟而不觉。待太久的话是破坏院内规矩，回过神后便决动身离去。他把手心贴住玻璃向鸽子示意。于是鸽子垂首，将头顶住对面的掌心。

那鸽子一直留守，直到大夜班的护士来换班，他小子还不换，窗外杵着幸好夏风不冷。守至夜半，锵锵锵锵锵……状况来了。

躺在床上的万爸，状极狼狈，开始打起摆子。好似胸前一个大水缸压着他，双手使尽力气欲将水缸推开。那鸽子恨不能当司马光打破水缸子。护士望了望，过来安抚万爸。小医师睡眼惺忪被护士叫过来，摊手无奈说，等白天跟 Z 医师和 X 医师报告再议。人走后，万爸仍颤抖不休，只怕有力气的话还可把腿踢高。这下要命，鸽子振翅起飞。

目标自是"净琉璃世界"，亦称"琉璃净土"，其中有一座"广严城"。城内一片偌大的莲花湖田，湖畔一间寺院，名曰"疏空禅寺"，这就是药师佛的基地。

将近丑时，只见月光菩萨正在双掌运气，将气灌入判官后背。原来药师逐客令一下，判官才一脚迈出，干脆摔倒不起，呕吐秽物一地。不是演戏，真的是酒喝太多。于是乎只好将这瘟神留置，且还得伺候一番。日光菩萨这会儿正打一盆水过来，里头荡漾着一条热毛巾，准备帮判官洗把脸。药师正在打坐观想，忽地耳尖晃动似发痒。咻一声，信鸽进来，那药师先听见动静。

禀告最新战情后，药师佛嘉许道："你站卫兵辛苦了，活动一下筋骨是好。"鸽子道："然后？"药师佛道："再探。"鸽子翻白眼，心想我就知道，只会再探，我都可以当药师佛了。日光菩萨一边拿毛巾替判官抹脸，一边将头掉过："叫你再探！"判官醒道："你轻一点！"那判官搓揉五官抱怨："你就这么恨我？"月光菩萨一旁说道："官老爷您可悠醒啰。"趁他们讲话，鸽子飞走。

　　却说时间逼近寅时，鸽子在窗外感到夜露袭身，不禁也发抖起，可他见万爸比他还抖。那护士来到柜子这里选出一张 CD 片，将耳机线一端接上一台手提小音响，另一端塞紧万爸的耳筒（这万爸二十八岁来台前长居湖北老家，那儿管"耳朵"叫"耳筒"；家乡话"吃药"则叫"吃油"），把音量扭大，乐声溢出些许来，唱的是小野丽莎。说来效果还不赖，万爸比较沉定。可约莫半小时后再度开始抽搐，护士看了改播《心经》录音。咦，见效。可吟唱几回再又不行，形廓难以支撑那住在体内的魔鬼。此时鸽子接收到万爸释出的意识流："我忍……不住！我快要炸开……"鸽子集中心志将意识流打回去："万老爹！南无南无……"这鸽子也急了，南无什么不管了，只消南无二字简洁才更有力就对了。万爸时而双眼不由得睁大，浑黄的眼白，惊恐的眼珠。

　　说来人要百分百真醉只怕是假的。那判官清醒后，依稀记得自己说过不礼貌的话，便跟药师和日月光装疯卖傻说笑："要命，昨儿个发生啥我全记不得了。总之我是小人没酒量，你们大人有大量，哇哈哈哈。"说着抄起手机打给他的鬼师爷："喂！吔，我没睡你敢睡。我跟你说我今天还是请一天出差假。去！谁跟你酒店！我这边只有佛的金粉光和莲花香。见鬼了你才跳佛舞。嗯，嗯，放心，他状态越发差了，还打摆子咧。嗯，没错，这是人要走的征兆可不是。那是一定的，往生亲属和冤亲债主都会来找的嘛，不是想抱住什么就是想推开什么。你白天拟草稿，准备发文了。完了，再见。"电话切断后，判官见药师犹然定坐，即对二菩萨道："我没说错唄？

你们家老板不开金口，可我也瞧出科。"月光道："话都是你在说。"
这时药师佛睁开眼，手一举，只见鸽子怔忡飞入，降落歪出准头，
整个身子跌在药师掌心。不知是否太糗，鸽爪立起身子的同时，那
野鸽放声哭泣："不行了！))))))"药师安慰道："你休息去，我
派别的信鸽接你的班。"鸽子道："你顾左右而言他！"药师道："乖，
小鸽子你听话。"鸽子大喊："我不要！"日光菩萨一旁厉声点他：
"放肆！"鸽子道："我放伍！你放屁！"月光菩萨柔声劝道："你
退下，你这样吃不住状况，怎么能当一只好信鸽呢？"鸽子道："你
也放屁！"判官打圆场道："天都快亮了咩，你让人类去急，我们
跟着急个……"大家异口同声："屁！"

　　药师佛发现自己怎么跟着喊"屁"，忙回复正经，对小鸽子道：
"这会儿你非要搅得天下大乱？你自己的理智都把持不住了还怎么
担负任务。你去就寝呗，不然以你现在的状态来回还飞错目标，那
就更加误事啊小鸽子。你乖，你睡一下就好，我需要你，马上还
派你。"鸽子痛切道："是我还是你们失去理智！大佛您当时候得
菩提，立下十二大愿，解救天下众生病苦！生灵就一个在你眼前，
你偏偏是执著，硬不发兵。您手下的十二叉将，英雄无用武之地！
白领官饷！白吃斋饭！"

　　看官殊不知，那药师佛手下有十二门将，各执七千药叉，人
称"十二叉将"，各怀绝世武功妙法。

　　"小鸽子，当下你情绪失控，我不便与你论佛法，"药师曰，"简
单一句话我同你说，张济吃得大苦中之大苦我方好度他一遭。"

　　鸽子失控大喊："度你老木！"

　　药师搓捻珠串道："他吃苦正是为了发启自身、发启众生，如能
得道正果，加爵升等，仙鸡是冠上加冠。我这不就是同他一起熬吗？"

话到此间，药师佛手上的念珠索子突然断裂，一整条珠串掉地上也罢，竟是圆珠洒滚一地。

鸽子用翅膀指着叫道："你看你的念珠都拆你的台了！"

"……这只是一个……不巧。"药师佛道，"不巧为拙，大巧若拙，由是不巧也是巧，洒满地是个大不巧，大不巧即是大巧，大巧不工，故大洒于地，即大洒若拙，大巧若拙。"

鸽子用力跺脚："人家不跟你玩了！"猛然扭过身去，径自飞走。

却说那厮飞走后，判官叫来一盘花生米，吃着热茶，问曰："怎么你们家鸽子娘娘腔？"日光道："性别不过是万物之假象。"判官问："所以他到底是公的母的？"月光道："是公，亦母。"判官道："我他妈还在睡哟，合着梦中撞见一只观音鸽。"说着举杯邀道："吃茶吃茶。"

八月三日近午会客。四十分钟内，万康和姐姐进来，起先看爸爸状况还行（气切口冒出似火山岩浆的脓痰，护士说这蛮正常无庸担心），后二十分钟突然亲见万爸开始抽摆身躯。Z医师见状一时陷入思量，后表示将请神经内科前来会诊。她讲话总是音量较小，这几句更加小声（而且眼睛不望着万康，这是一种害羞吗？）："不过如果用药下去，必须衡量病患有可能一直睡。"万康道："那还是该用，这样抖很苦，我宁愿他安眠，不痛苦最重要。"Z医师没搭腔。接着X医师入内，他坦承这很难提出一定解释，各种可能都有，恐怕脑神经、自律神经出问题，好比平常简单的动作现在却做不出。万康去"桥"抱枕让万爸的手搁上头，万爸没法虚实抱好，手仍整个移到上空挥摆。会客时间已过，万康心焚，望向另一头，只见一只倚窗歪睡的鸽子。那是站一半倒在玻璃壁上卡住的姿态，还好有这一扇玻璃，否则还摔伤了有可能。万康道："你蜷缩着、趴低身子也可以啊，何必非用站的。"万姐道："你在讲什么。"万康道："没事。"说着比给她看："你有没有发现这只鸽子一直在？"万姐惑然道："我没注意过。"

整个下午，鸽子不小心眯一下之后就自动起身持续守护万爸。不妙，神经内科的医师过来略看了看，一句话"再观察"旋而离去。万爸持续打摆子一下午，就算还剩点力气也将摆到虚脱气绝。鸽子硬着头皮，飞回广严城。可药师仍无具体裁示，鸽子高速度折回医院的半途上，心生一念，一个相当于九十度的急转弯兼下降，往另一头斜插扑去。

话说万康写了一下午日记，午睡也省了。心想神经内科应该会来对爸爸做适切医治吧，然而可能是日前的"吗啡没打事件"，让他不免怀有莫名隐忧。距离六点半 ICU 会客尚有一段时间，五点半多把家中一对猫狗和街猫喂过，万妈唤他随便来吃点，便去饭厅吃饭。最近配合万姐发愿为爸茹素，自己也多半吃得清淡，除酱瓜、面筋、青菜只吃少量荤食。可无论如何，平时吃得再素，这对贪吃的猫狗即便吃饱了仍会凑近他讨吃、试闻。奇怪，这餐却吃得安静，不见猫踪狗影。饭后来至客厅，赫然发现一地的羽毛，沿着羽毛绕到电视机附近，目睹猫和狗难得并肩行走，走走停停，尾随一只地上爬蹭的鸽子。万康大叫一声，忙将猫狗轰走，捧起鸽子，问道："你怎么跑来！"鸽子气若游丝："你甭管我……老太爷怕不行了……"

原来，那鸽子飞至门口，两只小街猫和柴犬哈噜没能抓到他，可万康养的那只喵喵实在太过犀利，伺机就要扑来，鸽子嚷道："你不认识我了吗！上个月我来传令过！"喵喵心下狐疑半天："以前那只鸽子没你这么瘦，头上也没一大块。"看官你说怎的，这鸽子站卫兵把自己给站得脏瘦憔悴，且昨天头撞出的大瘀包尚未消肿，躯干脸孔俱非往昔帅气模样，那猫咪认他不出，管他三七二十一，总之天性比理性重要，我认识你又怎样！于是跃到空中将他叼住。很衰，这鸽子虽是灵鸽，这一消瘦却把法力给毁损，闪躲不及，束羽就擒。喵喵将他衔进家中，撂在地上，开始玩拔毛游戏，让鸽子这下只能学鸡走路。万康见鸽子受伤自是心疼，朝猫狗大骂道："都是一家人啊！))))"猫狗齐声道："我们不是人！"鸽子忙劝万康："甭骂了……你快去医院……"万康说不行，忙取过优碘、棉花棒帮鸽子身上瞎涂一阵，鸽子说我好多了，恢复一下就能飞，于是万康发动机车前往。那一路上鸽子原本领在车头前，却越飞越慢，毕竟带伤。飞翔中回头对万康嚷道："你先走！"万康在速度中喊："抓我肩膀！"鸽子这一降落，却没法落稳，整个身子跌在马路："别管我！"万康车已过头，赶紧放慢速度停到路边，回身奔去车流中扬手将来车阻挡，一个探手将鸽子捞起，再往机车跑回去。快到机车停放的位置，瞥见路边一个女士想搬一部一百五十马力的机车以清出空位好停车，跑经过时单手帮她把该车竟是顺势提起、落至定位，那女士杵着看傻，忘记道谢，只见万康的背影跨上机车，又将 T 恤扎进牛仔裤内，并像是把一个物体塞入领口，发动冲出。

　　几阵耽搁，到达加护病房的时间也没提早多少，差三五分钟到六点半会客时间。然而李道长却快速走过来，只因昨晚听说万爸没上吗啡颇挂心,这会儿"不预警"来探,见同学喘成这样,忙问:"发生什么事……"万康掏出鸽子:"你收好,这是自己人,带它去吃点东西。"那李道长走后,万姐从办公室下班亦来到。万康过去说道:"阿爸状况很差!"说话间会客铃声响起,大门启动,移开。

　　姐弟二人果见万爸身体剧烈打摆,状况比中午尤剧。万爸眼神喷射凶惨之光,不断要起身似的,像背后有股力量将他举起。虽然无法发出声音的他不像六月底那几天那样呻吟,但却是另一种恐怖。万康仓皇问护士:"他这样抖一下午吗?"护士道:"……呃……嗯。"万康问:"没有办法能让他停止吗?"护士道:"下午神内有来看过。"这时万姐突然发了雷霆火焰,嗓门可没拉高,然语气极其严峻,逼视护士质问:"所以就让他一直抖吗?"这时护士慌了,跑去找小医师。那小医师像被推来似的,心不甘情不愿、亦怀着皮皮剉,缓缓走至床尾,说道:"下午的时候神经内科有来会诊。"万姐在床侧怒曰:"神经内科有来看过,所以就让他一直抖吗!!!"那医师发痴不语,站了半分钟,忽然移动,却像快绊倒似的,跌跌撞撞离开。一会儿Z医师来到,得知后马上跑去找ICU主任和小医师,三人会商良久。过后Z医师回来说,适才作出了开药处置。这时是六点四十三分。

　　姐弟俩一人站一侧,握住父亲颤晃的手,不断安抚疼惜,但毫无办法。七点十分会客时间过后,只因先前万姐发怒,护士不好意思请他们走。这对姐弟的默契是,且看药何时送达。时间分分秒秒过去,Z和主任消失许久之后,药仍送不到万爸这里。万康心想,加护病房的用药不是强调全院最为优先、最为快速的吗?护士和小医生只能回答,有通知了、有催了。而且问过护士,方知所开的是药片,必须研磨后送入鼻胃管给万爸。天啊,这种时刻不给注射用的安定药物怎么会有效呢？眼见万爸四肢连同躯干大力抽搐，猛然间万康想起一事，忙将胸前口袋掏出一物，欲将药师佛所赠的一枚白玉用上。带过万爸的手，颤抖间万爸却无法将它抓牢。万康拾起，再让父握，连试几次不成。想让父服用，但必须通过鼻胃管，忙从护理架取来捣药杵，这一捣下，杵子却给整枝震碎，手心打开俱是鲜血，这枚玉石简直坚如钻石。想直接从万爸嘴里丢进去得了，又生怕他噎死。万康冷汗狂渗，如塞肚脐眼呢？可万爸肚内有腹水膨胀，肚脐眼的凹槽褶皱处给撑平，玉石卡不进去。熊熊间六神无主，有了！手持玉石像对麦克风讲话：“好起来！”便把玉石塞入万爸的耳筒。这一下去，白玉的色泽忽然改变，像是会呼吸一般徐徐发光明灭，忽而整个闪亮眩眼，万康再作凝望时，白玉尽成白汁顺万爸的耳道流下。那万爸四十五岁前后因中耳炎手术，内耳道被掏空成一个大山洞，白玉一经溶解就像流入一个漏斗立时消失。

万爸平伏下来，呼吸匀顺。

万姐喘口大气，对万康说道：“阿爸好像好多了。”万康没说话。他悬忧台风掉头、余震再起。护士闪出略有嫌恶的眼神，像是诉说：“你看你们大惊小怪，现在没事了吧，可以走了吧。”万康自不苟同，心思这是两回事，你们的药本该送来，我对我爸“乱”下药是我的事，你药来，我才走。约莫二十分钟后，天杀的，万爸又剉起来。难道万爸是在撒娇，或抗议吗？这下姐弟再次陷入慌乱，护士赶紧头低下去，自顾忙着抄写东西。这也难为她了，不找事打发怎办，仔细记录万爸的过程发展本是职责所在。小医师自始不敢或不想过来。

这是漫长的等待，漫长的剉抖，与漫长的放空（是说医护人员）。一直等到七点五十五分，万康对护士讲：“不好意思我不是针对你，但是药还不下来说不过去，我必须去找……你晓得我会找谁。”那护士听完神色木然，万康已走出去。简直是乱演一通，万康哪晓得该找谁。可那护士心想，找记者？找民代？找黑道？找院方高层？还是去医院的药局大闹？不！会不会是去找上个月大闹过的那个，比黑道还可怕的黑山猪！……

那万康出去后，李道长迎上相问，并说就在刚才鸽子吃完他撕碎的面包屑后先行告辞，说去洗澡。万康问："它有交代什么吗？"道长示出手掌："它只说我剉赛了。"只见掌心一滩彩色鸟屎。

八点五分前后，药送进 ICU。时间上这或是巧合，并非万康提出警语才迫使医院送药吧。

难道小鸽子暗中立功？不得而知。

看万爸服药后，又将万爸照顾好一阵，姐弟二人同李道长约莫八点四十五分各自离院归返。不幸的是，药片的药效太轻，果然没效。

然而，洗澡过后，一身焕然，小鸽子翩然降落于窗棂。羽毛少了几根，没差！干净就能漂亮。他一口浩气将万爸又守到半夜，目睹万爸状况越发危厄，这个老人像进入台风圈，在无际黑洋中遇上海啸、在路基掏空中受到摇荡震击、在空中只能下坠。是的，他又犯了鸡婆的毛病。回降广严城他敦促药师佛动兵，药师不为所动。那判官一旁耍白烂，日月光菩萨亦不帮忙。是的，判官没走，他也跑去洗澡，且还是泡温泉，完了又回来吃茶喝酒，变本加厉配着一大堆洋芋片、起士条、花生米、虾味先、白瓜子、黑瓜子、蚕豆、蚕豆酥、乖乖、卡哩卡哩、旺旺，又推了一碗维力炸酱面，还跟菩萨说我要两个碗，干、汤两吃。

药师告诉小鸽子："不能前功尽弃，我这边同张济一起忍。忍过了，才是他的。"

小鸽子道："可以自误，不得误人！"

判官边推食物塞嘴里，边说道："小阿鸽，神仙都不搭救神仙了，还救人咧。西方有个大神曾遭受刑求，药师佛经过了，朝他顶礼一拜，便也就是拜别。"

小鸽子对判官道："这不一样。洋神没等人来搭救，也没提出求救，他做的只是专心忍苦便是。可万爸不同，当初他在一般病房，他一直以为医生会来救他，你知道这种苦吗？他被人类背叛了。"

判官挖鼻孔道："话若要讲透枝，目屎就拨未离〔话要是说到头，眼泪就挥不断〕。过去的事你还提，都转加护了可不是。"

小鸽子回道："那么他在加护病房躺着，以为会有积极性治疗犹然等候不到，又怎么说？好，那也是以前。可他现在风雨飘摇成这样没人理睬，又怎么说！"他话是一串讲不停，却已将头掉过来对药师佛道："主人您明察秋毫，世事一码归一码，不应墨守成规。"

药师温温沉吟道："……受背叛之苦，正是他的任务啊。"

鸽子道："我佛何苦诡辩来哉？我佛千思万量不如一举拍案。"说完就蹿上空中，一个林冲夜奔，飞往医院。

那月光菩萨于心不忍，将月球转亮，洒出星辰满天，好让鸽子于夜空中明目。

丑时走到一半，约莫半夜两点。野鸽再度穿越莲花海，这是他最后一次恳求药师。那判官正端起一碗热乎乎的贡丸汤，一边笑说道："这里真是个殊胜净土，我看我这里住下来算了。"忽然纸窗破出一股力量，那小鸽子穿窗射入，正巧撞在判官手肘上，整碗汤洒在胸前，大惊失色，整个人站起来叫烧叫骂，一不小心又踩中地上一颗贡丸，整个人摔个大马趴。鸽子拍拍翅膀的汤渣，抖了抖羽毛，对药师佛以下通牒的语气，气冲斗牛道："算我求你！最后一次！"一旁日光菩萨为之失笑："求人还有这么凶的咧。"判官等着人来扶老半天，没人有时间搭睬，只好自顾撑着爬起："我刚刚是跳了佛舞是呗。"那鸽子对药师道："人，你救命。救不起来，好歹你救痛！"判官道："你这臭鸡毛小子，你就不问你老子我痛不痛？我这是烫伤哇！"鸽子道："你赶紧植皮去，顺便整型呗！"药师佛忽而盛怒："住口！"那小鸽子噤声，药师太过威严。

"我的弟子中岂有如此刻薄之徒！"药师怒不可遏。"你讲这样的话出口，伤害多少曾受烧烫伤之苦虐者？"

判官道："说得好。刻薄了。"

这时药师突而朝判官一指，一颗贡丸立刻飞入他口中门牙卡住。判官糗极，拔出贡丸，用力扔地上，骂道："拎娘咖贺［问候你老母，近似你娘可好］！"

药师淡然道："你再啰嗦就塞橘子。"

判官啐道，"你教得好，你就不刻薄？"

日月光菩萨见状忙作劝解三方。鸽子重拾话头，问道："主人，您都思量好了莫？"鸽子上前一步："就说你救不救。如不救，我，宣布退伍。我宁下凡历苦，济度群生，也不愿作一只无能无所谓的蠢仙鸽。"

药师佛一时无语。判官一旁哼起小曲儿。

日月光两菩萨面面相觑。

终于，药师佛说话："你退伍了。"

却说药师佛所统帅的十二叉将，亦有药师十二分身之美称，效忠的自是药师。而那十二叉将居首位者，梵文叫他作"宫毗罗"，中文意思是"蛟龙"。这"毗"音"皮"，较正统的写法是"毗"，但宫毗罗将军签批公文时习用毗字，说立起来比较威风。从编制上来说，药师佛作为统帅部之总司令，日月光菩萨为统帅部两大参谋官；统帅部辖下共十二个兵团，其中火力最强大的兵团正属宫毗罗兵团；十二个兵团司令官平起平坐，实以宫毗罗地位最为隆高，另外十一个兵团平时的实战、演习、训练、武器装备兵员调度等，均由宫毗罗一手包办，他说了就算，不必请示药师。药师倚重宫毗罗，却老谋深算，不愿宫毗罗在官衔上得权，故未曾将他提报为"副总司令"。一旦将之加爵，他就等于晋升统帅部参与运筹帷幄。政治的事，由我药师佛一手抓，日月光菩萨为幕僚就足够，你宫毗罗只是军人，负责打仗就好。这种安排可说是药师佛的统御艺术，自古"副座"一职，有时是闲职，有时芒刺在背，这药师并非不信任宫毗罗，后者亦忠贞不贰，但药师老练，算计周到。

丑时走过一半，凌晨二点多。那蛟龙神将宫毗罗睡眠中，渐渐听见咕咕噜噜噜的哀怨声由远而近，一骨碌翻身坐起，只见窗棂上一只鸽子兀自啼哭。本想开骂，但看他像充满心事，且又是统帅部的信鸽，好说必须尊重。"苍生受苦，天地不仁呐。"鸽子哭道。蛟龙将军便问怎么回事。鸽子叹曰："如今普世间无好神了，有能量的神祇好吝啬啊。"将军一头雾水。鸽子道："药师佛想发兵，可是却不敢哟。"将军又问怎么。鸽子道："恐怕不信任部将的战力呗。唉！——"将军道："我宫毗罗龙腾五湖，十二兵团威震四海，岂有此说！"鸽子忧愁道："怕是付出代价，牺牲兵力啵。"将军道：

"打仗还有不牺牲的？没有牺牲焉能换取代价？世尊是在担心个啥子。"鸽子道："屁股越坐越大，胆子越磨越小哟。"将军道："……会吗？小鸽子，你把事情报告我听。"鸽子道："你听了也没用啊，都他说了算啰。我们就背负人间骂名啵。"说完暖暖翅膀，便欲起飞。将军下床，推开窗子道："进来说话！"

那鸽子便将经过道出。

还没整个讲完，将军就笑了："你快回去睡呗，马个蛋你这是来找碴。你不睡，我要睡，我还有早课呢！"鸽子连声哀求。将军道："世尊定有他的主张，你净是瞎操心何必！"说着将他一手握起，另一手打开窗户，将他扔出去。

将军把身子放倒，军毯拉起。才刚入睡，又听见哀鸣声。隔窗喊道："你是烦不烦！"鸽子哭道："如果我有错，你也该开示我啊！还骂我！你忍心我这样哭！"将军道："我跟你说，我这个人很浅眠，一吵醒就不容易入酣，你快滚！"鸽子道："既然浅眠，又何苦非要深眠。既然很难睡着了，又何苦浪费时间假睡。"将军没好气道："好，我开示你。小鸟你要知晓，人间俗务太过复杂。好比我这么说呗，政客操控人民，是罪过。可政客是谁选出来的，是人民呐。这个叫共业懂呗。所以我从天上一刀杀下去，该杀政客还是杀人民？只怕杀到政客也杀到人民，我能动这个刀子吗？不如人间的生态，就让人类自己去磨合调整。这是人类该付、也不得不付的代价啊。"小鸽子嘟嘴道："咕，我只叫你救一个人，你跟我婆婆妈妈全人类。"将军道："你好驽钝哇。我真想拿根棒子对你来个当头棒喝。"鸽子道："不必，我的头早就肿了。"将军道："我这么讲呗，那张济同张什么康的受医师欺压，可医师又受健保制度欺压，这账该怎么算？这是一点。其次，张小居士受欺压，怎么当下没反抗？

如果他没反抗，他父子就白受这苦，就不算换来代价。迟来的正义不算正义，迟来的反抗……也是反抗没错，但终究迟了。好，你别争，我不是那个意思。你听我说，不是说平凡人、弱者就不须反抗。弱不是理由。弱，也须找到弱者的反抗方式。这个他要去找，我们在天上没法帮他。我们想管闲事，他就不会去找了。"鸽子道："咕噜噜，啐！你果然是佛弟子！"那鸽子将鸟脚一跺，扭头飞走。

盖上毯子蒙住脸，宫毗罗大将眼看又将睡着。忽而掀起身来。没错，又被咕咕哭声扰醒。将军快要崩溃。鸽子道："一个字，缘。那如果说我同他们有缘呢？"将军大吼："你们有缘，我跟他没缘！"鸽子道："但你同我有缘。"将军不满道："你这是牵拖〔硬扯〕！照你这么说全天下都同你我有缘！"鸽子慷慨道："正是！"将军道："是你个鸟。如果，张济当初没叫张小子前来观看那一对猫狗学你走路而让你获救，你还会想帮他的话，那么我服气。"鸽子道："缘，无关于利害。缘只是让我发现到对方。如果没有这个缘，我发现不到对方，不采取动作的话那或许没话讲。"将军闻言一时默然无语。那鸽子趁机拿翅膀掩脸啼哭，不能自已。将军道："别再哭了！我这金刚老粗不吃这一套……就叫你别哭了！……你哭也没用，我没令牌啊，令牌不在我这儿。"看官！说来净琉璃世界有个规矩，兵团取得令牌，方能通过琉璃净土边境之天门关，而令牌归药师佛把持，亦无人知晓他藏于何处。鸽子速放下翅膀说道："拿得到令牌，你就帮我。"将军大笑曰："是啊，拿到令牌我就帮你。"他心知不可能取得。鸽子严肃道："打勾勾。违誓者遭雷劈千万次，坠入无间地狱。"将军一心打发，央不过他，只好将手去向他的翅膀。鸽子道："不是翅膀。"说着抬起鸟足。将军道："随便啦。"便用指头和鸟爪勾住，盟印誓愿。将军随后道："好啰，去跟你们家药师请令牌，我先睡过。"鸽子故作悬疑嘿嘿笑道："你都不好奇我有什么办法吗？"将军道："哟！"

"听我一表。"那鸽子便滔滔说道，"我把出兵的口信带给将军，由您号召十二叉将，率兵集结至广严城。将军率叉将入疏空禅寺，恭请出征阅兵。我和将军趁那药师丈二金刚摸不着头脑，言明出征之天理情义，将那药师高捧于云端。那药师骑虎难下，大军待发已成既定事实，如宣布退兵必失军心，只好掏出令牌，宣战。"

"是说假传圣旨？你开玩笑！"将军只怕没听错。

"是，我是开玩笑。"鸽子道，"可玩笑当真，就不是玩笑。历史不就起于玩笑，玩笑才能写下真历史。只因是玩笑，药师冷不防有这招。"

"不成不成！这玩笑大了！"将军摆手道。

"吧！您就先当做个玩笑嘛，听我讲先，讨论完了，就当玩笑一场，作废！"

"好，你说。"将军笑曰，"说好是玩笑哟。"

"问题是怕他脾气硬，爱面子，不就范是呗？"鸽子道，"你、我、十二叉将三寸不烂之舌，加起来三十九寸的舌头，不怕说不动他。若说他的左右护法，只怕到时候选边站，月光菩萨站的是哪一边还不知道咧。"

"这你错了，"将军道，"至少他也还有日光菩萨，且我那十一个弟兄，真要逼他们二选一，恐怕五六个还听他的。"

"所以我们不能同他说太多道理！"鸽子道，"谈判靠的是什么？靠的是背后的实力。"

"实力……"

野鸽子见蛟龙将军被引入聆听状态，这便赶紧解说道："十二兵团开拔集结，这是无比隆盛之壮举。每一位大将军职司七千药叉，每一支药叉相当于一个师的兵力，一个师相当于一万兵员，武器配备还不包括。十二兵团共计八万四千枝药叉、八亿四千万兵员，这要怎么分布在广严城？"鸽子往下说："首先，第一兵团'蛟龙部队'入城，担任药师所校阅的第一支部队，亦美其名卫戍部队以保驾广严城我佛。其他十一个兵团，以同心圆形状展开。第一圈自是'蛟龙部队'，而将军您能掌握的友军兵团，依次分布于第二圈和第三圈。最后一圈，将可能倾向药师的部队放上。同时，把最外圈的几名司令官留驻其兵团指挥所，美其名担任前沿警戒任务，此乃兵家常规，不起疑窦。然后，您和您能掌控的几名司令官，一起入城恭请总司令药师作点将阅兵。"

"……同心圆，一圈一圈，"将军沉吟着，猝然发冷汗道，"这是包围！……"

"就是包围。"鸽子冷静道，"我们让他出不来。他只有两个选择，要出来，请他领兵，亲率我们出征。要不就请他这尊阿佛留于寺内，由我们好好保护他，令牌颁给我们，我们自己干。"

"……这说的是软禁阿佛。"将军喃喃说话间，食指和中指相并拢，摇晃着往下说，"可他若执意出得寺院，可别小觑他单兵作战掀天捣海之神通能耐，我兵团千万人联手只怕也拿他不下。一旦他破城而出，如有负伤，第二、三圈友军摧枯拉朽大概才能勉强将他挡下。何况万一他联络上最外围几名司令官，这下他们里外呼应，我们就成夹心饼干啦。"

"至少那帮人已经给圈在外围，让他难以联络。好容易收到他的求救消息，只怕也怀疑消息是假的。我们一赌药师佛敢不敢打，二赌我们能不能打赢。如他不敢打，我们就赢了。如他敢打，我们也不见得输。"

"等他点头了，我们再把最外圈的司令官召进广严城禅寺内，分派任务。是这样吗？"将军问。"他们不会不听吧？"

"不会，"鸽子道，"因为令牌在你手上，你已经是新任药师佛。"

"这不成！"将军震惊推辞道，"我只是暂代，打完这一战，回来仍还他至尊首席。我宫毗罗并非贪心鬼，如我当药师佛必遭天下人耻笑我恋栈权位。"

"这叫当仁不让。"鸽子道，"您行的是浩然大义、是真理无敌。试想您让位给他，世人反怀疑您让他当傀儡统帅，讥诮您虚伪造作，您一片盛情美意徒遭冤枉。为了他好，就让他下野，让他此后在寺内研究佛经，种花养鸟，他也该享享清福了可不是。"

"对了……"将军嚅动嘴唇，"说到底……这是造反。"

"是革命。"鸽子凛然道。

将军担忧着，这下瞌睡虫早就跑光。

"事情太过突然，你叫醒我却是干这桩勾当，这得再三计量，再观察。"

"我呸！去你的再观察，病人都折磨到什么时候了。处于非常时期，唯行霹雳手段。不成，是烈士。成了，是功德。你英名两不落空，稳赚不赔。"

将军来回踱步。

"你是条汉子，就赌下去。他根本毫无心理准备。他还真以为我退伍了，我现在可是小荣民，咕咯咕咯。"

"这是大事啊。"将军道，"我忠于药师佛，压根没想到有这一步。"

"这是大事业！"鸽子道，"你是愚忠。药师只当你是打仗的粗人，从不让你参与统帅部作业，难道就这么看不起你的般若慧吗？你一不抢权二不邀功，让你升个副座又如何？光凭这点我就看不过去。他是摆明了小心眼，可你忒憨，他就是吃定了你欢喜做，甘愿受。他不让你升官岂不是等于诏告全天下你有谋反篡位之意图，这也太把人污辱了！呷人够够［吃定你了，欺负过头］！你与世无争，可时势造英雄……"

"停！"将军阻止道。"你讲得好像我很爱同他计较似的。"

"卑鸟知错！"鸽子忙下跪道。

"要做，"将军沉吟道，"就要快。"

锵锵锵锵锵锵锵咕噜咕噜咕噜锵锵锵锵锵锵锵……

看官，情势紧急，欲晓后事，且看下回。

第十八回

药师佛斗法宫毘罗　　自由行巡礼满世界

（音效）咕锵咕锵咕锵咕锵咕锵咕锵……

话说琉璃净土之广袤国境内，大半夜里"部队起床！"呼声此起彼落，十二药叉名级部队夜间紧急集合，全副武装，这些部队以其精实成效，在十二神将的督领下，由四面八方朝广严城夜行军秘密进发。宫毘罗在小鸽子献策下，亲率一支先遣突袭队展开行动，进城后长驱直入统帅部——疏空禅寺。宫毘罗将寺内禁卫队统统缴械，一个和尚军官急欲奔告药师佛，那宫毘罗飞跃中拔出配剑，一记青光扫过，人头落地。小鸽子看了颇怵，宫毘罗吩咐左右道："回头好好祭他。"将剑收回剑鞘，对鸽子道："这是革命纪念碑的第一滴血。怎么，后悔了吗？"鸽子道："我很惭愧，但不后悔。"宫毘罗道："快带我去通信营。"

在小鸽子带领下，宫毘罗随后将寺内的鸽笼统统查扣，一只信鸽都不让飞出，避免药师佛派信鸽讨救兵，断其后路。

　　看官你问，既怕药师搬救兵，为何将可能挺药师的兵团也一并带到广严城纳入同心圆包围圈？这是因为万爸的病情异常严重，宫毘罗和小鸽子研判如欲降伏凶势难挡、自号"肿王"的癌症老魔头，非得将十二兵团先行带齐方能一展出征奇效，否则取得令牌后再请他们来会合就慢了。且捎着他们，反不让其疑忌，这最危险的方法或地方反是最安全。合着这是一斧三砍，一旦令牌得手，就职新一任的药师佛，赶紧召进统帅部，使其不及应变之下只好接受。宫毘罗和小鸽子既是精算，亦见行险。

　　且说疏空禅寺遭到解除武装，药师佛等人犹不知情。那药师正休憩盘坐，日月光菩萨正专注于下围棋，判官一旁边作吃喝、边打在线游戏。控制寺院内外周遭后，五员大将这时业已赶达禅寺，与宫毘罗大将会合。一字排开六位将军，分别是带头的**宫毘罗**大将（绰号"蛟龙"）、**安底罗**大将（绰号"破空山"）、**珊底罗**大将（绰号"螺发"）、**波夷罗**大将（绰号"巨鲸"）、**真达罗**大将（绰号"角头"）、**招杜罗**大将（绰号"杀手"）。十二叉将之间均有换帖深交，但以他六个平时最为彼此信任、作风最为痛快，来者虽惊此行目的是发动兵变，但无论如何力挺大哥，甚至巨鲸起哄道："他是该下台啰！令牌搁着生锈，众生放着不救，十二药叉的编制形同虚设，我们多久没打仗啦！"这巨鲸顾名思义，身躯如鲸鱼那般庞大。螺发跟进道："怕怕怕怕，可听说军人的任务不就是打仗吗？军人不好战，那就不叫军人了，喔我爱的男人一定都必须是军人。"螺发是个蓄着螺状发型、面貌清秀的娘炮将军，然为人倒是血性。

那药师佛何等冷静之人，喔不，之佛。然眼见六大将军这般闯进来请安，不，请令牌，不禁莫名其妙起来。只听得宫毗罗朗声道："兵团依令集结完毕，特请世尊颁布令牌。"日月光菩萨和判官都放下手边的事，十分不解。药师表示我未曾号令，那宫毗罗仍装糊涂："这是怎么一回事，我们都准备好了。"药师问出征救谁，宫毗罗道："人间庶民，张济。"药师莞尔，一瞬间聪明猜想，正要问是否信鸽假传圣旨，宫毗罗却抢白大声道："张济为人憨实，那医院势利眼将他欺负在前，任凭他老人家叫痛不应，如今又让他承受癌症老魔头肆虐，见其打摆子无动于衷！我大军整齐就位，就等我佛向魔头宣战！"药师摆手一笑："阿龙，你们大半夜这样动员，我过意不去，但你定是被小鸽……"六将军齐声截断作揖："恭请我佛宣战！"药师这时方意识到苗头不对，可两个参谋官仍慢半拍，月光菩萨上前对宫毗罗道："蛟龙将军，这里头定有误会，假若我老板请诸位过来，那我和日光菩萨焉有不知之理？"日光菩萨则道："将军，我料有人假传佛令，这个人要办！他不是人！是动物。请问将军是不是由一只统帅部野鸽告之此事？"宫毗罗道："没错，是只头上肿起一个包的鸽子。"他也算爱演，假装讶异上了鸽子的当，骂了声："业禽！"即对药师道："佛令真伪难辨，然佛主张救治天下病苦，却违正果菩提之誓愿。该救则当救，何苦拘泥一令鸽毛之有无。"判官一旁哑嘴道："真是没事找事。"话一出忙掩住嘴，只因宫毗罗两眼充满杀气朝他望过来。药师开言道："宫毗罗，这不是你的权责。"宫毗罗正气道："大慈大悲，人人有责！"药师笑道："夜半三更，你的大慈大悲却吓到我的客人。"判官听了搓手笑道："没事没事，大家要不要吃个茶。"宫毗罗对药师道："世尊，只怕成命难以收回，部队已然整备就绪，战志高昂，如班师撤退，统帅部必遭全军耻笑咒怨，此后军心弛废，武功退化，再就难以号令。世尊三思，令牌投出，不必亲征，就让这个判官同你吃茶便是。"日光菩萨发火道："什么叫成命难以收回！根本就没命令过！"这时宫毘罗的军服口袋突然飞出一只鸽子："你凶屁啊！"这小鸽子飞到日光上空，屁股掷出一屎，日光忙拿袖子甩遮，差点中脸，厉声骂道："小鸽子！你会被斩鸽头！"那小鸽子飞回去，宫毘罗将手迎过，待鸽子落至指尖，宫毘罗对药师以冷峻的语气道："你，还算不算是个药师佛？"药师沉下心回道："你还算不算我的佛弟子？宫毘罗你位阶之高，却受一个小兵怂恿，话传出去，不好听。"宫毘罗道："世尊啊，你对万物竟有阶级划分的意识，却不问是非啊。"药师这下面有愠色："阿龙你莫这般挑语病！"不意宫毘罗更是雷霆暴怒："不要叫我阿龙！阿龙是你叫的！？"药师拨动手上的一串念珠，仿佛算计数学几率："难道我要叫你药师佛吗？"这话戳中宫毘罗的意图，宫毘罗一时语塞。鸽子忙助阵高声骂道："你讲话带刺！你就是这样猜忌部属！"药师道："你猜我在猜什么。"鸽子道："我猜、我猜、我猜猜猜！我这么光明坦蛋的鸟仔肠怎么猜得出你哟，我在你眼里只是一个小兵咩。"这野鸽不知是操人语吐字不准，或是故意讲话鸡鸡歪歪。月光菩萨着急："鸽子你少说两句啊！你怎么惹成……"日光菩萨这时也抢着调解，其他五位将军亦加入吵嚷，竟同两个菩萨拉扯起来。

"都不要闹了！"药师佛喝道。

"我看你怎么说！"宫毘罗立刻回道。

菩萨和众神将都安静下。

"宫毘罗将军，"药师道，"你挑战我的权力和威信我不介意，但你如此冒失，看人间事如此欠周、处佛门事如此脱序，我对你很失望。我并非不能商议之人，这事情我们天明再议，我先去禅房静处，我们双方都必须冷却心绪。"

"商议？你如此官僚，延误戎机，坑害苦主张济，有你一份！"宫毗罗呼道。

药师不愿再同宫毗罗争辩，横竖默契上自有参谋官帮他安顿圆缓，便自顾往门外走去。然来到门前，两个把守的佛兵齐将两挺锐利的金枪推出，阻拦出口。药师这下心头一凛，回身瞋视宫毗罗："你来真的……"

"要商议，这里，现在。"宫毗罗道，"否则，就没得好商议。你已走不出这里，广严城俱是我军部队，城外尚有大兵团包围。你想讨救兵，鸽子们我已替你保管。"

药师佛道："你这是逼宫。"

宫毗罗深情豪壮道："官逼民反，不得不反。与其让你失去人民对你的信仰，我不忍心。不想为人民做事的人，就下来！"

这时判官见场面现出浓呛的火药味，缩着脖子嘿嘿笑："吔哟我说，这事儿我可没资格说话，你们聊聊、聊聊……"说话间往门口开溜。那宫毗罗大喝一声："回来！"判官听了全身发软，当庭大哭下跪："大爷饶命！"

在危机处理上，药师佛自非省油的灯，他十分省时，竟不让场面陷入僵持。药师且作气定神闲，信心满满，叫阵道："你相信不相信，凭我一己之力，就可度过你设下的重围。"宫毗罗可不受药师的反恐吓："难。你能算，可就得精算，你脱八层皮也过不了关。盘面上我牺牲再惨烈，只剩最后一个卒子，赢你的就在这一卒。"药师道："我懂了。弄至两败俱伤的田地，你牺牲这么多子弟兵，只为成就你攀登药师佛大位。"宫毗罗笑道："阿佛，你把我宫毗罗看低了，权位于我轻如鸿毛，理念于我重于泰山！你肯颁发令牌，或领兵亲征，我宫毗罗甘为马前卒，万死不辞。"药师道："我不同你打禅语，我明确告诉你，令牌，我不发。位子，我不让。权位与理念于我皆如鸟毛，净是屁粪一场。"宫毗罗两手摊出："谁怕谁，仗是我挑起的，我还怕跟你打？"药师道："果然你是条汉子，老衲佩服。可你曾明白想过，你我打成一双半残，你惨胜而出，又有何兵力征伐老魔头？"这下着了，宫毗罗闻言愕然，无法接腔，忙看向鸽子。药师绩道："那癌魔在张济体内急速滋壮，我明白告诉你，连日来我全沙盘推演过了！十二个兵团一起下手，只怕浪费资源，人犹救治不起，以后也没法抢救其他人。"鸽子呼道："人员装备打掉了可以再行整补！浪费资源不能是理由！你身为药师佛，万不能把'浪费资源'挂嘴上。咱们不奢求你能救命，只图帮万爸治痛啊。"药师佛道："你们非要同我内战，老衲前世今生一贯以来素不好战，但绝不畏战。一场内耗，无论胜败谁属，欲将张济治痛亦不可得。"鸽子道："去！你就别战啊，你如爱惜子弟兵，为大局着想，这不就将兵员装备先省下。"药师道："张济有张济的业障、他儿子有他的业障、父子二人连同全家有其一家子业障，谁人都插手不得。"鸽子怒道："我呸！你自己才快毕业了！"药师道："不仅如此，我说过，痛，就是张济此一生最后之醒世任务。他不痛就无法对照出人间的不公不义。这是天道在锻炼他，他是严选出的忍痛耐苦大师，这是他在超越极限，乃至证得无上菩提。"鸽子痛道："俱是空话！这只是你卸责之词，咱们没这么阿Q，你这番话即便可以欺骗和安慰我们，也安慰不了作为一个佛的真、真、良、心。该锻炼的不是他，而是天道本身！"药师甩下水袖，转对宫毗罗道："你看着办。要打，不打，我等你一句话。"这是把问题丢回给宫毘罗。

傻眼了。蛟龙将军脸上示出硬气，心里头却打起摆子，背脊梁骨不断渗出汗来。

日光菩萨一旁开始比划出少林武僧的调气动作。众将军下意识去握兵器，却又像欲将兵器掷出作放弃。月光菩萨着急不已，望向在场每一人。

连多嘴的判官也屏息着，不敢出声。可是他已偷偷站起身来，他觑出谁占了上风。

"妖道！"鸽子大喊，"将军明鉴，此一妖佛将毁你一世英名。"

药师道："将军，如你不打，愿为我净琉璃世界士官兵保全一脉，我愿将至尊首席让贤于你。"

鸽子闻言，将自己身子重重往地上一摔。这是连续摔击自己，激情自虐中嚎哭道："将军不可被权位迷惑！你争的是理念！"

判官看那鸽子这般残虐，终于忍不住噗哧涌出笑声，说道："别逗了鸟宝贝，你这学的是金凯瑞。"

忽而宫毘罗拔出配剑，咻的一记横扫，"哎唷！"判官忙蹲下，官帽在空中给削成两截。宫毘罗旋过身来，朝药师指剑朗声道："位子我不要，咱们场上见真章。"

这下药师傻眼。他像琼瑶剧中的人物，抿动嘴唇说不出话来好一阵。终于说道："事情还没到最后一步之前，都有转圜余地。我们往和平的方向去取得共识，好生再作商议，看是不是各让一步，或你把我说服了，我都依你也得，再不行，才让子弟兵们陪我们死过不迟，这才是负责任呐。"

鸽子这时暗笑你药师佛原来不敢打，差点还给你唬住。可药师打的是拖延战，真的同他进行谈判，事恐生变。忙提醒宫毘罗："将军切勿上当，谈的时间也打完了。谈不成还得打，这就花了双倍时间，病人可等不及！药师佛不敢同我们打！可他又不想逊位，故意拖死狗。"

宫毘罗将剑收回腰际原位，对药师道："我跟你谈。"从而对鸽子道："我们把面子做齐给他，也好让我外面六个弟兄心服口服。"鸽子气得猛拔自己头顶的鸽毛："合着你也不敢打！却想讨令牌、接大位！天下哪有白吃的午餐！"宫毘罗看看手表："这个时间我只想吃早餐。"

话说无可奈何谈判只好展开。可这一谈，不但加入参谋、将军们一票子七嘴八舌，更要命的是药师佛方面取回发球权。药师向宫毘罗表示，你心急吃不了热饺子，贯彻理念要一步一步来，以后我们遇到相同或类似的案例再作出征，这次你这样闹就算闹成，说是革命可以成立，可难免琉璃净土之国民碎言讥嘲你叛变篡位者亦有可观数目，国家大计就是要取得最大公约数为宜。这次你就收兵，我发诰命将你升为副总司令，我们各退一步，究竟我们还是一家人。至于插手人间救难方面，我们将其法案化，你提个案子，让我通过，以后这个法案就叫《宫毘罗法案》，让你在历史留下清名，杜天下人对你攸攸之口。这宫毘罗竟然给说动，眼看就要答应，鸽子啾啾大吼："将军您万不可反反复复以致腾笑天下。"宫毘罗掩耳道："你一个小兵插什么嘴。"判官远远一旁吃东西打在线游戏，回头对鸽子道："让你参加会议就不赖了哩，还鬼叫，我想参一咖还没门咧。你啊，少说两句，这个叫分际，要学。"鸽子不甩他，对宫毘罗激切道："看着！只要你退兵，臭阿佛冷不防就把你绑起来，控你谋反将你法办！还昭告天下他这个叫挥泪斩马谡！"判官道："喂，这个典故不是这样用的。马谡立下军令状，没把街亭守住，诸葛亮这才挥泪把爱将斩了。"说着摇头滚脑唱起了一段《失街亭》。那宫毗罗听了鸽子诤言，一语惊醒梦中人，显得悸怵迟疑。药师呕火中烧，恼急拍案道："贱鸟！老衲岂是这般阴毒之小人！想当初我连你都没捏死，岂会……"这药师修成正果后还没气成这样子过，那可真的是气得说不出话。鸽子道："瞧，被我说中了，内伤了呗。"说着用翅膀掩脸垂泪，伤心道："咕咕咕噜噜，政治太可怕了。"于是宫毗罗暂不退兵，重起谈判。

这一回合谈判可真的是彻底僵局了。药师没辙，宫毗罗矛盾，鸽子心头焦煎。药师终于这样说："兵马你不撤，行。可外头六个将军咱们一并请进来。也不必逼谁表态了，投票表决！一翻两瞪眼，结果是怎样就怎样！就当咱俩牵着手一起下台阶！民主决定！"宫毗罗想了想，推出一掌不让鸽子说话，应允。鸽子大骇，只好力求补救，猛黏住宫毗罗耳际悄声倡议："必须不记名投票……"药师不待宫毗罗开口便朝鸽子抢白："我都听到了！我算也算得出你想说啥。就依你，不记名投票。"宫毗罗敬道："痛快！"药师还以豪气干云（竟爆粗口）："我他妈鸡巴光明坦荡，对肿王宣是不宣战，票开出来，宣战，我交出令牌，同时下野。"宫毗罗拍胸脯道："我他妈也有鸡巴，如果宣战，药师佛还是你当，您老捎着弟兄们统兵亲征！有你压阵，对付老魔头才有把握！"药师道："行！可话说在前头，那魔头厉害得紧，有没有把握我不敢说，可事到如今要玩这么大我奉陪到底。"

于是急召六个大将军入寺，他六员将依序是，**伐折罗大将（绰**

号"金刚杵")、**迷企罗**大将（绰号"金带"）、**頞你罗**大将（绰号"沉香"）、**因达罗**大将（绰号"天胡"）、**摩虎罗**大将（绰号"虎蛇"）、**毗羯罗**大将（绰号"工艺老师"）。十二药叉于疏空禅寺群英会，药师佛将事情昭告一遍，投票举行前先将选票点过，连他自己计有十三票，外加日月光菩萨两票共计十五张选票。这时判官吆喝："嘿！可别少算我一票！"说完朝药师佛抛媚眼，又朝宫毗罗扮鬼脸："早让我走得了嘛。"药师见猎心喜，宫毗罗为之气结。这时鸽子叫喊："我也一票！"药师忙道："这里都是高级军官，你不方便。"鸽子道："判官是外人却可以，纵说我是个兵丁好歹自己人。"宫毗罗助讲道："他必须有一票！他代表基层的声音。"药师只好答应。这下共计十七票。先拿九张票者，将可宣布胜选。

投票展开。各个十分慎重，生怕不小心盖成废票。一一将票投进票瓯，由判官贴封条，封票瓯。然后他老兄双手将票瓯搬起来摇晃一阵，"都看好啰！"票瓯放下，拆封条，开始唱票、亮票，场面紧张。

这是一场 PK 赛。双方人马坐成左右两圈，但凡唱到敌方一票，己方就感顿挫。反之开出己方一票，便是欢声雷动。药师佛的估票是，自己一票、后到的将军六票、两菩萨两票，外加判官一票，十票在手。如有跑票，跑一票的话我还是赢家。然而计票过程高潮迭起，双方互有领先，陷入胶着，头十四张票亮出后竟是七比七平局。宫毗罗和鸽子一方暗算可掌握七张铁票，难道已经全部开出……

判官这时笑嘻嘻将第十五张票打开，顿时脸色铁青："……宣战派一票。"宫毗罗阵营爆出一阵欢呼，八比七！鸽子将翼尖握紧挥出一记钩拳。药师本盘腿坐着观票，惊而起立，这下子落后一票，万一下一票竟又给跑了，比赛将提早结束。药师愤而逼视己方阵营，只见大伙儿尽皆愁容满面、议论纷纷，每个都太会演戏，竟是觑不出谁人跑票。那药师将眼光掉向月光菩萨，不知那月光是不敢正视他，抑或只是正自顾与同派系说话："怎么会这样，抓到是谁我 K 死他！"

就在此时，忽而"工艺老师"毗羯罗将军站起嚎啕大哭，脆弱到不能自已："我受不了啦！我自请处分！跑票的就是我！"那药师差点昏厥，少了你这一票，月光那票又见可疑，这该如何是好。药师故作风度莞尔道："你有你的权利，毋庸担心受报复，可是你不必讲出来的哟。"那工艺老师之所以有此诨名，只因向来他点子多且手艺巧，擅长工兵及各路机关巧计。工艺老师向药师哭诉委屈道："不用等你报复，我自己就先憋死，自爆毙命。世尊我打心底是挺你的，可我超想体验当关键少数的滋味。"说着身体冒烟，果真差点爆炸。宫毗罗阵营几人过来将他身子拍熄，并将他搀扶过去。眼见得才搀下坐好，这一厢却有人也猛然站起："阿龙哥！我对不起你！我跑票了！"发言者是庞然大物巨鲸神将，满脸为难而窘疚："我只料龙哥必败，投给你是浪费，谁知道……"说着整个肥躯朝宫毗罗轰然跪倒一拜，便以跪姿移往药师阵营。宫毗罗和鸽子等同党大惊失色，心想这下毁掉。药师抚掌大悦："欢迎投诚！"话音一落，"沉香"将军頞你罗吁出一口气，缓缓起过身来向药师道："世尊恕我造次，我早已琵琶别抱。我是中间选民，这次我想投同情票。"此人身上可散发沉香、檀香、乳香、迷迭香、各种精油香，这次散发的是大理花香，又称叛徒香。沉香将军说着移往敌营，宫毗罗等人疯狂尖叫迎接，宫毗罗笑道："欢迎起义来归。"判官眼花缭乱，哭丧道："阿娘喂，我都忘了我投谁了！"

就在这一阵大乱之间，判官读出第十六张票："反战派一票！"

药师阵营爆出高分贝欢呼，八比八扳平。鸽子指着判官破口大骂：
"你怎么可以趁双方不注意就开票！"判官忍着嬉笑故作正经，亮
票道："喏，上头圈的是'反战'。"

最后一张票即将揭晓。双方阵营绷紧神经，己队相互手拉手
像看足球赛 PK 最后一球。药师禁不住向月光菩萨望去，月光恓惶
张大口，一副哑巴吃黄连状，不知是遭误会欲鸣冤，或心虚间只好
做戏。那小鸽子的压力亦不在话下。

判官已将手探入票瓯掏摸，药师感到空前窒息，意识到自己眉
毛淌着汗珠。忽而鸽子疯狂狞笑恶哭起来。判官停下动作，上肢藏
进票瓯内卡着，问道："你这是意图干扰我作业，票我是已经摸着了，
让开是不开？"鸽子飞至药师鼻前一段距离，上下拍击翅膀悬于空
中道："我笑你！也哭你！"药师一笑："你情绪真多。"鸽子咆哮
道："我们都假笑了，我要哭！我哭你有三！"药师道："且说。"
鸽子泼骂道："你修行一生，口云来世正果时所立下之十二宏愿俱
是空话，你发愿要有'无量无边智慧方便'，我哭你无智慧，竟不
明白——真理不会因人多人少就不是真理。"药师道："二哭为何？"
鸽子道："我二哭你位高权重，却毫无勇气担当！把自己活成好不
方便！"药师道："三？"鸽子连珠炮道："我三哭你来世个屁！
根本是倒八辈子霉怎么做都错！票开出来，无论战或不战，你均于
良心不得究竟！战则后悔，不战则遗憾！你身如臭瓶，内外瑕秽！
你第一大愿侈言'令一切有情，如我无异'，无异个蛋，你巴不得
大家别像你一样蹩脚！"药师佛抹掉眉上的汗滴，甩手道："说真
的我一下没法听清楚，不过你无须再说一遍。"话说完将手指一去，
一道莹白细平的直线，延伸扫向票瓯，瞬间熊熊蹿生火舌，判官忙
把手抽出："烫哇！……我拎娘咖贺！怎么又是烧烫烧！"只见票

甀在火焰中翻滚，直往门外滚去，卫兵惶惶让开，大家伙齐追出去。那着火的票甀在一片寺院空地上，像是一个天灯蘯然而起。此时约莫是寅时，凌晨五点，宝蓝色的夏空中逐渐远去一个荧橘色的光点。

"都听好了。"药师道，"那，就是我等前往方向。我药师佛抬棺上阵，死了再修一世。包括我在内，谁没死谁不能抬下来。"说话间合掌颂道："**奉请十二药叉大将。——**"

登时那十二位将军单膝下跪。

药师佛这便开始宽衣解带，将鞋子和绑腿帛袜俱褪去。"令牌在此，"大家听声音抬头望去，却见药师从头到脚无一物，赤体之内血液、器官一览无遗，全身透明宛若一座人体水晶宫殿。药师清音颂曰："**愿我来世得菩提时，身如琉璃，内外明彻，净无瑕秽，光明广大，功德巍巍，身善安住，焰网庄严，过于日月。**"话一完，宫殿变色，透出天灯那般的荧光。"**幽冥众生，悉蒙开晓，随意所趣，作诸事业。**"语毕将手探入左胸，整个手掌竟移入皮肤、穿进腔内。眉心一紧，神情忍受，那手稍作抖颤间，从心脏中摘出一只红通通涎落血液的令牌，众人战栗。"天下第一叉，蛟龙兵团接令。"药师将令牌掷出。

那宫毘罗保持单膝高跪姿，左手空中接过，右手将令牌上的血水抹去，只见红底金漆字样，宫毘罗将之颂出："**敕令 孤御驾亲征有请大罗汉蛟龙将军授兵团先锋总指挥伐婆娑之洋美丽之岛癌魔并一干妖妄末法消解张济灾厄毕竟安乐而建立之**"旋应声道："兵团司令官宫毘罗领旨遵办。"

药师佛请众将官起身。一瞬间他自身重又着装完毕，略侧过身将指头凭空点了几下，只见悬于空中一个偌大的水晶人形荧幕展示出。那依稀可以望穿幽冥，见及后方灌木、房舍、墙垣等一切朦胧景物，却又丝毫不妨碍众人看清楚"荧幕"上浮现的一幅大体线条图形。此乃"战役伐略图"，莹白色的线条形廓当属老者万爸，另有几种彩线分布交织于腔内，显示若干脏器。

"大罗汉蛟龙、破空山、金刚杵三将军听命，"药师指方位道，"三兵团走马灯野战配合，目标胸腔肺脏气管咽喉各部，戮力全歼肺炎魔王。"

"月光菩萨、螺发将军听命，"药师移下指令道，"两支阴柔兵团协进，惩灭恶水娘娘。"

"日光菩萨、虎蛇将军听命，"药师指令道，"目标肝脏及其周遭，全力顶上，控制肝硬化，死守！"

"金带将军迷企罗、沉香将军頞你罗听命，"药师指往最上方，"你二人的火炮师团和飞弹联队任务极为吃重，必施展安迷大法，目标脑神经、内分泌系统。"

"天胡将军听命，"药师指令，"此处暂无硝烟，你拉开防线布阵于心脏部位，兼控制血压、镇守心跳，相机支援各路友军。"

"巨鲸将军听命，"药师指下来，"你的防区目前亦属平宁，但敌军有可能趁乱伺机进犯，务求固本于肾，畅通水路，并相机拨兵支援各路友军。"

"角头、杀手、工艺师三将军听命，"药师用出力道指出，"三者展开序列，左中右三军同时出手，目标胰脏老癌魔。尔等逞凶、斗狠、用尽机心，我在三军之后跟进施展，并调度空军、海军所有一切火力支援。"

"那我呢！"那鸽子飞降过来，药师示出指尖待他落稳。

药师微笑曰："我破格升你为特种通信营中校营长，情报侦搜、战情回报、任务传达，由你全权派发。"鸽子正欲答谢，药师续道：

"你第一个任务，前往通知张济之子张万康，将他发布为上校，并将其一双柴犬大猫授命为两员少尉，上他家串门子的两只小母街猫则任下士班长。将此五员生力军度来下海，一同会战。"鸽子蜷起翅膀敬礼道："特种通信营中校营长小鸽子报告，俺这就去办！"说完一箭飞走，众将官莞尔。

"呃……我……"判官指着自己，尴尬做出笑脸，"你们继续张罗，我这就先告辞……"

药师佛道："大人，你向来就是一边看好戏。这会儿场子打响了，你找个地方藏身，看个好戏，也算替我军作见证。"

判官哭丧脸："我可以不去吗？我可以在家看 LIVE 转播。"

"你可以先回地府略作休憩。"药师道，"一会儿，我料我将经过地府，顺道接你上车。"

判官叫饶惊问："你来我们地府干嘛啊！"

且说这种等级的大会战，出征前有其一定的程序，那就是借着部队游行，顺而开往目的地。虽说前线万爸吃紧，但群众欢送部队游行的场面对官兵具有一定的心理支撑作用。且药师预感此役牺牲必重，能回来多少人是个隐忧，让阿兵哥赴刑场前多一次笑容，或趁此机会和家人、乡民道别，有其必要。

十二兵团如十二星座交会，平均三百六十六年才发生一回。旌旗招展，浩浩荡荡，八亿四千万员佛兵及各色武器装备列队绕境，这在净琉璃世界是何等大事，人民尽皆蜂拥出户观看。部队沿途不断受彩带花朵洒放，食物礼物香烟香囊拼命往队伍里扔，掌声采声飞吻拥吻好不热闹。药师佛圣驾经过时，场面尤为沸腾，亢奋者众，如有不欲盲从欢呼者则合掌默祷或顶礼。部队行将旋出东方琉璃净土时，人民自发性整齐发出富有律动性的拍掌和跺脚击节，颇有那么点儿台湾原住民舞蹈的风味。

由于这是百年一会，大部队按照往例，出国境后转往"西方极乐世界"，接受阿弥陀佛祝福加持及该国子民顶礼。此行盛况竟不下于琉璃净土，阿弥陀佛亲率其左右护法观世音菩萨、大势至菩萨出迎，四十二响礼炮庄严震放。莲花圣驾经过眼前时，阿弥陀佛行以金光军礼，佛掌切放在眉梢笑曰："药师啊，阿牟仔我亦致赠四十二响，但遇见你我忍不住多行个举手礼。"观世音菩萨过去拉着月光菩萨和螺发将军讲话，但被四周群众的音浪淹没，听不见他们讲什么。大势至菩萨亦对日光菩萨等有所表示，叨絮再三。

药师兵团出境后来至"娑婆世界"，人潮滚滚不输他国，只是此间民风较属静思性格（这只是相对性说法，沿途其实也够热闹的说）。释迦牟尼佛特遣"娑婆交响乐团"持续演奏，音乐以弦乐和木鱼阵搭配为主。药师佛派"琉璃军乐队"答礼，双方轮流表演，"轧"［较量］得军民大呼过瘾。释迦牟尼被扶上药师圣驾，两人拉着手一路讲话，一齐游行（送行）好一段路，并不时对群众挥手或合掌致意。其间释迦牟尼在药师耳际悄悄话道："向日曾执阿弥陀之手，唯今余特制指甲彩绘为礼。"那药师抚其指观之称羡，释迦牟尼便取出家私代其彩绘美指，专注入神，恍若不闻情境。释迦牟尼左右胁侍文殊菩萨、普贤菩萨，分别在不同驻点接待部队经过。

这时前方出现一座牌楼"南天门"。狗吠声传来，二郎神牵着活泼天狗，率天兵天将相迎，兵团才刚驶入玉皇大帝的国境，猛然间四面俱是蜂炮齐发，烟火缀放。蜂炮冲动，烟花中花。大小部队沿途给炸晕，却各个笑逐颜开。一队队小短裤仙女辣妹轮番表演，并与佛兵们持手机互拍。行至天宫，玉帝扶龙杖出来接风，率宫中各路文武神仙焚香致敬祝愿。沿途并有许多得道成仙的大小昆虫爬虫飞禽野兽跑来凑趣，但生气想找鸽子签名却没遇上。保生大帝、关圣帝君、纯阳子真人在其所在之圣地逐一给予亲切问候。保生大帝亲燃竖起的一两百串鞭炮，那炮光于空中摇摆跳舞如诉"道济群生"。关老爷子派人于地面沿途铺出蜿蜒的长龙炮阵，或将炮竹设于地表下如一尾潜龙，将行军的步兵师轰得两脚捣蒜踩酸菜踩辣椒踩泡菜。上天桥行过天池时，烟气游绕，火光水花溅射，那"水鸳鸯"式水雷噗噗嘟嚷、"海波浪"式鱼雷甩尾乱喷，自是吕洞宾埋伏的礼数，合着海陆空都献炸礼。一站站眼看走透透，忽而药师见一影像俯冲飞来，吟啸曰：**"安忍不动如大地，静虑深密如秘藏。"**对方清眉秀目，气质真好，胳臂膀子白瘦却净是结棍的肌肉。拜见后即道："鬼灵众生敬候已久，劳驾药师游行，以花香兵气弥漫一遭，解脱众生罪苦。"来者乃地藏菩萨，又称地藏王菩萨。

地狱一片动荡，都喊："药师佛真的来了！地藏王菩萨万岁！"这万爸遇险以来，府中该如何因应处置，长期以来评说兴头不衰，只见鬼民鬼囚鬼商鬼娼鬼官鬼卒鬼记者鬼动物们从若干火山口、刀梯、水牢抢出，统统往游行车队方向奔驰聚集，场面简直失控，胜过前四片世界景况。鬼灵们厉声嚎哭，或悲欣啼笑喃喃告解，攀拉车队不放。佛兵们不断洒花、洒水。终于药师佛圣驾隐隐出现，众人引颈争指，先是见到远处霞光万丈，锐气千条。逼近时瞻仰，慧容端正，宝貌妙目，神色祥怡，内外透明，五官生得恰到好处之好看，男众看了疯癫敬慕，女众看了痴醉恋狂。滑翔于圣驾前导的地藏菩萨虽没开口，但不停挥比手势勉强平抚群众情绪。那药师好生周到，主动操盘将一整个银河系的车队转进底层严酷无间炼狱，将受羁无法迎欢俏讨的刑犯一一巡绕。竟有刑犯道："今瞻佛容颜，感其颜射这般，不枉犯罪一场！"翻成白话是："幸好犯了罪才能赚到亲睹药师佛的机会，这个罪没白犯！值！"（好像有一句没翻到）于礼，药师并游往地府森罗殿，那十殿阎罗率一干判官谦畏肃立合掌行拜礼，无言焚烧纸金。顺便，派员把负责万爸一案的那名判官接上一辆迷彩小吉普。

大决战登场。下回分解。

第十九回

韶光贱咸伉俪文武热炒　负青春湿兄弟翻脸决战

　　话说游行过后，药师兵团甫出地狱，拂晓时分，我佛一声令下，十二兵团炸弹开花，兵分七路同时投入战场。

　　那肿王不愧为魔界头号人物，早已严令各战区作一级戒备，两军一接触上就打得好不灿烂，你破我阵线，我反扑夺回，各战区几多阵地几进几出。药师曾言，各官士兵死了才能抬下来，可战事吃紧到人死了也没时间清理收拾，只见战场上尸山血泊，佛兵们因顺将尸体筑成掩体战斗。肿王更狠，通令各军如等不到补给，就地将尸体不分敌我，趁尸肉新鲜、血温未凉，能吃就吃，谁敢说没吃饱没力气使，各单位部队长得立时将之阵前处决以果腹……

　　看官回神，在此不得不扫您一个兴头。两军作战种种实境，衡量之下，本回仅能稍作梗概叙谈，究竟这不是军事小说。并非作者瞎掰能力不足啦，只是这所谓"话唬烂"［扯大话］的创意不如交给看官自己。作者对创意素来兴趣不大，《道济群生录》此一拙作之经营或说随写，对笔者来说凭借的不是创意，亦非灵感，只是一个心情已矣。与其详述、润笔于交战枝节，不如把药师出征前斗争经过、游行间所展现的情魄加以娓娓写出，就够了。之后作者即可放心将作品交给看官自行发想。一个作者的工作并非发挥想象力，而是启出读者的想象力。换言之作者须知轻重，东西有节制，才更带起想象。

可话说回来，虽仅作梗概报导，将就着也得写上一整回。草草了事，那不能够。这场战役我们主要只谈恶水娘娘、炎魔大王、癌魔肿王所把关的三大战区。这其中，首先被药师兵团前仆后继逼至最后一道防线者，即是恶水娘娘。

病人都无暇思及脱光之耻了，那恶水娘娘又有何在乎。当行营指挥所面临遭攻破之际，恶水娘娘在卫队的凄嚎拦阻之下，竟失心疯只身冲出指挥所，登时万箭齐发朝她怒射而来。女妖面无惧色，扭动腰肢，浪声呼吟：“散播邪恶散播婊！恶水娘娘婊破表！”这表字一收，四面八方卷起一记龙卷风，箭矢尽皆空中折断坠落。这还不打紧，弓箭手们全给娘娘婊到，只因一霎时狂风将她自身衣物也作扫空，那娘娘姣颜夺目，通体雪艳，身段窈窕，士兵们目瞪口呆之际，竟都双目失明，七孔喷血，倒地恸笑曰：“太正了！……”何止弓箭手，骑兵队、步兵队各员统统失态。那月光菩萨和螺发将军见状大骇，两人忙携手旋上天空，一个大空翻之间，铠甲和内衣往身后抛去，在娘娘跟前落地时亦以裸身示出。没错，裸体大决战。娘娘矗立在敌我残肢断骸、腥血块肉间，掩口嘲笑道：“不要脸的家伙，就凭你们两个的身材也敢露？”螺发回道：“尤物，纵说我等相形见绌，横竖输人不输阵。"娘娘笑道："也就这两根毛露给谁看？脏死了，你们两个人妖若是知耻也该刮一下腋毛。"螺发噘嘴摇摆道："我们有自信就好。"娘娘轻笑道："哟，那说真格的，看你容貌秀致，倒有花美男姿色，可惜！不是我的菜。"螺发巍峨挺立道："你邪魔外道，岂又配当我的肉。"娘娘狞笑："自个儿撒泡尿照照镜子去，你的腰肢比我还细，恶不恶心！不要上不到我就在那边恼羞成怒，丑上加丑。"月光合掌曰："南无药师琉璃光如来，貌身乃天然态相，贵在透明清净，而不在美丑论评。"娘娘好无礼："干你娘的，你们一个女体男相的臭将军，一个男人女相的泥菩萨，丑就丑了，搬什么大道理。"月光叹吟道："我们不得不承认你比我们美。"娘娘高声笑道："看吧！勇敢承认了比较自在嘛，两个可怜鬼。"

"可惜，"月光菩萨道，"你老是忧心自己不够美，自寻可怜也。"

恶水娘娘闻言愣怔片刻，脸上一阵红一阵白，方气冲冲叫嚣道："我没有！我才是最美的！"

螺发将军浅浅一笑："瞧你气得也忒可爱。可是啊，既然你是最美的，为何魔王却是个花心大萝卜，偏偏要去拈花惹草一群台妹？喔我不明白，这是因为你不够正还是不够台［local、俗不可耐］？"

"对！我不够台！"娘娘握起粉拳。

"平心而论，"螺发以诚恳的语气道，"你在台妹里面算正的。"

那娘娘崩溃巨怒："我不台！"

螺发道："就是因为你台，魔王才不要你。"

"我不台我不台！"娘娘失控喷泪道，"没有人说过我台！"

月光菩萨背过身子偷笑，这俗世间女人家最怕被说台。

螺发续朝娘娘道："那就是你不够正。所以你猛学化妆勤劳保养、猛饿肚子控制体重、狂买各款性感内衣企图将魔王挽扣于你一人身畔，然而却……唉。"

娘娘突然整个人跪倒，抱紧自己蜷缩嚎叫："我还想整容！第三者的脸蛋比我还小！我想要削骨！"

月光菩萨疼惜着过去搀扶，小步子踩着士兵尸骸间的空隙靠近。这才触碰到娘娘一毫，便遭她甩开手来怒骂："不要碰我！"

螺发一旁道："你明明就是九头身巴掌脸的辣妹啊。"

娘娘激越道："就是啊！我哪里不好！"

"因为……恕我直言，"螺发鼓起勇气，"你不够……紧。"

娘娘坐起身子嚎啕哭喊，两条腿轮流狂踢尸骨："没这回事！没有人说过我不紧！用过的人都说我是名器！)))))))))"

月光闻言抽搐一记，只觉不伦不类这是。

这一哭给哭开，郁积于内心深处的情伤将恶水娘娘自身千刀万剐，她开始伤害自己："我他妈贱！我把我最好的时光都给在他最坏的时光！他永远把我排在第二位、第三位、第……"

螺发忍着笑，配合道："你还真的是……"月光忙举手止住同伴。这月光自是菩萨心肠，朝娘娘双掌合十，悲慈颂曰："**药师第八大愿——**"

娘娘不愿意听，只顾哭闹。

"**愿我来世得菩提时，若有女人，为女百恶之所逼恼，极生厌离，愿舍女身。**"月光菩萨颂曰，"**闻我名已，一切皆得转女成男，具丈夫相，乃至证得无上菩提。**"

待月光语毕，娘娘停下动作，哽咽道："药师……愿度我吗？我是无恶不随、无恶不作的恶水娘娘耶……我那样欺负张济父子耶……"

月光柔声体贴道："如你除喜好脱衣，犹诚愿超脱苦恼，消脱业障，愿俾自己与药师佛一缘，有愿则有缘。"

娘娘遂感而下拜，突而四面一片金光闪动于周遭尸骨血河，视线空茫。这金光乍来即逝，视线一会儿恢复过来，只见所有遗骸顿生成素馨花卉。螺发将军对花丛说声："对不起借个光也借个香。"欠身折过一枝花朵，交到娘娘手上。娘娘持花，眼润清泪。螺发道："你的脸比这花儿还美，快把衣服穿起来了，着凉哟。"

恶水娘娘这便投降。月光菩萨替她起一法号"碉萼"。

这个萼字，所谓花萼。碉，音义通涧，谷中清流，这里指血流。

某个盛行佛教的朝代有一首诗正巧是这样写的：

木末芙蓉花，山中发红萼；
涧户寂无人，纷纷开且落。

且说魔王这厢，蛟龙、金刚杵、破空山三兵团出击，敌我大战数十回合，后二者遭魔王反噬，兵团全军覆灭，两个司令官阵亡。蛟龙兵团眼看也将挂掉，司令官宫毗罗忙令鸽子请天胡兵团来救，援军却遭魔王设伏掩杀，不得已天胡司令回撤他心脏阵线休整。魔王大军此时死伤逾半，但连挫药师三兵团，士气昂狂，急起总攻，欲将奄奄一息的蛟龙兵团全歼。宫毗罗手持长剑，接连插死数名敌兵，然再又几个回合下来，蛟龙兵团只剩不到一个营的兵力，敌人发起肉搏冲锋，双方嘶吼间滚杀成一个面糊团。此时黄绿两色浓稠痰柱不断喷覆而来，沸泉蒸烟弥天，倏忽间佛兵一个连遭灭。妖气成阵，一怪物手持五叉戟冲出，将佛兵一个个掀起，真真是大拖把罡风扫血浆，两下子又杀坏一个连。宫毗罗悚然，比划出架式，正欲冲杀迎战，只见魔王持戟叫嚣道："你就是那尾废龙将军？"宫毘罗厉声骂道："炎魔孽畜！就算我军败亡，也将你头献祭！"两人于是过招，小兵们犹相互厮杀。炎魔实在厉害，斗过三十回合，将宫毘罗身上杀出几道血口，宫毘罗跟跄倒地。魔王高举叉戟，眼看往将军胸口戳下，殊不知身后远方的草岭野原，坡度延伸而去的棱线上突然冒出千百个黑点，一波浪一波浪地扫下，五百成一千、两千成四千，黑点尽皆无声，齐作狂奔。两军杀得痴醉，不知娇客临门。各种花色都有，这几千只野猫进入"射程"后，纵身扑袭，将魔王士兵尽皆抓倒于地，疯狂作乱。那魔王正要下手，冷不防也遭暗算，从脖子到脸上爬过一道血爪印。"这是哪来的猫！"魔王惊愕四周景象这般。那只朝着魔王攻击的大公猫，摆动麒麟尾，睒着碧眼说话："我们不过是街上讨生活的帮派，不嫌弃的话今儿个在你们这儿闹个同乐会。"说话间草坡上野猫仍源源不绝从棱线倾灌出，魔王和宫毘罗这一望去，只见一人骑马从棱线下来团簇于猫群中，俨然就是猫军指挥官。待一细看，那人骑的原来是一只巨大的柴犬，身子和狗头均同新疆出产的天马一般硕大。魔王顿时越发不安，大呼："怎么这么多怪物！"说时迟，那时快，狗背上的人单手持一长枪，朝魔王射来一梭子弹，那魔王倏然翻滚闪避，状极狼狈，暂作逃出战场。魔兵见主帅落跑，纷纷仓皇散去，免遭野猫封喉。一时之间巨狗跳至宫毘罗跟前，骑士翻身下马，不，下狗，朝宫毘罗拜见道："末将张万康，率游击兵团驰援，怕是来晚了，特请将军治罪！"

适才宫毘罗的腿遭魔王利刃剚伤，这会儿一瘸一瘸过来要和万康握手，那万康赶紧跑近，趁早将他停住。"……你就那个人，"将军似是感触良多，"来了就好。"

　　两人商议，目前的兵力，猫兵团终非正规军，怕只能挡一时，早晚仍将遭灭。不如趁魔王尚未建立包围圈时尽速往药师佛那厢会师，同药师来个鱼帮水、水帮鱼一起先对付肿王。这里就来个故布疑阵，让魔王扑个空。

　　既退，魔王略作缓冲定神，忙调集残酷的捕狗、捕猫大队和铁甲喷水车作先锋，正要重起攻势，忽然探子奔入，报告药师兵团在辖区某处展开突袭，旗帜番号计天胡、巨鲸兵团等数支独立旅。魔王忙将主力拉去接敌，闹了半晌方知是个佯攻，番号也是假的。魔王顿足，上当后寻获宫毗罗正确行踪加以追赶。说来一下子能追到谈何容易，追击间探子慌张来报，说恶水娘娘已经投降。魔王冷笑道："婊子一个，死了干净，反正我爱的又不是她。"探子道："有一娘娘防区的伤兵不肯结伙投降，逃跑出来说他亲眼看到一事。"魔王问何事。探子道："娘娘投降后，当场就同敌方两个指挥官搞起三P。"这下子魔王瞬间变脸，陷入歇斯底里呲牙呐喊道："这个女人只有我能碰！我不爱她，她也不能给别人上！一次还两个！"魔王过于激愤，便拿士兵出气，限期尖兵部队风驰电掣，明日势必追上宫毗罗残兵，否则统统枪毙。

　　转过一天，宫毗罗部队与敌方尖兵部队开始驳火，且鸽子来报，捕猫犬大队与喷水车即将全面赶达最前线。宫毗罗对万康慨然道："我命休矣，贤弟莫作无谓牺牲，速领猫军脱离战场。这些猫，也是生命。"万康思忖，说道："好，不得不让猫战士们先走。不过，我的坐骑和平时我驯养的三只猫留下，我四者当你的贴身侍卫。你来救家父，我救你，天经地义。"宫毗罗拭泪赞曰："小鸽子没看错人。"万康道："将军且莫多说了，我知附近有一密道，"说着打开地图指给将军看，"走这里即可摆脱纠缠，顺途直下胰脏。"

"果然是条密道，连路名也没写上去。"将军大喜。

"虽无标上路名，"万康禀告，"当地人叫它华容道。"

看官，帐下有人偷听，你道是谁？判官也。当时药师佛叫他躲在场边将过程记下来作见证，他本在肿王战区拿着一台 DV 摄影机观战，但见药师率三兵团和肿王一时杀得难分难解，评估一时不会有结果，便跑来别的战区玩耍。判官一听见华容道，帐下暗笑曰："那赤壁之战，曹操败走，只剩一小撮人马，踏上的就是华容道。结果关公出来，曹操惴栗，以为会被斩了，关公却演了一出义释华容道。你张万康今天正好走的就是曹操的衰运，可魔王阵营却不会有人纵虎归山。你们这帮人趁早挂点〔玩完〕，我好把万爸接走结案。"说着飘上天际，匿身云海中唱起一段京戏《华容道》。这还没完，唱着便朝一云朵翻上，乘云驾雾高速飞至魔王阵地上空，空投一封书信。那魔王的小厮将信拾起，打开来一看："敌往华容道、做善事的人不居功不求名、无名氏上。"忙将信呈入兵帐，那魔王看了惊笑。

果不其然，宫毘罗、张万康等人遭到残酷狙杀。万康骑着大狗搭载不良于行的宫毘罗，于华容道奋力血战，腰际左右口袋装着一对小母猫，领口里塞的是大公猫，三猫兵伺机跃出与敌军烂战，打不过时则跳回主子身上。整条华容道前后都遭包裹，佛兵们为掩护司令官前进，牺牲惨烈，死难间犹高呼"保驾"、"开路"，杀到后来只喊"开"、"保"。战至覆亡之际，只见右路扬起烟尘，无数匹战马的蹄音由远而近，海市蜃楼的沙雾飘渺中现出许多旗帜，上面一个大字"仓"。一时间又发现左路亦有盛大马队奔来，旗面上写着"平"。魔军正要接战，只见两翼马队同时于马背上发箭，一时箭雨漫天而来，魔兵举盾间左支右绌倒地者众，仓皇间耳听得两面轰然叫出"杀"声震天，瞬间阵地就遭交叉闯入，死得是一盘狼藉。紧接着正前方的魔兵统统被砍倒，根本来不及逃窜或投降，来者骑在一匹赤兔马上，一把大胡须在红脸上甩动，一挺关刀杀至张万康和宫毖罗跟前。战事紧张，万康和司令只能在狗背上赶忙拜见关公。这时关公身后举"关"字旗的骑兵们散开来布阵，周仓、关平的旌旗亦加入，齐将司令等人包围保护。关公似充耳未闻，未作还礼，捎缰绳小溜圆场。蹄音脆实，绕行一会儿工夫（注意，马照跑它的），高高擎起关刀旋而一个撇下，稳重道："小万康，我来同你叙旧。"完了继续巡场……

　　那魔王闻讯败坏，忙把所剩部队全面压上，并唤人把五叉戟的刃头涂上毒液，亲自来斗关公等人。两军陷入一片肉搏惨战中，魔王犀利，先将周仓、关平刺死，紧接着遭遇劲敌。与关公交战破百回合，方将关公扫离马背，两人在地面持兵器对打。张万康和宫毖罗这时杀退一帮敌兵，分别过来助战，三人走马灯竟无法将魔王拿下。判官从草丛中探头惊呼："好一个三英战吕布！"只见这时魔王卖个破绽，将五叉戟脱手抛上天空，张万康纵身去抢，关公趁隙将关刀往魔王身上劈落，却被魔王双手牢牢将关刀握住，顺势一个大脚蹬去，关公痛叫一声后仰摔去，关刀已在魔王手中。魔王也不抢上追杀，急速旋过身来，往冲上来的宫毖罗一刀下去，立时卸下宫毖罗一只胳臂，血如瀑布。万康忙来抢救，持夺来的叉戟将魔王挡下，人救到了，叉戟反遭魔王以关刀钩上天空，瞬间魔王左右手各握一挺。魔王才要笑开，关公忙朝魔王背后一个飞扑，将关刀抢至魔王咽喉处，用双手收握起一根长柄欲将其勒毙。魔王难受间肩、肘同腰部协力一摆，将关公甩到一旁。两人一时各持原兵器分开，魔王扶正脖子喘息，关公忙过来查看同伴。万康抱着宫毗罗断臂处鲜血如注，魔王这时已持毒叉戟冲来，宫毗罗疾呼："关公成全！"关公二话不说，朝宫毗罗一关刀劈下，将他另一只胳臂卸下。魔王撞见这一幕，骇然顿足，脸上遭一滩热血喷中。关公下劈后顺势耍一个刀花，将关刀倒插于地，宫毗罗用上臂一小截残肢迎上去挟住关刀于腋下，大叫："让！"关公和万康忙退开，只见宫毗罗将一柱刀把子当做瘸腿的支撑物，整个身子腾空一记跆拳道的后旋踢，将那剩下的一只健腿朝魔王脸上扫去。魔王整个人七荤八素摔在地上不起。这时魔兵们抢上来捍卫主子，三尾猫兵杀上来扑挠，大狗也冲上踩咬一阵。关公和万康趁乱想找魔王，却见魔王正持毒戟转成侧面下刀，将宫毗罗两腿逐一砍下。宫毗罗震声惨嘶："我本大罗汉！堂堂法身，何惜四肢！"魔王狞笑："还有人头。"便将宫毗罗的颈项斩断。

关公望见，复仇心切，抢着关刀奔上来找魔王算账。孰料魔王趁关公失去镇定，挡了两招，卖过破绽，又将关公骗过，大喝一声："取你首级！"只见关公人头被血柱冲上天空。万康见关公殒命，下意识去抢救他的人头，空中摘下，洒泪间却见判官躲于云隙。万康忙呼："给你！"便将人头往判官传去。只因万康回神，心想我带着这个球，不，这颗头，不好战斗，你先替我保管。那判官惊愕间接住，大喊："我不要！"吓得将球边跑边回传，万康接获后追上去回给，两人就这么飞在空中像玩橄榄球反复传来传去。

魔王先是愣住，这才凝神瞄准，将毒戟往万康方向一力射来。

万康不是傻子，这是故意跑远赚魔王入毂，空中一个闪躲，叉戟飞过身侧，从而下降射中一株树干上。万康对前方判官大吼："不保管好我杀了你！"便俯冲去地面追夺这挺毒戟。魔王心头一剾，要是被你拿走我就无法逞威，连忙也往树干冲去。这目标物与万康、魔王呈一狭长三角形，魔王虽离较远，但速度快过万康。这时判官离树干最近，正好抱着人头飞到这里。万康高喊："取那支扔给我！"判官怨道："拎娘咖贺，我怎么这么忙哇！"万康和魔王齐声喊道："扔给我！"这下判官陷入空前矛盾，当着万康的面将它丢给魔王这传出去怎么做人，汗急中干脆将叉戟拔出，暂时谁也不给。魔王比万康快一步，却没抢到叉戟，整个身子撞在树干上，眼绕金星，一时只怕昏厥。万康落地，朝判官嚷呼："扔来！"判官迟疑道："唔关我事！我中立！"万康炸嚷："战场上没有一个人可以中立！"判官嘴唇抖颤，无奈间嘀咕了声："算我衰。"扔出。

　　这时魔王恢复过来，正欲起身，只见一挺五叉戟逼至胸口，抽身不得整个人跌回树干。魔王眼睛对着万康，感觉到剧毒的刃头觗触在自己胸口表层上，明白万康只要稍加施力，自己便步入黄泉。判官一旁手舞足蹈惶然喊道："既然我中立，我也得替他求情！小张你放了他！把他绑起来送审得了！"万康眼中只有魔王，朝他道："我给你五秒钟思考作答，猜，我会不会插下去？"

　　"五、四、三，"万康开始倒数。

　　魔王正欲开口，万康没数完便将五刃插入。魔王嘶鸣。

　　才一拔出，万康再又连续发力深插几记。

　　"喔对不起我口误，"万康道，"我是要问我会插几下。"

　　魔王呻吟间道："……一百下。"

　　万康道："你多叫一次，我就多花一次的力气。"

　　说完再使劲戳入深处，魔王失魂碎魄，痛楚呻吟。如此这般万康戳了九十九下。

　　"你赢了，"万康道，"只有九十九下。"

　　魔王吁出最后一口气，两眼发直，气绝而亡。

　　判官一旁怵然打哆嗦道："……张万康……你……你……你太暴力……"

　　万康把关公的人头从判官那厢提过来。然后去寻回宫毗罗的人头，两个放在一起焚香祭拜。

　　判官这时平息过来，对万康拱手陪笑道："为表中立，我不得不替他说两句话嘛，说到底你干得好。"

　　魔兵们奔来树干，目睹主子罹难，颓然丢下兵器，纷纷投降。

　　大狗在草丛间找草药吃。三只猫在一旁悠然舔手。

　　却说老魔头肿王把持的这一片战场上，先是僵持不下，逐渐态势明朗。肿王有所损失，然换来药师佛手中三个兵团报销。而巨鲸兵团派出援军后，老魔头虽无暇抽调主力相迎但板凳球员上去挡个几下子，光延迟你时间你就够呛。魔头且拨兵走侧背扰击巨鲸驻地，一手只求阻挡、一手意在滋扰，那巨鲸兵力分割，两头焦躁。药师见处境险恶，急调海军舰炮朝敌岸上发射，并派战机从航舰上起飞前来战区。飞行员见敌我双方犬牙交错，地面一片混战，急电药师："呼叫佛帅，这会炸到自己人！"药师心一横："炸。"于是将敌我一起炸翻，这才勉强率仅存的直属旅暂时脱险。其间月光、螺发降伏娘娘后赶来搭救，只叹战力和眼力已让娘娘整疲，盲目深入，不幸败北，同药师一道受困。日光、虎蛇，与金带、沉香那两厢则仍鏖战不休，分身乏术。

　　药师已无兵可搬，叫信鸽另觅管道，先后请来保生大帝和吕洞宾。肿王猖狂，欺负保生大帝只会写书法画符喃喃念咒，将保生大帝写的"道济群生"书法全部烧烂，保生帮不上忙只好收兵砚。吕洞宾持斩妖剑，戳了半天不济事叫苦道："若说恶水娘娘，我才想会一会，听说超正一把的。"判官这时从炎魔战场赶达，附议道："可不是！听说她脱光光耶，可惜俺也错过啦，摸不着她还摸来个人头，呕！"于是吕洞宾向药师谢罪退驾。

　　既说判官来到，小鸽子亦已将万康领来药师佛跟前帮衬。药师得知头号爱将宫毘罗和关公友情赞助双双阵亡，反过来安慰万康道："这些是在多算中该有的最坏的心理准备。"说话间鸽子越过枪林弹雨飞进掩体内的指挥所报告，肿魔大军再次汹汹来犯，重兵器的伪装衣都已脱下。鸽子才讲完，忽而尖锐的飞翔声音划破天际，药师惊吼："找掩蔽！"

　　一场炮击后，三只猫从废墟缝隙中溜出，轻巧探步，慢慢快快，似乎环境的改变让它们感到疑惑又新鲜。然而隆隆的履带声进逼。万康躲在半毁的掩体内，从包包中取出手榴弹，让猫咪叼住，搔抚三猫兵的脸和脖子说道："往坦克里塞，自己小心。"三猫衔命奔出。这时药师手持一挺轻机枪跃入阵地，说道："月光菩萨被炮弹打坏了。"说着从身上取出一枝浅色木片做成的古朴发簪，"他的簪子还是香气袭人，没沾惹半抹药硝味。"万康定睛一看，这是一枝吃完冰棒的木片。药师收下发簪讲话："敌人现在是炮兵直完了轮坦克兵横，步兵偎在坦克四周围跟着闹。螺发将军把发带解下，甩出章鱼手臂般的长发，将敌人坦克抓起来摔烂好几台，可坦克着实太多。"这时外头不断响起钢铁闷炸声，不久履带声完全静止。三只猫跃回掩体，回报任务完成。药师喜道："你的猫士兵轻功了得。"说着想起："你的狗呢？"万康道："狗怕炮仗，垂着尾巴躲在最里头。这会儿我放他出去咬敌人步兵。"于是吹声哨音，那柴犬哈噜二楞子般跑出。万康从包包掏出一颗绿绒绒的网球，对药师道："他特爱玩接球。"说完将球往外头掷去，哈噜四条腿发狂作八条腿抢着奔去。只听得前方一片迭声惨叫，完了哈噜叼球一跃而下回来，药师见状忙把机枪端上掩体，对着窜逃的敌人答答射击，称喜道："南无阿狗阿猫佛。"

略作喘歇，人畜用餐。三只猫对掩体构造十分好奇，到处上下找地方钻玩窥秘。一阵子后跑出掩体，到地面上越玩越远。一阵急促的狗吠声传来，万康见趴在身旁的哈噜竖起耳朵，心想不妙，探头张望，惊见一群有组织的野狗疯狂追赶猫咪。猫狗东扑西跳，佛兵们怕误伤猫兵不好开枪。万康对哈噜告急道："虽说猫狗不对盘，可你和这几只同我一个屋檐下生活，没有爱意，合该也有感情！"哈噜应声道："好！一句话！你把球K出去！"万康便掷出绿绒球，哈噜快速奔出。眼见如此巨大的一只马狗，敌方野狗们却无退意，以狗海战术向它展开围攻。

担忧间，巨狗载着一只大公猫和一只小母猫跳回掩体宣告安全。万康忙问："还有一只呢！"少尉喵喵发出哭丧声："咬中了……"此时隆隆履带声传来，鸽子低空飞下来失声呼道："坦克前方一排野狗列阵进逼我阵地，我军即将进入坦克炮射程！坦克后尾随大批装甲步兵，肿王亲自押队前来。"药师听了没派出防御命令，过来朝万康合掌道："这只狗和这两只猫，必须撤。"万康即抚摸狗猫道："去跟万爸说我还没死，然后赶快回家跟万妈万姐报平安。"两只猫听了用猫掌作揖便欲离开，哈噜却一屁股两足撑坐原地，歪着狗头瞅着万康，发出低鸣声，又吐出舌头嘿嘿笑。万康将球塞在狗嘴中，说道："这是命令。"于是狗猫窜走。

举起扩音器，药师对敌军喊道："这是人类的战争，猫狗何辜？我们的猫狗撤了，你们的野狗何妨退下。"话一说完，对面的野狗群像波浪般动作，狗头面具俱被摘下，露出人魔的脸，同时一瞬间狗身以人腿立起，统统从屁股后头揪出一把乌兹冲锋枪射来。药师连忙蹲下，扩音器整个被打穿。同时掩体整个掀起地震，自是坦克开始轰击。药师佛痛骂："我肏你妈屄！还击！"

药硝味浓重，烟尘弥漫，掩体已遭炮弹像煎鱼那样整个上下翻过几趟，部队再不出战壕只怕统统阵亡，药师佛声如洪钟，"统统有、听口令，"一声呐喊："上刺刀！)))))))))"战士们闻言动作，鱼贯跃出，中弹惨死者众，凡没死的便找敌兵过家伙，打肉搏。这敌兵分为两股，此时狗头特战兵已将冲锋枪收起，改用狼牙棒，步兵师则持军刺（上刺刀的枪）从坦克两翼绕出来奋力前冲。双方尽情嗜血，杀成一片血海尸山，不在话下。

眼下佛兵全旅仅杀剩一个透支过度的营将近两百人。药师佛卯起来只能打烂仗，发狂间卖老命刺坏好几个敌兵，奔到一个死人堆，一把从里头揪起一个人的领子，问道："还在吗？"万康一口气往上吹掉自己脸面的沙尘，回过神来："我还以为我死了，一阵砍杀间炮弹把我打蒙了这是。"两人说话间，四周敌我战士却怔怔退开，只见肿王迎面现身，徐徐荡步而来，手中拎着一串长发，那发缠绕住他的手臂，头发延伸下来的一端是个人脸。是的，螺发将军丧命于这妖怪手中。显然他们缠斗过一番，螺发肉搏时意图用头发绞住他。

那魔头十分无礼，站定后将手中头颅用力往药师方向砸去。这劲道甚猛，不得已药师不愿受击伤只好持枪将之用力拍落，等于药师在污辱自己的子弟兵。人头落在地上，七孔汩汩流出血来。肿王道："和尚啊，怎么把爱将的脸打出血来呢？打输了又不是他的错。"小鸽子飞到药师附近滞空拍翅，朝肿王骂道："他死了也比你长得好看！"肿王道："你高兴的话我可以比你想象中还长得丑陋，不过，我只要赢就好。"万康跑过去将人头从地面上双手捧起，交给士兵们保管，回身抄起一具火焰喷射器，这便准备朝魔头发射。药师对万康摆手示意且慢，"小心着了他的道。"药师道。

肿王仰天笑曰："你才是着了你自己的道。呷饱闲闲，清修的好日子不过，跑来共这场业。"

药师道："人偶尔多管一下闲事，自是调剂而已。"

"死鸭子硬嘴皮。我让你付出代价，知道什么叫调剂。"

"老兵一个，怕的不是死，"药师道，"而是怕活的时候就已经死了。"

肿王啐道："我告诉你，这世道上，始终正不胜邪。正欲胜邪，难得一回。邪要胜正，长年累月。"

药师听了转头寻找判官，喊道："大人别躲了，死人堆里可臭着。"

只见判官从尸堆中翻落几个大体［遗体］，冒出头来叫饶道："又干我啥事了这。"

"你爱唱，"药师对判官道，"唱首《潇洒走一回》给他听。"

判官蹙眉吆喝道："您别挨骂啦。"

药师一笑，回朝肿王道："所谓正邪，我不觉得你我有正邪之分。你只不过是大千世界中存在的一个物象。对我而言，你也是生命。"

肿王道："既然如此佛心，何必攻我。"

药师道："就像野狗追咬野猫，对野狗而言这不属是非道理之范畴，唯本能发动而已。对野狗这种行为，我佛无法晓以大义，只有理解和宽容。然而它要是欺负野猫被我佛看到，我不杀狗，唯驱狗救猫而已。"

"好大的口气，你杀得了我？你又驱得了我吗？"肿王洋洋灿笑。

"肿王，如果你将你的慧力等级同狗相比，折杀的是你自己。分明你可以让肿瘤不做扩大，与万爸安好共存。如此逞威，逼使万爸痛而早走，你寄身于他，不也只落个同归于尽。横竖他活了将近九十，你降世后却才活过几个年冬，何不好生爱惜自己的青春。"

判官一旁啧啧自语道："说得好。炎魔好歹睡过娘娘这等标致辣娘，他闹半天得到了什么这是，连娘娘放的屁都没闻过。"

"放肆！"肿王耳尖听见，作个手势朝判官方向一吸，磁铁一般就把判官一把吸到手心捏起脖子。顺而把判官的脸往屁股一塞，立时放出一屁，旋将判官扔回原位。判官瞳孔放大，满脸充气涨成酱紫色，不停仰天呛咳，爬不起身子，心道："果然是妖屁，臭。"好容易止住咳嗽，脸色恢复几分正常，便朝肿王下拜："大王的屁好香哟。"

待魔兵们哄笑声渐歇，肿王向药师道："和尚，我倒要请问你，你又享受过什么青春？他说我没吃过女人肉，你一个出家人又吃过什么女人肉？说到头你我是同一种人。"

佛兵们觉得可笑，都等药师回话，却见药师闭目不语，像是兀自沉浸于绵绵心绪中。肿王指着药师高声道：

"我们参与的都是生死劫数。不同的只在于你出世，我入世。你消极被动，我积极主动。你冷眼生死大事，我主持生死大事。我们是一体两面，分工合作。"

药师深深吐出一口气，睁开眼，黯然道："师兄，你我打小同门习禅学艺，炮制丹药，练武修行，一起打扫庭除，一起挑水撞钟，一起偷看 A 片。"此语一出，四众皆惊。

"想不到你学成出师之后，于天界胡作非为也罢，这会儿更下凡滋疟众生。我与你最大的不同便是，"药师说着用力甩下双袖，"我不杀生。"

肿王听了咆哮道："少跟我在那边往日情怀！你才偷看 A 片咧！你……你把好片子都暗崁〔私藏〕了！……而且你杀掉我军官兵不止一人如何自圆其说！"

药师道："你的行为方叫杀生，我对你们和病人均为救生。你愿不愿让我救，事到如今看你自己。"

肿王失笑道："掂掂你有几斤两重，你没问我讨饶反在我门前摆谱。啐，我他妈对病人就有杀生吗？没错，我让肿瘤隆胀或扩散蔓延，可那是我爽。身为药师你有没有医学基本常识，病人向来并非因肿瘤而死，肿瘤只是让他生理机能变差，感染有的没的并发症而死。我优哉过我的日子，别把死赖在我头上，我丑归丑没那么可怕！况乎世间并无绝对美丑，只有主观执著！"

药师道："你降生人间，倒也学会人间政客之诡言分辩。我同意世间本无美丑之别，让你变丑的不在于其他，而是你自己。一如我并未杀死谁，而是其自身杀害自己。"说着将手上的一挺军刺用力掷插于地，申令四方："我同他师弟兄之间的事，谁人均不得插手。"

肿王大喝："行！就依你！你们谁要帮忙也没关系！"

茫茫脏器皮土上，两名主帅隔开一段距离，各自就位面向对方盘腿端坐，一个泰然，一个巍然，俱关上眼皮聚精会神，纹风不动。两人就这么入定五个时辰之久，仍无动静。敌我官兵只好在一旁做炊事烤肉，或打盹儿打呼噜，甚至跟对方借烤肉酱或蒜头，并举行两军交换礼物活动，把各自做出的食物请对方品尝。原来，他俩是以念力交手。比的是谁先入侵谁的脑神经及各路致命筋脉，破功者将自爆身亡。判官私下告诉万康："不瞒你说，他俩俱是外星物种，一百四十亿年前就生在宇宙。"万康惊问："真有此事？"判官道："那猫，亦是药师佛从外太空带至地球上。"万康道："地球上本有猫科动物啊，一千八百万年前它们是同一个祖先。"判官道："既然是同一个祖先，怎么狮子、老虎、豹子就演化成那么大只，猫的身子却偏偏要退化成这么小？"万康狐疑道："……是这样说吗？"判官道："所以为什么比起狮子老虎豹，猫特别爱发呆冥思老半天儿，它是在用念力跟外太空的生物发信号啊。你看看肿王和药师哥俩，他们就懂这一味。"万康道："我他妈还真信你一次了。"

第六个时辰开始，药师身子开始颠摇，像遭隐形的风推浪晃，逐渐不支。那琉璃身似成了脆弱的玻璃片。而肿王至多深呼吸几大口，便立刻沉归定境。万康和鸽子等佛兵望见药师打摆子严重起来，统统冲上去推拿诊治。魔兵检举犯规！讲好的只能让他俩过招。判官嚷道："张万康你们退下，我是裁判官，我必须中立公正！"无奈间万康等人退回，合着帮忙也没用，越帮越忙药师越打摆子，像是想把他们荡开。续而药师从头到脚各孔隙开始流泄出目油、唾液、鼻涕、尿液、粪便，耳朵则流脓汤，指甲前缘生出黑污，足趾间缝隙生出黏垢，脚皮吱吱叫着斑驳长出，外加鼻毛冒出、鼻屎掉出。

鸽子的脖颈一节一节转动，忐忑咕噜这如何是好。万康将手猛力拍击自己额头，手停住时仍扶住额汗，遮着脸对鸽子咬耳根子。那鸽子道："这像话吗？"仍是起飞。

人心惶惶，药师佛的身体和颜面猝然出现龟裂现象，各孔隙泌出血水，胳肢窝和胯下深处开始掉毛（还好他本就光头省了掉发），佛兵们嚎嗨恸哭。就在这毛谢毛飞飞满天十万毛急千钧一毛之际，忽而四周围彻底暗下，佛魔两军完全看不到对面和自己和其他。在这深荒的极度恐惧中，突然出现一根超大型的人参。不，那是闪电，模样像一棵人参那样的闪电持续在士兵们眼前抖颤。忽然间轰天一个大响音，震得众人掩耳叫娘。雷声后四周大放光明，一只鸽子飞出，一个洋人走出。那洋人的装束比全裸还离奇，裹着运动赛场的摔跤项目紧身衣。一身的肌肉棒子显然练过，腋胁和胳臂的距离很开，看来这块空白处可以塞下一个木瓜。他啐出一根樱桃梗子，便将手放在药师佛的头皮上："兄弟，你没救我我知道。你不必谢我，我只是他妈不屑你。"说完绕到犹在打坐的肿王身后，人蹲下来和肿王背靠背，两只手由下往上穿进肿王的腋下，人立起来时已将肿王扛起。众人惊呼间站起身来，但皆不敢上前干涉。肿王神色木然，似专注于发功无法回应。洋人和肿王的交叠模样，前后来看都仿佛组合成一具十字架。众人屏息悬念间，这尊十字架开始旋转，越转越快。十三秒间竟高速度旋转了三千九百九十三圈，难以平均算出一秒转几圈。没办法，这是神迹。洋人终于停下，累喘吁吁："是该戒烟了，你累了吗？不好意思我有点累。"洋人松开胳臂，勉强可以站直，肿王整个瘫倒不起，口中不断倾吐天蓝色汁液和唾沫。这时魔兵们哭号抢上，忙半天无法将主子救起。判官朝万康破口干谯："怎么可以拉帮手这是！"万康道："他自己讲有人帮忙他也无差。我们这是成全他，如果还是输了岂不显示出他更威。"判官哀叫道："这像话吗？"鸽子飞至万康肩上："不像话，像言舌。"判官大骂："去！冷坏了我这是。"

药师的身子以佛力快速愈合，人站起来问左右："发生什么事？记得我和魔头打了三百年……谁赢了？"洋人走过来，用大拇指朝身后比。药师望去，于是了然。药师面有窘色道："……这不好意思，说好了一对一……我这是犯规……"洋人哼的一笑："我来帮你就不是犯教规？"药师忙合掌三拜以表谢意和不是。像是一个热气球那样，这时候洋人冉冉上升，天际中下来一道灵洁宁熹的银色闪电，他纵身一握并用腿夹住，整个人像松鼠爬竿那样沿着闪电爬高。消失。

药师宣布清理战场，并吩咐对魔兵们作受降，另派信鸽勘查其他战区。一会儿鸽子飞回报喜，先说那日光菩萨和"虎蛇"摩虎罗联袂顶住敌兵攻势；再报那"金带"迷企罗和"沉香"颇你罗的地面长桯火炮和海陆空三方飞弹人有斩获，张罗山"安迷大法"投射出无以数计的吗啡炮弹、安定飞弹、精油炸弹、绕指柔带状子母弹、金光二型导弹、沉香八式火箭，逼使敌兵在层层药网密封下竖白旗投降。药师颔首微笑，对万康作交割道："痛，制住了。"万康欣喜欲狂，鸽子快乐地在天上乱冲。一会儿，万康却心想不对啊，遂问药师："可娘娘投降我们当起尼姑了，炎魔和肿王更遭毙命正法，这不但痛给制住，病也该治好了不是吗？"药师道："炎魔被你戳了九十九下，大体遂已死透没错，然而肉渣子漫天飞舞，它们落地后成为异变种籽，自行无性生殖。虽时与机不可能培养出魔王那般的威力，但亦不容小觑。你已复仇了结，莫再牵挂。"

万康点头无语。药师续道："肿王神昏气虚而亡，但呕吐出的蓝汁浸入皮层，这是他天性偏狭总不甘认输，留了这一手，写下外一章。但万爸已不必再受他直接甚或间接骚扰，世间自以为胜利而猥琐得意者比比皆是，我们毋庸与之较真。就让那肿孽火化时自灭吧，阿弥陀佛会试着趁机将万爸接引，游经西方极乐世界时他同我提过。可那小子，非要我打到一个份上，他才肯携观世音菩萨出手，真是爱看热闹你说是不。"判官上前来笑道："原来佛界也兴'看人呷米粉喊烧'［多管闲事，一旁瞎起哄，敲边鼓，甚或说风凉话，其实心中艳羡］啊。"鸽子一旁咯咯咕咕地笑。

药师佛凯旋，八亿四千万兵力惨胜回来，三大战区主力兵团在内共七个兵团全部挂点，其他战区五个兵团清点过后共凑齐一亿五千万兵员，大概是两个兵团出头一点。判官以春秋之笔点评道："倾国倾城，图的是换回一个正妹，值。"这厮说的是恶水娘娘。

话回彼时八月三日晚场会客，只因万爸不断打摆子如一只破碗中闪灭的火蕊，当时万康演了一出戏、万姐发了一顿火，终等到神经内科开的药片。看护士让万爸服药后，姐弟二人于九时许返回家门。想当然尔，姐弟俩忧忡讨论半天，对那药片所能提供的一般药效很不放心。万姐愁道："那个新来的住院医生一副大学生的傻蛋样，医学院出来只会读书吗？"一时之间万康猛然醒觉，中午 Z 有提如果用药可能昏迷沉睡（这里指的并非生命指数下降之临终昏迷，而是拥有生命迹象如植物人状态那种昏迷），我答说好，以为你明白了、将会吩咐下药，但只因我没愈加用力而明确地说好，于是你因顺把病患晾着。是的，万康懂了，对此人（或应说对所有医师）尤须用最强调的挂保证方式讲话，她等的是你作出"选择"后用最清晰的"指令"亲口告知。她属点到为止、轻描淡写派，绵里藏针，藏的是一剂安定针。你没去强调，她就算了，当没说过，免担医责。万康愧悔自己忘记网友医师的建言，"要明确"。

之后万姐在午夜十一点多打电话进 ICU，问万爸状况，小医师讲："那个药似乎没什么效。"万康接过电话讲："请不要有后顾之忧，我们只希望他不要再受痛苦，尽管下药！就算半夜我们接到病危通知都没关系。"电话讲完，万康要万姐暂且安下心来："至少他这次很诚实，讲那个药没效。诚实是最好的答案。"是的，与其他谎报万爸状况还行，不如老实讲，这样万康他们还能发起进一步的回应方案。小医生之所以状况外，约略是欠缺应对能力、不擅话术，毕竟以"再观察"而把病人放着（放烂）的习惯只是这一行……行之有年的"行规"（常规）。而日昨瞒混打过吗啡，过了也就过了，可以包容去想，那也只是一时悸慌了就瞎说，总之来打了就好。

然而，在 ICU 里，小医师接获家属的电话指令后，值班的夜半时光中仍不敢对万爸注射药物。他想等白天赶紧请示主治医生再说，思想上镇定剂（安定剂）这种东西他不敢妄自承担，让家属去跟长官挂保证后再由长官下医嘱给他为妥。这就是万爸的命呐……可是，小鸽子严守岗位上，他看不过去。在鸽子的穿梭搞鬼下，八月四日，药师兵团对肿王发起惊天泣鬼的拂晓攻击。

是日中午十一点整会客时间，姐弟二人快步入内探视。一看，万爸不再抽搐，沉沉睡中。护理长急如星火奔来，首先告知："副院长上午亲自来指导过我们，北杯现在状况控制住。"询问后得知已注射安定剂相关药料。万康欣慰，很是感谢，以和气但断然的心意表明两点，请多用药、用重药，莫有后顾之忧，只要前提上能让我爸……巴拉巴拉，这两天就会走、甚至我今天半夜就收到……巴拉巴拉。护理长未怪万康啰嗦，反用如释重负的语调回答："啊，你这么说我们就放心了。"阿长自也听人说起万姐昨晚发怒一事，风姿绰约、明媚动人的她含笑间作安抚，勾抱着万姐"姐姐，让你担心了，我们真的很不好意思"云云。阿长并主动讲起："前天没打吗啡其实是我的错！我叫护士问北杯痛不痛痛才打。"对此她频频致歉。万姐作出涩涩但友善的笑容。并非对她有意讥讽，她的诚实确让万康意外且感佩，因那桩事姐弟俩今日并未提起。

不多久Z医师进来，主动对万康略怀歉意地请示（一旁则是阿长续朝万姐撒娇搂抱讲话），如须有效使用吗啡和安定剂这两种药物将导致长眠昏睡或其他风险云云，万康答曰我刚刚也跟阿长讲过这点，巴拉巴拉又声明一遍，并且请她务必交代小医师如下药犹豫可半夜来电无妨。Z表示吗啡尽量用我不担心，因为他有呼吸器（因吗啡多少会抑制呼吸）。后X医师续至，双方亦作如是沟通，众人额手称庆，皆大欢喜（小悲大欣大悲小欣交集一通，不过饮料店至少都卖中杯不卖小杯）。只是，两位医师原先对万爸可以再活好一阵子的评估，如今不但采取保留，而且收回。至于抽搐因果，X表示根据测出的阿摩尼亚指数，万爸的抽搐不是肝昏迷，原因无法肯定，"也可能……虽然这种说法缺乏科学证据，像我外公走之前，看见过世的亲戚来找他，喊亲戚的名字，一直抽搐想坐起来。"万康笑曰："但是我爸抽搐一整天，排队的亲戚也太多了吧。"或许，原因不大重要了。

安宁病房的护理长第一次来，她和这几日负责万爸这床的安

宁病房护士，随后亦一起加入，谈到转安宁病房的可行性。ICU
的阿长建议还是就在 ICU 住下去好了（这意谓将不会按常规在患
者住满四十二天就请万爸迁出）。安宁的护理长遂表示，此后她身
边的这名护士仍会进来 ICU 照护万爸。这位护士老家住嘉义新港，
慈颜秀目的女孩，过了两天带给万康一瓶精油一起和他帮万爸抹身
按摩。万康看万爸瞑瞑享受中不觉莞尔："我平生还没用过精油呢。"

晚上探视，万爸仍昏昏沉睡。能睡，是福。

众看官，下一回是完结篇。

第廿回

斗鸡回归关关闯　小大团圆悄悄说

妈的，先说好，这一回废话很多，不要怪作者啦。合着看官您都撑到这步田地了，不看我的面也要看佛面。

话说八月四日近午药师佛兵团回抵净琉璃世界，少不得招来迎王师的国民，尤其广严城喜庆翻天，城门口一路闹到疏空禅寺。然而銮驾上药师兀自入定，完全放空，任夹道民众吵他的去。确实地，他没什么好骄矜的心境。相反地，打过这场血战他愈加感到谦卑。他对胜利感到恶心，他不认为打赢，也不在意打输。"不过是有缘出国走走，走过几片世界又好似风景如梦。"入寺时在心里他这么说。不过最主要的原因，说穿了，他只想狂睡一大场。还有，他不想再骂脏话啦干。

说到睡，这日中午会客时段，万康见父亲不再抽搐，安于睡境。

晚场所见，亦然。记曰：

晚上去 爸亦很昏睡
听说下午和傍晚曾睁眼醒来过
说是没昨天那么抖 但会抓脸（脸有管线）和脖子
可能是因黄疸发痒或不习惯气切的装置
但护士和医生没法认定两者的不同

我们6点半会客的前半小时也就是6点
护士给爸打了镇定
爸一下就睡了

我本想说 当药性过后 他醒来后
希望你们判断出他是痒的话 或无论如何来帮他摸摸脸 抓个痒
如果还不行 才打镇定或吗啡

但我想医生和护士会有压力
会心想你之前说狂打没关系、爱睡没关系、出事不必负责
怎现在又叫我们不要打？

为了怕他们混淆我的意思 我忍痛不表示意见 就打吧

他们怕我们到的时候爸又再抖了那将使我们不悦 所以让爸睡觉

其实爸如果不是抽搐痛苦那种 有时摆动胳臂是希望护士或医

生来跟他摸摸讲话让自己舒服些

爸 不好意思 你就睡吧爸

我写下"能睡是福"等句子给爸
告诉爸我们有来看他
希望如果清醒过来时 护士能拿给他看

　　隔天，八月五号的日场，因为肿瘤科和安宁病房的医疗人员曾经建议家属须告诉患者罹癌为宜，万康突然认为是说的时候了。只因时间点万爸已进入"正式"上路的阶段（或说"更正式"；假若七月初被高度怀疑罹癌或甚至七月一日插管那天是买车票，现在就是等上车）。也或许他早就该说，试想万爸听了虽失望但以其个性必仍怀抱奇迹的希望去迎战，仍会想举水罐、拉橡皮筋一搏的耶，别忘了他是赌鬼，相信听牌就有"海底捞"的希望，或相信我把死神的牌扣在我手里一定可以"打黄"（在麻将赌博中又称打臭、博臭；逼和之意。与其说"博"不如说"搏"更传神）。不过既然他都会搏下去，早说、晚说应该也都可。只是，进加护病房以来万爸一直以来对自己也太乐观了，所以早没跟他明说使得他徒生挫折感，这样很残忍，也不智。万爸的个性和心境是很难言说的，他同时怀以乐观也怀以悲观，把最好的绝张和最坏的枪牌都作一张抓手里，还是那句话——这就是赌鬼。脆弱与坚强的天平上，对他来讲不是平衡的问题，而是不停在相互转化出一种力量。脆弱，也是力量；坚强，也是可爱。李道长是过来人，他两度与死神癌魔互捏睾丸，以他的眼光和法力能研判出对万爸此人不适宜道出真相，此一建议也没错。试想，如果道出真相，万爸肯定更加握着万康的手不让他在每次会客到点时离去。是啊，万爸一定超卢的，老人家（尤其他）最喜欢这种温情戏；他这个人不会去饰演那种铁下心来故意叫儿女先闪的父亲。或许，万康忽决今日就说，只是他不希望自己曾犯错（尤其他犯的错够多了），这等于他同时做到过"我没说"与"我有说"，就较可自我安慰。而且，以万爸现在的体力无法拉着他不放了（不用被万爸卢或被自己卢）。"拔，听得到的话，握我的手。"万康对父亲开启话头。这场"戏"，事后万康的日记如下（包括把药师佛对他说过的话也转达给万爸，不知道这样算不算破梗）：

中午爸算清醒着耶 多半是一种闭眼清醒状态

因为我说听得到 握我手 握了

早上还是有内出血（晚上好些）

有时眼睛可张开看我们

我告诉他 医生说你多活了五年（欺骗）

（说真的也不算欺骗 这个肿瘤应很久了）

我说这个月你表现精彩 博得医生护士佩服

我说这是光荣的战役 你要好好退休 休息了

说菩萨会引领他到幸福地方

我说你胰脏有东西 必须检查很久才能发现

说肝也不好 说大家都尽力了

叫他要放下

我说你会舍不得 我知道

姐一旁啜泣良久

我说我们会帮你烧香 想念 怀念

姐说请爸保佑我们升官发财

我就说保佑姐升官发财、我过得还不错（我升官发财好怪喔）

其间爸突然睁眼望着我很久

看不出他是何用意

事后想 是舍不得 是听到明确噩耗的难过

安宁护士 美丽慈祥的××说要带精油给我们

她主动帮爸按摩腿 真好的人

她建议我们录音乐、说话声、猫狗声给爸在医院听

山猪来 但没时间让他进来（不预警自来之侠情）

但事后还是跟我聊天一阵

其间他突然叫我 我惊醒回过神来

一时不知发生啥事 他解释说刚刚我们在聊天

我说啊……我忘了

然后我们两个笑很久

原来我突然静止不语 因为我忘记我在跟他讲话 突然想到别的
事情就回不来

笑完他略说你要顾好自己 这样恍神不大安全 随后两人互作告辞

当时对万爸说完那番话，护理长人在床尾附近表示，以她这
阵子以来的观察，北杯有意识到自己的状况了。意思是说你讲出来
不致让他太受打击。万康离开 ICU，和李道长谈完话，即骑车前往

探望朋友的母亲。

是这样的，这位伯母甫入住本城另一家医院；未患有脏器方面的重症，但身子骨老是有麻烦，便听从建议住院检查。沿途上那真是金光闪耀，正午的夏阳。

尽管伯母从孩子那边得知万爸住院一事，万康对伯母只字未谈万爸近日的病况（关于"死"的话题在这个时候不必让另一位老人家跟着承受）。仅就伯母个人的健康话题，就已经聊得超起劲而热烈。这时，正巧该院一位职司医疗纠纷的律师亦来病房探视伯母，他们是好朋友。伯母顺口请万康可以把万爸的事与这位行家谈谈。靠，万康这小子，不说还好，一说就破功了，一时忘却自己身为探病者的角色，蛮激动的哇拉哇拉一狗串。细听这几日的叙述后，这名五十多岁、久经江湖的律师开导万康，其间讲了两次"除非你够力"。律师说："小兄弟，你如果是一般人，家里有老人家生病，我给你四个字，逆来顺受。老人家走之前十之八九都会受折磨，像我爸折腾半年，我是天天帮他擦身擦了半年，有的老人还更久。除非你够力，像我，我爸走之前我跟医院打点得好好的，甚至我还觉得我要求过多，给他们刁难了。再说我妈，我妈走之前，我可以叫医生护士给我妈多少小时就打一次吗啡。除非你够力，不然医生护士只当你找麻烦，还惹来反效果。对医院来说，省钱省事，健保让手头上掐得紧也罢，或说他们本来就嗜钱如命也罢，他们为什么要浪费人力和药物在一个快走的老人家身上？"万康理解他的话，也理解他并无打击恶意，但对"逆来顺受"四字着实是不接受的，因而热切回答道："但是，我们抗议后，加上药师佛来帮我们，我爸确实就不抖了。"律师听了顿住个三秒，一以贯之"够力说"："那就是……药师佛够力。"

行家并且建议万康："你不要跟你爸讲什么'好走'。时间会到，自然会走。"然而万康适才已经对万爸作出类似言语。不过，万康是说"放下"，没用"好走"（这字眼是万康为方便起见对这位律师转述自己对爸爸已采取的……呃，措施）。可话说回来，放下，和好走，两者有差别吗？……万康认为还是有的。好走，在人还没走时听起来有点不甜，好像成了赶你走怪怪。放下，听起来比较带美感，放下可以指很多事，除了其自身的生死关，还包括不要担心妈、姐姐、我和其他各种没了的大事或细项。换言之，正因彼此之间有爱，所以要放下爱。未了的大事或细项，则用信任来交互作用（用交换怪怪的，说交心又太情滥，交感还算行）。

晚上，万爸依稀听见万康叫他，约三四次眼睛勉强睁开一下就关上，不如白天张开次数多或久。但万爸仍可用握手发力表达，有时握力不够则改动两根手指。或许这只是遇到熟人的反射动作，但从万爸努力而吃力地让自己动作来看，似想诉说或回应什么。返家后万康认为他想说我在听、我还在，几个月后万康回想这一幕，万爸应该不是意图表达什么生存理念（即便他当然想生存），那纯然只是一种反射行为，有可能可以称之为爱。

当晚返家收到朋友发电邮问候，万康回复是否告知万爸真相："他知道了／他望着我很久／手握我们很紧／直到会客时间过了很久／仍不希望我们离去／但我们晓得他平顺接受／之前便心中有底／只是他很小孩子、小动物，不舍就会表现出。"

八月六日。中午把安宁护士建议的各种录音播放给万爸（包括那对业畜的鸣声）。尿管期限已至，Z 医师帮他换过，但怕管子插进去尿道会疼，因而贴心地先帮万爸注射安定剂，让他换了好睡。由是探视时万康叫唤和轻摇万爸仍不见醒，睡得还蛮不错。这天本床日班正好轮到一位好久不见的护士，也就是作者在本书第十回所写到的那名老嫌万爸的痰难抽的机车护士（记得吗，花判官、黑山猪大闹 ICU 那回）。也奇，她今日笑容可掬，对万爸充满服务业精神，大概前阵子心情差呗。离去前，万康取过一张淡橙色的 A4 纸张，用三色麦克笔画了一个小和尚、一大枝开出两朵大瓣的花，请这位小姐于万爸若醒来时秀给他看。万康心想万爸此时读字比较累，看图应该可以。这时曾照护过万爸的一名卷毛头护士主动过来帮这位小姐，也是帮万爸，四手联弹一起使力作翻身。卷毛头曾把万爸照顾得很赞，能力好，人勤快。

今日虽收到 ICU 书记小姐递交的重大伤病卡，但万爸的某些健康数据竟有起色，四日的白血球验出三万多，今早验出降至一万五。卡片外观和原先万爸所持的健保卡并无不同，唯内容已经电脑改过。书记小姐说，这张可用到"二千零一十五年"（当然她不必讲实际上不可能）。

离院往电扶梯走去时，视线前方几公尺处，一个阿婆问旁人一楼怎么走。见被问者似反应不过来或不大想鸟她，上去帮她指引，因顺一起下电扶梯，两人闲聊两三句。以往亦曾做点这种小小善行，但自从万爸出事，每次做的时候万康便想起万爸。包括前几天分别帮两个女士搬机车时亦如是。其中一人的机车整个倒地上，她去牵车时发现。万康骑车经过，上去帮忙，她的车倒在斜坡上，搬正时更加不好使力。倒下的机车看起来总像一只受伤的机械爬虫。之所以想起万爸，可能认为是多帮万爸做功德，也可能直觉到需要帮助的人真可怜（这句文法颇怪，应说"可怜的人真需要帮助"

才对吧，管它的啦），或同时兼有。

晚场探视，万爸似仍睡于太虚幻境。

八月七日，周六。日场，X大夫改口说万爸"有得拼"，可能可以活一两个月或更久，"即便不懂医学的人也看得出来他可以拼下去"，当然也很难讲，有的重症者说走就走。万爸肚囊很大，腹水又累积了。也正常，恶水娘娘那种人的业障不会一下子出家就消光的，八成！判官跑去勾引她。X离去前说下周来帮万爸抽腹水，随后Z医师来到，报告一个不利的消息，一只葡萄球菌进入万爸血液了，应是打脖子的针进去的（万爸长期由脖子两侧轮流注射药剂等），因脖子的针拿去化验也有它。并说ICU的病菌最多（这句入住初期说过），这是葡萄球菌中抗药性最为顽强的一种，目前帮北杯换了抗生素，这次挡不住，就没别的抗生素可对付。

离去时在院内走廊上，万康遇到万爸六月骨折前曾常看的内分泌科一位年轻主治医生。他周六上午有门诊，放工了正提着一顶全罩式全黑色大安全帽、身着牛仔裤匆匆往外头走。万康叫住他，谈到父亲将走，他很欣赏你和神内的医师，常说你们的好。交谈中该医师惊呼："骨折干嘛住ICU！"万康说，你们的好，我会记得，而骨科主任这个人我也会记得。该医师觉得后一句话似有冷面杀气来袭，赶紧无奈叹道："唉……大环境……"万康说："嗯，我知道。"接着说，我爸插管那阵子，医生过来，他会伸手对医生打招呼，住院的病患很需要医生摸他的手。这年轻医师眼神露出感伤，真情点头，似有哽咽。万康觉得演太久很肉麻，作出结语，你和那位神内医师对他好，他记在心里。完了从而握手道别。合着万康自己想摸对方的手，哈。

回程中万康去订花。ICU 表示允许带花进来，万康称喜，主动表示将花示出给万爸后顺将携回（以免让 ICU 增加不可测的细菌或花粉）。万康猛想起八八父亲节就在明天故生平第一次送花给万爸，也可能万爸生平第一次有人送花给他。往昔庆祝方式即带他去吃经济牛排（喂，人家"我家牛排"好歹是有店面的耶），或涮涮锅（因为可以一直丢东西下去），万爸总埋头狂吃，乐不可支。万姐有时另外会意思意思包个红包给他。

这晚，探视回家后，万康把停工八日的《道济群生录》叫出来，隔日凌晨完成第九回的进度，上传。

八八节，周日。这天为万爸共计举行三大活动，献花、献乐透，以及西藏"颇瓦法"。是这样的，两年来万姐半认真地接触了藏传佛教，一度差点随朋友共赴西藏圣地，但怕自己万一来个高山症发哮喘而作罢。在万爸准备上路的这段期间，嗳呀，万爸的癌孽越大，万姐的佛缘越大，尤密集接触同修，从前曾接触的一位在台受供养的仁波切，再次经人媒介而取得联系。颇瓦，藏文意即神识的导引和转换，此一法门对不久于人世者有正面辅导推力。万姐盼仁波切来为万爸做颇瓦法，让万爸放下、好走；能从容地走，并能往好的地方走。护理长蛮爽快地答应让仁波切进入加护病房，前提是不扰及其他病患。这没问题，仁波切并不采道士摇铃的路子，故而只须将床帘拉起挡住即表尊重别的患者亦尊重万爸本身。这不会吵到隔壁床曾多次聆听基督徒儿子吟唱《奇异恩典》的老婆婆，因为她这两天已不在原位。万康没问医生护士她的下落，怕多嘴失礼貌。

在一般病房各床病患和家属较容易有交集或友谊；在加护病房各床都严重，病人们几没法开言、下床，何来病人与病人间之相处；家属们则彼此不说也罢，如此严重了还能再说什。嗯，除非很有机缘，好比某一床一位从遥远城镇转来、五十岁出头的女病患，其子快三十岁，从家乡跟过来，与万康彼此算有话讲。这孩子常在会客以外的时间仍独自在病房外祷告主耶稣。

中午携花束入内，见万爸睡眠中脸上有病苦为难状，浑浑噩噩中肢体略有颠颤。询问后得知镇定剂暂时停掉，仅打止痛。护士表示，医生见万爸这几天比较稳定下来之后，希望万爸有时面对家属能有点精神和意识。万康明白，这是院方的惯性思维和行为，也是他们对病患和家属的美意；无论家属怎么挂保证，院方仍怕家属突而吃错药心情丕变，用滋瓣脸色抱怨病人怎么老是醒不来、特来作短短四十分钟探视却无法与之沟通是怎样哇。当下万康心中嘀咕，何苦多虑，该打要打啊，讲过了不让苦宁让不醒。然而他未作表示，决尊重和信任医师，他们以其专业认为打多不妥，而有所衡量吧；既然我交代过，爸很不行的时候他们应会立即施打的，现在的难受状对他们来说是可以接受的"正常"现象，毕竟爸爸是——病人。

之后在姐弟二人的抚触按摩后，万爸略渐舒缓，神情、肢体皆有顺下。万康捧花摇他几次，他一时醒转片晌。万康趁机讲父亲节快乐，并出示预制的标语。"这期有三亿！"赶紧再把两只财神爷图案的小红包袋交他手中握住。内藏乐透彩券八注，分置于两袋握起来比较厚实，更有手感。并告知两天后、周二晚上开奖，我会帮你对奖。不过万康无法分辨万爸是否能分辨。万爸听识和意识很模糊，手"语"能力亦消失，似无法还以毫许力气相握。之后万康将彩券取出，将空红包袋贴在万爸可能清醒时可以望见的地方。捧花离去前，姐弟俩帮爸爸剪过手指甲。万爸的手指甲大而好看，佛指乎？

　　他们先行返家，下午两三点依照与护理长、仁波切三方议定的时间方行重返 ICU。万康停在路边，在轿车里等待万姐进入某幢公寓去接仁波切。须臾，一披袈裟的僧侣现身，万康一望，其英采、相貌，竟似地藏菩萨。头型超好看，鼻挺如金城武，眼瞳溶溶发亮，皮肤白皙，气质之好。此仁波切完全有在台骗色的实力啊！然而人蛮有修行者的端正法相，万康见了他颇感放心。近年西藏密教海内外大行其道，万康向觉凡流行物象必有其大谬，故而行前还蛮怕万姐着了妖道。

　　且说进入加护病房来至万爸床边，拉上床帘子。万爸自顾阖眼，仍于浑噩苍茫中，意识若有似无（倾向后者）。万康替父亲装上助听器，但未喊一声"拔"。万康思忖不让爸知道僧侣来为他做颇瓦法，搞不好更有效果。不过仍好奇万爸的清醒度，便尝试拍他三四下，没拍醒，一回身尚未站定，仁波切已快一拍熊熊发动！毫无啥暖身动作或来个"我们要开始噜"的开场白，倒也是酷。只听得一连串啵叽咿咪的念颂声几无半个逗点源源滚来，万康鸭子听雷，但清音庄严，不难听。姐弟二人立定合掌。这一趟下来时间蛮长。其间，万康的眼角余光发现仁波切念唱一个段落后取出一小本子，就这么接力反复翻阅念颂数遍。这本书从眼角的错觉恍若童话绘本。仁波切有时用小嗓猝然发出一声短促的尖叫："喔！"像是女生洗澡被偷看的尖叫那样。啵叽咿咪潮浪涌泻排山倒海一阵，过一会儿忽又喔一声，但略为小声些，几秒后再起一小声的喔。万康几度以为事毕，他却将本子翻回头再来一趟，从而过一阵子后又起尖叫，如此这般回旋轮转。倏忽！万爸将一只胳臂高高举起不落，上下臂一气通贯高举至少五六十度角。万康惊疑，万爸这般闭目扬晃手臂良久，欲扶住什么，欲叫唤什么。显然，他接收到什么，正对所感应的对象听口令、打招呼。更显然的是，万康只能险险乱猜。万康研判很有可能是痛或不适，必须抽痰？或被子盖两件太多？身体痒？想叫护士，或希望我们来握他的手？接着，除了扬手，万爸也开始摸身体。今日本床护士虽非日昨第十回那位，却是六天前拖着老半天不叫医生给万爸打吗啡那个傻气姑娘，万康对她的照护能力难免不放心。万康决定不上前，这可能是万爸专注于感应的神奇梦幻瞬间，他忍着没去握他手、或下掉一条被子、或帮他抓痒，就像前锋接获一记漂亮的传球，仍得自己盘个球起脚才能破网，生死走到这一步，爸你得自己来。啵叽咿咪，啵叽咿咪，万康不知颇瓦法何时才告结束。也就在他不晓得何时结束的时候，仁波切趋前一步望他示意，好了。万康好像对"时间"顿悟出什么。

　　回程，对于万爸是否有所感应，仁波切不置可否。仁波切"只好"说，平时就要修，颇瓦法的效果才更佳，如此有可能不必临终就望见阿弥陀佛和观世音菩萨。

　　晚上，万爸的苦状减少颇多。这位小夜班护士能力极强，挺着圆尖肚皮，身怀六甲，不妨碍其心法手法之灵巧。姐弟俩帮万爸翻身伺候过后，护士在万康面前两下子用各种垫褥将万爸的身体四肢与床铺之间配置得紧实安稳。她会主动讲今天帮万爸做了什么，好比几点帮万爸打过止痛，万康问吗啡吗，她说是，这让万康听了好放心。说来止痛针分为数种，其中最威的属吗啡。在她的建议下，万康去药材店买了两小盒的气切带，这个可买可不买，但或许让患者更舒服些。万康心想，如果用不完，就捐给医院转用于之后需要的病患。

八月九日，周一。日场。最新动向，万爸的肾开始走下坡。X医师翻案，你父亲这几天就会走。白血球和黄疸也高上来，前者数字二万五，后者破不祥的二十大关，二十一点几（这阵子曾从十九点几降到十八点几，竟然 hold 住；这个约莫是三天验一次）。万爸脸色不佳，精神却好；那种精神是一种亢进，眼睛张放许久，收不下眼皮，像瞪着死神的一种愠怒。几个月后回想起这眼神，万康认为与其说是愠怒，不如说他在忍受。他在调动他最后的元气抵挡痛苦，他正专心同死神压手膀，比腕力。是的，他很拼，他在拼。不定然与看开不看开有关，而是病痛来的当口上，看开不看开都不能输。是的，是战斗的本能。对懂战斗的人而言没有好战与否的问题。经过姐弟二人一抚摸照护，万爸立时松缓。帮他两侧的背都翻拍过，并抹婴儿油和精油以按摩兼运动肢体关节。

在医院大厅补盖一个章子后，万康去邮局把这张《医师诊断证明书》递上。是这样，政府针对荣民一年两次发放终身俸（退休俸），原本七月初这期的款子就可以下到万爸的户头，但近日邮局来电说少盖一个章烦请补送。万爸是上士七级退伍，半年一次领近十二万（平均一个月快两万）。七月一日万爸插管搏命，万康料阿爸一定挂记这笔，曾附耳陈词款子会帮你去领。用意实是给万爸一个撑下去的理念。撑过了，仿佛得到十二万元现金反馈。万康边走路边想象自己在写滥情文案："一个老荣民用他的肉身完成他最后一次帮家里赚钱的心愿。"回医院停车场时，烈日中院门口一带的屋檐下，望见一唐氏症孩子两条腿撇摊个大八字坐地上纳凉。嘿，这孩子万康在五天前（八月四日）傍晚来探病途中曾有一遇。

彼时万康将机车绕到待转区准备转往院区，见路旁骑楼下此娃儿正向行人兜售货品。万康把车头挪摆，推去他身边停下（因为此娃是朝路人而非朝驾驶兜售，站的位置离车流尚有一小段距离），问他卖啥，只见是主妇用品抹布毛巾之类，各件一百元。万康想我都用不上，选了半天没主意，却见一把剪刀混在其间。问多少，对曰一百五。要一百五哟？万康嫌贵又欲买。孩子立刻爽快说："没关系啦，算你一百。"万康敬赏其阿莎力［干脆］，颇会做生意，银货两讫后道："辛苦了。"即骑走。后来跟朋友阿蕾顺口聊及此事，蕾说你这样讲不对啦，唐宝宝很有表现欲，喜受夸奖，你该说"你好棒"、"你好聪明"才对。万康扼腕，我真不会说话！说来这阿蕾曾在特殊教育单位工作多年，其见解自有其专业。

今日二度相遇，万康绕上前，见其身边地上一个做生意的大提袋，及一巨瓶矿泉水。显然生意做累来歇个腿。万康赶着把重点道出："嘿，前几天我跟你买过剪刀，你很棒，很会做生意。"唐宝宝一副记不起状，又似乎洒脱到、酷到记得与否俱不重要，瞬间却从包包翻出一块抹布递来。万康笑曰："我下次再买。你好好休息，你很棒。"唐宝宝似有点丧气又懒得灰心，瞬间回复原大八字坐姿"入定"。合着唐宝宝心想你肯定我卖东西的行为，那么继续卖东西给你就代表我又棒了一次。万康这厮有点小气，心想咱俩定容易遇上，下次再买不迟。然而，再也没遇过。或许是个惩罚，哇哩咧，当晚万康的机车就坏了。上个月买的二手机车。

晚场。孕妇护士严肃地提醒万康："你们都有准备了吗？"万康表示有的，已着手整办身后事。哇，万爸睡得好香，竟然打呼噜，那是一种敞亮透顶的鼾声，就跟他在家平时夜里的睡况一样的爽。脸肤红润有光泽，充满法喜。或说是个睡得香沉的大胖婴孩，那万爸体重还是在，并未如一般癌末病人那样瘦下。护士报告，X 医师下午帮北杯来抽出腹水二千毫升，事后她帮北杯打了镇定让他好睡。少了这约莫两千克的重量，万爸依然福态却见轻松。护士平静问，你们会考虑帮北杯洗肾吗，万康表示无须，护士轻轻点头说她亦如此认为。接着 Z 医师到达，详细解说如今唯有洗肾一途方能延续万爸生命，万康没打断她，让她把应尽的医职义务表述完整后，回以否定的答案。Z 听了说："嗯，这是一半一半，医疗上必须做，但现实和人道考量就不要比较适合。"不过在消除万爸手脚水肿方面，万康把单子要来签字，申请注射相关药物。Z 表示她不会建议使用这个，如今不打没差别，病人无暇顾及水肿这种小不适，且打这个有可能让肾更弱些，打了只让外观好看。万康问如果你是家属会怎么做。她答，如果经济许可，会。于是万康决定用下去，合着万爸肾本就弱下，多弱一点或多好一点均无法影响全局吧，而打这个确定可以消水肿（以前打过很有效果），能帮万爸做多少就做。万爸这人平时蛮注意形象耶。回程中万康转去夜市，买了三片佛教音乐 CD，现在这些音乐做得还蛮优美高级，编成国乐或儿童唱颂。车快骑到家时，电门故障。

八月十日，周二。日场。虽作沉睡不醒（省），万爸依然舒服状，偶见像连续剧中睡觉者的咂嘴动作，颇是反刍或说回甘之享受。给万爸接上耳机听新买的 CD 后，Z 医师快步走来，然语气持稳，开口头一句话："最快会在今晚。"她表示两天来尿液仅一百毫升，

预估生命仪器上的几种数字在晚上将陡然下降。万康这几天曾表示
老太爷临终前刹那将接回家让他在家中噎下最后一口气，这时便再
行商议和确认。X医师来到时Z不在场，万康转述Z从肾功能作
出的整体评估，X说："我看不会。因为我是看pH值的酸度。"万
康道："还不够酸就对了？"X表示亦可如是说。那么你估还有几天？
X说真的不一定。之后X指着床下两瓶液体，万康这才发现此物。
X说这是万爸的腹水，很干净、没细菌，以及可否赠给医院用作病
理研究。万康应允，这样我爸又多一种贡献，对了需要器官捐赠吗？
X说不用了啦，你爸爸不适合。不久安宁病房的护士前来，由于万
康每次来的时间不一定她都在，万康当即笑曰："太好了，这是大
团圆。"这位护士帮北杯按摩时，阿长过来，与姐弟谈及救护车运
送事宜等，并请安宁护士对万爸做淋巴按摩。

　　运万爸回家，这自是大事，万姐日前皈依仁波切已成正式佛
教徒，按佛教规矩或一般台湾民风颇重视将住院亲属接回来在家往
生。在技术上，这桩事必须抢到时间点，生命征象的数字一掉下来
快如游乐场的自由落体载具，尽可能要让万爸最后一口气撑到回
家。如让万爸提早运回，不就结了吗？那当然不行，院方有其医
责和规矩，人没要走、数字没掉，你不能主动将万爸摘除呼吸器
让他送死。可迟走一两步的话，病人又容易在途中就断气。是没错，
早断、晚断总归是个断，不差几分或几秒，可人这时候总盼个"完
美"。适才Z曾表示，会给北杯留最后一口气回家，即便可能半途
没生命迹象，但最后一口气还是会在肺里。等到家，护理人员把
替代用的氧气球拿开，最后一口气送出，就完成。问如何确定走了，
Z答曰以指探其鼻息。至于北杯的气切口，形式上会帮他缝一针，

让身体完整。万康问，缝一针会痛吗？Z 微微一笑摇头表示这个时候不会了。不知为何，万康总觉得爸爸会痛，但讲出来是为难人家。

中午回家后先推机车送修。那黑手［修车工］阿瑞真是心热，与万康并不相熟，然听万康讲这部车不容延缓，这两天俺爹可能有状况，二话不说赶紧修好。这青年常穿一条迷彩长裤，那是他海军陆战队服役期间的纪念。万康这人素来有一哲见，当兵时光的军服不但带出来、留下来，还穿出来的人，品行一准没话说，憨正耿直。

续而万康去他们家附近的木材行，购买一块床板。它将被放在客厅的几张矮桌面上，成为一个"床"。铺好素净床单，让万爸的身体放上来。客厅比万爸的卧房宽敞，这里好让大家当天围绕万爸诵经八到十小时，然后就在这里封棺。万康把床板扛回家时，手机响起。万康放下床板，作家骆以军打来的。前一晚万康发简讯问他佛教相关事宜，特回电解说。

骆父前几年往生时，因骆母虔诚，治办严谨的佛教规矩，故而骆以军萤有……经验。骆父命寒，生前插管躺床上约三四年，走的时候七十多岁。二零零一年骆父曾受过两次插管的苦刑，第一次是在大陆旅游省亲时于旅馆突然小脑中风，大陆医院插的。骆以军赶往抢救，两三周后将骆父抬上救难专机起飞，回台湾某医院又插一次。上个月中旬，他在电话中说起这第二次，父亲挣扎着，而他用力把父亲按下去时，虽事隔多年仍微起半秒哽咽。电话中尚且讲起父亲在台被某医院赶出，一时急着托人找到床位终还是被赶出、转进疗养院、又接回家由他母亲照料的坎坷过程；以及他父亲几年来几近植物人昏迷状态（有时忽然像听懂他们说的话或自己发出胡音）；以及他妈妈莽撞责备前来为父亲吊丧的过去一批学生在老师卧病几年来全部不来看一次（他说我妈真是的，万康说你妈很屌哇）；以及，他谈到护士工作辛苦赚得少，难免有些护士作风很粗硬（望万康理解人间本就如此无奈之意）。骆以军于两千零三年出版的《远方》一书，细述偕骆母飞往大陆营救骆父的过程，读来谬人心弦。

那野鸽子还在，翅膀上贴着纱布。看官你说怎的，原来药师佛发起上刺刀招呼魔军时，两军肉搏干架，小鸽子好说也算佛兵一员，信鸽摇身一变成斗鸽，冲飞捣蛋一场，啄敌兵屁股或拉鸟粪乱甩扰乱视线，混战中他也挂彩，所幸皮肉伤不碍事。

却说鸽子摆平双翼间一个滑降，飞至药师眼前一段距离喊道："就来了！"药师疾行于一片石滩上，答曰："知道了。"鸽子顺而一个回旋升空远去。不消多时，鸽子引阿弥陀佛来会。阿弥陀佛笑吟吟正要寒暄，同时指着自己脸上的金珠欲解释何以延误，药师先开言道："路上再说。"即让鸽子引路，两人踏入另一世界。行间，阿弥陀佛讲，稍早我正在修面，额头、人中、下巴、耳朵上打的洞孔到期，要把珠环拆下来，作颜面卫生清理，一并擦拭珠环上油保养，再把珠环重新安装上。弟子好心，建议多打一个耳洞更为帅美，于是耽误一点时间。药师佛叹笑："自从人间流行庞克风，满街上都是佛，我反将珠环卸下，素颜示人。"阿弥陀佛道："你管他们，况所谓人间佛教有何不好，咱们耳垂长这么大不多打几个洞何苦？"药师这时忽想起一事问曰："咦，不是说好观世音菩萨一道来吗？"阿弥陀佛道："他超忙的咧，先去别处度人，一会儿过来。"二佛就这么一路聊到目的地。

　　经鸽子引至医院大楼某楼层的一扇窗外，二佛便翳入。之后齐发金光，欲将万爸照醒。那万爸只作鼾雷，浑然不觉。阿弥陀念了声咒，脸上的金珠射出更强的光线，万爸这时悠醒。药师向阿弥陀轻笑："还是你行。"万爸揉揉眼，挥手作礼间说道："两位好，也是万康的学生吗？"两佛相识一笑。自是万爸住院以来，他儿子的学生或朋友，有的发心茹素一个月为万爸祈祷，有的天天早起诵经数小时，有的亲至医院探视他老人家。药师将手作邀介绍道："老先生，这位是来接你去西方极乐世界的。"万爸定睛凝望不语。阿弥陀佛道："我叫阿弥陀。"万爸惊蛰，忙双手合十："阿弥陀佛！"药师端庄拍抚万爸肩膀，柔声道："老先生，是时候了。"万爸不语。药师会意，道："这是你的福气啊，老先生。"万爸锁眉摇头。药师道："我同你儿子说好了，你放心。请阿弥陀佛来一趟不容易，一般人还没有。"万爸忙问："万康怎么说？他要我走！"药师道："你的皮囊没法装你啰，你得上别的地方住去。"万爸道："转院吗？"药师道："往生。"万爸顿时鼻酸道："真的无药可医了吗？"药师道："这个我可以答复你，我率兵大战魔头百余回合，兵已用罄，换得你现在有病但无痛。"万爸不满间质问："你是谁？"药师佛道："药师。"万爸勃然大怒："你才要死！"药师没好气道："药师，不是要死，我中文这么不好吗？"阿弥陀一旁笑曰："是有点印度腔。"药师灿笑，遂向万爸道："合着我也死过，死，没什么大不了。死，是生命的完成。"万爸倔道："我不要完成。"药师道："是生命的完整。"万爸盛气凌人道："我要活到一百岁！"那鸽子始终侍立一旁聆听，这时发现场面陷入沉寂，歪着脑袋瞅着大家。阿弥陀轻拉药师衣角，示意你这套不行。

　　阿弥陀用佛指轮转下唇底下正中央的金丸，把光度调柔，对万爸道："老伯，往生真是一件美妙事，并非每个人有条件有办法可以往生的，许多人这一走就掉下去了，掉到地狱。或是走不了，只能在人间漂泊。我带你去的地方非常好，在那边你没有病痛，一身就像药师佛这么干净。"万爸道："人间有什么不好呢？好多好吃好喝的，我多么想痛快吃一顿啊，我一个多月没吃啦阿弥陀佛。"阿弥陀道："不用吃喝，就能快乐，这种快乐你不好奇吗？"万爸大声曰："不会！人不吃喝不可能快乐，我每天早上起床泡杯即溶咖啡配个活包蛋（万爸讲"荷包蛋"都说"活包蛋"），或吃碗万康买回来的豆浆、烧饼油条、小笼包子，完了看报纸一早上，这个才叫生活。我辛苦一辈子存到这样的晚年，我得多活几年，把福享尽了那我跟你走。"阿弥陀佛含笑："尽？"那小鸽子这时发腔，问那万爸："你还喝咖啡？"万爸道："以前在空军作战司令部第十三航空队我当驾驶士官，队上的美军喝咖啡我便学上了，我还学了桥牌，打得比洋鬼子好咧嘿嘿。后来万康讲美国人不懂咖啡，带我上意大利咖啡馆喝卡布喽啰，真好喝！"鸽子道："是卡布奇诺呗！"万爸自顾沉湎道："那是偶尔啦，不喝那个不打紧，我早上泡杯咖啡，用万妈买的三合一随身包，自己来就好。拆开包装，倒进杯子里，兑水进去（"加水"他都说"兑水"），咖啡泡泡浮上来，这个叫浮生美幻呐。这几年我没再喝，看报上说咖啡因多了对健康不好，那为的就是多换几年岁月。不喝无所谓，嘿嘿我吃喝别的还是爽乐，万妈随便弄我就吃得够。我三餐也改两餐来养生，万康叫我多吃我还不要。为了活我下了这么大工夫，换来这样这算够吗？哼！我不怕的，一个多月来我没吃不打紧，因为我相信北风北我一定翻盘，到时候万康再带我去吃牛排！完了店里还有免费的冰淇淋吃！万康说要带我去吃贵的牛排，我一次也不要！那太贵！

我吃起来都一样！就算不一样也太贵了！"药师佛边听是边摇头，孰料阿弥陀却朝万爸道："医院内有一小咖啡馆，我请你喝杯咖啡。"万爸惊喜。药师忙掣住阿弥陀："你这是犯规！"阿弥陀笑曰："言重，至多违例，不算犯规。"阿弥陀遂朝万爸道："可讲定了，喝完卡布喽啰，随我西行。"万爸咬咬嘴唇，道："我愿意。"

话说在咖啡馆，阿弥陀佛好意，替万爸点了咖啡又主动加赠一块起士蛋糕。东西端上桌来，万爸喜不自胜："每次万康买这种蛋糕回来，我看哈噜趴我腿上想吃，忍不住都掰开来让它吃了大半块。"说着笑曰："好想喂它吃东西哟……"同桌的药师佛啜口咖啡，专注品了品味道，抬起眼对鸽子道："好喝，咖啡确实是好药。"鸽子来回跳在自己这杯的杯缘上，欢乐道："听说用鸽子奶打成的奶泡，加进去更香。"阿弥陀喝的是特调，品后道："极乐世界到处有这种泥巴。"一阵过后，万爸那杯只剩一口泡沫，却不喝掉。二佛明白，皆默不作语。阿弥陀将腿在桌子下碰击药师，意思是你先说话。药师斜睨阿弥陀一眼，回过来朝万爸谆谆说道："老尊翁，你太留恋。你知否，你本天上一雄鸡，触犯诈赌天条谪落凡间历劫，老君和释迦牟尼原本七月初就欲接你回去职司仙鸡岗位，阴差阳错你留了下来。我和阿弥陀此番前来，已同判官打点过，我作保人，签了名，让他把羁捕令带回去销案，条件是你好好同阿弥陀佛走，不让你的魂灵流落凡间。如你不走，我不好交代也罢，判官回头还得抓你，到时候你就上不了极乐世界，下的是冥河地府，到时候他们怎么审你，你只能看着办。"万爸道："在人间我除了那老习惯，想试试自己手上功夫是否灵巧，调皮偷换张牌讹点小财，没干过大坏事啊。"药师道："那也是你在说。就算自问无愧，假若检调颟顸，律师奸猾，判官昏庸或偏逞酷吏，审出来的结果非同小可，我可是去那边参访过，犯人所受的刑虐只怕超过人间的戒严时代。"万爸道："……没这回事，你在吓唬我，你是在逼我走。"阿弥陀这时合掌颂出自己的名号："阿弥陀佛，我很慈悲。老伯，不瞒你说，你尚有一两个月时光可留，但若届时方走，我业务繁重，日子恐怕排不出来。药师佛为善不与人知，帮那张万康一个忙，特来恳请我于此一良辰吉时接引你。我们不逼你，你可以自己决定。我对张万康没啥不好意思，究竟他的缘与我隔一层。"万爸盯着杯心不语，暗自计量："还有一两个月，以拖待变，恐有转机……这两天我身子清朗不少，到那时顺势一个鹞子翻身……还是我现在就来个雁子斜飞，跟你们走……"药师读出万爸正在算牌，怒极，白了阿弥陀一眼。阿弥陀惊觉越说越错把事情坏了，顿时泪眼婆娑，两手环抱在自己胸前十分受难状。万爸惊问："你需要插管吗？"药师看了摇头，对阿弥陀说道："你这又是何必，你生为高等佛类岂能如此没挡头［没耐力，常出现于床笫间的取笑用语］。"阿弥陀以哭腔对万爸道："你知道吗？你欺骗了我的感情。"不意万爸拍桌喝斥道："你们才在欺骗我！根本没有极乐世界！)))))))))"那鸽子吃不住这一声，羽毛剁落，惊而飞离桌面遁出咖啡馆。阿弥陀缓口气，立时就止住哭泣，难不成适才哭假的。阿弥陀道："老伯，如果没有极乐世界，我——又怎么会在这里？"药师一旁耸肩道："还真是大哉问。"

　　如此这般人力与佛力拉锯又一段时间过去，药师心生一计，用念力输送向阿弥陀。接获后，阿弥陀即朝万爸拂袖起身："你我两不相欠，你无福消受，我亦无缘度你，你不必跟我了！我走！"才作势欲闪，万爸恓惶张大口，人一走出门去，万爸无助大哭，不能自已。药师道："阿弥陀脾气很硬的，可你愿意听话，我帮你恳求他回来。"万爸痴痴猛点头："愿意。"一会儿阿弥陀转回咖啡馆，笑曰："你哭什么，我只是去上个厕所。"万爸收泪道："我好久没上过厕所……"药师劝道："阿弥陀佛，我佛慈悲，接尿管、穿尿片的苦，我了。可人家护士、看护也是努力伺候你老爷子一场，人家早班的护士一早来还帮你在床上洗身擦澡，疼你着的。"万爸道："有道理，那我跟她们交换。"药师气结。这时一个水灵亮丽、穿着吊带袜的女仆过来问："先生你们要续杯吗？"万爸诧异问她："你是作战司令部的？"女孩讷讷不解。药师道："不续！"女孩又问："那要外带吗？"药师很想站起来飙脏话，但自从打仗回来他告诫过自己别再粗口。那女仆自讨没趣，便欲将万爸的杯子收走告退。万爸两手抓紧杯身，放声高喊："含我大鸟！"那女孩吓得花容失色跑开。回过头来万爸对二佛以江湖人士的口吻抱拳作揖道："十几年前，看完我爱看的那套'叩应'节目后我去睡觉，半夜嘿嘿时常爬起床来，摸黑偷看第四台放的 A 片。啐，政府很差，这几年都不让放啦！不过半夜我还是有毅力醒得来，除了拉尿、去关万康的电灯，拄着拐杖回来，把毛毯上的猫咪稍微蹭开，就躺进温柔乡里看电视。有一两个频道的女孩穿很少，虽然没脱光，只在大海边走来走去，还是很好看！电影台的三级片把露点的地方剪掉了，但我没在怕的，搂搂亲亲的动作还是好够味啊！……极乐世界有这个吗？"药师颓丧道："本来我还想说你不贪心的。"那万爸末了这句问的是极乐世界的掌柜的，只见阿弥陀摆出严峻脸孔道："张济，你愿意随我走，我这才回来的。"万爸道："我愿意，可还有一件事。"二佛不解。万爸道："罗透。"原来他的湖北腔，"乐透"发音"罗透"。万爸且说下去："今天礼拜二，晚上开奖。如果三亿里头中个一百万,嘿,医药费、丧葬费付完了还可以留一笔给万康。阿弥陀佛,我不贪心,我不奢盼dó得三亿。"

　　话说逼近晚场六点半会客时间,万康、万姐在加护病房外等候一人。对方听说万爸晚上可能会走,从邻近城市赶路驰来。此人是名志工,万姐透过友人得知某一佛教精舍,配属多名专替临终者及其家属作辅导协助的志工,这批师兄姐大多是退休人士,学佛习法、受过训练后像消防队员随时待命,免费出勤,一叫就来。他们除应援此事,亦于逝者绝尘当日前往丧家诵经助念,锱铢不取,茶水亦自备。万姐不知来的人是谁,就像消防队或救难队派谁来你不知道,这好比一种随机抽样,重点是质量保证就好。来者准时到达,是位六十岁上下的男士,ICU廊上三人速坐定,询问万爸的年岁、背景,得知是荣民,顺问军种,万康曰空军,那师兄说我也是空军退伍,你父亲哪里退下来的,万康说空军作战司令部,师兄讶异一声我也是,我也是从这里退下来,蟾蜍山下对吧! 然而他没时间借此发表任何因缘说法,紧接着剀切表述此行任务:"人一生最重要的就是这个时刻!"

　　志工师兄希望万爸走的刹那,阿弥陀佛就能把他接走,对这一刹那师兄很在乎。生命停止这一刹,没能被阿弥陀佛接去往生,下来就比较繁琐,超度就更加重要(必须不断超度以免他的灵还存于人间受牵挂)。此处的"往生"意义严谨,与一般说法上将"死"泛称作"往生"自有区别;可以这么说,往生一定透过死,但死不一定会达到往生。师兄说你们这对姐弟蛮镇定,必须保持下去。略谈不久后会客时间到点,他随万康进去ICU。

　　来至万爸床边，万康和师兄附耳轮流唤他，万爸仅眼皮眯眯开启不到半秒。似无意识，但气色之好，如不动卧佛，堪称舒泰。万爸迷迷茫茫，万康介绍这位来访的师兄："拔！他也是作战司令部的。"万爸没反应。师兄知道时间短暂，一来万爸将走，二来那万姐仍在外头等着换人（规定一次开放两员入内探视），抢时间对万爸讲了几句，约略是美言你这对儿女很好、跟着光、跟着阿弥陀佛走云云。随后万康趋前告父，该通知的人、该做的事，我们会做到，不用担心。万爸仍睡他奶奶的，没反应。师兄赠送万爸一个约莫同"屌碰"（dupont）打火机一般大小的袖珍念佛机，会不断反复吟诵佛号"阿弥陀佛"仅此四字。万康依照建议将之放置于万爸耳畔枕头上，另用日前朋友阿蕾提供的小耳机线连接到爸耳道内。师兄说其他复杂的经文全省了，越单纯、越有力，且你父亲平时对经文陌生，听那些恐他嫌吵。倒没错，向来万爸广义上是佛教徒，晚年尤常读些佛学小品，但对读经、朝山、打禅七那些向无兴致或好奇。

　　这场探视结束，姐弟返家筹备前，与等在外头的师兄又进行一次讨论。他说你们表现很好，我遇过很多家属，十分慌乱，情绪失控，切记爸爸走的时候你们和妈妈都不要哭，这样容易妨碍他往生，如果哭的话注意，眼泪不要落到他身上。随后师兄侠客般迤逦而去。

　　然而，万姐一回到家不久，情绪便十分波动。万爸可能当晚或半夜走，如果 ICU 电话打来即要出动，寿衣送去，穿好人接回家。万姐对办丧事的大婶蛮有意见，认为晚上她带来的那套寿衣一式七件，夏天穿这么厚岂不是让万爸的大体于诵经八至十小时间容易腐臭。大婶说你不是交待要对你爸爸周到吗，难道是嫌贵（这句是于私下对万康讲的，当面她不能这样呛万姐）。万姐认为不是钱的问题，这是生意人趁机敲诈。于是万姐大呼小叫给了大婶眼色便跑回房间拒绝讨论。此外万姐一直反复强调她欲办纯佛教仪节，认为一般民间（包括大婶）的丧事礼俗配套属道教，大婶觉你哪有我懂，况你家没办过丧事，两人间少不了擦出火花。万姐有些看法或说直觉很对。譬如希冀家中灵堂从简、童男童女这两个小偶何妨取下（那一对怪阴的），不过每样事动辄"我们那派"挂嘴上，似显执著。万康告知佛教中国化之后佛、道融混很难一一去分，心到就是禅。万姐自懂这个基本道理，对道教也很信（前阵子常跑行天宫，早前保安宫也是她建议万康去的），但想必她觉得皈依"我们那派"就要照规矩来否则就不算皈依了可不是。万康认为这是万姐的诚，毕竟爸爸只死一次。万康私下告诉大婶，她（姐）很在乎的地方就必须听她的；不在乎的人（我）就听在乎的人的意见。那大婶自知是做服务业，允言配合。万康告诉万姐："我们要有一个心理准备，我们想尽力办好没错，但当天不免还是会手忙脚乱。"万姐点头说她知晓。万姐超大方，看家中客厅没安装冷气机便想趁这两天赶紧选购一台，确保万爸的大体不发浊味，并使助念者感到舒适。

晚上八点多，万康取出乐透彩券，八注号码对过去，奇迹出现——没中。是的，最小的奖也杠龟。

稍晚，大婶已返，万姐出房门后建议，替阿爸想想看他是不是还有什么放不下的。万康心想，会不会放不下的是我们。万姐很快就接着说，我看跟阿爸讲，他身上那两万五（台币），帮他都汇到湖北。是这样，万爸七年前那次骨折后因行动不便就未再回湖北乡下那一浩片庄稼谷物的农村老家。民国三十八年战乱随军来台前他在农家已婚，除有一妻尚有一约莫两岁的儿子和一甫出世的女儿（来台十三年后娶万妈并生下万姐、万康）。历史上，台湾外省人在大陆原先的亲属几无一幸免于"反右"相关的政治运动，一定程度上作为人的权益遭受剥夺或侵害，故而老一辈外省人大多觉对老家有所亏欠。两岸关系解冻，一九八八年元旦台湾正式开放民间赴大陆观光（探亲）以来，万爸和许多老外省一样，每返大陆必带回金钱或物资，这种情况随大陆经济起飞方有所调节。

他们守夜。时间接近午夜……过去了。进入次日……子夜？……午夜？……半夜？……深更？……拂晓？……破晓？……

咖啡馆已打烊许久。二佛与万爸在空荡的室内讨论着，四周各桌面上放着四脚朝天的椅子，女仆走之前把地面做过清扫。忽而药师打了一个寒颤叹道："这里人气好弱。"阿弥陀提议："不如我们到院区外，马路中央安全岛算宽，花丛间一块草皮挺优，大伙儿吹个夏夜晚风，仰看繁星璀璨，卧于草茵花香，意下如何？"于是三者离开，留下桌面一只咖啡杯，以及杯底一圈奶泡沫。

却说席地共话间，偶有车辆由两侧远近处经过，间或零星行人在视线一头的口子上过马路。口子上的便利商店，万爸向称之为"七七店"（7-ELEVEN），沿街的热炒店，大火和铁铲的声音传来，老板娘同时在门口冲水清扫，约略剩最后一两桌客人。阿弥陀道："喏，如今乐透已开，心愿已了。"万爸为难道："可……这夜好深，他们都睡了。"意即现在扰家人来院不妥。药师道："半梦半醒，似睡未睡间。你该只问你自身准备好与否。"万爸丧气说："我不知道。"阿弥陀柔声道："老伯，你在我那边仍可爱着你的家人，关怀家人，并也可持续感受家人的爱。"万爸恍惚无言中望着远方七七店的数字，想起撞球桌上象牙质色的球体及球面上的数字。是的，如果是比"九号球"的话，共计九粒数字球，打到七号理论上只剩两颗了。早年他还在军中时，一个闪神方向盘扭不回来撞到将军的座车，关禁闭出来，队上不让他再开车，将他安置到福利社。这个破烂福利社由几个二百五管理，没赚过。新来的这个老芋仔士官对数字异常敏锐，唏哩呼噜把福利社整活了，踏奶奶转亏为盈。张济声名小噪后，从城南的营区拉到城中的济南路上开了一间弹子房，三教九流、狗军人、鬼学生、小太保在此嬉声厮混。合着他自己也好斗，常下场抽击斯诺克赌钱，其"颗星"能力堪称一绝，弹子房业绩和他搏到的赌金持续成长，计分小姐眉花眼笑老忙着帮他在板子上的代号底下添分数。那张济对军中弟兄同事们十分"无所谓"，富起来后开始当散财童子，合着社会主义在他这个小乌托邦得到体现。眼见大家流落异乡海岛，但凡穷光棍或结了婚的半真半假难过日子，一概是有钱大家用、有米大家吃。这其中有个新来的计分小姐，见老板不在时某个女人老进店里拖开抽屉拿钱，甚至招呼不跟小姐们打声就这般自由进出，只当她定是老板娘。搞半天问了人才晓得是张济队上弟兄的糟糠。这小姐因此对张济的慷慨放烂十分折服，也算起好印象，后来成了张济的妻子。这其中尚有一段推波助澜的因果，小姐她妈三十岁出头守寡后，只能急着把孩子们辍学送到社会上挣钱（其中幺儿送人当养子），自己再苦则也不忘乐观地赌四色牌和麻将。逢此赌缘，妈妈认识了万爸。妈妈虽不同张济打撞球，但四色牌和麻将就足够输得一塌糊涂。张济的同事起哄，既然你二女儿待字闺中，张济人这么好，撮合他们是一美，你岂不用欠他的小赌债自为二美，反可跟他伸手要赌本，美不完。于是乎阿嬷爽悦开悟，让女儿，也就是万康他妈，嫁给张济。这桩外省本省联姻，新郎新娘相差二十一岁。那年万妈也是二十一岁。婚后营区边也开了弹子房，前前后后这是张济的一段黄金岁月。接着，政府规定军人不得在外搞买卖，弹子房被迫收掉，更衰的是婚后约莫四年张济罹患中耳炎，住进空军医院手术失败，右耳全聋、左耳七分聋，此后军中同事叫他"聋哥"。这张济泱泱傻傻，让大伙儿当面这么叫或甚而戏谑地叫亦无所谓。七，且恰是麻将张子的七条、三万这些边搭所听的张子，台湾话术语叫"站壁"，万康三十岁在台湾南部"开"小场子喜同他在散局后作研讨，万康用自以为的语气冲他耳边大声讲："打麻将我最爱听七和三这两个张子，摸起来让三家气昏。"万爸没附议，只正经说："要看。"

　　这方向盘是个回忆的方向盘，难从回忆中掉回来。阿弥陀的话音让他回神，但他没听清楚对方说什么，答非所问猛摇头回复阿弥陀道："万康打牌我不放心。"阿弥陀因随喜而言道："聋哥，他五年不沾赌啰。输了好几条钱，不让你晓得，但铁了心再也不上阵。"万爸不语。药师用念力对阿弥陀传输："他这是畏死打拖延，还是真替孩子的生活操心舍不下？"阿弥陀念佛力回送："钱是身外之物，情却从来不是。"药师回传："呿，你提供上妙饮食，却给不出法味半滴。"这时药师开口对万爸说话："老先生，我好生替你选了时间，却遭你乐透延误。阿弥陀佛成全你，但你不断诈骗他。

你须知时间的重要，将来你到极乐净土将负责报时，你须能先对自己负责。你不明白阿弥陀佛的作风，时间一到，阿弥陀该走的时间就会抽身而去，他真的要走的时候不会像在咖啡馆那般先跟你预警的。你没跟上，他不在乎。我现在替你操心得紧，阿弥陀随时会走。"万爸嘲怒道："你们就是不会打牌！你们懂时间吗？生死这档子事不是篮球赛有时间限制。"二佛皆问："此话怎讲？"万爸曰："我摸了牌不打，按规矩你们就不能催。办比赛限定出牌时间，那是因为主办单位庸俗。真正懂麻将的人是看不起比赛的，有牌品的人是不会催牌的。麻将在我手上，它的复杂它的妙，我说了算。生死就好比棒球赛，只能讲局数，局数看的是出局数。不到三出局，一局可以打到时间无限量。九局打完了，又可以延长到无限量。阿弥陀佛你又称无量光佛，殊不知无量定理，亦不知局数就是光。光，就是摸牌而不是出牌。"药师思索间道："网球也可以延长到无限量，一球、一局、一盘、一场，都可以无限量。真正的时间不是用倒数和读秒来进行，是延展而非缩小。"万爸呼道："阿弥陀佛你看！药师佛比你还懂时间。"阿弥陀佛沉吟："……是说……就像我在五官上打洞，我可以打千千万万个洞。在这个状态里，洞是无限量的，时间亦可无限量因循光穴穿孔来回或陷于虫洞深邃处被吃掉……"药师突然紧张起来，输送念力："阿弥陀，这下怎么办？"阿弥陀念力窘道："这下我也离不开了……"

就在此时，天空一记咒骂："报你个鬼！"那鸽子张开爪子，滑降而下，停在药师指上。鸽子道："害我们找你们半天。"万爸忽道："鸽子！我认出你了！我们家猫咪叨你回家，猫狗一路小手小脚跟着你屁股。"鸽子道："万爸我跟你闹的是同类的缘分，可你说我是鸡，其实你才是慢吞吞的鸡。"鸽子转而对二佛报告："我已将那观世音菩萨领来。"说着翅膀一指，众皆望去，只见观世音正在等红绿灯过马路。

　　观世音来到安全岛后，同大家打过招呼，草皮一屁股坐下抱怨道："那医院警卫拦着我不让进，说我这一身打扮邪星，还打电话报警，有眼不识他老木，合着我是普渡众生来着咧。"二佛忙暗传心语告知，万爸很卢。

　　夜半，既然没睡，万康整理检查该做的事。差不多妥当后，拿起手机。预防父亲随时走，先按好简讯将之存取，待父亲走后有空当时叫出即可发送朋友。内云"万爸启程了"外带几句。

　　话说佛菩萨们这场自让观世音担任主将。试讲过一阵后，菩萨见似未收效。号称"大慈大悲救苦救难广大灵感观世音菩萨"的他，续而以甜腻的嗓音喊了声："北杯！"那万爸听了仰起脸凄楚望他。菩萨道："北杯，你是个好勇敢的人，你让自己承担这样的病苦，医生护士交待的话你一一去做好，你好乖！我不认为你贪、你赖！你这种乖是你对人的一种信任，你的善包含了信任、勇敢、承担，以及证明你自身。这是你奋斗一辈子以来养成的定力，你牌打得好，那是你沉毅过人，也是你可以专注在你的世界不受影响。耳聋之后你的赌艺更加登峰造极，你更加不必去听见干扰，这是你的天缺，却是开启你的天听。可是你别的官能和感应也因耳聋而益发灵敏，所以说你没感觉到别人催牌是不可能的。由是，你那耳聋其实是'障眼法'，这就是上苍让你更厉害的地方，让你更加让敌手感到神秘而恐惧。北杯，菩萨懂你。"万爸痴痴点头。菩萨道："躺病床这么久以来，你耳聋怎么跟医生护士沟通呢？这比麻将困难得多，那些牌面上的字样包括你自己手里的牌你看不到，在他们手里。你打盲牌却可以把牌打这么好，北杯啊你是多么了不起，你拥有且激发出源源不断的神秘能量，你是无量赌佛。"万爸陶醉愉悦着。菩萨叫唤道："杯北，"是的，这次他改叫杯北，音律上恍若更可亲生韵。菩萨道："一天中你只有两个时段能盼到万康来，在孤单中你把这般领受与锻炼朝向茫然，而化入茫然，取得更广大绵长的能量。这，是医生和护士不懂的。躺久了你对时间失去坐标意识却能打破坐标定位、超越时间疆界，你是聪明大德之人，懂得把时间当局数来停格、把时间当一颗网球的来回把那球网给蘸破。你一球一球打、一张牌一张牌打、一张一张闭眼睛捻张子重组，是你不断让肿王被迫打 deuce。北北，"合着菩萨把北杯作杯北、北北、杯杯任他当下自由即兴喊，这次的喊法透着庄严理性亦不失活泼度。"它赢了比赛，但你证悟了牌道。"万爸斜睨二佛和鸽子，同时喜而朝菩萨点指："他会打。"

　　"尤其这段日子以来那张万康能跟你学习到不少，冲着这点他是以你为傲的。"菩萨道，"可是……"

　　万爸截断道："啐，'可是'终于来了。"

　　"不，杯杯，你听我说，"菩萨道，"你儿子许多地方不长进，坏脾气，没能力，小孬孬。可是你儿子根器还是好的，对人的慈意和善情这点是遗传自你。这些天来我微服出巡，化装成庶民，扮成一个欧巴桑迷路于院中迷宫，是你儿子为我引路。化身一个婆娘，机车放倒了，你儿子骑半路上停下来帮我把车扶起，我故意没谢谢他，只顾忙着干谯是谁这样没公德心把我车弄这样，他不问我讨谢也就离开，心想我心急忘记谢一声亦人情之常。假装成女孩子搬不动机车停不到位，你儿赶着来医院看你却顺手帮我一把。幻化为唐氏症宝宝，你儿特地把车推过来为我买了一把剪子，五日后我坐佛放摊于院门外他来跟我请安，我故意不示一漾笑只作自了汉。杯北你让他去照应更多人面，让他的茎叶在学习和反省中能提出来，开出来的花就是你放他身上的种，他活等于你在活，他笑等于你在笑。"

万爸默然。

阿弥陀感到欣喜，为更进一步促成，不让万爸动心中反悔，开言道："鸡佛大师，你就让张万康小居士为你做功德去，好比他这边存了款子，你只管在我那边享福，按个钮就可提领。要不然他不把时间去做这些事儿，万一跑去买枪杀死骨科主任怎办。"此话一出，自觉不大对劲间，才发现菩萨、药师、鸽子齐愕然望他。

倏然万爸从草皮上摇晃着起身，扶着自己曾摔疼的左大腿站好，炸火曰："这恶人该偿命来！万康该帮我复仇！万康从前在野战师打靶满分的！"

阿弥陀本捂住口，听了慌张，手拿开喊道："这样万康会去坐牢！老伯你这是害了他！"

"万康坐牢你就帮我照顾他！"万爸一发不可收拾道，"如果万康被正法，枪毙的时候你去接他！我张济尊敬医生一世，没想到他欺负老实人这样把我阴了！这样坑苦一个老人啊！还有！那些坏护士统统偿命！万妈说我聋了但脑筋比谁都清楚，没错！胰脏癌不是这批人给的，但气是他们让我受的！我活了多少把年岁看这群黄毛丫头脸色！主任、护理师、护士让我这样叫几天几夜！这些人的脸我没一个不记住！我的心没聋！"

　　万爸说着泪崩四炸，菩萨忙将他身子抱护住。小鸽子听了冷汗直盗，向佛菩萨仓皇道："会不会万爸一走，万康直接掏枪开干！我去看他有没有枪！"药师猛点头道："快去！"鸽子冲锋飞走。

　　菩萨将万爸身子带下坐好间，顺势拥抱他，万爸松垮下来悲忿恸哭，哭至凄凉绝境。

　　在这同时间，药师将阿弥陀扯到一旁，顺势推他下安全岛，过到对面马路。药师责备曰："阿弥陀你怎么会如此唐突！眼看就要入港，这下怎生收拾！"阿弥陀急了，甩开药师的手："让我跟他说去！怎么可以叫自己小孩杀生！我要他知道这会让他儿子堕入……"药师用胳臂弯使劲勒住阿弥陀的脖子下压："你还来啊！"突而红光一片照射过来，巡逻车刹车停住，下来两个警员用台语撂话："现在是什么状况。"

　　这个季节的天亮将来得早。虽然光线的移动离破晓还有段距离，天帝中靛蓝色的基底随时将起变化。观世音菩萨怀抱万爸坐于灌木间饱含水寒气的草地，菩萨陪着嘤嘤抽泣，摩挲万爸不语，万爸忘情啼哭，悲怆。菩萨这时说话："哭是没有秒数限制的，北杯你可以哭一局，让我陪你哭好莫？"万爸似孩子般说："好。"菩萨道："你继续哭，我说故事你听。"万爸说："好。"菩萨道："民国三十八年四月二十三号你记得吗？"万爸道："记得。"菩萨道："南京撤退这一天，说走就走，让一个叫张济的人、这个还蹲着打天九牌的小驾驶兵万想不到，以为如长官说的还得打上几年对岸才渡江。一路开过来你到上海再到台湾。后来你在这里也成了家，你聋了之后万妈开计程车养家，从你退伍前到退伍后她一路开。你没法好好开车了，听不到别的车按你喇叭，撞车后下来打架把耳朵打流血回家，万妈和万康看了心疼。万妈一个人开车，你麻将桌上玩。可你聋了之后大家虽然更怕你，正好也联手'抬轿子'欺负你耳背，你郎中耍不过三家，输输赢赢，吵吵闹闹，来来去去。住在司令部旁蟾蜍山下你亲手盖的小木屋，万妈跑车回来的时候烧饭，让好朋友来跟你打，这你不吃亏了。那票光棍爱吃万妈烧的菜啊。本省各省军官邻居爱来图热闹，有个台湾尉官小林资历最浅，和一个山东中校叫周广树的老抬杠，大家笑。你听不明白，跟着笑，你很开心。一个住附近的客家人叫阿猴的，海底捞双龙抱的时候发羊癫疯，抖了好久，周广树叫小林拿筷子赶快放进他嘴里，不然那次一准舌头给咬了。嘿，那把的钱你们付了没全忘了。你啊命好，讨了万妈，跑车存了好多钱，政府来拆你们山下的违建，你们买了公寓。那群光棍有的比你先走了，活着的还是光棍。裕喜啊你好福气，有的老荣民一辈子一个人住着破矮房、下雨在屋檐直直落下来、里面是破烂堆。夫妻年纪差距大相处不容易，有的小姑娘把荣民攒的老本拐跑了、有的受不了军人脾气孩子扔下来跑了。后来万妈读书求学，这也算结婚时你答应她的条件，谁知她有天竟然办起幼儿园当司机，嘿还兼园长，你当园里的厨师，那也是一段辉煌啊。万康生气说你太吝啬，把肉切太细小，对小朋友可以更好一点嘛，嘿，可要你切宽还真切不来。你是够省的，也真是做事情就非得这样绵绵细细。可小朋友总说好吃，捧你的场。十三年后幼儿园收了，你们带过的小朋友也大了，裕喜，缘起缘灭。后来万妈在家里办没执照的安亲班，这时候你晚年享清福了，看看'叩应'，清凉片子，喂遛小狗。那只小白土狗叫中秋，你最疼的。它比现在这只哈噜乖。中秋失踪的时候你急啊。是啊，它七岁那年不见了，最差的结局是遇害了。几年后安亲班也收了，但有的小朋友的家长多少年过去还会带孩子来看你们。这些孩子的麻将都你们安亲班教的，现在都在上大学，男孩女孩至今每逢大年夜来家里斗麻将。裕喜你最后这一段走得不顺遂，婆婆知道。人的一生，先苦后乐，还是先乐后苦，怎么样才划算没法算，可是婆婆疼你。其他的就交给万康万姐了，万妈会有姐弟俩照顾，万康自己会有好朋友帮衬。裕喜不怕，婆婆在。裕喜最乖，婆婆抱抱。"那万爸泣泪渐歇。鸟鸣声渐起，清脆到不行。套句俗话，东方现出了鱼肚白。

　　话说二佛做完酒测，无罪开释，一起往安全岛回来。二佛望见状况似已转圜，菩萨将万爸护于怀中如船歌摇晃，将万爸面庞摩挲间，朝二佛悄以莲指比了"OK"手势，顺而变换指法比一个"嘘，别说话"示意。二佛各自取出纸巾，一佛帮万爸擦泪擤鼻子，一佛帮菩萨拭泪。那菩萨的面目温婉穆若，二佛见了感触低回，皆未落泪。

　　万爸渐渐晃睡中发出些微鼾声。这时鸽子衔着一片面包屑飞回来，降落草地前张嘴让面包屑掉出，着地顺而说话："张万康睡着了，我翻过两遍，没枪。"讲完低头啄面包，每吃一口即抬头等候盼咐。菩萨没搭腔，望向阿弥陀，颔首轻轻顿住。药师佛即朝阿弥陀佛合掌。这时鸽子嚼食间道："对了，"瞬啐出屑末，"他姐的枕头边有本摊开的记事本，上头写了两个字，空调。"药师纠正道："那个字，念'条'。"阿弥陀纠正道："那个字，不念'控'。"菩萨悄声纠正大家："小声点。"

　　万康睡了两三小时起来，约莫七时许，遛狗归来途中，大婶（正好就住隔壁）睡眼惺忪走出门口叫住他，说深夜去葬仪社把寿衣换成一套件数少的。万康把这袭端庄的古装抱回家，一会儿十一点会客时间将带过去预备。

　　这天是八月十一日，周三。日场会客，十一点门一开，万康取过防护衣、口罩穿戴上，赶紧小跑步入内。只因欲描述接下来镜头之奇，先把此一加护病房的地形环境作说明。由门口进去直直走一段路后，左转，方见万爸所在区域。这区四张床，左右各两张，万爸在稍远的左二靠窗处。话说正当万康左转顺把脸往左看之际，竟见已昏迷平躺七天的万爸，将脸往右偏，眼睛睁很开，正也望着万康。没错，那是在等候良久的神情。住加护以来，万爸几乎不曾把脸偏过来张望，盖凡病人一个小转头也须费上力气，姿势被护士"桥"好好的，乱动反而跟自己过不去；且对会客时间点失去精准意识，自不会损耗力气去做这样的等待，除非护士正好将病人翻身的方向对准过来，加上刚好没在睡觉，那才有点机会发生这样的镜头。那万康惊见如此，直觉万爸在作最后一晤，赶紧加速奔上，其间万爸的眼睛像摄影机跟着万康旋转不放。

　　那张万康晓得病人无力撑太久随时可能阖眼睡去，来到枕侧拾起父手，二话不说直接大声讲："拔！最后一口气一定把你接回你最爱的家。"当时护士刚好已帮万爸挂上助听器。"乐透都没中！没关系！我会再帮你买！"话出口万康觉有点鸟掉〔不给力，丧气，蔫了〕，我怎不讲中了一张四百元的最小奖也好。"我会联络……"万康接着说出万爸在大陆儿子的名字，"你身上的钱，我会汇给他。"万康昨晚没讲大哥的名字，怕父反受思牵之苦，只说"该联络的人"。这次一瞬间本想讲"大陆"就好，当下觉名字更具体有力。"你放心，我们会省水省电，我们会照顾妈。"其间万爸眉头略紧，似乎要去没去过的地方而紧张。这时万姐进来。稍早她在房间弄东弄西，大概也想独处，万康便自己先到医院。此时 Z 医师在场，说道："既然昨天到半夜都没走，那应该就会在今晚。"Z 表示尿液量极寡，几无。

姐弟二人忙与万爸讲话，佛菩萨会保佑你云云。万康说："姐姐要让你回来舒舒服服，买冷气装在客厅，让你回来吹冷气。"讲完怕万爸不谅解，续道："你很节俭，你是对的！我知道我们太浪费，以后我会省水省电。"万爸持续悬望太久，这时眼睛快眯上。万康道："拔，你在天上好好保佑人民、保佑小动物、保佑全家。"万爸渐次舒眉睡着。

目前监视器荧幕上的数字仍显示生命稳定。姐弟同护理长和护士研究寿衣怎么穿，护士（换一位新值的、没见过）说她会把可以套在一起的衣服先打理好，等状况一来让万爸立时作一次多件套上。阿长对她说你做个标签编号。

在 ICU 玄关换衣准备回家时，Z 医师正好经过出去，万康趋前拦下与之握手意谓再见与多谢。Z 含笑握手后离去。随后万康在走廊遇 X 医师，对曰："今晚？我看没这么快。从 pH 值来看……"

下午，万姐和万妈驱车购置冷气时，万康将住家中的表妹唤出房间，叫她暂时别看漫画，遂而进行沙盘推演，仔细吩咐万爸回家团圆的 SOP 程序，来帮忙的朋友阿蕾亦在旁聆听。首先讲我前去接万爸时，表妹须预先管理猫狗（这猫看到万爸很可能跳上去窝一道睡，他俩平时就常共榻。而狗可能叼网球放万爸身边，想叫万爸丢球给他捡），一只关我房间、一只绑万爸平常睡的那间。其次我和阿蕾骑车前往医院，蕾帮我把车骑回，我则坐救护车护送爸返家。三，建议万姐骑她自己那台机车去，对阿爸说话后，如救护车位子不够，把住院一些物品先取回家等我们回去。

恐有规划不足处，万康思索十来秒。"好，就这样。"意思是你可以回去看漫画了。表妹正转身，人还没走开，万康手机响起。新来那位护士的声音，表示 timing 已至，速来接父。此时是二时二十分整。

万姐人在电器行，才刚付款，并和老板讲定立刻送货安装。切下万康的来电后遂向老板表示货且搁着，今日不便，老板略问原委，即说那不用没关系，将款项退回。万妈从电器行驱车将万姐在医院放下，先行返家打点。

姐弟二人于加护病房门口等待好一阵，护士开门说可以了。入内望去，万爸的呼吸器和鼻胃管已摘除，脸上空无一物，好漂亮。身上不再有管线，裤子已穿上，戴着古典可爱的瓜皮帽，整个人浑圆通通的。是的，万爸闭目眠躺中靠着自己呼吸，画面中他似乎喜欢靠自己这样自由自在地呼吸。他像一只搁浅的蓝鲸，静止在海滨沙浪间，谈不上舒服，说痛苦又未必，只是弥留。顶上的气孔偶尔洒出一枝芒草形状的蒸气，万爸嘴唇微微开阖，胸臆平匀起伏。两位主治医师不在场，护理长打点包办。几位护士正忙着最后几步动作，"这让你们"，一护士将一双鞋袜递来，姐弟会意，接过来帮万爸穿过。黑棉袜套好，黑绒布厚款的老夫子鞋穿妥，这鞋子履地还蛮稳，又漂亮。万爸平时日日穿着一双稀巴烂的杂牌休闲鞋独自去公园散步；事后万康整理万爸生前照片，发现一九九三年夏天带万爸登长城所穿的正是这双。那是给他那趟回大陆前买的新鞋，他觉得很合脚，一合合过了十七年。

　　姐弟急着跟万爸作最后叮咛，要回家了、心放下来、不要怕、好好走、阿弥陀佛、金光那些，却没注意到院方负责运送的一男一女两名救护员动作极其龟速。这语意有问题，"没注意到"怎又晓得"龟速"？应该这么说，万康有意识到他们很慢，但一心挨着万爸讲话就暂时没表异议，话一讲开也就更忘记其他，慢个两下子总是完了出发便是……最好是。那女的二十多岁，一脸死相（作者并不偏激，只是想写实），给那一枝氧气球的动作好似悠悠荡荡用轻功飘浮的嫦娥。这万爸很爱自己这样呼吸享受，气也快用完了呗。那男的五十岁上下，身兼司机，进来的时间虽慢，推床的速度倒还行。万爸在走廊上推轨般滑行，医院的门横移开，胸口起伏，双唇嗫嚅，感受到久违的户外光线和新鲜空气。万姐坐前座右侧，万康和女护理员（他们似乎并非医院里受过一定训练的护士，工作资格取得上较容易）陪万爸坐后座。车经过急诊室门口，却停住，一停许久，许久，许久。好容易再次出发，车速快起来，在万康家附近的某个路口却冲过头。其间，万爸那枝气球连结到车上呼吸装备的管路突然松落，小姐慢悠悠拾起接上，十分……从容。上个月朋友阿甫北上探视时曾语带心伤讲起去年他外公弥留送回家的途中就噎了气、脸发黑，样子不好看。万康想到这里颇着急。万康家离医院的路程大概仅两公里，这整趟路走起来却是两个星球的距离。砰砰行车颠簸间，看不出万爸的胸口是否起伏（合着不起伏也被晃到全身起伏）。行车平顺时，胸口与鼻息皆看不出亦探不出。万康一探，再探，到底有没有，没把握。自己身、心在动，很难探对方是否全然不动或徐徐浅动。

　　或许这只是家属正常（多余）的心情、正常（多余）的不平、正常（多余）的质疑。作者说故事说这么慢，在万爸回家的这个紧要当口还有时间用那么多字数去……呃……计较，可见在斟酌上认为有其必要。本书的目的，在于无论好或鸟的经验均介绍给读者作借镜。

　　他们住一楼，亲戚们，阿姨、舅舅，办丧事的大婶已在门口等候。赶着帮忙推进门间，人过球留，那女的即潇洒地"趁机"把氧气球取下，那动作仿佛说："早就死了啦，见多了啦。"万爸躺平的瞬间，那女的便表示请付钱。万康说，等一下。只因万康正蹲在床头与墙壁的空隙间忙于用指头查验万爸鼻息，一时无法、也不愿搭理。由于万康从下车、推床车、跑动间身心两造更加动荡，虽堪镇定亦自喘，实无法验证。为何这个重要呢？一来望能确定万爸最后一口气是在家中走，不仅涉及一个风俗形式的圆满完成，重点更在于回到所珍爱的家一直是万爸的心愿（六月下旬那次从一般病房撤回家，被扶上床的刹那，哈噜站起来舔他脸，他竟然笑得好灿烂，虽然他伸手欲摸狗脸却没力气，手垂下间重又呻吟痛嚎……万爸这个可爱的笑容是他留给万康最具代表性的一生写照；这个让老人家受苦的背景万康姑且搁一边，可爱的本身不一定需要这个背景来作附加）。二来必须把时间点填上死亡证明书。万康抬头急请站在床头右方的大婶来验，大婶为之困窘的表情说明我不懂这个，万康忙唤床头左边那女的：："你来看看。"那女的手晃下来，正接触万爸鼻息的刹那、几乎没停个1/8拍就扬起手，对万康摇头。万康马上回头望时钟，三点三十分整。在那个当下，万康选择听信她，事后回想起来认为她很胡闹、轻浮、打混、滋掰。她那种"手法"摸正常人必也报没气。是的，那不是在探，根本是在挥手，至少有欠礼貌。

　　忘记是在确认鼻息之前或后，"金刚砂"洒上（好像是朝脖子或胸口，居然忘了），"舍利子"给万爸口含（空军退役的那位师兄给的，好像是他们师父的舍利子，居然也忘了确切由来），"往生被"盖上（师兄说这是他给的三件宝贝；这万姐对舍利子尤其神往，觉万爸老实朴拙，深盼万爸正果火化后能遗下舍利）。由于家里平时在万爸控管下蛮省电，客厅中这款吊灯的光度不够充足，加上未经装潢的天花板又高，虽然吊灯里头的五枚白灯泡全全开光，万爸的脸色未显红润。可话说来，是一般正常人的脸色。但凭良心讲，又好像一看就属病逝者才有的凋萎枯黄的脸。大家都啧啧说万爸的脸色很棒，尤其之后诵经、封棺前揭开往生被望去，大家仍这么说，且还赞赏万爸嘴角上扬，荡漾笑意。是的，按说万爸没戴假牙时嘴是不大好看的一种老人嘴。万康越看眼越花、越回想越惘然，也可能这一年来老花眼却没新配眼镜，且镜片刮磨严重如上了一片白膜，才让自己无法有把握去辨识万爸的"真容"。说了半天，啐，有可能万康平时便无法真确辨识出任何某一个人的脸是属于正常或病容的脸，还是说天杀的万康多年以来根本没好好看过万爸的脸如今又怎能分辨出变化。从作者的角度来看，这个并不重要，没啥好执著，甚至运送万爸回家的那两人也无须去作多余谴责，但万康身处某个"情境"下难免有他（不）耐人（也不）寻味的"心事"，好比当把这袭金闪闪的丝被，往万爸脸上轻轻掩上时，万康心沉了一下，觉得自己这个动作害死了爸爸。好比后来封棺的刹那，他再次确认自己亲手把万爸害死了。

　　在门口付款给两名救护员的时候，另一头万姐等人早已开始虔诚诵经。表妹恭敬合掌由衷反复吟唱"阿弥陀佛"，阿姨翻开自己带来的经书很专业化地吟念（她的几个孩子平时与万康一年只在年初二见上一次，但在这段期间数度打给万康问候和讨论）。那个救护员大叔，没急着把钱接过，说需要一个红包袋。万康想起，对了，我早已准备但忘记将钱装入，于是很快去弄好，递去，又不收，直说我只要一片红纸。坚持半天，万康和大婶均无法会意，后来搞清楚了，他要万康把红包袋撕一小角给他俩就好。这有很大差别吗？万康虽觉三条线但听从以表尊重。那人收过后没走，似乎想表现一下聊天的能力，笑吟吟（很自豪的）说这附近两三条巷子"我最近就送过三个死的"。合着从头至尾万康没给他们这一对活宝一点不礼貌的眼色，这大叔倒不是有意回敬，只是天生少根筋。

　　救护车走后，其他亲戚（万妈那一脉的）及两个不同单位的助念团（一个是万姐那边结缘的、一个是万妈朋友一对夫妇俩所联合率领）已在路上，随时赶达。从小家里长大出外读书的表弟也从他乡动身回游。大婶进出张罗，说一会儿调度冰块过来替代空调，找两个大盆子装着，将之放入床（桌）下则可保全万爸大体。万妈一时坐在门口里边接受邻居安慰，万康在门口发动机车，表示我去医院开死亡证明，不然晚了院方柜台下班（如无这纸证明无法封棺）。由于之前大伙儿一阵抢忙，万妈忘记哭泣，这时悲从中来，望着万康深呼吸那样作了一个啼哭的准备动作。万康咧嘴笑说："走得很安详，不要哭啦。"万妈给这一笑岔了气，只好再一个提气发动。万康道："不用哭啦，不然哭一点就好。"万妈又给岔掉，干脆就放弃哭，继续让邻居跟她说话。

　　先骑车载阿蕾去捷运站让旷职多日的她回遥远城市上班，向她说那老词"谢谢你陪我们把美好的仗打过"后，骑去医院把证明书开出一式多份。这时天色已昏黄，晚霞倒真的有，跟某洋神仙某种时刻的眼珠颜色相仿。万康在医院的露天停车场抽根香烟，却遇到 X 医师路过。万康吐烟间向他轻笑招手。X 发现后过来向他致意，问事情是否顺利，万康说还行，不过你们救护车的人实在是慢。X"呃……"不知如何搭腔（一两天后万康重返 ICU 把忘记拿走的一些物品取回，在院区与 ICU 主任迎面相遇，主任说："有什么指教的话，请给我们建议。"万康没再提救护员或任何父亲的事）。万康将此话题仅一语略过，"对了，"问 X 医师道："到底要怎么样看还有没有气？"X 表示，鼻息没气或说探不出端倪，尚不表示脑死，须看瞳孔是否放大；瞳孔是眼珠那圈圆球里面的一个小圆点儿；虽然万爸的眼睛一直是闭的，可以拨开眼皮看。"原来如此……"万康哑然失笑又是事后学到。接着 X 谈起病人有时会这样猝然就走，万康说是啊。续表示万爸时间没拖长莫从负面来看，万康说我懂。他继续讲完他的稿子："不然你去 ×× 楼看，好多那种……"说着斜嘴将两手一高一低模仿中风或瘫痪多时的老人。万康了这个人，知道他不是对人不礼貌，他本来就是生动活泼的人，他们结缘就是因为他的个性这般。不过万康忘记道别时是否和他握手。

天黑得很快。独处时万康又抽支烟，心想大家在助念，我在打混，良心很安。其间叫出简讯发给朋友们。万康吐口烟雾，更觉化开，深感香烟真是一种好东西（这是本书最罪恶的一句话）。万康心想，如果那口气没留到在家里，虽然好像"完美"少了一块缺角，但无论先、后之秒差，阿弥陀佛能将爸爸接走了，往生就是成功。只不过是让爸少了一件事可以在极乐世界跟别的往生者炫耀。不过想想爸铁定很干，脑中八成还有氧，甚可听到我们的声音，人还没断气就被我盖上金丝被。但如果他当时很干，他确实就是在家里走的。希望爸爸很干。

话说回到家门口，舅舅已牵了一条电线，在门口花丛歧出的枝叶上悬挂一个满月般白亮的灯泡。光轮中墙上贴着"严制"。前前后后万康家中无人啜泣或哽咽，也就万妈那么来了两个半下。说来并非万康坚强与否，或怕违背师兄的交代，只因忙着把事情步骤办妥，欠缺哭的动机。（十一天后告别式上唯一欲哭的也是万妈，所幸哭成。）

万康开始厮混，装忙，一会儿"插花"念佛号，一会儿和助念的人闲谈，一会儿送客。来到万爸生前……是的，是生前……的房间门口探头，那被拴的狗四脚朝天把狗腿子狗腰子扭动，正在玩打滚。或去自己房间看猫，站在一个柜子上头的喵喵用不怀好意的眼神往墙壁扫瞄什么，蹲一下又出爪子挠两下，高来低去跑两步又停一拍，自己很会坑。或去外头接电唁，其中包括唐校长、工运学生妹等。后者和万康素昧平生，因见万康从前曾于网络发文对工运表达一点小支持，后与其男友得知万爸有难，于是特表殷切问候（万爸有难之前虽读过万康那篇文章，但未动声色相联系或有引起万康注意的动作）；七月十七日晚上小两口从外县市共骑一车前来本城，主动借阅万康《西藏生死书》、《时光队伍》两本与生死相关之作。

实在是饿了。晚上九时二十二分，万康想起后头小饭厅的桌上留有中午万妈烹饪的几盘素菜。全家没用晚餐，一人先吃还独吃说不过去，幸而空间上这个小饭厅颇为隐蔽，试想赶着偷抓几口塞完就出来，神不知鬼不觉。这一拐进去，却见神知鬼觉。"咃来来来，吃酒。"判官扬起手来。"一起坐一起坐，大姐的手艺那没话讲。"保生大帝说话中挪着自己椅子并改用台语吆喝："大家拢'刷'位一下，坐较阔。"日光菩萨用台语回他："否啦，就是要馈烧〔挤在一起取暖〕啦。"万康道："你们来都不讲的哟。"坐于正位的药师佛微笑道："咱无大无细无拶呃，无来无去无代志。"〔没大没小没分寸，无来无去没有事。广钦老和尚涅槃前的名言〕万康入座于关公和巨鲸神将中间，顺指着自己脖子比划，怯怯问关公道："关圣，您……"判官打岔，站起来把一个斟满的小杯子放在万康桌前："啊干！先喝一杯啦！"万康迟疑着捏捻杯子："大家都喝茶耶，只有你和我喝酒？"关公道："我们是以茶代酒，合着一会儿我还得骑马回去，喝酒不骑马，骑马不喝酒。"判官道："我骑云。"金带将军道："骑云的也只有你喝，你怎么不骑酒。"判官嘻嘻笑道："我家那口子还在温柔乡等我，回家去我还骑莩娘咧。"众人欢笑："你做梦！""没这回事！"或拉他袖子询问："你们俩真扯上了？""有拍到吗？"

　　且说张万康说他也喝茶好了，判官替他拿来半杯茶，却将酒倒入成一杯递过。万康也只好不啰嗦："我敬大家。"关公未持杯的手来回比向万康和自己道："一起敬，"同时邀全场："都一起。"意思说所有人作一次互相敬在场每一员。有些人讲："还没到齐。""要不要去叫一下？"但不管了，大家先爽快喝掉。

　　杯子放下，万康问关公为何会在。关公正用小指头掏转耳朵搔痒，一边作舒服状道："砍掉重练，重新开局，补充点数，不就是这回事嘛。"万康了解后，却很快替自己把茶注满，站起身退出来，两手持杯来至宫毗罗跟前道："大将军，这个我一定要。将军英勇盖世，万康生平未见识如此牺牲、成就之烈汉。"说完便要下跪，宫毗罗忙搀道："区区肉身！"万康抗曰："单膝就好！"宫毗罗道：

"你不站好我不喝。"两人对立一笑饮过。

各归座位间，宫毘罗道："那关公三堂会审时说得好，论勇敢，他关二哥佩服。我说张济能孤军奋战抵挡病魔五昼夜，凭单纯一念——活，不屈不挠，不屈不退，不宁死不宁屈，嘿傻乎乎就同我一样。如此遒健之韧力，我们一齐敬他一杯。"众人举杯饮过，兼取笑你这到底是捧谁，还是贬谁，或自贬。螺发将军道："与其说单纯想活，张济既贵在单纯，又贵在想活，天人也！不单纯又不想活之人如以张济为明镜，或可照见自己如花朵之美。"讲到最后四字他用两手轻碰一起打开呈 V 字型上下翻转不停，十分娘炮而低级。

工艺老师微笑着抖耸肩膀一记："我看他还是省钱的明镜，确定了要装冷气，马上就走，生气了这是。"破空山大将讪笑："偏不让你监工。"天胡将军忙作个"且慢"手势要大家别笑，正经说道："老先觉是千算万算，细细品味，说他张子下得慢，可他没想惹你焦躁啊。他纯一人定这个计量和享受，就你这一焦躁，冷不防他出招了，你还求他把张子收回去告饶。我天胡因达罗嗜搏麻将，摸吃碰杠舍，坐科出身，打遍天下无敌手，惜未曾与小万子他爹同桌交手。"判官道："跟你老板讲一声，极乐世界出个差得了。"药师莞尔点头。天胡喜不自胜。判官将天胡杯子注满酒道："说这么多你就是想喝！"众人一阵推阻胡闹，"不喝酒"、"喝一点"、"我喝好了"、"你去人家家里头翻出酒喝就算了何必还他妈……"

忽然听见当当当清脆声音，只见保生大帝用一枝筷子敲击一只碗，众人停下，整齐安静望他。

"万康，你万爸已得观世音菩萨相应、阿弥陀佛接引，你有何心愿还须说明？"保生道。

"真的成功接引了吗！……"万康欣喜又怀疑，"他们……你们怎么没邀两位佛菩萨一道来？万爸也没来！"万康望向药师佛。

药师道："他们三个，在路上。"停顿，续道："回去的路上。"

"我能见万爸一面吗？您让他显像一下，把频道转过来我看一眼就好！我不奢望能跟他视讯！……能的话是最好。"

"现在不能。"

"何时可以。"

"在你死后。"

判官学女人掩口吃吃笑出，对万康道："想喝酒自己说啊。"动作间左扭右荡唱起《贵妃醉酒》。

那月光菩萨内心叹息，有意支开话题，笑邀大家伙儿："吧哟响，咱们一起来给万爸作挽联。"

天胡将军率先作出："勇敢坚强迎风雨　沉着轻松证菩提。"

虎蛇将军立刻奉上："天高地阔忘约束　气定神闲枕泰山。"

这四句的用韵虽不能合成一首诗，总归天胡、虎蛇，哼哈相映的是天龙、地虎。

"我帮你来一个。"想不到大块头巨鲸神将，竟粗中有细，吟出："游子麻将拜国手　学童白发感恩输。"

他让万爸最后输的点在他的防区，或许兴起遗憾，吟联时却似感荣幸状，并站起身朝万康将手放在腰际比出拇指和小指捏一起的手势，不知何意，一时笑容神秘。

保生大帝没管巨鲸这个动作，只管指手笑道："你这个是改写水墨大家李可染，在他老师齐白石一百二十岁冥诞作的：游子旧都拜国手　学头白发感恩师。"

天胡道："这个好，麻将国手，张济。白发人是谁？万子你看你是不是满头杂驳白毛。"

万康拱手一笑。

沉香将军道："感恩输，我且试讲。万康你打牌打不过你老子，可你打心底折服。你万爸人生最后两个月的这场战斗，虽然表面上输了，可你对你老头感恩，对这场战役感恩。"

众人称是。

"不仅如此。"保生大帝神气八百地神秘一笑，说道，"这个'输'字，台湾国语'老师'就是'老输'。"

判官一边替自己倒酒，一边糗保生道："你的话我当冰块下酒这是。"

保生大帝不服气，立时对万康道："我起一个，你听好，"说着喃喃试着默念，突而讲出："弥陀接引潇洒归去从此俗尘不染莲邦永托悲愿宏深相约净土重逢。"

万康含笑拱手间，却见巨鲸虽已坐下，朝他在空中再次比那于法，因问："我眼拙脑残，将军何妨并示……"

　

啧，巨鲸故意作小声讲话，蠢物一个，分明全场同时听到。"老太爷曾做一'双J恋'手术，医师顺取出七小粒石子，有的如豆子大，有的如米粒小。上了盖子，装成一个小透明罐子由护士转交给你，你可好生收好。"

"……不是那个吧。"万康感到震动但十分存疑，"错把结石当舍利，这是大谬。"

巨鲸灿笑："亦有人误把舍利当结石。"

判官斜睨万康堆笑："拿个榔头敲敲看，成飞粉子扎你脸上得了。”看官，舍利坚硬，重击无损。

角头将军道：“得你个鬼。是！或不是！我看盖子……还是别开。”杀手将军道：“怕个熊啊！就是了啊！是定了！打成粉来找我！”金刚杵将军建议：“开。下去了，见分晓。”众人七八嘴舌开不开盖、捶不捶它，虽说毫没伤和气，合着一阵辩论。

这时宫毘罗道：“还作不作对子？”众人停下，听宫毘罗这般作结道：“我说是舍利。但是，不开。”关公抖动卧蚕眉，肃然异议道：“不是你说不说的问题。——它本就是舍利。保存宝贝为重，不开。”两位领导说话了，话题打住。万康见说“不是”的人脸上却没不开心，好像他们本来就力主“是”似的。一旁判官却道：“不开盖子也可以一棒子下去试试哇。”宫毘罗闻言拔剑而起，冷冷说道：“我先开我的剑试试你的猪头。”判官瑟缩脖子，惊恐捂口。众人莞尔。药师佛始终未开言，看不出沉思，看不出兴奋。

收剑后，宫毘罗遂向药师道：“世尊，您老来一个对子。”

药师佛从杯中拾起一片茶叶，“便是，”眼朝着叶脉道：“赌艺非凡任何牌均得以救济　节俭有方每尊佛须来自庶民。”

众人道好。

顺而大家将挽额也纷纷题上，“麻将神英”（天胡）、“博奕泰斗”（工艺师）、“心中有爱”（月光）、“疯欣交集”（螺发）、“存仁赖义”（关公）、“千古强人”（角头）、“浩气长虹”（杀手）、“你是好人”（日光）、“心胸大大”（宫毘罗）、“古道热肠”（沉香）、“非常够力”（破空山）、“定力过人”（金带）、“超帅一把”（金刚杵）、“A片万岁”（判官）。

那天胡将军抱憾于未能作出麻将对子，抢着用挽额补上。其他作过对子的人没续作挽额。

话到此间，大家俱已凑上句子，万康忽而想起："请问各位没邀起吕祖一道来吗？"

保生笑曰："他啊，贪玩。看我去帮狗狗搔痒，嚷着他也要找猫玩，可又怕猫，拉了那个谁一道去。"

倏忽吕洞宾穿墙透出，跌坐于地，起身间唾骂道："践的咧！"这时看见万康，招呼没打，直接投诉："你们家的猫也忒凶了，玩个捉迷藏这么激动是怎样啊！"众人拊掌大笑。这时一只鸽子不知从哪窜逃过来，猛啄吕洞宾的屁股，吕洞宾绕原地转圈闪躲，鸽子绕两圈后干脆用力咬住不放，吕祖用力往地上一坐，鸽子避开来飞上天花板的高度，只见吕祖这下子一屁股差点坐开花。众笑间，那鸽子骂那吕祖："拿我当垫背的！说好我不去，哪有揪着人家偏偏要跟你去的理，你要猫把我搞翻我就要你刬赛！"吕洞宾抗议道："我也有变成鸽子哇！可是我支不开它嘛！"

药师佛板起脸叫他二人莫再争斗，玩成这么危险实在幼稚又恶劣，非常不好笑。接着叫他两个各想一挽额给万爸，吕祖道："没完没了。"鸽子道："不见不散。"吕祖对鸽子冷言叫阵道："现在是冲着我来？"鸽子懒得再理。

判官忙叫吕祖过去，取出手机，按出照片给他看："正吧？"吕祖抢过手机猛盯着荧幕不肯还他，但至少安静下来。

药师佛道："张万康，记得否？"

万康不解。

药师道："第一役魔山战后，你曾欲盟誓许下一大愿，当时我讲不必说出口。"

万康一凛，心想你还记得，从而丧气摇头苦笑。

药师道："保二哥适才问你尚有何心愿，指的是这个。"

心又一凛，万康羞惭，保生不是要他讨愿，是要他还愿。那保生大帝一旁只作拂髯。

"弟子难以……"万康低头道，"怕是真做不来。除了……"

这时忽然一道银白色混叠紫红色的光射来，众人还来不及吃惊，一个洋人已乘光现身。

洋人出现后便径自走到万康身边，掏出一挺窄烟，以低沉的酷音道："借个火。"万康掏出打火机，替他上火。那洋人恍若无人，眯起眼，吐出几个烟圈。忽问："你只有一个打火机？"万康迟疑半拍："呃……你拿去没关系。"那洋人收下放口袋，喃喃道："我又没跟你要。"说话间连乘光也省了。消失。

保生大帝回过头，帮药师朝万康提醒道："你适才说除了……"

万康扶额道："除了写写东西小打小闹，可能别的心愿无法……"

众人皆未搭腔，不置可否，或觉没什么好说或不说的。是的，判官甚至觉得这一点也不重要，只提着塑胶袋打包酒菜。

"统统有，"药师佛淡定说道，"听口令，除友军道友，日月光菩萨、十二叉将及信鸽，目标净琉璃。"保生、关公、吕祖三者另行结队。判官自己押着自己（的酒菜）。

万康送他们至门口，其间他们没说一字、没朝万康望一眼。万康虽望着大家，亦未开言。

屋内的佛号声持续。万康心想，目前写到第九回。万爸封棺的时间将近。

后　记

　　拙作于家父过世四个月后，二〇一〇年十二月下旬完成。隔年四月末，麦田的林秀梅小姐在商讨出版事宜时，问我是否写一后记。这是秀梅看重这本书，蛮陶陶然她这个提议。但，起初觉得不必写了，余音留给读者已足。然而校稿完成后，决定还是把一件事跟读者报告。

　　书中要角李道长，于二〇一一年四月一日因癌疾复发过世，年四十三。因并发肺炎和气胸，道长先后经插管、胸腔引流、气切手术于加护病房度过最后二十五天；其间仍关怀朋友（譬如叫我一定要去帮找不到医院位置而迷路的探病者引路），且喜以笔谈和访客讨论他的画作。

　　之所以原本没想用后记的方式写出，只因想留在其他时机说明即可，让"外一章"在书以外去传说，想必更添"情趣"呗。

　　校稿后，我等于把拙作又经历了一次，心情有了转折。因为传说能传到多远呢？所以我愿意让不弃嫌拙作阿里不达、欣赏书中人物的读者在这里就晓得这件事。第一回中有言，投入一场风波中的"各路神奇英豪、平凡义士"，李道长自是其一。

二月中旬，道长在一般病房卧病第三十三天时，经我告知这本书会出版的消息，显得十分吃惊。这本书他只读过一部分；当时他尚未住院，身体状况也好，我将他出任主角的章回加以告知并递出，但他没评语。

无形的舍利子

——我读《道济群生录》前九回

小融（BBS 蛋卷诗版版主）

　　因缘际会，我这外人，同张家人送了张老伯伯最后一程。在捡骨室里，万康和万姐在张伯伯雪白的骨骸里寻找着舍利子。张伯伯的骨骸多且健壮，殡仪馆人员表示张伯伯以此高龄，还能有这么多烧余的骨骸，十分少见了。我在旁静静待着，突然想起《道济群生录》里，万爸与病魔抗战的情节，想起药师佛的所为，更想起了万康在梦里，到了冥府与关公等神祇的舌战。我终于有点明了，万康和万姐在捡骨室里，假装不理工作人员解释，仍想找到舍利子的心情了（现代化的火葬场温度特高，不会有舍利子存留）。我默默看着万康和万姐的背影……

　　和病魔的抗战，是一场注定会输的战役（胰脏癌末期），万康绝对不会不了解这点。但是当有人劝他看开生老病死时，他抵抗的心变得强烈，变得固执。这些都坦露在他在梦里与关公、保生大帝，以及判官的舌枪唇战里。虽然《道济群生录》尚未完稿（编按：本文作者写此文时本书只完成前九回），但我以为，这场论战，已经是作品里非常非常精彩的部分了。各个角色各司其职，却又可以彰显各角色不同的胸襟。

节录其中对话——

一时关公抚须寻思片刻，朝万康问道："小兄弟，俗话讲，有人为活着，有人为生活。你是否帮令尊着想过，如果一个人好容易活下来，生活机能尽失，值否？"万康道："关将军，爱因斯坦驾崩，骨肉凋零，世人希望将他的大脑留下来，臭皮囊只留一小块，亦有一小块的乐趣。家父平凡，但对他而言，活着一小块，就是一小块生活，如此自足自 high，岂有不成全之理？"

这里将万康与万爸对于生命的意义看法彰显无遗。说是对于生命意义的看法是不够的。不只是看法，而是身处其中身历其境的。任何无常的道理，任何轮回的概念，都比不上此话真诚。这也是后来与病魔打出的一场不会赢、却精彩万分战役时，所坚持的缘由。接下来一处我觉得精彩的地方，是关于药师佛的描写。"佛"本身是个难以理解的概念。我对佛家涉猎不多，但是作品里对药师佛这角色的描述，却把我心里对佛的理解位置摆得恰到好处。父子两人被凌虐得苦不堪言，连一旁的判官都看不下去时，药师佛只淡淡地要鸽子再探。在帮与不帮之间，在怜悯与无情之间，药师佛看着什么呢？我私以为，那是一种冷凝的透视。透视着什么？人世苦难？随身的业？还是修成正果前的历练？佛也不愿插手的事是什么？如果就这样不帮了，佛还是佛吗？幸好，最后药师佛的菩萨心，流下一滴珠泪化为玉，交给万康算是帮了，不再只是冷凝的透视。

药师佛这样的转变，也许是让万康体会这世间最后、最无法被超越的"善"。在冷凝的透视背后，是一种不会烫人的温度。

我等待小说的完稿。在捡骨室里我默默看着张家姐弟俩的背影……我不想说看开生老病死，或是请节哀这类的话语。我只心想，万康啊，万爸都这么勇敢地承受了，那么，《道济群生录》不就是张伯伯无形的舍利子吗？

二〇一〇年八月二十五日

"狂轰烂入"嘉年华

——读张万康《道济群生录》

朱嘉汉（巴黎高等社会科学院博士生）

一

所谓人生指的并不是生活过的一切，而是关于记下来的以及如何去记忆的那些。

—— Gabriel García Márquez《为了说故事而活》

谈这作品之前，先交代一些细节。这关乎的是我的位置，我与作者的关系，因此也涉及我与这个作品的关系。它们影响了我怎么看、怎么读，也当然影响我的观点。简单来说，我与万康在二〇一〇年六月初于网络相识，知道他写作，但认识前后均未曾读过他的小说，作品是如何风格尚不清楚。全书"事件"的发生我属于旁观者，原先已与万康敲定我八月返台期间探望万康住院的父亲，但一方面是自己忙碌着，另一方面局势变化出乎意料，缘悭一面。因此，我那阵子只是遛狗选择会经过教堂的路，于门外暗祷，然后在他的网络个人空间上面，看他的记录，与从日记上面关注。即使未必是实时的，但整个事件的来龙去脉，大致上没有错过什么。看着他在事件发生后一回一回地发表《道济群生录》，直到二十回定稿过后，我抽出了空，才开始阅读。

《道济群生录》比较特别的是，作者张万康在父亲（小说中的张济；人称万爸）生病期间，一边写其父生病以来的故事，同时上传网络连载。连载到第九回时，父亲病故。告别式之后继续把接下来的故事写完，共二十回。起初连载于其母的部落格上，给母亲与作者的朋友看，随机点入的过客亦可读之，而在父亲过世后，不忍母亲触景生情，另外开一部落格（所谓官网）专门放置《道济群生录》的全部文章。

对于一个已知道结局，甚至中间一些大小事也略知一二的故事，我能期待些什么呢？这问题其实也存在于作者身上："亲身经历"，是作者的丰富题材，但也是限制。在这事实的基础上，书写并不成问题，但是要成为一篇小说，书写的空间还有多少？对于处理亲身经历的小说（亦有个叫"私小说"的文类），最常见的处理手段，往往是在事实的叙述当中加上角色独白（譬如代表作者本人的角色），或是一种后见之明的分析（"当时不知道这般的决定会铸成大错"、"这个人的出现使得整个事情有了重大的转变"之类的，在整个事情过后回过来对当初的演变进行因果推论，这样的认知其实在事情发生的当下是不知道的），或是以客观角度分析描写其他角色的心理。这些考验的或多或少也是作者的虚构能力（包括作者化身角色的独白，毕竟人的脑袋里没有个录音笔），所以不管怎样，自身经验写就的小说还是小说。

米兰·昆德拉于其《小说的艺术》里说道:"小说的精神是复杂性的精神。每个小说都对读者说:'事情比你想的要复杂。'"[1]不论这是否可以当做小说的圭臬,这本《道济群生录》至少贯彻这个精神,进一步说,正是由于这精神,小说的写就才成为可能。在进入阅读没多久,那些疑虑便抛在脑后,那些在现实材料之外,作者所创造的"事情意想不到的复杂成分"成了这小说最特殊的地方,对我这大致知道事件始末的读者来说,亦有乐趣。那"复杂"不时超过了解释一个故事前因后果的必要性,有时甚至对"事情的合理发展"这种模式的叙述提出挑战。换句话说,那些"复杂"的部分不只是要满足读者好奇心的补充(了解人物想法、事物间更深一层因果关系之类),那些看似事实的补充、想象部分,在作者自己所谓"乱入"的写作技巧中,变成了真正的故事,跟"现实"发生的那些平行又交错影响的"另一个故事"——或精准些来说,是"另一个平行的世界里发生的故事"——两者的碰撞与交缠之间,小说迸生。此乃这本小说的基本构成,小说存在的条件。

接着我们也许该追问的,是除了小说艺术本身的需要之外,是否还有其他理由,书写出那么多现实之外横增出来的角色、场景与情节?我想,答案关乎这本小说的核心提问:**为什么父亲(张济)会如此受苦?为何这些荒谬的人事物,以这种方式,在这老迈的身躯上如此折磨?**

英国人类学家伊凡-普里查(E. E. Evans-Pritchard)在《阿赞德人的巫术、神谕和魔法》[2]当中指出,阿赞德人有一套以巫术解释意外或厄运(尤其死亡)的信仰系统,但这并不意味着他们完全不明白或忽略事情的"客观"因果。譬如一个人上吊自杀,他们会宣称"他是被巫术杀死的"。这不是指巫术造成这一切,他们明白死因是上吊，而会去上吊的原因是因为他跟兄弟吵架。然而，对他们而言，自杀是不理性的、非正常且难以理解的，一般人不会因为吵架就去自杀，会去做自杀这样的行为是疯狂的，所以是巫术作祟影响了他的行为。[3] 或是，一个人坐在墙角休息却因为坍崩意外而死，对他们来说，他们不是不知道那个人是被压死，但这样无法解释"为什么偏偏是这个人？为什么墙是在这个时候倒下来压到他？"换言之，这些信仰解释不是要忽略或否定"理性"与"客观"的"因果"与"事实"，反而是想更完整地解释与理解世界到更深的层面，那些科学理性甚少去谈的那部分；比伊凡－普里查更早的莫斯（Marcel Mauss），在一九二六年《集体暗示的死亡意念在个人生理上的影响》[4] 一文中甚至想走得更远。不像某些理论家将巫术信仰当做"非科学"、"不理性"或"前逻辑"的心智状态，也不限于伊凡－普里查那一路认为原始信仰跟科学一样，是试图（甚至比科学更想无所不包地）解释宇宙。莫斯透过关于澳大利亚、新西兰与波利尼西亚的民族志指出，在他们的信仰里面，假如一个人相信生了病或受了伤是因为他触犯的禁忌或神灵，那么不论那伤病是多轻，他们都会在有罪的恐惧下很快地死亡。仿佛是一种集体暗示，信仰着这般的罪必导致死亡，他们就不得不死。这里莫斯要讲的，并不只是说明他们会用巫术或宗教信仰来解释他们为什么会生病、受伤且因此而死亡，还想进一步说，这些信仰（社会性的、集体性层面的）会在他们的意识（心理层面的）产生影响，导致死亡（生理层面的）。也就是说，宗教信仰或巫术这些象征系统不只给人安慰，给予解释，还真正地作用到个人的身体上。象征的世界，比真实更真实。

　　既然《道济群生录》的核心问题是**为何父亲会如此受苦**，那么，作者在小说里想寻求的难道只是个解释，或只是个慰藉而已吗？令人意外的是，以残酷且无力回天的现实为本，整部小说要写的，却不陷溺于一种悼亡，或仅是用宗教、神怪来解释种种难以理解的命运（宿命）、为何人终究无法改变些什么。二十回看下来，最主要的母题，竟是父亲如何地"生"，如何去争取生的机会。每一秒的生命延续，每一个面对苦痛的尊严姿态，都是价值。在《道济群生录》的世界里，生死的决定不在神佛，此乃命，将死之事，对于小说里的判官、保生大帝或是踌疑着是否出手的药师佛，皆无法改变。既然宿命，意义何在？在生，即使是徒劳的生，如小说那段父子对话：

> "拔！恕我冒昧，你为什么要活！"万爸喊道："小子！活着才有好戏看！"

或是：

> 这万爸没啥了不起的生死观，你如果问他为什么要活？他可能反问你为什么要死？
>
> 活着，就是个好。

万康在阴间舌战喊冤耍无赖、父子在父亲体内与病魔大军鏖战、神鬼佛魔之间的算计与明争暗斗、小鸽子往返复探与献计翻转局势，犹如棋戏，为的是争取生的时间，推延死的界线。在作者笔下，天界或阴间、甚至父亲体内的异度空间，前文我所谓"另一个平行的世界里发生的故事"确实地左右了现实里躺在病床上的张济的身体。更有甚者，张济的求生意志，一天拼过一天的生，影响了"另外的世界"。所以不单如莫斯所说，集体信仰的、象征的力量会作用在个人的身体之上，在这里，我们看到的，竟是个人的身体撼动了信仰的世界。"小说家们发现的是'只有小说能发现的东西'"⁵，这里我们看到的，是只有小说才能做到的事情。张济的求生意志与忍受折磨，万康与众多义气相挺的朋友、神佛动物，推延了生的时限，产生了故事。若《一千零一夜》的基础乃是用不停地说故事来换取多活一天的机会，《道济群生录》则是以多活过一天使得故事能继续说下去。"九旬老人既然注定会死何必试图拯救多承受痛苦"，这般论点到了这里被翻转，除了死是宿命、人该多争口气就该多争一口、受苦是为考验之外，为了生，让故事能说下去，有好戏看，当初受的苦并非徒劳。所以，在我看来，这不是一本悼亡之作，反倒是"庆生之作"。层出的故事与人物情节，让这位九旬老人的生与死不再微不足道，使那些世间冷语失色，令那些自认理性专业的"论述"相形渺小。而，精彩过后，终结之时，收尾在澄虑静思的单纯。何谓？直到书的最后，我们所见的，是个仍然继续书写的姿态：

> 屋内的佛号声持续。万康心想，目前写到第九回。万爸封棺的时间将近。

小说的最末一句让我想到《白鲸记》接近尾声源自《圣经·旧约》的那句名言："唯有我一人逃脱，前来给你报信。"诉说是生者的任务。这是小说的魔术，小说完成（最终回结尾）在作者未完成的状态（小说里万康惦记着的第九回，不到全书的一半）。仿佛可以想象着，小说二十回结束后的万康，回去书桌前，继续写着《道济群生录》的姿态。如果，故事能一直说下去……

二

　　我没有钱，没有依靠，没有希望。我是全世界最快乐的人。一年前我在想，我是个艺术家，半年前我也还念念不忘。现在我不再想了。有什么好怀疑的？我是艺术家！我已经不甩文学那一套。我已经不再牵挂写什么鸟书，真是谢天谢地。

　　那么，这又是什么呢？这不是一本书，这是毁谤加上污蔑，是人的彻底丑化。这绝对不是一本书，一点也不是。这是连续公然侮辱，是在艺术的老脸上吐上一口臭痰，是狠狠地踹上帝的老二一脚，是狠狠地踹人类、命运、时间、爱情、美等等一脚。我要扯开喉咙为你们唱歌，我可能会唱得荒腔走板，但我不管，我就是要唱。

——Henry Miller《北回归线》

　　如果《道济群生录》的基础之一是"另外的世界"，这本小说自写作之初便是一场冒险与游戏，不断考验着小说家万康的能力。毕竟，在第十回下笔之前，局势还是一面在发展，难以预料，甚至曲折离奇，也许下一秒发生的事会马上打乱先前的步调。难的不单是虚构，滚轮般不断压来现实世界的无序荒谬写进小说也是对小说家技艺的出题，何况必须考虑此界（现实）与彼界（作者创造的各种空间）如何相互支撑、合拍？这样的书写挑战，也许会让某些人先却步，而张万康在这样的压力下（尤其父亲苦难本身已经沉重），甚至有点受虐狂似的，给自己加上更多的规则：与读者的实时互动。《道济群生录》的每一回发表在网络平台上（Blog），而他三五好友边看边评，自由意见。而他不单是在小说形式上采取说书人的姿态，他更是在写作中实现了以读者反应为材，随时热炒上菜的炫目般华丽功夫。他亦勇于在书中直接留下痕迹。譬如第七回：

看官，第六回之后，应读者要求，为猫狗角色加戏，现在终于把这对宝贝送走。另外，本回原本没打算安排判官出场，但读者表示实在想看他出现，于是一会儿将为他插戏，少安勿躁。

或是此书动人的短评，万康的文友小融所著《无形的舍利子——我读〈道济群生录〉前九回》，其中提到了舍利子，万康亦在最终回里将舍利子之事写了进去。[6] 这些痕迹不是败笔，譬如魔术师默契不揭露的技法一旦公开便无价值。对万康来说，这方是珍贵之处，甚至是种炫技：摆明了小说是种"骗术"，甚至不遮掩，明示小说的虚构与真实处（他多次标明某些细节乃真有其事，是种诚实或故作姿态？），依旧破坏不了这本小说之所以为小说的基本质素。

这般技巧，意外造就了《道济群生录》特别的故事空间。尽管在场景的描述上面，有时显得不够完备、具体，但他采取的书写态度十分自由、灵活与一种过人勇敢，在"系统性不足"之中增添了很多不必要甚至过度的细节，反倒是这些细节增添了小说可看度，弥补了不足。我将这归功于即兴与放肆的自由书写所赐。例如谈到阴间地府，其中生死流程、世界架构、社会组织（？）我们并不明了，但在令人发噱的描述之中，好比因张济父子顽强抗死使得地府办事人员鸡飞狗跳、地府官员们的公务员心态与白烂〔愚蠢〕对话，或是叙述中插入的鬼民鬼记者阴间电话阴间传真阴间电脑等等滑稽名词，这些不但看似没有必要甚至过度的细节，反倒使这世界丰富起来。过度、夸张、不羁的驰骋想象。这不正是巴赫金（M. Bakhtine）所谓拉伯雷嘉年华式的笑？一种无节制的、无所禁无所不可的笑，所有人都可以笑与被笑，一切都可以诙谐。所谓的互动也非媚俗或取悦读者，他更多时候连他的读者也写进去，并玩笑之。如一场盛大的嘉年华会，抹去了读者与作者的距离，观众并不是在观赏着嘉年华会，他们是与此嘉年华会"共同生活"。嘉年华会没有"空间"的疆界。整场庆典的最高法则，即"自由"的法则。[7] 读者参与了笑，与被笑。简言之，一道狂欢。

在众多丰富的场景转换（包括回忆的流转），最令我称奇的，竟是张济的身体。艺术创作中，人物的身形或魂灵乃至于精神意识可以移入他人的体内或进入其思维中，屡见不鲜，但作者更加以发挥而开启出的另一番景观则是，那同时是肉体的空间，也是精神的空间；既是真实空间里的身体，亦是另一个世界力量的角力场。"进入体内"原不是创举，但透过万康笔下人物与情节的挥洒，那个舞台成了不同的书写实验地。那不像是人体奇航般透过高科技，或是孙悟空或哆啦 A 梦靠着神通或道具缩小进入身体里捣乱或执行任务，也不是小木偶一类进入巨兽体内。上述这些的身体还是较偏向肉身与生物性的。《道济群生录》则不然，张济的身体仿佛是现实与另外一个空间的过渡，是比作为生物的人体更宽广的地带。万康免除了各种设定（是靠科技、神通，是将自己变小还是透过其他方式），快笔直接赋予父亲的身体这般开放度与容纳各种异质元素的能力。尽管我们也可以用神佛之神通理解，但在这里，倒不像上头几个例子那样，"进入身体"不是那些人有能力进入，反倒是因为那个身体有融纳各种可能的能力。小说家之于小说如同上帝，说行，就行。于是，在那里，万康不但可以进入，甚至能与健康的父亲相会（所以是精神的），两者共同作战对抗拟人化的病魔大军。须弥与芥子皆可纳。不管是无边或伟大的神佛上帝、世间人（如万康）、微小病菌病魔（如炎魔或恶水娘娘），甚至猫狗鸽禽畜，都可以于其中以人性姿态出现。那是个无限可能的空间，现实与其他世界的交会点，也是一切矛盾之处，而小说精彩的最终战役也选在那里上演。我认为，这里体现了这本书，或说是张万康的宇宙观一个重要的特色。不但我可以看到神佛与鬼魔病菌，人类与狗猫鸽子，都有权进入张济的身体，而且在那里，他们几乎是平等的。人（大部分是万康）可以与神佛合作肉搏病魔，犬猫可以是奇兵。大战里的神佛不靠神通法力，几乎以肉身（至少在那空间里有个肉身的）相抗。至此我们知道，对张万康来说，那些神佛菩萨的诙谐书写，不是亵渎为乐，而是一种众生平等的心态。所以犬猫亦与万康平等，万康也与张济里的病魔平等，甚至病魔头头与药师佛曾是师兄弟。这些等式原是不可能，矛盾（假如万康与张济都是人类，那万康又怎么跟张济身体内的病魔平等？），在小说开创的空间里，却实现了。这莫不是"道济群生"精神的另一种意涵？一种各种形式的存在之间的平等，而"道"乃无意志也无可掌握，神佛亦改变不了生死之事。

《道济群生录》展现了书写的可能性的探索，没受亲身经历的限制，反倒走得更远。其中需要的勇气与自由，与非写不可的欲望，并不容易。

三

马莉：现在，伊丽莎白与丹诺开心到听不见我说的话了。所以我可以跟你们揭露一个秘密，那就是伊丽莎白不是伊丽莎白，丹诺也不是丹诺。我的证据在此：丹诺所说的女儿不是伊丽莎白的女儿，他们指的不是同一个人。虽然丹诺的女儿跟伊丽莎白的女儿一样，一眼白色，一眼红色。但是丹诺的女儿是右眼白色、左眼红色，而伊丽莎白的女儿却是右眼红色、左眼白色！丹诺论证的系统，他的理论，被这个矛盾撞击以后，全然崩坏。就算种种令人难以置信的巧合使得他们的想法看似有凭有据，丹诺与伊丽莎白依旧不是同一个女孩的父母，因此他们也不是丹诺与伊丽莎白。他以为他是丹诺，她以为她是伊丽莎白,这全是徒劳:很不幸他们都错了。可是谁才是丹诺呢？哪一个才是真正的伊丽莎白呢？这个错误持续下去究竟对谁有好处呢？我不知道。别去探究了。任它顺其自然吧。（她向门口走了几步后又回来，对着观众说）其实我的本名是夏洛克·福尔摩斯。

——Eugène Ionesco《秃头歌女》第五幕

以体裁而言，我们看到的是对章回小说的仿效，带有滑稽的成分，由各篇篇名打油诗式的对仗便可窥知。如第七回**"魔王雪窦山难发简讯　娘娘婊里山河会情郎"**、第十回**"山猪道长挑战当局者马尔济斯魂断午夜时"**，这种"装正经"的诙谐风格，似乎意味着他毫不畏惧在文学里加入各种好笑的元素，甚至创造各种笑点，即便小说的主题是父亲的蒙难。这般的无畏，去了（纯）文学的洁癖，不排拒各种"俗",各种被视作文化失落的网络用语或新闻流行用语,认真与严肃参杂难辨,亦有包罗万象之感。不禁想到《堂吉诃德》或《巨人传》一类的早期小说,那般的自由,且任意进出各种空间的可能。

说到笑,除了奔放与天马行空的联想力外,会让读者感到好笑的原因(觉得好笑应该不单是我的主观),或许也在于他"过度细节"的能力。前文说到他开创空间时总带着某种夸张、过度,使得其丰富度掩盖了他基本设定不够严谨的短处。许多不必要甚至多余的描写,原是缺点,到了这里却是精华,是整本小说最让我放声大笑的部分。这些漫地生长的细节,当不必要过了头即成了可看之处,好比藤蔓植物式的美与生命力,藤蔓延伸的本身就是意义。也许这正是他的写作风格。

在此试列几段经典桥段,他在十九回药师佛与肿王的最关键决战时如此写:

> 茫茫脏器皮土上,两名主帅隔开一段距离,各自就位面向对方盘腿端坐,一个泰然,一个巍然,俱关上眼皮聚精会神,纹风不动。两人就这么入定五个时辰之久,仍无动静。敌我官兵只好在一旁做炊事烤肉,或打盹儿打呼噜,甚至跟对方借烤肉酱或蒜头,并举行两军交换礼物活动,把各自做出的食物请对方品尝。

一般而言战场的细部描述乃增加紧张气氛,这里倒是重点不写,尽情离题,确实大胆。

或是这场大战即将溃败时的天降神兵一幕:

忽然间轰天一个大响音，震得众人掩耳叫娘。雷声后四周大放光明，一只鸽子飞出，一个洋人走出。那洋人的装束比全裸还离奇，裹着运动赛场的摔跤项目紧身衣。一身的肌肉棒子显然练过，腋胁和胳臂的距离很开，看来这块空白处可以塞下一个木瓜。他啐出一根樱桃梗子，便将手放在药师佛的头皮上："兄弟，你没救我我知道。你不必谢我，我只是他妈不屑你。"

关键人物出场，多形容一些并不为过，但说"腋胁和胳臂的距离很开，看来这块空白处可以塞下一个木瓜"或"他啐出一根樱桃梗子，便将手放在药师佛的头皮上"等句子却十分不知所谓，余又笑。

又如，一些字里行间不知认真还是搞笑的描述：

鸽子转而对二佛报告："我已将那观世音菩萨领来。"说着翅膀一指，众皆望去，只见观世音正在等红绿灯过马路。

这样高密度笑点让我不免联想到尤金·尤内斯库的《秃头歌女》。从一开始诸多无用荒谬的舞台指示细节开始——一个英国式的布尔乔亚家庭里，有着英国式的扶手椅。英国式的晚上。史密斯先生，英国人，穿着他的英国式拖鞋坐在扶手椅上，靠着英国火炉，抽着英国烟斗，看着英国报纸。他戴英国眼镜，留着一把灰胡子，也是英国式的。在他身旁，坐在另一个英国式扶手椅上的是史密斯太太，英国女人，缝补着英国袜子。英国式的长久沉默。英国大钟敲起十七下英国钟响[8]——直到最终集体的疯癫般失语。既有如此恶搞先例在前头，万康的玩笑实际上也不算过分。尤氏的剧本自称为"反戏剧"，那张氏所为是否可作"反小说"？姑且不深究尤氏"反戏剧"的内涵，窃以为张氏的创作里，所有的恶搞、硬干、放肆烂人的书写不是针对着小说欲破坏些什么，反倒我们可见小说的虚构、自由恣意在他的创作中淋漓尽致，由此观之，骨子里他信仰着小说，不论嬉闹如何。离题、乱入是他的特色，但这样铺陈出的小说可有看头？评论者小融在读过前九回后不久立刻发表的一篇评述中，表达"精彩"之余，其实对后面几回能不能保持一个能量，期待中隐约表示怀疑。然而万康决定迎接小融下的"战帖"，在本书的最后四回，端出他最拿手的精彩好戏。这样的小说该如何营造精彩？答案或许不难（私以为他写作的中心原则其实是很简单的），就是更拼命地乱入，但这次的乱入不是离（题），反倒是聚（焦），把先前的一切全部都唤了出来，来场大乱斗。换言之，万康广撒英雄帖，请众神佛一道狂欢，嘉年华之上的嘉年华。在小鸽子放手一搏之下，勾起神佛间的矛盾与信念之争，终于斩断了药师佛的犹豫，一起"玩开了"。药师佛十二兵团，八亿四千万员佛兵，依次巡礼，由琉璃净土、西方极乐世界、娑婆世界、天宫与地狱，最后在张济体内与众病魔展开一场大厮杀。所有大小角色尽情汇演，临时台上无论少了谁，立刻调上来，这四回竟是一回不输一回，翻过一山又一岭，连续的大爆发。此等戏剧高潮的安排，却也不似"反小说"对于情节与剧情高潮的鄙夷。大战的惨烈也让读者看到作者并非只是用笑来带过世间的复杂，残酷之处亦十分残酷，苦痛神佛共尝。而大战高潮过后，他得立即去处理的，是另一种精彩，好比惨胜之后，药师佛对胜利毫无骄矜而传令吩咐清理战场的淡然。胜负的超越之间，生死之事也在渐渐激情之后坦然下去。所谓放下。从大场面渡往小场面，从张济的不舍到观世音每一言一语的细柔慈悲。大悲度众。狂欢的笑化为捻花微笑。

"万康送他们至门口，其间他们没说一字、没朝万康望一眼。万康虽望着大家，亦未开言。"以狂欢迎神，由拈花送神，动与静的沉默顷刻间，混沌的此界与彼界各自回归。我或许有些弄懂笑的用意。在《道济群生录》里，无所不包的嘉年华，使得社会学家涂尔干（Émile Durkheim）所说的神圣与世俗的分隔、禁忌被打破。[9]然而，对文化理论大师吉拉尔（René Girard）来说，神圣与世俗的分界不但是人类借以建构文明秩序的基础，它更是暴力的产物。在他眼中，人间一开始本是纷乱的，所有人活在彼此为敌的巨大暴力之中，而人们集体性的暴力以少数的替罪羔羊（bouc émissaire）为牺牲，承受了人类整体的罪被送往彼界，成了神圣或魔鬼，成了人世的永恒对照，据此，秩序产生。[10]一言以蔽之，文明建立在集体性的暴力施于少数者的牺牲之上。划界乃是暴力的产物，此所谓文明。医院正是现代文明的缩影之一，那些规则，那些专业之刃切割出来的，皆是暴力。面对这些，万康的对抗是笑。尤其在十一回，借着判官（性）与黑山猪（暴力）两个人物，这种最原始的武器，上演出一场疯狂滑稽的大暴走。但我们发现，作者似乎也不在意败笔，重点是有足够的力道打破藩篱、打破那些定义着可以或不可以、可能或不可能的疆界。文明造成万康父子的分隔（从一开始的入院到后来的死亡），他则在小说靠嘉年华式的笑冲破了种种界线，将文明之下否定其存在的那些神灵精怪邀来一同拯救父亲。被暴力撕扯开来的，以笑来弭平以笑来超越。

万康的笑不排拒深度与个人深刻体验（即使那些想法也不是了不起的），展现的是要笑就放声笑，要哭要怒也任其自然的无束无扭捏，最后竟在众神离去后，留下了内敛的情感，平衡在要动作而尚未动作的点上，收拢起整部小说的奔狂。

若人生如戏，而人间往往以戏酬神迎鬼送鬼，在张济的苦难考验之中，万康以笔请出诸神佛鬼畜，上演一出热闹的戏码与父亲相伴，也是"道济群生"的基本精神。

二〇一一年一月　笔于巴黎十五区

注 释

1　Milan Kundera：《小说的艺术》（L'Art du roman），孟湄译，香港：牛津大学出版社，1993，第 15 页。

2　Edward Evan Evans-Pritchard, *Witchcraft, Oracles and Magic Among the Azande.*, Oxford University Press, 1976.

3　同上，pp.23-24。

4　Marcel Mauss, "Effet physique chez l'individu de l'idée de mort suggérée par la collectivité," in *Sociologie et anthropologie*, Paris: PUF, 1950（1926），pp.311-330.

5　同注 1，第 9 页。

6　见本书"附录一"，第 312-314 页。

7　Mikhaïl Bakhtine, *L'oeuvre de François Rabelais et la culture populaire au Moyen Age et sous la Renaissance*, Paris: Gallimard, 1982. pp.15-20.

8　Eugène Ionesco, *La cantatrice chauve*, Paris: Gallimard, 1954, p.11.

9　Émile Durkheim, *Les formes élémentaires de la vie religieuse*, Paris: PUF, 1968[1912]；Marcel Mauss (avec Henri Hubert), "Essai sur la nature et la fonction du sacrifice," *Œuvres I*, Paris: Minuit, 1968[1899], pp.191-307; Robert HERTZ, "La prééminence de la main droite. Étude sur la polarité," *Sociologie religieuse et folklore religieuse*, Paris:PUF, 1928[1909], pp.84-109.

10　René Girard, *La violence et le sacré*, France: Hachette Littérature, 2008[1972].

附录三

战役·我们

——我读《道济群生录》

王业翰（和信治癌中心 病理科住院医师）

坦白说，这是超出我阅读范畴许多的一本"小说"，其所植基于事实（明显"悖逆"虚构传统）所建构出的中式神佛奇幻世界，以及现代小说中罕见地承袭中国传统体裁（章回体）的书写方式，在在打破了当代台湾纯文学小说所惯常使用的体制与美学。因此，对于我来讲，这本《道济群生录》不仅难以归属于现代凡常的白话小说，也远超过我所习于且爱好的一种小说美学，使得本文的写作本身即为一种荒诞（或用万康本人的话语：唬烂）。

既然如此，我又何以吃力不讨好地，硬要去评论（不管是批评或是推荐）这本（被归类于）"纯文学"的小说？或是否可以更进一步地质疑本文的切入与立论点？换句话说，既然本书显已超越笔者个人平时能够"知其然又知其所以然"之小说美学欣赏范畴，我又该如何说服读者，本文确是跳脱私人情谊的小说评介？

因此，我十分取巧地决定改变策略，跳脱传统纯文学评论的切入方式（也是为了避开优于本文的其他评论而自曝高下之别），改以"疾病书写"的角度来阅读并欣赏万康此书（事实上，这也是我在阅读本书时，最原始并依本能而行的读者位置）。

《道济群生录》一书的叙事主干，是源于作者父亲的一场大病，从本书一开始，万康即以"前情提要"的方式，简单摘述其父（后称"万爸"）的蒙难始末，由骨折始，经历手术、胃出血、吸入性肺炎并进入加护病房的一大段经历，仅以简单数页带过，之后便进入"中式奇幻"与诸天神佛的生死辩证场景。而这场"世纪辩论"却长达数章回之多，最后的结果"暂时"为喜剧收场，保住了万爸一命，然而这仅是本书始，而非本书终，且在这段文字后，万爸随即面临了"疑似罹癌"的巨大冲击（对万康，而非万爸）。因此，阅读至此，本书带有疗伤性质的"疾病书写"本质已然确立，书中出现的虚构人物（多为神佛与天兵天将），其实即为作者对于"疗愈"希望（对万康以及万爸皆然）的投射。

另外，因身为医疗专业人员，我能预见本书最终（在某个层面上来讲）将会以悲剧收场（罹患胰脏癌后平均存活少于一年），这同样影响了我在后续阅读上的心境与乐趣。就私人感受而言，万康虽在后续神佛与病魔斗法的情节上大书特书，不管文仗或武战都掷地有声，我却始终怀有"一级一级走入没有光的所在"之感，必须调匀呼吸，才能继续睁眼目睹那些我明白必然接踵而来的打击与病痛。

是故，我以为阅读本书有个十分重要的时间点必先揭明，即第九回。万康写至第九回时，万爸逝世，换句话说，前九回与后面的十一回，在作者心境必然有极其重大的不同。前者是虽然希望渺茫，却因万爸仍然活着，而必然带着稀薄的希望与欣然（正如万爸所言："活着，就是个好。")，因而可以昂首以对满天神佛，可以勇敢地与万爸并肩而战，这其中幽微而隐晦不明的，自然是身为人子对乃父之生的殷殷盼望。然而到了后者，真实故事已然结束，作者在面对已成定局的生死终点，将更多的心力挪回自身心灵的疗愈，并在记忆中追求其父病痛过程的修炼完整乃至得道，实属必然。不过，万康这可比"后四十回"的后十一回之作，较诸前九回，毫无断裂之处，我直到最后两回才读出生而无望之感，实属难得。

由此立论，即可明白为何在前九回之时，有大半篇幅是万康偕同万爸骁勇抗战，而之后神佛却按兵不动，仅由信使小鸽子，不断报以万爸病况之笃，夹杂以人间各方势力拉踞（各科医师不同见解、家人朋友意见相左），某种程度反映了万康其时"问天天不语"的心境。然而在现实世界中，万爸已逝，结局早定，因此万康写来并无彷徨失措之感，重点所在乃是借着重塑记忆中父亲病时场景，反刍其中种种关键点，以戏谑（对医护人员）复仇、以辩证美化父亲最后的时光，而收疗愈之感。直至十九回，双方兵马才正式大会战，但最后战果虽为胜利，过程却极为惨烈，且最终所获乃保万爸"有病无痛"，这样的结局其实为人子最后之悲愿，在面对至亲生命即将不敌病魔而消逝之时，所求的"胜利"也不过就是了无遗憾且无痛苦地走。但我以为，万康始终认为父亲之逝绝非了无遗憾，因此本书从头至尾，万爸始终表现出坚强的求生意志，读来令人动容，但对人子而言，却是难以承受之恸，因此从一开始在阴曹的大辩证、与病魔的首次会战、到万康潜入 ICU 意图使父亲安乐死以及最后佛菩萨下凡亲迎万爸上路的情节，在在呈现了其父生之意志，以及人子夹在中间进退两难的心绪，是故也屡屡牵扯至对骨科医师的不满与"恨意"。万康私下书信中曾与我明言，疗伤还是要继续的，我相信万爸之好生应为关键之一。

在力求消除肉体痛苦方面，万康在本书后部也是极力述写，包括带来"有病无痛"的惨胜之役以及对于加护病房人员处置的种种矛盾情绪，然而此部分的调性，在我看来，就与前大半部的"万康风格"大异其趣，种种鼓起勇气才能得的戏谑与无厘头薄弱不少，天马行空式的奇想也稍无力了些，前文所述让我有生而无望之感处即为此，想来（个人意见）万康在书写疗愈的过程中，当行至终局之时，仍不能免地再起悲叹之感，读来令我为之一怃。

最后，因职业之故，对于万康此书，我还想突兀但不可免地将此书放置于另一个脉络之下讨论，这其实也承袭了一开始即将此书定义为"疾病书写"的原意——以"病人志"的观点，来探讨现今台湾医疗体制下对于医病双方间的种种磨难。相较于西方国家，台湾的疾病书写文类其实相当贫乏，多数为战胜病魔，行过死荫幽谷心境的书写，对于医疗现实面却着墨不多；而相对于此类文章，另一类多为医疗纠纷的新闻报道，此类报道清一色具耸动标题，病家的哀鸣与嘶吼夹杂其中，结尾不外乎是该医师行为有多"扯"，非得诉诸法律讨公道以昭天理。

然而，万康此书却完全超脱此类框架，这并非要溢美万康之品性修养高深莫测，而是万康极为真诚却幽微地隐于小说之中，近于呕心沥血地诉说其父之病痛、人子的心绪，以及医疗环境中的面面观，因其坦白且良善的书写，使得台湾目前医病互动的全貌得以彰显。在万康而言，其父之苦痛源于骨科医师的疏于照料，这显而易见可以轻而易举成为新闻媒体的题材，但万康并未如媒体般进入单一而片面的批评，大诉医德不彰、庸医杀人。当然万康对于此医之"恨"也从未稍减，接近万爸病况日薄西山之时，众神佛皆担心万康要拿枪去找骨科主任寻仇，于是又派出小鸽子检查一番，确信其身上无枪，才能放心。由此段描写，可以看出在整段"万爸蒙难记"中，万康从没谅解该医师的医疗失误（当然，在医疗上，此医师处置的疏失程度如何，并非本文所能讨论），但万康亦无如新闻媒体上一般，对该医师采取怎样的手段，某种程度来讲，这确是医疗场域上的现实情况，当然此处无意评论万康之举究竟为"愚笨的仁慈"或是"宽宥的高尚"，且医疗上的复杂情形非外人所能理解，每件个案都有极大的差异而无法一以贯之，新闻媒体的陈述其实极为片面。我想表达的是万康所述写的，是将病医的互动关系画成了完整的圆，医师或有疏失、病家或有不满，但两者皆非坏进骨子里或罪大恶极的人，是故万康不会借此机会大加勒索，而该主任之态度不佳、诊治草率与健保给付上的克扣计算恐怕也脱不了干系，虽然最终为万爸个案带来了无奈的悲剧，但这确也是台湾目前令人担忧的医疗现况。

　　除了此骨科医师之外，万康书中对 ICU 中的多位医师，针对医疗处置上的疑问以及各医师的心性和对其的信任度，都有详加描写。然万康并未因其父之前遭遇，而对医护处处怀有敌意与不信任，他还是认真地思考医护所讲的每一句话，思考要怎样为父亲选择治疗方式，这是台湾难得看见的病家想法的自述剖白。身为医疗从业人员，我也时常在思考，我对患者病情的判断是否正确？我的解释能否使家属充分了解患者的病况？以及更为重要的，病人与家属信任我吗？我相信这些是负责任的医疗人员时时三省自身的重大课题，万康此书，在这点上，教了我甚多。"病人是怎么想的？"我相信这是每个医疗从业人员都在意且渴望知道的问题。

　　最后，我也必须羞赧地承认，万康在此书中也点出了当代医师在诊治患者时心灵上的种种弱点，包括被健保制度挟住脖子的无奈、因怕被告而不敢放手一搏的防卫性医疗等等。这些若真要深入探讨，可是得大书特书一番，但因万康非"圈内人"自然只能知其梗概，难窥全貌，不过这些片段文字，已足以让我这个"圈内人"背脊发冷，而且也确实反映了当代庶民对于医疗体系的认知（或误解？），这点对于医者而言，确实也是意义重大。

在我阅读此书，并写作此文的这段时间中，我一直没有告诉万康，阅读本书，确实在某些时刻改变了我对待病家时的某些想法。当然，作为与万康身份相对的医者以及初识的朋友的我，在阅读时，有时仍不免矛盾地兴起"万康，这要求太过了"或是"万康，这样子你要医护人员怎么做才好"的防卫想法。但我想，这是在面对难敌的病魔攻击时，战友间难免兴起的龃龉与想法互异。其实不只万康与万爸在并肩作战，医病间其实也应该是最为亲密的战友。今年母亲节当天，我送走了一位我曾照顾的胰脏癌患者。当时，我曾极其沮丧地在与万康的书信中写道："我们好像在打一场必败的仗。"对照万康的《道济群生录》，我延续了这个意念，并化入标题，我想告诉万康的是，记得你们（我们）所一起打过的每一场仗，不论结局如何，这些并肩作战的回忆，应该就是最好的疗愈了。

二〇一一年五月